JEFF COHEN

Eine Leiche riskiert Kopf und Kragen

Buch

Samuel Hoenig ist kein Mann wie jeder andere: Er steht alle 23 Minuten auf, um zu joggen und sein Trainingsprogramm zu absolvieren, dann trinkt er genau einen halben Liter Wasser. Er kennt jede Vorwahl des Landes auswendig und erfasst Situationen auf einen Blick. Er merkt sich die Gesichtsausdrücke bei seinen Mitmenschen, um sie seiner Mutter nachzuahmen und von ihr zu erfahren, was diese zu bedeuten haben – Samuel hat das Asperger-Syndrom. Und er hat einen ungewöhnlichen Job: Er beantwortet Fragen jeglicher Art. Seine spezielle Persönlichkeit hilft ihm dabei, nahezu jede Antwort zu finden. Doch die Frage eines neuen Kunden entpuppt sich als besonders knifflig: »Wo ist der Kopf von Ms. Masters-Powell?« Samuels Ehrgeiz ist geweckt. Gemeinsam mit seiner neuen Assistentin Ms. Washburn macht er sich auf die Suche. Als dann auch noch ein Mord geschieht, befindet sich Samuel plötzlich inmitten einer verzwickten Verschwörung …

Autor

Jeff Cohen, aufgewachsen in New Jersey, ist ein schriftstellerischer Tausendsassa. Als Reporter schrieb er u. a. für die *New York Times*, *Entertainment Weekly* und *USA Today*, er arbeitete als Lehrer, Redakteur und Drehbuchautor und veröffentlichte zwei Sachbücher über das Asperger-Syndrom. In seinen Kriminalromanen, die sich in den USA bereits über 100 000-mal verkauften, bringt Jeff Cohen seine Leser gern zum Lachen, während er ihnen reihenweise Verdächtige präsentiert und sie auf falsche Fährten lockt.

Jeff Cohen

Eine Leiche riskiert Kopf und Kragen

Kriminalroman

Deutsch von Bernd Stratthaus

blanvalet

Die Originalausgabe erschien 2014 unter dem Titel
»The Question of the Missing Head« bei Midnight Ink, Woodbury.

FSC
www.fsc.org
MIX
Papier aus verantwortungsvollen Quellen
FSC® C014496

Verlagsgruppe Random House FSC® N001967

1. Auflage

Neumarkter Str. 28, 81673 München
Redaktion: Angela Kuepper
Umschlaggestaltung: © Johannes Wiebel | punchdesign,
unter Verwendung von Motiven von Shutterstock.com
WR · Herstellung: kw
Satz: Buch-Werkstatt GmbH, Bad Aibling
Druck und Bindung: GGP Media GmbH, Pößneck
Printed in Germany
ISBN 978-3-7341-0349-0

www.blanvalet.de

Für alle, die ein kleines bisschen anders sind.
Und ihr wisst schon, für wen.

1

Das Telefon klingelte.

Es hatte wohl schon zwei- oder dreimal geklingelt, ohne dass ich es bemerkt hatte. Für mich ist es nicht ungewöhnlich, in Gedanken versunken zu sein und währenddessen alle Ablenkungen zu ignorieren, auch wenn andere diese für wichtige Signale halten.

Um ehrlich zu sein, verstehe ich nicht, warum ein klingelndes Telefon wichtiger sein sollte als eine Frage, die zu beantworten man mich gebeten hat, aber das Ganze hat natürlich eine praktische Seite – ich biete eine Dienstleistung an und werde sicherlich nicht viele neue Kunden finden, wenn ich das Telefon nicht abnehme. Es fällt mir jedoch schwer, mich darauf zu konditionieren, dass ich solche Dinge bemerke, wenn meine Gedanken ganz von einem faszinierenden Thema in Beschlag genommen werden.

Ich hatte mich für den Großteil der vergangenen zwei Stunden auf die Beantwortung einer Frage konzentriert. Als das Klingeln des Telefons zu mir durchdrang, sah ich auf die Rufnummernidentifikation. Da stand *Taylor* und darunter eine Telefonnummer. Ich griff mir den Hörer.

»Fragen beantworten«, sagte ich in die Sprechmuschel.

Diese Begrüßung widerspricht dem, was ich mir zu sagen antrainiert habe, wenn ich den Hörer abnehme, nämlich »Hallo«. Doch in Geschäftsdingen ist es notwendig, den Anrufenden die Sicherheit zu geben, dass sie bei dem von ihnen gewünschten Unternehmen gelandet sind. Ich hatte nur drei Wochen benötigt, um mich umzugewöhnen. Das hielt ich für ziemlich fix. Ich arbeitete noch immer an meinem Tonfall. Manche Leute sagen, dass meine Stimme am Telefon nicht sehr modulationsreich ist. Ich selbst höre kein Problem.

»Hallo?«, sagte eine weibliche Stimme. Sonst sagte sie nichts, das fand ich eigenartig.

Nach einer kleinen Pause erwiderte ich: »Ja?«

»Ich habe eine Frage«, entgegnete sie.

»Das habe ich mir schon gedacht«. Schließlich lautet der Name meiner Agentur ja *Fragen Beantworten.* Manche »gewöhnlichen« Menschen übersehen das Offensichtliche zugunsten der Nebensächlichkeiten, von denen sie glauben, dass sie Menschen wie mir nicht auffallen.

»Wie teuer ist eine Antwort?«

»Ist das Ihre Frage?«

»Nein.«

Wieder sagte sie aus irgendeinem Grund nichts weiter.

Mir kam in den Sinn, sie könnte vielleicht ein wenig Ermunterung wünschen. Ich selbst würde keine brauchen, wenn ich eine Agentur anriefe, die meine Fragen beantworten sollte, aber ich habe begriffen, dass nicht jeder so denkt wie ich.

»Wie lautet denn Ihre Frage?«, entgegnete ich also.

»Nun, es ist ein bisschen kompliziert«, antwortete die Frau. Ich sah erneut auf die Rufnummernidentifikation des Telefons. Nach ihrer Telefonnummer zu urteilen, rief sie aus Cranford, New Jersey, an, was ungefähr siebzehn Meilen von meinem Büro entfernt ist. »Wissen Sie, ich habe vor Kurzem meinen Job verloren. Ich war Fotografin für die *Home News Tribune*, doch die musste die Zahl ihrer Angestellten reduzieren. Also verbringe ich gerade viel Zeit zu Hause, und da saß ich eben gerade und machte das Kreuzworträtsel der *New York Times.«*

Ich hatte schon vor acht Sekunden aufgehört zuzuhören. »Sie sind Fotografin?«, fragte ich. Eine Fotografin konnte bei der Aufgabe, an der ich mich den ganzen Morgen über abgearbeitet hatte, hilfreich sein.

Die Frau, die nach ihrer Stimme zu urteilen in ihren frühen Dreißigern war, klang überrascht.

»Ja«, antwortete sie. »Das ist mein Job. Was kostet es denn jetzt, meine Frage zu beantworten?«

»Ich werde Ihre Frage kostenlos beantworten, wenn Sie zu unserem Büro in Piscataway in der Stelton Road 735 kommen«, erklärte ich und legte auf. Dann fiel mir auf, dass ich mich vielleicht hätte verabschieden sollen, bevor ich auflegte. Manchmal vergesse ich das.

Von Cranford braucht man bis hierher zweiundzwanzig Minuten mit dem Auto. Ich konnte also nichts weiter tun, als zu warten.

Ich hatte *Fragen Beantworten* vor drei Monaten gegründet, bisher aber nur eine Handvoll Kunden gehabt. Online hatte ich ein paar Werbeanzeigen geschaltet, doch die Nutzer der meisten sozialen Netzwerke oder Webseiten für Kleinanzeigen schienen vor allem daran interessiert zu sein, dass man ihnen Fragen über Sex beantwortete – Fragen also, für die ich nicht der qualifizierteste Ansprechpartner bin. Eine kleine Werbeanzeige im Kulturteil der *New York Times* – der ist weniger teuer als der Nachrichtenteil – hatte mir drei oder vier Kunden beschert, doch ich glaube inzwischen, dass eine Lokalzeitung geeigneter ist, um für Aufträge zu sorgen.

Leider lese ich die *New York Times* und habe offline sonst keine anderen Informationsquellen, also werde ich wohl meine Mutter fragen müssen, welche Zeitungen in unserer Gegend sich für meine Zwecke eignen könnten.

Mutter unterstützte mich bei der Gründung meines Unternehmens, ich glaube, sie war glücklich, dass ich noch etwas anderes tat, außer den ganzen Tag in meiner Dachwohnung Internetrecherchen auszuführen. Und ich musste zugeben, dass das Beantworten der Fragen anderer Leute mir interessantere neue Herangehensweisen für meine eigene Forschung eröffnete.

Ich erhob mich, weil ich seit dreiundzwanzig Minuten nicht mehr gestanden war, mich aber dazu entschlossen hatte, das grundsätzlich dreimal pro Stunde zu tun. Der Anruf hatte meinen Zeitplan durcheinandergebracht. Ich ging durchs Büro, wobei ich die Muskeln meiner Oberschenkel anspannte und die Arme über den Kopf streckte. Es ist wichtig, von Zeit zu Zeit die Herzfrequenz zu erhöhen und den Kreislauf auf Touren zu bringen.

Mein Büroraum ist vergleichsweise groß, wenigstens wirkt es so, weil er fast vollkommen leer ist. Ich habe ein ehemaliges Pizzarestaurant namens San Remo angemietet, nachdem sich die Besitzer in eben diese Gegend Italiens zurückgezogen hatten, um dort ihren Lebensabend zu verbringen. Da sie sich zur Ruhe gesetzt hatten, hatten sie keine Verwendung für den Großteil des Inventars in dem Gebäude, also standen im hinteren Teil des Raumes immer noch ein großer, unbenutzter Pizzaofen sowie ein Getränkeautomat, den ich ungefähr ein Mal in der Woche von einem Mann namens Les mit grünem Tee und Quellwasser befüllen ließ.

Als ich sechs Runden im Zimmer gelaufen war, was genau einer Drittelmeile entspricht, griff ich in die Tasche meiner grauen Hose, in die ich immer das Wechselgeld stecke, und fand darin fünf Vierteldollar, sodass ich mir eine Flasche Wasser aus meinem Getränkeautomaten kaufen konnte. Ich würde fünfzig Cent zurückbekommen, wenn Les das Geld abholen würde.

Ich setzte mich wieder an den Schreibtisch und blickte auf die Zeitanzeige meines Mac Pro. Es war siebenundzwanzig Minuten her, dass ich aufgelegt hatte.

Die Frau kam zu spät.

Da mich das betrübte, achtete ich nicht darauf, in welcher Geschwindigkeit ich das Wasser trank, also leerte ich die Flasche in nur vier Minuten. Das war nicht gut. Ich konnte mir für die nächsten zwanzig Minuten keine weitere Flasche kaufen und würde vielleicht früher auf die Toilette müssen als vorgesehen, was mich allerdings nicht allzu sehr beunruhigte. Cranford war mit dem Auto nur zweiundzwanzig Minuten entfernt, es gab für sie keinen Grund, sich derart zu verspäten.

Hatte es einen Unfall gegeben? Hatte sie sich vielleicht verfahren? Eventuell hätte ich ihr bei unserem Telefonat den Weg erklären sollen. Es war mir nicht in den Sinn gekommen, dass jemand vielleicht den Weg zu einer Büroräumlichkeit nicht finden würde, bei der er zuvor angerufen hatte.

Möglicherweise hatte sie sich einfach dazu entschlossen, nicht zu kommen. Sollte ich sie zurückrufen? Ich wollte, dass sie nun bald ankam.

Ich entschied mich dagegen, die Nummer zu wählen, die mir die Rufnummernidentifikation angezeigt hatte. Früher wäre das meine erste Wahl gewesen, aber Mutter hatte mir erklärt, dass Menschen sich manchmal unwohl dabei fühlten, wenn Unbekannte sie anriefen oder sie sogar zu Hause besuchten. Sie nannte es »Stalking«. Ich für meinen Teil hatte geglaubt, es wäre nur der Versuch, miteinander in Kontakt zu treten.

Doch meine Mutter versteht von diesen Dingen im Allgemeinen mehr als ich.

Es vergingen allerdings weitere zehn Minuten, und ich verlor langsam die Geduld. Entweder war diese Frau unhöflich, oder ich hatte etwas getan, um sie vom Herkommen abzubringen. Ich würde das Gespräch im Geist noch einmal rekapitulieren müssen, um herauszufinden, ob ich etwas gesagt hatte, das man als seltsam empfinden konnte.

Um 8.57 Uhr hielt schließlich ein sechs Jahre alter blauer Kia Spectra auf dem eingezeichneten Parkplatz vor meinem Schaufenster. Die Eigentümer der Ladenzeile, in der sich mein Büro befindet, hatten jedem Unternehmen vier Parkplätze zugewiesen, außerdem gab es noch die vorgeschriebene Menge an Behindertenparkplätzen. Doch die Geschäfte hier hatten nicht viel Kundschaft, sodass es immer leicht war, einen freien Parkplatz zu ergattern. Das hatte Mutter mir erzählt, als sie mich eines Morgens hergefahren hatte.

Eine Frau im Alter von etwa einunddreißig Jahren stieg

aus dem Spectra und schien meinen Laden zu mustern. Ich hatte auf eine große Leinwand den Schriftzug Fragen Beantworten geschrieben und sie im Schaufenster aufgehängt, denn ein größeres Schild über der Tür wäre viel zu teuer gewesen. Ich erwartete nicht allzu viel Laufkundschaft, also betrachtete ich ein professionelles Schild als einen Luxus, der noch eine geraume Zeit aufgeschoben werden konnte.

Die Frau drehte sich um und öffnete die Wagentür wieder, doch dann sah es aus, als würde sie es sich anders überlegen. Ich fragte mich, ob ich nach draußen gehen und sie hereinbitten sollte, doch das hätte man eventuell auch als »Stalking« auslegen können. Außerdem war es vielleicht gar nicht die Frau, die vorhin angerufen hatte. Jedenfalls schien sie keine Kamera bei sich zu haben.

Endlich klimperte die Glocke über meiner Eingangstür, doch die Frau trat nicht ein, sondern lehnte sich eher über die Schwelle.

»Hallo?«, rief sie. Ich erkannte die Stimme vom Telefon wieder.

»Wir haben vor achtunddreißig Minuten miteinander gesprochen«, bemerkte ich. »Es sollte von Cranford bis hierher mit dem Auto nicht länger als zweiundzwanzig Minuten dauern. Sie sind zu spät.«

Sie zog die Augenbrauen hoch, dann senkte sie sie wieder. Diesen Gesichtsausdruck hatte ich zuvor schon einmal gesehen. Er scheint zum Ausdruck zu bringen, dass ich etwas Verwirrendes von mir gegeben habe. »Ich habe vorher noch geduscht«, erklärte die Frau.

Ich kannte sie noch nicht gut genug, um mit einem Verweis auf die Beatles zu antworten. Auch diesbezüglich hat mir Mutter gesagt, dass manche Menschen mein Interesse an dieser Band ungewöhnlich oder gar »obsessiv« finden könnten, wo ich doch nur Informationen über Dinge sammle, die mich interessieren. Wenn ich diese Frau besser gekannt hätte, hätte ich sicher eine Bemerkung über »A Day in the Life« zum Besten gegeben, in dessen Text sich morgens jemand fertig macht.

»Sind Sie Ms. Taylor?«, fragte ich.

Die Frau blickte zur Tür, vielleicht zog sie in Erwägung, lieber wieder zu gehen. »Nein. Taylor ist der Name meines Mannes. Ich bin hier doch richtig bei *Fragen Beantworten*?«

Ich brauchte einen Augenblick, um zu verstehen, dass sie mich etwas fragte und nicht einfach etwas feststellte. »Ja.«

Die Frau schien darüber nachzudenken, doch irgendwann holte sie erkennbar Luft und sagte: »Ich heiße Janet Washburn. Woher wissen Sie, dass ich aus Cranford bin?«

»Ich habe eine Rufnummernidentifikation«, erklärte ich ihr. »Ihren ungefähren Standort kann ich von Ihrer Nummer ablesen.« Mir fiel auf, dass ich sie nicht ansah – ich hatte die ganze Zeit entweder auf den Computerbildschirm oder die Tür geblickt –, also zwang ich mich dazu, das jetzt nachzuholen.

»Sie haben nach meinem Verteilerknoten im Netz recherchiert?«, fragte sie. Sie war von durchschnittlicher Körpergröße, hatte blonde Haare und braune Augen. Ich glaubte nicht, dass sie sich die Haare färbte, doch möglich war es schon.

Ich schüttelte den Kopf. »Nein. Ich kann sie auswendig.«

»Sie kennen jeden Verteilerknoten in den örtlichen Telefonnummern?« Menschen finden das oft verblüffend. Für mich ist es eine Begabung wie die Fähigkeit zu jonglieren. Ich kann nicht jonglieren, doch ich kann mir mathematische Muster merken, wenn ich möchte.

»Nein«, gab ich zur Antwort. »Alle Knoten im ganzen Land. Im Moment lerne ich gerade ein paar aus Westeuropa.«

Ms. Washburn wirkte davon außerordentlich beeindruckt; ihr Mund schien Worte zu formen, sie aber wieder zu verwerfen, bevor sie sie äußern konnte. »Wer … *sind* Sie?«, brachte sie beim dritten Versuch hervor.

Hier war ich auf vertrautem Terrain – ich streckte die rechte Hand aus und sagte: »Darf ich mich vorstellen, mein Name ist Samuel Hoenig.«

Sie zögerte, nahm aber schließlich meine Hand. »Angenehm. Nennt man Sie Sam?«

Was hatte das zu bedeuten? »Wer?«

»Keine Ahnung. Ihre Freunde.«

Ich schüttelte den Kopf. »Ich heiße Samuel.« Ich fand es unnötig, ihr zu erzählen, dass ich nur wenige Freunde hatte.

Ms. Washburn nickte. »Ich habe eine Frage.«

»Sie haben aber keine Kamera«, erwiderte ich. Hatte sie gelogen, als sie behauptet hatte, Fotografin zu sein?

Da war wieder das Zucken der Augenbrauen, diesmal etwas schneller. »Ich habe sie im Auto gelassen.«

»Da nützt sie uns nichts«, stellte ich fest. »Holen Sie sie.«

Sie wirkte überrascht, ging dann aber hinaus und holte ein Behältnis für eine Kamera aus dem Kofferraum ihres

Wagens. Sie kam zurück ins Büro und blieb in einiger Entfernung vor meinem Schreibtisch stehen, als fürchtete sie, ich könnte sie wie ein Tiger anfallen.

Bevor ich noch dazu kam, ihr zu erklären, was ich von ihr wollte, stellte Ms. Washburn eine weitere Frage: »Entschuldigung, ich möchte nicht neugierig sein, aber haben Sie das Asperger-Syndrom?«

Verdammt. Sie wusste Bescheid.

2

Ich schäme mich nicht für mein Asperger-Syndrom. Warum sollte ich? Es hat meiner Persönlichkeit Aspekte verliehen, die ich sehr nützlich finde. Es ist mir dennoch lieber, selbst zu entscheiden, wann ich jemandem, den ich gerade kennengelernt habe, davon erzähle – falls ich es überhaupt tue. Und wenn mich irgendwer mit der Frage konfrontiert, wie Janet Washburn es gerade getan hatte, geht mir das unmittelbar auf die Nerven.

Das Asperger-Syndrom ist definiert als eine Störung autistischer Art (obwohl ich es selbst eher für einen Charakterzug halte). Leute, die es nicht haben – und manche, die es haben –, glauben, es wäre ein Defekt, der zu Schwierigkeiten bei der Kommunikation mit anderen Menschen führt und das Verhältnis zu ihnen beeinträchtigt. Um genau zu sein, denken sie, dass wir seltsam sind.

Ich für meinen Teil halte die meisten »gewöhnlichen« Menschen für seltsam, mein eigenes Handeln hingegen für ziemlich vernünftig. Doch wir sind nicht zahlreich genug, als dass wir diese Sichtweise mehrheitlich durchsetzen könnten, und außerdem verhalten wir uns auch nicht alle gleich. Wenn man sechs Menschen mit dem Asperger-Syndrom in Kontakt bringt, verstehen sie sich untereinander nicht notwendigerweise besser als mit anderen Fremden.

»Entschuldigung«, fügte Ms. Washburn an, als ich nicht antwortete. »Habe ich Sie verlegen gemacht?«

Das ist ein gutes Beispiel für die Art von Vorurteilen, die ich meine. Weil ich nicht so bin wie sie, glaubte Ms. Washburn, dass ich an meiner Persönlichkeit irgendetwas auszusetzen hätte, und schloss daraus, dass sie mir peinlich wäre.

»Nein«, versicherte ich ihr. »Sie haben mich einfach nur überrascht. Ja, bei mir wurde das Asperger-Syndrom diagnostiziert. Es wundert mich, dass Sie das so schnell erkannt haben.«

Nun wirkte sie gebauchpinselt, als hätte ich ihr ein Kompliment gemacht. »Ich habe mal als Aushilfslehrerin gearbeitet«, erklärte sie. »Zur Vorbereitung hatten wir auch einen Kurs über die verschiedenen Formen des Autismus, sodass wir sie erkennen und den Kindern in der Schule helfen konnten.«

Bei mir wurde das Asperger-Syndrom im Alter von sechzehn Jahren festgestellt, sodass mir viele der Techniken und Therapien nicht mehr offenstanden, die man heutzutage bei kleinen Kindern anwendet. Meine Mutter bat bei meiner Highschool dennoch um Unterstützung, was aber rundheraus abgelehnt wurde. Sie schickte mich zu Dr. Mancuso und bezahlte es aus ihrer eigenen Tasche. Der Rechtsstreit mit dem Schulsystem dauerte über Jahre hinweg an, und am Ende gewann Mutter ihn noch nicht einmal.

»Wie schnell ist die Blende an Ihrer Kamera?«, fragte ich Ms. Washburn und war froh, das Thema wechseln zu können. »Ich brauche Fotografien eines Körpers in Bewegung.«

»Was für ein Körper denn?«

»Meiner.«

Ms. Washburn schaute mich einen Moment lang schräg an. Ich nahm mir vor, Mutter später deshalb zu befragen. Mir war nicht bewusst, irgendetwas getan oder gesagt zu haben, was solch eine Reaktion gerechtfertigt hätte.

»Was wollen Sie denn tun?«, fragte sie mich nach einer kurzen Pause.

»Ah.« Ich streckte einen Finger in die Höhe und ging dann zum Schreibtisch hinüber, bückte mich und hob einen Baseballschläger auf, den ich dort heute Morgen auf den Boden gelegt hatte. Ich zeigte ihn ihr.

»Easy, Reggie«, sagte sie und machte einen Schritt nach hinten.

»Ich heiße Samuel«, erinnerte ich sie. Doch mir fiel auf – dank langer Übung –, dass sie den Schläger fixierte. Sie musste sich wohl auf den berühmten Baseballspieler Reggie Jackson beziehen, Mitglied der Hall of Fame. »Oh. Dachten Sie, ich wolle Sie damit schlagen?«

»Ich habe mich bemüht, das nicht zu denken.«

Wie seltsam. Menschen schlagen andere Menschen nicht mit Baseballschlägern. Sie schlagen Bälle mit Baseballschlägern. »Das müssen Sie auch nicht«, beruhigte ich sie. »Ich möchte, dass Sie mich fotografieren, während ich diesen Schläger schwinge.«

Noch ein schräger Seitenblick. »Warum das denn?«

»Das ist tatsächlich sehr interessant«, erwiderte ich. »Kommen Sie mit.« Ich gestikulierte in Richtung des Computerbildschirms, und Ms. Washburn ging zum Schreibtisch und sah sich an, was ich ihr zeigte, nachdem sie zunächst ein wenig zu zögern und ihren nächsten Schritt zu überdenken schien. »Ihnen ist doch sicher bekannt, dass die Yankees ein neues Stadion haben?«

»Dasjenige, das an der Stelle von *The House that Ruth built* errichtet wurde? Die aufgepimpte Version, die einen sechsundachtzig Jahre alten Baseballtempel ersetzen soll, der eine Legende wie Babe Ruth beherbergt hat? Die Hutschachtel mit eingebautem Hard-Rock-Café? Meinen Sie *das* neue Yankee-Stadion?«

Es ist stets ein Fehler anzunehmen, dass sich die Menschen Stereotypen entsprechend benehmen. Ich habe Jahre gebraucht, um das zu begreifen, doch Mal um Mal hat sich gezeigt, dass man eindeutige Beweise haben sollte, bevor man irgendeine Annahme trifft. Die meisten Frauen interessieren sich nicht für Sportarten wie Baseball, aber manche eben schon. Man kann eine statistische Aussage machen, doch das ist eben kein verlässlicher Weg, um im Zweifel auf dessen Basis zu entscheiden.

»In Ordnung«, entgegnete ich. »Sie wissen dann wahrscheinlich auch, dass im alten Yankee-Stadion nie ein Home Run gelungen ist, bei dem der Ball ganz aus dem Stadion geschlagen wurde. Und zwar in den ganzen fünfundachtzig Jahren, in denen es stand.«

»Sechsundachtzig«, verbesserte sie mich. »Ja, das ist mir bekannt. Mir ist auch bekannt, dass Mickey Mantles Batting Average über seine gesamte Karriere hinweg bei .298 lag. Was hat das damit zu tun, dass ich Bilder von Ihnen mit einem Baseballschläger machen soll?«

Ich musste zugeben, dass ihre Antwort in mir den Verdacht erzeugte, Ms. Washburn könnte ein »spezielles Interesse« an den New York Yankees haben, das meinem eigenen Interesse an polizeilichen Ermittlungsmethoden, Baseball insgesamt und den Beatles stark ähnelte.

»Ich habe einen Kunden, dessen Frage sich um Änderungen in Baseballstadien dreht«, erklärte ich. »Er denkt darüber nach, eine Wette darauf abzuschließen, dass Änderungen in der Luftzirkulation, die von einer etwas anderen Positionierung herrühren, es möglich machen, dass jemandem im neuen Stadion schon in den ersten zwanzig Jahren endlich ein Home Run gelingt, bei dem er den Ball aus dem Stadion schlägt. Das wäre eine ziemlich lukrative Wette.«

Sie kniff die Augen zusammen. »Also …«

»Also habe ich mir die wissenschaftlichen Gegebenheiten angeschaut und daraus geschlossen, dass er unrecht hat. Mein Kunde ist jedoch die Sorte Mann, die nicht an Statistiken glaubt; er vertraut mehr auf die Dinge, die er mit eigenen Augen sehen kann. Ich möchte also, dass Sie mich fotografieren, während ich den Schläger schwinge, damit ich diese Bilder dann in die Computersimulation hochladen kann, die ich von dem neuen Bauwerk angefertigt habe. Daran kann ich dann zeigen, dass die Luftströme – die tatsächlich an bestimmten Stellen des Stadions mehr Home Runs begünstigen – die Größe des Bauwerks und die physikalischen Gesetzmäßigkeiten in seinem Inneren nicht aufwiegen können.«

Ms. Washburns Blick wurde sanfter. Sie nickte zustimmend. »Ich kann sogar etwas Besseres tun. Ich kann ein kurzes Video aufnehmen, sodass Sie einen vollständigen Bewegungsablauf des Schlagvorgangs haben, den Sie an jeder beliebigen Stelle Ihrer Simulation anhalten können.«

»Wie gut ist die Qualität der Videoaufnahme?«, fragte ich.

»HD«, erwiderte Ms. Washburn.

»Ausgezeichnet.«

Wir verbrachten mehrere Minuten damit, den besten Aufnahmewinkel zu finden, und Ms. Washburn schlug schließlich vor, dass ich mich in der Nähe des Schaufensters aufstellen solle. Sie erklärte mir, dass sie meinen Umriss zwar digital vom Hintergrund lösen könne, dass aber das Licht beim Fenster am natürlichsten wirken und so das Bild, das wir erzeugten, nicht verwirrend anders als der Rest aussehen würde.

Sie nahm Videos von fünf unterschiedlichen Schlagbewegungen auf. Ich achtete auf meine Aufwärtsbewegung, um einen Batter zu simulieren, der versucht, den Ball hoch und weit zu schlagen. Beim fünften Versuch waren wir beide der Meinung, dass wir ein verwendbares Video hatten.

Das Video luden wir auf meinen Mac Pro hoch, doch gerade als wir es untersuchen wollten, öffnete sich die Eingangstür, die Glocke klimperte, und ein etwa fünfzigjähriger Mann betrat das Büro. Ich vermochte seinen ursprünglichen Gesichtsausdruck zwar nicht zu lesen – die Nasenflügel bebten, und seine Oberlippe war zurückgezogen –, doch ich war mir ziemlich sicher, dass er nicht positiv zu deuten war.

»Das hier ist nicht *Fragen Beantworten*«, sagte er, als spräche er mit sich selbst.

Wieder brauchte ich einen Moment, bis ich etwas erwidern konnte, denn dies hier war nun einmal *Fragen Beantworten*, und der Mann hatte also ganz offensichtlich unrecht. Während ich noch überlegte, stellte sich

Ms. Washburn vor mich und sagte: »Oh doch, das ist es. Haben Sie denn nach *Fragen Beantworten* gesucht?«

Das erschien mir nicht weniger seltsam, denn der Mann war demnach in einen Laden eingetreten, von dem er annahm, er beherberge nicht mein Unternehmen. Warum sollte er das tun? Doch nachdem er seine Stirn krausgezogen hatte, nickte er: »Ja. Ich habe ein Problem, das gelöst werden muss.«

»Wir lösen keine Probleme«, erwiderte ich, denn ich hatte dieses Gespräch bereits mit vielen Kunden zu unterschiedlichen Gelegenheiten geführt. »Wir beantworten Fragen.« Mutter hatte vorgeschlagen, dass ich eher *wir* als *ich* sagen solle. Sie erklärte, es erscheine professioneller, wenn ich den Eindruck erweckte, über einen Stab an Experten zu verfügen. Ich hielt das zwar für unehrlich, doch ich fügte mich ihrer Einschätzung, wie ich es häufig tue.

Der Mann schien sich zu sammeln, obgleich seine Glatze schweißnass glänzte. Er war entweder nervös, oder er hatte Fieber. Ich entschied mich für nervös.

»Sie sind mir von meiner Freundin Ellen Crenshaw empfohlen worden«, sagte er und trat auf mich zu. »Ich bin Dr. Marshall Ackerman.«

Wie ich es gelernt habe, erwiderte ich den Gruß und streckte meine Hand aus. »Darf ich mich vorstellen, mein Name ist Samuel Hoenig.«

»Ja.« Ackerman schien enttäuscht darüber zu sein, dass ich ich war, was überhaupt keinen Sinn ergab. Ich hatte solche Reaktionen vorher schon erlebt, doch sie verblüfften mich noch immer.

»Ich erinnere mich an Ms. Crenshaw«, sagte ich und

hoffte, dass er sich dadurch wohler fühlen würde. »Wenn ich mich recht entsinne, fragte sie mich, wo ihre vermisste Boa Constrictor sein könne.«

Ms. Washburns Augen weiteten sich etwas.

Ich erinnerte mich wirklich an Ms. Crenshaw. Unsere Geschäftsbeziehung war leicht unharmonisch verlaufen – sie wollte lieber die Versicherungssumme kassieren, statt ihr seltsames Haustier wiederzubekommen, doch ich hatte ihre Pläne durchkreuzt, indem ich die Schlange tatsächlich gefunden hatte.

»Ja«, wiederholte Ackerman. »Ellen erwähnte, Ihre Dienstleistung sei effizient und diskret.«

»Sie hatte eine ungewöhnliche Frage«, sagte ich. »Woher kennen Sie Ms. Crenshaw denn?«

»Wir saßen vor ein paar Jahren gemeinsam in einem Stiftungsbeirat«, antwortete Ackerman. »Seitdem sind wir befreundet, und anlässlich eines Gesprächs vor ein paar Wochen erwähnte sie Ihre Dienstleistung. Sie erzählte mir, Ihre Methoden seien sehr beeindruckend, wenn auch ein bisschen … ungewöhnlich.«

»Für eine gewöhnliche Dienstleistung könnten Sie ja auch überall hingehen«, warf Ms. Washburn ein. Ihr Gesichtsausdruck wirkte für mein Empfinden ein wenig verärgert, vielleicht auch genervt. »Für besondere Dienstleistungen brauchen Sie Mr. Hoenig.« Ich fand das sehr großzügig von ihr, vor allem weil ich ja noch gar keine Frage für Ms. Washburn beantwortet hatte. Ihre Anwesenheit erwies sich schon jetzt als ziemlich hilfreich.

»Entschuldigen Sie«, entgegnete Ackerman, »doch was ich mit Mr. Hoenig zu besprechen habe, ist privater Natur.« Seinem Habitus nach war er offenbar daran gewöhnt, dass Menschen sich so verhielten, wie er es wünschte, und kein bisschen anders.

Ich bemerkte, dass ich aufgewühlt war. Ich mochte die Art und Weise nicht, in der Ackerman Ms. Washburn abfertigte, vor allem, da sie so nett gewesen war, meine Dienstleistungen in solch ein gutes Licht zu rücken. »Alles, was Sie mir zu sagen haben, können Sie auch vor Ms. Washburn sagen«, teilte ich ihm mit. »Sie ist die Geschäftspartnerin, der ich am meisten traue.« Ich weiß nicht genau, warum ich das sagte, doch es war nicht gelogen – schließlich hatte ich mit Ms. Washburn zusammengearbeitet, bevor Ackerman eingetreten war, und da ich keine anderen Geschäftspartner hatte, war sie automatisch diejenige, der ich am meisten traute. Sie war auch diejenige, der ich am wenigsten traute, doch ich sah keinen Grund, warum ich das hätte erwähnen sollen.

Ms. Washburn hüstelte, nachdem sie meine Aussage gehört hatte, sah mir in die Augen – ich achtete darauf, den Blick zu erwidern – und nickte mir zu. Ich hielt das für eine Geste der Anerkennung.

»Natürlich unterliegt alles, was Sie uns sagen, strengster Geheimhaltung«, fügte sie hinzu. Ich nickte ebenfalls. »Wollen Sie sich nicht setzen?« Sie wies auf den Stuhl vor meinem Schreibtisch, auf dem Ackerman Platz nahm. Ich blieb hinter meinem Schreibtisch und nahm mir vor, einen weiteren Stuhl von zu Hause ins Büro mitzubringen, denn Ms. Washburn musste nun stehen und stützte sich neben dem Schreibtisch auf den Baseballschläger. Ich fragte mich, ob ich ihr wohl meinen Stuhl anbieten sollte oder ob das eine sexistische Geste gewesen wäre. Das ist manchmal schwer abzuschätzen.

»Lassen Sie mich Ihnen zunächst erklären, weshalb ich hier bin«, fing Ackerman an. »Ich bin der Direktor des Garden State Cryonics Institute.«

Aus einer Laune heraus hatte ich eines Tages vor ungefähr vier Jahren über dieses Thema recherchiert, als in der *New York Times* ein Bericht über eine solche Einrichtung in Kalifornien erschienen war. »Sie haben also mit den Leichen von kürzlich Verstorbenen zu tun, die sich in der Hoffnung einfrieren lassen, dass es eines Tages einen Weg geben wird, sie wieder aufzuwecken und ihre Krankheiten zu heilen, richtig?«

»Ich erwarte nicht, dass jeder mit dem einverstanden ist, was wir tun«, antwortete Ackerman.

»Ich bin weder einverstanden, noch bin ich es nicht«, erklärte ich ihm. »Ich denke nicht, dass eine der beiden Positionen bis jetzt wissenschaftlich belegt ist. Ich wollte nur sichergehen, dass darin auch tatsächlich Ihr Geschäftsmodell besteht.«

Ackerman nickte und schien zufrieden mit meinem Kenntnisstand bezüglich seiner Arbeit zu sein. »Wir tun genau das«, bestätigte er. »Wir verschaffen Menschen die Chance auf ein neues Leben, falls die Medizin sich irgendwann bis zu diesem Punkt entwickelt.«

»Und Sie verlangen dafür eine Unkostenpauschale beziehungsweise eine Aufbewahrungsgebühr, bis es so weit ist, richtig?« Es war vielleicht ein Fehler gewesen, mich hinter den Schreibtisch zu setzen. Ich war durch den Anblick des Yankee-Stadions auf meinem Computerbildschirm abgelenkt und schweifte gedanklich zur endgültigen Präsentation für meinen glücksspielbegeisterten Freund Joseph Teradino ab. Mir fiel auf, dass die unterschiedliche Beschilderung des neuen Yankee-Stadions eine leichte Veränderung in Bezug auf die Flugkurve der Bälle erzeugen konnte, doch dass sie wohl nicht groß genug wäre, um für die Beantwortung der Frage relevant zu sein.

»Wir verlangen eine Gebühr«, gab Ackerman zu, worauf ich meine Aufmerksamkeit wieder ihm zuwandte. »Wir sind ja kein Wohltätigkeitsverein, und die Regierung unterstützt unsere Forschung weder finanziell noch in sonst irgendeiner Weise. Ohne die Gebühr könnten wir nicht gewährleisten, dass diese Menschen über Jahre, Jahrzehnte oder sogar Jahrhunderte hinweg sicher aufbewahrt werden und die Kosten dabei selbst tragen. Schon nach einem Monat würde uns das Geld für die Lagerung ausgehen.«

»Noch einmal, ich mache Ihnen keine Vorwürfe«, sagte ich. »Ich versuche nur, die Grundlage Ihrer Frage zu verstehen.« Ich machte eine Handbewegung, die ihn dazu animieren sollte fortzufahren.

»Sie würden sich wundern, wie viele Leute uns für Scharlatane halten«, sagte Ackerman, der die Sache anscheinend nicht auf sich beruhen lassen konnte. »Man sagt mir ins Gesicht, dass ich die Menschen bestehle und ihren Familien falsche Hoffnungen mache, und zwar öfter, als Sie sich vorstellen können.«

Vielleicht benötigte er einen kleinen Stoß in Richtung seines geschäftlichen Anliegens. Jedenfalls war ich ungeduldig und wollte mit der Arbeit fortfahren, die Ms. Washburn und ich vor seiner Ankunft verrichtet hatten. »Wie lautet denn nun Ihre Frage?«

»Nun, Mr. Hoenig, wir vermissen einen unserer Köpfe.«

3

»Das ist ein Problem, keine Frage«, korrigierte ich Ackerman.

Er brauchte einen langen Moment, um darüber nachzudenken, doch schließlich gab er sich einen Ruck und ergänzte sehr bedächtig: »Wer hat einen unserer Köpfe gestohlen, Mr. Hoenig?«

»Das ist nun wirklich eine interessante Frage!« Das war sie tatsächlich. Ich hatte mein Büro eröffnet, weil ich hoffte, durch ungewöhnliche Fragen herausgefordert zu werden, und diese war tatsächlich eine, die in einem gewöhnlichen Gespräch selten gestellt wurde. »Warum glauben Sie, dass der Kopf *gestohlen* wurde, Dr. Ackerman?«, fragte ich.

Ackerman wirkte verblüfft. »Ähm … weil er nicht mehr da ist«, entgegnete er. »Und normalerweise laufen die ja nicht von alleine weg.«

»Das nicht«, stimmte ich zu, »aber er könnte falsch abgelegt, katalogisiert oder identifiziert worden sein. Der fragliche Schädel könnte unabsichtlich zerstört worden sein. Man könnte ihn vielleicht einfach am falschen Ort eingelagert haben. Warum glauben Sie, dass er gestohlen wurde?«

»Es gibt ein Protokoll, das wir für jeden unserer Gäste

einhalten«, erläuterte Ackerman. Ich ging davon aus, dass sie das Wort *Gast* für jeden gebrauchten, dessen Überreste in die Einrichtung zur kryonischen Aufbewahrung gebracht wurden, sei es die ganze Leiche oder nur der Schädel. »So ist gewährleistet, dass nichts schiefgehen kann. Es garantiert, dass wir zu jeder Minute an jedem Tag wissen, wo sich jeder einzelne unserer Gäste befindet. Und doch ist dieser Gast, Ms. Rita Masters-Powell, deren Position zu jeder Zeit aufgezeichnet wurde und die seit vier Monaten unverändert gewesen ist, plötzlich und ohne jegliche Vorankündigung verschwunden. Es ergibt keinen Sinn. Sie sollte nicht gerade erst eingelagert und auch nicht umgelagert werden. Es gibt keine andere Erklärung.«

Es wurmt mich, wenn Menschen Schlüsse ziehen, ohne vorher alle Tatsachen berücksichtigt zu haben, doch diesen Ärger brachte ich Ackerman gegenüber nicht zum Ausdruck. Nach meiner Erfahrung führt das zu keinem irgendwie nützlichen Ende. Ich hielt mich dazu an, ihm in die Augen zu blicken, und sagte: »Es gibt jede Menge Erklärungen, Dr. Ackerman, doch bevor ich die Einrichtung nicht gesehen, Ihre Sicherheitsvorkehrungen untersucht und das zuständige Personal befragt habe, kann ich Ihre Frage nicht vollumfänglich beantworten.«

»Würden Sie dann bitte mitkommen und einen Blick darauf werfen?«

Ich zögerte. Es gab da ja immer noch die Frage des Yankee-Stadions, und auch Ms. Washburns Frage, wie auch immer sie lauten mochte, musste beantwortet werden. Ackerman hatte wohl den Widerwillen in meinem Blick bemerkt, denn er fügte schnell hinzu: »Ich verdopple gern Ihre übliche Gebühr.«

Die Büromiete belief sich monatlich auf 2479 Dollar. Nebenkosten schlugen mit 862 Dollar zu Buche, ganz nach der Ratenzahlung, für die ich mich entschieden hatte und bei der jeden Monat ein von der Versorgungsgesellschaft errechneter Pauschalbetrag fällig wird. Der Getränkeautomat kostete keine Miete, doch jede Flasche grüner Tee oder Wasser belief sich unter dem Strich auf 75 Cent, und da ich normalerweise wenigstens acht Getränke pro Tag erstand, erzeugte das weitere monatliche Kosten von ungefähr 132 Dollar. Aus Gründen der Wirtschaftlichkeit hatte ich mich entschlossen, weniger Wasserflaschen zu kaufen und vielmehr die gebrauchten wieder aufzufüllen, obwohl der Gedanke daran in mir einen leichten Ekel erzeugte.

Trotzdem antwortete ich Ackerman nicht sofort, da ich damit beschäftigt war, all das im Kopf durchzurechnen. Stattdessen schaltete sich Ms. Washburn ein: »Verdreifachen Sie sie, und wir kommen ins Geschäft.«

Ich fühlte mich von ihrem forschen Auftreten zwar überrumpelt, doch ich versuchte, meinen Kopf nicht allzu rasch zu Ms. Washburn zu drehen. Man hat mir erklärt, dass solche plötzlichen Bewegungen Menschen oft stören, also habe ich über den Großteil meines Lebens hinweg geübt, meine Reaktionen zu kontrollieren. Ganz davon abgesehen erschien es mir das Beste, Ackerman nicht von meiner Überraschung in Kenntnis zu setzen.

»Einverstanden«, willigte Ackerman ein. Er lächelte komisch. »Mr. Hoenig?« Er gestikulierte in Richtung der Eingangstür. Es war bemerkenswert, dass er den Bedingungen zugestimmt hatte, ohne überhaupt zu fragen, wie hoch meine übliche Gebühr war.

»Wir folgen Ihnen«, erklärte ich, und Ackerman nickte. Er ging zur Tür und trat ins Freie.

Ms. Washburn wartete, bis er außer Hörweite war, bevor sie sagte: »Was meinen Sie mit ›Wir folgen Ihnen‹? Eigentlich arbeite ich ja nicht hier.«

»Sie haben doch gesagt, dass Sie Ihren Job bei der Zeitung verloren haben«, erinnerte ich sie. »Dies ist eine Gelegenheit, ein bisschen zu arbeiten und sich ein Gehalt zu verdienen. Es ist nur für heute.«

Sie sah mich aus zusammengekniffenen Augen an, als wäre ich weit weg. »Was soll ich denn tun?«, fragte sie.

»Erst einmal müssen Sie mich zu Ackermans Büro fahren. Ich fahre nicht Auto.« Das entsprach nicht ganz der Wahrheit – ich habe einen gültigen Führerschein, doch ich mache von ihm beinahe nie Gebrauch. Ich fahre sicher, aber weder schnell, noch macht es mir Spaß. Ich war seit Monaten nicht mehr Auto gefahren.

Ms. Washburn schüttelte ganz leicht den Kopf, während sie zur Tür ging und dabei ihre Autoschlüssel hervorzog.

4

Das Garden State Cryonics Institute hatte seinen Sitz in North Brunswick in einem kleinen grauen Gebäude am U.S. Highway 1 in unmittelbarer Nachbarschaft einer Bowlingbahn und eines Autohauses. Ms. Washburn benötigte für die Fahrt sechzehn Minuten, wobei sie einfach Ackermans Wagen folgte.

Sobald wir einen Parkplatz gefunden hatten und aus dem Auto ausgestiegen waren, betrachtete sie das Gebäude so, wie man ein geschmackloses Foto ansieht.

»Das gefällt mir nicht«, bemerkte sie. »Es ist zu gewöhnlich für einen Ort, an den die Leute sich wenden, um im sechsunddreißigsten Jahrhundert wieder auferweckt zu werden.«

»Es beherbergt eine Einrichtung, die die geeigneten Temperaturen, die Notfallvorrichtungen und andere Erfordernisse gewährleistet, um die Bedingungen der Tiefkühlung aufrechtzuerhalten, die kryonische Verfahren ermöglicht«, erklärte ich ihr. »Tatsächlich kümmert die Leute, die hierherkommen, die Ästhetik des Gebäudes nur am Rande.« Ich hielt das für eine launige Bemerkung, doch Ms. Washburn starrte mich nur einen Moment lang an und folgte mir dann zum Haupteingang des Instituts, wo Marshall Ackerman uns bereits erwartete.

»Willkommen beim Garden State Cryonics Institute«, sagte er. Mir schien, er gab dem Satz eine Opulenz, die dem Anlass nicht angemessen war, doch manchmal tue ich mich schwer mit Tonlagen, also ging ich davon aus, dass ich ihn missinterpretierte, auch weil ich Ms. Washburns unbeeindruckten Gesichtsausdruck wahrnahm.

»Danke«, erwiderte ich, denn das ist die angemessene Antwort, wenn jemand einen willkommen heißt, auch wenn man die Umgebung nicht als sonderlich einladend empfindet.

Wir betraten das Institut, und Ackerman führte uns durch die Türen in einen kleinen, unpersönlichen Empfangsbereich. Im Inneren wirkte das Gebäude imposanter als von außen – es war hell erleuchtet, machte den Eindruck, kürzlich renoviert worden zu sein, und war geräumiger, als es zunächst den Anschein gehabt hatte. In der Lobby befand sich außerdem ein Empfangstresen, hinter dem eine junge Frau Mitte zwanzig saß, die besorgt dreinblickte. Ackerman lotste uns an ihr vorbei in den hinteren Teil des Raumes.

Dort funkelte uns ein stämmiger, kahlköpfiger Mann finster an, den Ackerman uns als Commander Johnson vorstellte und der ausschließlich mit ihm sprach. Neben ihm standen zwei Männer des Sicherheitsdienstes, die offenbar die institutseigene Uniform trugen. Sie waren unbewaffnet.

»Wir sollten Außenstehende nicht nach unten lassen«, wandte Johnson ein. Diese Bemerkung fand ich bemerkenswert, vor allem wenn Commander Johnson tatsächlich eine Art Armeeoffizier war. Falls dem so war, würde er wahrscheinlich korrekte Verfahrensweisen über alles stellen, und ich fragte mich, warum er dann nicht darauf bestand, die Polizei zu alarmieren.

»Sie sind hier, um zu helfen«, blaffte Ackerman zurück, und mir wollte scheinen, dass es ihm lieber gewesen wäre, wenn Commander Johnson leiser gesprochen hätte, etwas, worum meine Mutter auch mich oft bittet, wenn ich mich in Rage rede, zum Beispiel, wenn jemand behauptet, U2 sei eine bessere Band als die Beatles. Ackerman wandte sich uns zu. »Commander Johnson ist unser Sicherheitschef.«

»Dann vermute ich, dass er für das Verschwinden die Verantwortung trägt.« Das schien mir eine logische Annahme zu sein – der Sicherheitschef ist für jeden Verstoß, der unter seiner Aufsicht geschieht, verantwortlich –, doch sowohl Ackerman als auch Commander Johnson rissen erschrocken die Augen auf, und Ackerman beeilte sich, uns am Sicherheitspersonal vorbei durch eine Tür hindurch und einen Korridor entlang zu schleusen. Am Ende des Korridors lotste er uns in einen Fahrstuhl.

»Wir sehen uns nun den Bereich an, in dem Ms. Masters-Powell – Rita – aufbewahrt wurde«, sagte er, nachdem sich die Fahrstuhltüren geschlossen hatten. Ackerman teilte uns damit offenbar etwas Vertrauliches mit, denn er hatte mit seiner Äußerung gewartet, bis wir außer Sicht- und Hörweite aller anderen Angestellten waren, bevor er den Grund unseres Hierseins erneut aussprach. »Sie können die Sicherheitsvorkehrungen selbst begutachten.«

Ich sagte nichts zur Redundanz dieses Satzes und konzentrierte mich stattdessen auf die gestellte Frage. Wie konnte ich herausfinden, ob Ms. Masters-Powells Kopf gestohlen, verlegt oder zerstört worden war?

Die Antwort lag zweifelsohne in den Aufzeichnungen und den Sicherheitsapparaturen. Falls es zum Beispiel eine dauerhafte Videoüberwachung gab, hätte sie den Punkt aufgezeichnet, an dem die Überreste bei ihrer Ankunft eingelagert worden waren. Wenn man weiterhin davon ausging, dass das System ordentlich gesteuert und überwacht wurde, war von da an auch jede weitere Minute bis zum Verschwinden des Kopfes gespeichert worden. Die Frage wäre dann eine relativ einfache nach Zugangsberechtigungen, Motiven sowie den Fähigkeiten, das Sicherheitssystem zu manipulieren.

»Wer hat alles Zugang zu den Sicherheitsapparaturen?«, fragte ich, als sich die Fahrstuhltüren auf Ebene B öffneten, was wahrscheinlich für *Basement*, also das tiefste Kellergeschoss stand. Die anderen Stockwerke waren mit Zahlen markiert, während das, von dem wir gekommen waren, mit G für *Ground* bezeichnet wurde und demnach ebenerdig lag.

Ackerman blickte mich an, als hätte ich ihm ins Kreuz geschlagen. Er wirbelte herum und sagte: »Bitte, Mr. Hoenig, sprechen Sie doch leise. Ich möchte noch nicht, dass die Belegschaft über den … Vorfall Kenntnis erlangt.«

»Sie hören uns, wenn wir einfach in normaler Lautstärke sprechen?«, warf Ms. Washburn ein, während wir in den Flur traten. Ich war beeindruckt, da ich als Nächstes genau dieselbe Frage gestellt hätte, obwohl ich die Antwort bereits kannte. Ich wollte sehen, wie Ackerman darauf reagierte.

»Ja, es gibt an den meisten Stellen hier eine Audio- sowie eine ständige Videoüberwachung«, räumte er ein und deutete auf die Kameras, die an den Wänden knapp unterhalb der Decke montiert waren, um so jeden möglichen Blickwinkel abzudecken. Über der Linse jeder einzelnen Kamera war außerdem ein Richtmikrofon eingebaut.

Er sah, dass Ms. Washburn ihr Handy hervorangelte, und sagte: »Machen Sie sich gar nicht erst die Mühe. Hier unten haben Sie keinen Empfang. Handys funktionieren in diesem Gebäudetrakt nur intern, Sie können nur von jemandem angerufen werden, der sich ebenfalls in den Untergeschossen befindet.«

»Ich muss aber meinen Ehemann anrufen.«

Ackerman nickte. »Unten gibt es Festnetztelefone, die können Sie benutzen.«

»Ich nehme an, die Festplatten mit den Videoaufzeichnungen haben Sie überprüft, und sie sind nicht manipuliert worden«, vermutete ich und schwenkte so wieder auf das infrage stehende Thema zurück.

»Richtig«, bestätigte Ackerman. »Ich habe keinen Schimmer, wie er … wie *sie* hier herausgeschmuggelt werden konnte.«

»Vielleicht sollte jemand das Sicherheitssystem überprüfen, der nicht dem Institut angehört«, schlug ich vor. »Wenn der Dieb jemand ist, der hier arbeitet, könnte er oder sie sehr leicht jede Art der Manipulation vertuschen.«

»Ich glaube nicht, dass irgendeiner meiner Mitarbeiter verantwortlich sein könnte«, widersprach Ackerman in harschem Ton.

»Ich halte es für weniger wahrscheinlich, dass es jemand anders war«, konterte ich, doch er räusperte sich daraufhin nur und sagte nichts weiter.

Ackerman führte uns nach rechts, dann an einer Reihe unbeschrifteter Stahltüren vorbei.

»Sind Sie wegen einer Lösegeldforderung kontaktiert worden?«, fragte ich.

»Nein. Ich hoffe entgegen aller Wahrscheinlichkeit, dass wir Ms. Masters-Powells Kopf wiederfinden, bevor irgendein Kontakt hergestellt wird.« Ackerman zog ein Taschentuch hervor und wischte sich damit über die Stirn, obwohl es im Keller des Gebäudes überhaupt nicht warm war. Ich vermutete, dass hier bei jedem Wetter die Klimaanlage laufen musste.

»Natürlich wollen Sie ihn bald finden«, äußerte Ms. Washburn verständnisvoll, »aber warum ist es denn so dringend?«

Ackerman setzte zu einer Antwort an, doch ich hielt es für nützlich, ihn erneut zu beeindrucken, also unterbrach ich ihn: »Weil Dr. Ackerman Ms. Masters-Powells Familie noch nicht informiert hat und hofft, das auch niemals tun zu müssen.«

Ackerman starrte mich an. »Woher wissen Sie das?«

»Obwohl Sie so gut wie gar keine Konkurrenz haben, ist diese Einrichtung dennoch sehr abhängig von ihrem Ruf«, erläuterte ich. »Sie haben ja schon einige der Argumente erwähnt, die gegen Ihre Art von Dienstleistung in Stellung gebracht werden. Ein Vorfall wie dieser könnte beträchtlichen öffentlichen Aufruhr erzeugen, und Ihr Unternehmen könnte deshalb von den zuständigen Behörden überprüft oder durch einen Vertrauensverlust unter Ihren Kunden vollständig diskreditiert werden. Sie könnten dadurch gezwungen sein, Ihr Unternehmen ganz aufzugeben.«

Marshall Ackerman schien diese Aussicht fast schon Übelkeit zu bereiten. »Der Schaden für unseren Ruf könnte enorm sein«, stimmte er mir zu. »Diese Angelegenheit muss deshalb von mir ... von *uns* schnellstmöglich aufgeklärt werden. Außerdem gibt es noch praktische physikalische Gründe, warum Eile geboten ist.«

»Das kann ich mir denken«, sagte ich so leise wie möglich, während wir uns den Flur entlangbewegten. »Wenn Ms. Masters-Powells Kopf tatsächlich aus der Lagerung entfernt worden und nicht richtig behandelt worden ist, können Sie ihn sehr wahrscheinlich nicht mehr in einen akzeptablen Zustand bringen, selbst wenn er zurückgegeben wird. Ich schätze, Sie müssten ihn innerhalb der nächsten zehn Stunden finden, es sei denn, Sie nehmen an, dass jemand mit Zugang zu sehr ausgefeilter Technik ihn in Geiselhaft genommen hat.«

Wir kamen an eine Tür, die direkt im Aufnahmebereich dreier verschiedener Kameras an den Wänden und der Decke lag. An der Tür war ein Schild mit der Aufschrift AUFBEWAHRUNGSRAUM D angebracht. Ackerman nahm eine Codekarte aus seiner Brieftasche und zog sie durch ein Lesegerät rechts neben der Tür.

Eine Tonaufnahme, die im Flur widerhallte, erklang: »Stimmerkennungsmuster, bitte.«

»Marshall Ackerman«, sagte er in leichtem Plauderton.

»Erkennung durchgeführt. Daumenabdruck, bitte«, antwortete ihm die Aufzeichnung. Ackerman streckte die rechte Hand aus und legte den Daumen auf einen Scanner unterhalb des Kartenlesegeräts.

»Akzeptiert«, sagte die Aufzeichnung. Man hörte das Klicken der Türschlösser, die sich öffneten, und ein Summton erklang. Bei diesem Geräusch zog sich alles in mir zusammen, doch ich bemühte mich, mein Unwohlsein nicht offen zu zeigen – für uns Menschen mit Asperger-Syndrom ist es nicht ungewöhnlich, empfindlich auf laute Geräusche zu reagieren. Ackerman öffnete die Tür und ließ Ms. Washburn und mir den Vortritt. Wir gingen hinein.

Der Raum ähnelte einem Arztlabor mit Seziertischen aus rostfreiem Stahl und einem Computerarbeitsplatz daneben. Eine Seite des Zimmers war mit Fenstern statt Wänden ausgestattet, und auch wenn sie aus Glas zu sein schienen, legten Stärke und Farbe des Materials nahe, dass es sich dabei um etwas viel Dauerhafteres und Widerstandsfähigeres als eine gewöhnliche Fensterscheibe handelte.

»Das hier ist der Aufbewahrungsbereich«, erläuterte Ackerman. »Wie Sie sehen, Mr. Hoenig, sind die Sicherheitsmaßnahmen, die den Zugang zu diesem Gebäudeabschnitt regeln, außergewöhnlich hoch.«

Das war eine kühne Behauptung, die ich als haltlos erachtete.

»Das kann man wohl kaum sagen«, widersprach ich ihm also. »Ich finde, die Maßnahmen sind ziemlicher Standard und werden von vielen ähnlichen Einrichtungen, die auf ihre Sicherheit bedacht sind, ebenfalls verwendet. Die Anzahl der Maßnahmen ist vielleicht ungewöhnlich hoch, aber keine von ihnen ist idiotensicher. Das gilt ohnehin für nichts.«

Ackerman presste die Lippen aufeinander, doch er bemühte sich, nicht mit mir zu streiten.

»Wenn Sie mir nun folgen wollen, Mr. Hoenig, zeige ich Ihnen unsere Lagerräume.« Obwohl er Ms. Washburn nicht ausdrücklich einlud, folgte sie uns.

Er wies uns an, Schutzanzüge anzulegen, die an Haken neben der Tür hingen. Sie bestanden aus einem gelben Polymer und hatten Kapuzen mit einem Sichtfenster darin, sodass man hindurchsehen konnte. Ich wollte nachfragen, ob die Anzüge schon vor mir von jemandem getragen worden waren, was ich vermutete, und falls dem so war, wie sie gereinigt worden waren, doch ich hielt mich zurück. Ich weiß nicht, warum. Auch Ms. Washburn zögerte für einen Moment, vielleicht aus demselben Grund, vielleicht aber auch wegen Klaustrophobie oder sonst irgendeiner Überempfindlichkeit, doch sie atmete ein Mal kurz durch und zog dann den Anzug über ihre Kleidung.

Ackerman tat es ihr gleich, jedoch ohne zu zögern; das hier war für ihn offenbar keine ungewöhnliche Situation. Es dauerte keine zwei Minuten, bis wir alle ordnungsgemäß gekleidet waren und er zu einem computerisierten Tastenfeld hinüberlangte. Selbst mit den Handschuhen, die zur Schutzausstattung gehörten, konnte er die richtige Zahlenkombination eingeben, und auf dem Bildschirm erschien der Schriftzug *Zugang gewährt.*

Über der inneren Tür leuchtete ein rotes Licht auf, und Ackerman ging auf die Tür zu. »Drinnen dürfen Sie nichts anfassen«, warnte er uns vor. »Alles ist extrem kalt und empfindlich. Jede unerwartete Temperaturänderung in einem der Behälter könnte diese Leute ihr Leben kosten.« Da sie alle bereits klinisch tot waren, schien mir das eine ziemlich übertriebene Aussage zu sein, doch ich nickte, und er streckte die Hand nach dem Knauf an der inneren Tür aus.

Dieser ließ sich zwar drehen, doch die Tür bewegte sich nicht, wie sehr er auch dagegendrückte.

»Ich begreife das nicht«, sagte Ackerman. »Könnten Sie mir bitte helfen, Mr. Hoenig?«

Ich wollte eigentlich nicht. Gegen eine Tür zu drücken, die sich nicht öffnen ließ, schien mir ein fruchtloses Unterfangen zu sein, und es so nah bei Ackerman zu tun (oder wem auch immer) bereitete mir leichte Übelkeit. Doch die einzige Möglichkeit, die mir gestellte Frage zu beantworten, ergab sich dadurch, dass ich mir die Einrichtung ansah; und der einzige Weg, wie ich die Einrichtung würde ansehen können, bestand darin, die Tür zu öffnen. Also stellte ich mich neben ihn.

»Könnte sie eingefroren sein?«, fragte Ms. Washburn.

Ich wusste, dass die Konstruktion einer solchen Kammer so etwas unmöglich machte, doch ich fand den herablassenden Ton Ackermans unnötig, als er erwiderte: »Nein, Ms. Washburn. Sie kann nicht einfrieren.« Ich hatte gleich vermutet, dass er nicht begeistert war, dass sie uns bei der gesamten Besichtigung der Anlage begleitete.

»Bei drei«, sagte er zu mir. Ich habe keine Ahnung, warum es die Körperkraft erhöhen soll, bis drei zu zählen. Warum sagt man nicht einfach *jetzt*? Warum zählt man nicht bis fünf oder bis sieben? Oder drückt einfach drauflos und nimmt an, dass der Nebenmann schon in die Anstrengung einsteigen wird? Doch ich entgegnete nichts, und Ackerman wertete das anscheinend als Zustimmung. »Eins … zwei … drei!«

Wir drückten mit den Schultern gegen die Tür, und sie bewegte sich ein paar Zentimeter, allerdings nicht genug, um wenigstens einen Fuß hineinzubekommen.

Man konnte durch die dicke Stahltür nicht hindurchsehen, doch zu beiden Seiten waren kleine Glasfenster in die Wand eingelassen.

»Ms. Washburn«, bat ich sie, »schauen Sie doch mal da durch und sagen mir, was Sie sehen.« Später fiel mir auf, dass ich nicht »bitte« gesagt hatte, doch Ms. Washburn schien deswegen nicht beleidigt zu sein.

Sie nickte und quetschte sich an mir vorbei, um an das Fenster zu gelangen, das rechts neben der Tür lag. Sie blickte geradeaus hindurch, und ihre Stimme hallte von der Glasscheibe wider. »Ich sehe Metallzylinder und große Maschinen, eventuell Lagereinheiten. Ich kann nichts erkennen, das irgendwie komisch aussieht.«

Ackerman und ich hatten die Position unserer Füße gewechselt, um einen besseren Hebel zu erzeugen, und drückten weiter gegen die Tür. »Schauen Sie nach unten«, sagte ich zu Ms. Washburn. »Sehen Sie nach, was die Beweglichkeit der Tür einschränkt.«

Sie tat es und schnappte nach Luft. »Oh mein Gott«, rief sie. »Da liegt eine Frau auf dem Boden.«

Ackerman erblasste und drückte noch fester. Die Tür bewegte sich ein paar Zentimeter weiter, sodass ich meinen Fuß in die Öffnung stemmen konnte. Auf diese Weise war der Hebel groß genug, und ich bekam die Tür so weit auf, dass ich mich trotz meiner Schutzkleidung durch den Spalt hindurch und in den Raum hinein zwängen konnte. Dort sah ich, dass Ms. Washburn recht gehabt hatte: Tatsächlich lag eine Frau auf dem Boden.

Soweit ich das beurteilen konnte, war sie mausetot.

5

»Fassen Sie nichts an«, wies ich Ackerman und Ms. Washburn an, nachdem sie sich durch den engen Spalt gequetscht hatten. Es war nun deutlich, dass die Leiche der unbekannten Frau so hinter die Tür geklemmt worden war, dass es für uns schwierig wurde hineinzugelangen. Immerhin hatte das Drücken an der Tür dem Körper keinen größeren Schaden zugefügt.

Ihre Anwesenheit in der Kammer, während dort flüssiger Stickstoff ausgetreten war, hatte das bereits erledigt.

»Mein Gott«, sagte Ackerman und legte sich instinktiv die Hand vor den Mund, obwohl sein Gesicht ja von dem Plastikfenster bedeckt war. »Das ist Rebecca.«

»Wie spät ist es?«, fragte ich ihn drängend. Wegen meines Tons versteifte Ackerman sich, doch Ms. Washburn sah auf eine Wanduhr.

»10.56 Uhr.«

»Danke.« Anders als bei anderen Menschen mit Asperger-Syndrom hatte es bei mir keines speziellen Trainings der sozialen Fähigkeiten bedurft, damit ich daran dachte, mich bei Menschen zu bedanken. Ich hatte das bereits gelernt, als ich noch sehr jung gewesen war. Dafür hatte meine Mutter schon gesorgt.

»Warum fragen Sie?«, warf Ackerman ein. »Können Sie herausfinden, wann sie gestorben ist?«

»Nein. Ich esse jeden Tag um halb eins mit meiner Mutter zu Mittag und wollte sichergehen, dass ich mich nicht verspäte.«

Ackerman starrte mich wieder an.

Mir fiel auf, dass Ms. Washburn sich so weit von der Leiche entfernt hinstellte, wie es nur möglich war, doch ich war beeindruckt, dass sie weder weinte noch schrie oder irgendwelche Zeichen von Übelkeit an den Tag legte. Man konnte von Ackerman nicht dasselbe behaupten. Er sah aus, als würde er jeden Moment in Ohnmacht fallen. Vermutlich stand er unter Schock.

»Wer ist … war Rebecca?«, fragte ihn Ms. Washburn.

»Rebecca Springer. Doktor Rebecca Springer. Sie war eine unserer Spezialistinnen, Teil einer Art Eingreiftruppe, die zum Einsatz kommt, wenn eines unserer Mitglieder offiziell für tot erklärt wird.«

Durch meine Internetrecherche wusste ich, dass Ackermans Unternehmen ein Team an den Ort schickte (normalerweise war das ein Krankenhaus oder ein Hospiz, manchmal aber auch das private Zuhause der betreffenden Person), an dem bei einem Patienten durch einen Arzt der Tod festgestellt worden war. Dort wurden umgehend Schritte eingeleitet, um die Leiche für die Aufbewahrung zu präparieren, etwa eine Herzmassage, die Blut und Sauerstoff so lang wie möglich fließen ließ und so den Hirntod hinauszögerte. Dr. Springer musste wohl eine der Ärztinnen gewesen sein oder eine Pathologin, die sich um das Wohlergehen des Körpers kümmerte.

»Sie müssen zurück ins Vorzimmer gehen und die

Polizei verständigen«, sagte ich zu Ackerman. »Ms. Washburn, würden Sie Dr. Ackerman begleiten?«

»Was tun Sie denn so lange?«, fragte Ackerman. Ms. Washburn schien dankbar für die Gelegenheit zu sein, die Kammer verlassen zu dürfen.

»Ich werde den Tatort nach Informationen absuchen, die mir dabei helfen, Ihre Frage zu beantworten«, erklärte ich ihm. »Und ich werde nach weiteren Anhaltspunkten Ausschau halten, die der Polizei vielleicht dabei helfen, *ihre* Fragen zu beantworten.«

Sie quetschten sich also wieder durch den Türspalt, Ms. Washburn ging diesmal voran, und ich schloss die Tür hinter ihnen, um ungefähr die Bedingungen wiederherzustellen, die hier geherrscht hatten, bevor wir uns an der Tür und der Leiche zu schaffen machten. Ich hatte nichts berührt, nicht einmal mit den unförmigen Handschuhen.

Der Raum war nicht so groß, wie ich erwartet hatte. Es gab hier fünfzehn Zylinder für diejenigen, die sich wie die verstorbene Ms. Masters-Powell dazu entschlossen hatten, nur ihre Schädel aufbewahren zu lassen – eine Taktik, die ich für weniger logisch hielt, als den gesamten Körper zu konservieren. Sie setzte nämlich voraus, dass die Medizin nicht nur ein Heilmittel für ihre tödliche Krankheit und einen Weg finden würde, einen tiefgefrorenen Körper wiederzuerwecken, sondern sie machte es zudem noch erforderlich, dass ein künstlicher Körper erschaffen wurde, auf den man einen Kopf verpflanzen konnte. Hinzu kamen zehn Behälter, in denen vollständige Körper eingelagert wurden.

Wenn ich die Frage über Ms. Masters-Powells verschwundenen Kopf beantworten sollte, brauchte ich mehr Informationen, bevor ich eine Theorie entwerfen konnte –

zunächst einmal wusste ich nicht, welches der Behältnisse ihres gewesen war. Doch ich entdeckte die Überwachungskamera, die an der Decke angebracht und auf die Lagereinheiten gerichtet war, und ich kannte die Größe des Raumes. Es wäre schwierig gewesen, irgendetwas aus diesen Kammern zu entfernen, ohne dass es aufgezeichnet wurde.

Das ließ eine Reihe von Möglichkeiten offen, doch das Wichtigste war im Moment die Leiche am Boden, also kniete ich mich neben sie, um sie zu untersuchen, ohne sie dabei zu berühren.

Sie sah nicht anders aus als jede beliebige andere Leiche. Ich habe zwar noch nicht viele gesehen, aber ich habe über das Thema recherchiert. Das hier war eine Frau in den frühen Vierzigern, ihr Mund war geöffnet, ihre Augen waren geschlossen. Es gab keine sichtbaren Wunden oder Verletzungen. Keine Spuren irgendwelcher Art. Nur die übliche wachsartige, steife Qualität der Haut, die alle Toten gemeinsam haben.

Sie trug relativ gewöhnliche Businesskleidung: eine marineblaue Bluse und eine lange schwarze Hose, schwarze Schuhe mit niedrigen Absätzen und ein Jackett, das zur Hose passte. Sie sah aus, als wäre sie auf dem Weg zu einer Besprechung leitender Angestellter hingefallen oder eingeschlafen.

Ich achtete darauf, sie nicht zu berühren, also konnte ich nicht sicher sein, dass es keine Anzeichen von Gewalt an Stellen gab, die ich nicht sehen konnte. Es gab allerdings weder Blutspuren auf dem Boden, noch war weit und breit irgendeine Waffe zu sehen.

Es schien mir sehr unwahrscheinlich, dass sich Dr.

Springer ausgerechnet diesen Tag ausgesucht hatte, genau diesen Moment, um plötzlich einen Herzinfarkt zu erleiden. Soweit ich das beurteilen konnte, war sie in ausgezeichneter Form und nicht alt. Wahrscheinlich würde es der Polizei keine größeren Schwierigkeiten bereiten, die Todesursache zu ermitteln.

Ich stand auf und sah mich im Raum um. Nachdem ich über Dr. Springers Tod herausgefunden hatte, was ich konnte, konzentrierte ich mich nun wieder auf Ackermans Frage – wer hatte Ms. Masters-Powells gefrorenen Kopf gestohlen? Ich zwang mich dazu, jeden Gegenstand im Raum auf Antworten hin zu untersuchen.

Es gab einen Metallbehälter mit einem Stutzen im hinteren Teil des Raumes. Ich ging zu ihm hin und stieß mit dem Fuß leicht dagegen – er war leer. Ich achtete darauf, ihn weder zu bewegen noch sonst irgendetwas an seiner Lage zu verändern. Als ich auf dem Boden ein Objekt entdeckte, das aus einer Art Gummi oder Kunststoff bestand – ich konnte das in der betreffenden Ecke nicht genau erkennen, da es zu dunkel war –, begann ich mir eines ernsthafteren Problems bewusst zu werden, um das ich mich kümmern musste: Ich fühlte mich etwas benommen. Es schien noch ein wenig Stickstoff im Raum sein, wenn auch nicht genug, um den Sauerstoff vollständig zu verdrängen, und der Stickstoffaustritt musste dauerhaft und immer noch im Gange sein. Irgendwo gab es demnach wohl einen Tank mit einem kleinen Leck. Schnell trat ich zur Tür.

»Mr. Hoenig?«, hörte ich Ms. Washburn jenseits der Tür rufen, die nun wieder leicht geöffnet und in dieser Position fixiert worden war. »Die Polizei ist schon im Empfangsbereich.«

»Sagen Sie Commander Johnson, er soll sie gleich herunterschicken«, antwortete ich und sah, wie Ms. Washburns Kopf aus dem Sichtfenster verschwand, als sie wieder zum Wandtelefon hinüberging.

Ich hatte nicht mehr viel Zeit – die Polizei würde es nicht gut aufnehmen, dass ein Zivilist den Tatort »verunreinigte« –, also konzentrierte ich mich noch einmal. Dr. Springers Leiche lag in einer Stellung da, die deutlich machte, dass sie, bevor sie starb, zur Tür gegangen, vielleicht sogar gerannt war. Ich verfolgte ihren Weg zu den Zylindern zurück, die die gefrorenen »Gäste« enthielten.

Bevor ich jedoch die Apparatur erreichte, in der sie verstaut waren, wurde ich von etwas auf dem Boden abgelenkt, das Dr. Springer vielleicht auf ihrem Weg zur Tür fallen gelassen hatte; die Aufzeichnungen der Überwachungskamera würden dieses Detail später sicher enthüllen.

Es war ein metallener Zylinder, nicht groß genug, um einen ganzen Körper zu beherbergen, sondern einer von denen, in denen die Köpfe aufbewahrt wurden. Er lag auf der Seite und wies einen ziemlich großen Riss auf.

Als ich mich von der Tür weg- und auf den Zylinder zubewegte, um ihn zu untersuchen (aber ganz sicher nicht anzufassen), hatte ich wieder Schwierigkeiten, mich zu konzentrieren. Es fühlte sich an, als hätte ich länger als einen Tag nicht geschlafen, was ich mir niemals gestatte. Es lag am Stickstoffleck; ich konnte mich nun nicht mehr allzu lange in diesem Raum aufhalten.

Ich betrachtete den am Boden liegenden Zylinder nur kurz, allerdings lange genug, um zu sehen, dass er mit den Initialen R. M-P, einer Zahl und einem Barcode beschriftet war.

Rita Masters-Powell.

Doch zu diesem Zeitpunkt war mir bereits sehr schwindlig, und ich begriff, dass ich den Raum unbedingt verlassen musste. Ich drehte mich um und ging, etwas wackelig auf den Beinen, zurück auf Dr. Springers Leiche und die Tür zu. Je näher ich der Tür kam, desto besser fühlte ich mich. Meine Benommenheit schien mit jedem Schritt ein bisschen mehr zu verfliegen.

Ich trat gerade aus der Kammer, als zwei Uniformierte das Vorzimmer betraten. Ms. Washburn sah mich besorgt an, und Marshall Ackermans Gesichtsausdruck war für mich schwer zu lesen – entweder war es Missbilligung oder Abscheu. Manchmal wünschte ich, ich könnte von jedem Gesichtsausdruck, den ich sehe, Fotos machen, um sie später Mutter zu zeigen. Sie könnte dann meine ursprüngliche Einschätzung entweder bestätigen oder entkräften.

»Geht es Ihnen gut, Mr. Hoenig?«, fragte mich Ms. Washburn.

Ich setzte mich hin und nickte. »Ja. Ich glaube, ich habe ein wenig auf den Austritt flüssigen Stickstoffs reagiert.« Ich begann, den Schutzanzug auszuziehen, Ms. Washburn und Ackerman hatten das bereits getan.

Ackerman erblasste. »Flüssiger Stickstoff? Sind die Behälter beschädigt?« Er wusste natürlich, dass die Körper und die Schädel in Behältern aufbewahrt wurden, die flüssigen Stickstoff enthielten, weil sie in diesem eingefroren werden konnten, ohne größere Gewebeschäden zu erleiden, wenn man es richtig anstellte. Ein Leck in den Behältern wäre für ihn tatsächlich eine sehr üble Sache.

»Nur einer«, berichtete ich ihm. »Derjenige, der Ms. Masters-Powells Kopf enthalten hat.«

Ackerman sah nun noch elender aus. Er ließ den Kopf hängen und fing an, sehr stark zu schnaufen.

Der Polizist und die Polizistin, die sich der Tür der Kältekammer bereits genähert hatten, hielten mitten in der Bewegung inne und drehten sich um, um mich anzublicken. Einer der beiden – der Größere mit dunklen Brauen und tief in den Höhlen sitzenden Augen – schüttelte leicht den Kopf. »Der Kopf eines Menschen war in einem Behälter mit flüssigem Stickstoff? Ist das nicht ziemlich kalt?«

»Doch«, antwortete Ackerman, »aber das ist es, was wir hier tun. Wir konservieren die Menschen, die kürzlich einen herkömmlichen Tod erlitten haben, bis sie wieder aufgeweckt werden können.« Während er sprach, sah er nicht hoch.

Der größere der beiden Polizisten riss die Augen auf, doch seine Partnerin, eine junge afroamerikanische Frau, berührte ihn am Arm, sodass er ihr seine Aufmerksamkeit zuwandte. »Das hier ist ein kryotechnisches Labor, Jesse. Es ist legal.«

»Kryonisch«, verbesserte ich sie. »Kryotechnik ist einfach die Erzeugung sehr tiefer Temperaturen. Kryonik ist das, was hier praktiziert wird.«

Doch der Polizist, der Jesse hieß und auf dessen Namensschild Crawford stand, zeigte auf Dr. Springers Leiche. »Was ist damit?«

»Das ist eine unserer Ärztinnen«, erklärte Ackerman.

»Ist sie tot?«, fragte Crawford.

Ackerman nickte.

»Melden Sie das«, wies Crawford seine Partnerin an, und sie griff nach dem Kommunikationsgerät, das sie an ihrer Schulter trug.

»Das wird hier unten wahrscheinlich nicht funktionieren«, hielt Ackerman sie zurück und deutete auf das Telefon. Die Polizistin wählte die Nummer ihres Hauptquartiers.

»Sie sind gerade dort herausgekommen, als wir ankamen«, wandte Crawford sich an mich. »Sie hätten nicht dort drin sein dürfen.«

»Wir waren nicht sicher, ob sie tot ist«, erklärte Ms.Washburn. »Mr. Hoenig hat versucht …«

»Ich beantworte anderer Leute Fragen«, übernahm ich. »Ich musste dort hineingehen, um eine Frage für Dr. Ackerman zu beantworten.«

»Haben Sie irgendetwas angefasst?«

»Nein«, sagte ich. »Ich war sehr vorsichtig.«

Crawford lehnte sich in die Kältekammer hinein, und Ackerman sah ihn nervös an. Wenigstens glaube ich, dass er nervös war – vielleicht war es aber auch ein Ausdruck des Missfallens.

»Kein Blut«, stellte Crawford fest. »Sieht nach einem natürlichen Tod aus.«

»Oh, nein«, korrigierte ich ihn, »Dr. Springer wurde ermordet.«

6

Die Notärzte brauchten sieben Minuten, bis sie da waren, und dann beanspruchten sie den Großteil der Aufmerksamkeit im Raum. Sie durften Dr. Springers Leiche allerdings ebenfalls nicht berühren (abgesehen von dem, was nötig war, um den Tod zweifelsfrei festzustellen), bis Detective Glendon Lapides die Leiche in ihre Obhut freigab.

Als Detective Lapides, ein bemerkenswert groß gewachsener Mann mit sandfarbenem Haar und einer Lücke zwischen den Schneidezähnen, sichergestellt hatte, dass der Polizeifotograf den Tatort zu seiner Zufriedenheit im Bild festgehalten hatte, baute er sich vor Ms. Washburn, Ackerman und mir auf. Wir sahen gemeinsam dabei zu, wie Dr. Springers Leiche von den Rettungssanitätern auf eine zusammenklappbare Trage gelegt und vom Tatort weg zum Fahrstuhl transportiert wurde.

»Also, was hat das zu bedeuten, dass das hier ein Mord sein soll?«, fragte er. Ich vermutete, er richtete die Frage an mich, doch er sah dabei Ms. Washburn an. Entweder hatte Detective Lapides auch das Asperger-Syndrom, oder er fand Ms. Washburn attraktiv, das war schwer zu entscheiden.

»Brauchen wir hier noch lang?«, fragte ich zurück, und

der Detective wandte sich mir mit einem Gesichtsausdruck zu, den ich zweifelsfrei als Verärgerung erkennen konnte.

»Mr. Hoenig isst jeden Tag um halb eins mit seiner Mutter zu Mittag«, erklärte ihm Ms. Washburn. »Er fürchtet, er könnte sich verspäten.«

»Wir brauchen hier so lange, wie wir eben brauchen«, sagte er zu mir und beantwortete damit meine Frage überhaupt nicht. »Doch es wird sehr viel schneller gehen, wenn jeder und jede kooperiert und einfach meine Fragen beantwortet. Also, warum glauben Sie, dass diese Frau ermordet wurde?«

»Ich glaube es nicht, ich bin mir sicher«, korrigierte ich ihn. »Die Beweise lassen keinen anderen Schluss zu. Zum einen trägt Dr. Springer gewöhnliche Bürokleidung, einen praktischen Anzug und niedrige Absätze, perfekt geeignet für irgendeine Besprechung bezüglich des Budgets oder anderer arbeitsbezogener Dinge.«

Lapides' Augen verengten sich zu Schlitzen. »Was hat das damit zu tun, dass es sich um einen Mord handelt?«, fragte er.

»Rebecca hätte die Kältekammer niemals ohne Schutzanzug betreten«, mischte sich Ackerman ein. »Sie wusste, dass es sowohl gefährlich für sie selbst sein und außerdem das Wohlergehen unserer Gäste beeinträchtigen könnte, die wir in diesem Raum aufbewahren.« Ackerman hatte die Polizisten wiederholt gebeten, die Kammer betreten und nach weiterem Schaden sehen zu dürfen, doch das war abgelehnt worden, und nun schielte er alle paar Sekunden nervös zur Tür der Kältekammer hin.

»Okay, das ist seltsam, aber es heißt noch nicht, dass sie vorsätzlich ermordet wurde. Wir sind noch nicht sicher, wie sie gestorben ist – aber für mich sieht es nach einem Herzinfarkt aus«, sagte Lapides.

»Ich glaube, Sie werden feststellen, dass sie erstickt ist«, sagte ich. »Als der flüssige Stickstoff mit der Luft des Raumes in Berührung kam, wurde seine Temperatur weit über den Siedepunkt hinaus erhitzt, sodass er verdampfte. Das hatte zur Folge, dass sich der Anteil des Sauerstoffs in der Luft dramatisch verminderte, während sich der Anteil des Stickstoffs erhöhte, bis Dr. Springer nicht mehr atmen konnte. Es dauerte wahrscheinlich nur ein paar Sekunden, bevor sie das Bewusstsein verlor.«

Solange ich sprach, hatte Lapides mir nicht in die Augen, sondern mit anscheinend großem Interesse auf den Boden gesehen. Vielleicht war das seine Art, sich zu konzentrieren. Es konnte aber auch ein Zeichen dafür sein, dass er nicht verstand, was ich sagte, oder dass er sehr müde war.

Unterdessen bemerkte ich, dass es inzwischen 11.27 Uhr war, und meine Chancen schwanden, rechtzeitig zum Mittagessen bei meiner Mutter einzutreffen. »Ist das alles, was Sie von mir wissen wollen?«, fragte ich Lapides.

Ich hatte offenbar weniger herzlich geklungen, als ich wollte – Tonlagen sind für mich manchmal ein Problem –, denn Lapides löste den Blick vom Boden, sah mich direkt an und erwiderte: »Nein, das ist noch nicht alles, was ich von Ihnen wissen will. Machen Sie es sich schon mal bequem. Ich habe viele Fragen.«

»Mr. Hoenig möchte nicht unhöflich sein«, warf Ms. Washburn ein, »er ist nur …«

»Sie müssen ihn nicht andauernd verteidigen«, unterbrach sie der Detective. »Er ist schon groß und muss sich nicht hinter einer Frau verstecken.«

Dieser Kommentar ergab keinen Sinn. Ich versteckte mich nicht hinter Ms. Washburn. Ich saß zwei Plätze zu ihrer Linken. Nach kurzer Überlegung kam ich allerdings darauf, dass Lapides' Ton anzeigte, dass er sich hatte lustig machen wollen.

»Darf ich aufstehen, Detective?«, fragte ich, und Lapides bedeutete mir, dass ich dürfe. Doch als ich es tat, änderte sich seine Miene. Vielleicht dachte er, ich wollte ihn angreifen; das wäre jedenfalls in einem Actionfilm mit Bruce Willis passiert. Dabei lag es überhaupt nicht in meiner Absicht.

»Lassen Sie es mich Ihnen zeigen«, beruhigte ich ihn also. »Nehmen wir an, ich bin Dr. Springer.«

»Ich glaube, Sie können mit ihren Beinen nicht mithalten«, entgegnete Lapides. Ich hielt einen Moment inne und sah auf meine Beine, doch es gelang mir nicht herauszufinden, was an ihnen meine Erklärung unmöglich machen sollte.

»Das war ein Witz, Mr. Hoenig«, meldete sich Ms. Washburn, also fuhr ich fort.

»Wenn ich ohne Schutzanzug in der Kammer gewesen wäre, wäre mein erster Impuls gewesen, vor allem angesichts des Wissens, das Dr. Springer von der Einrichtung hier hatte, so schnell wie möglich wieder nach draußen zu gelangen.«

»Gibt es auch etwas, das ich noch nicht weiß?«, ätzte Lapides.

»Einen Moment«, erwiderte ich. »Dr. Springer war eine ausgebildete Ärztin. Hatte sie auch Ahnung von Chemie?«, wandte ich mich an Ackerman.

»Hatte sie, aber das wäre gar nicht nötig gewesen, um zu wissen, dass ein Leck in einem der Behälter den Raum mit Stickstoff füllen und den Sauerstoff eliminieren würde. Jeder Arzt – jeder Chemiestudent – weiß das. Und sie versuchte ja offenbar auch zur Tür zu gelangen, bevor sie das Bewusstsein verlor. Aber ich weiß immer noch nicht, warum Sie daraus schließen, dass es Mord war. Könnte es nicht auch einfach ein Unfall gewesen sein, Mr. Hoenig?«

Ich schüttelte den Kopf. »Nein. Es bleibt die Frage: Wie wurde der Stickstoff freigesetzt? Was ist mit dem Behälter geschehen, aus dem er ausgetreten ist? Und wer hat Dr. Springer das angetan?«

Detective Lapides blickte mich komisch an, jedenfalls kam es mir so vor. »Warum glauben Sie, dass sie es nicht selbst getan hat?«

Ich wandte mich wieder an Ackerman. »Wie kalt wäre der Zylinder gewesen, damit der Stickstoff darin nicht gekocht hätte?«

»Der Siedepunkt von Stickstoff liegt bei –195,8 Grad Celsius«, erwiderte er.

Ms. Washburn bekam große Augen. »Dann kann Dr. Springer ihn unmöglich getragen oder überhaupt berührt haben.«

»Nicht ohne Schutzkleidung oder sonstige Hilfsmittel«, stimmte ich ihr zu. »Doch das ist noch nicht alles, was darauf hinweist, dass sich noch eine weitere Person im Raum befunden haben muss.« Ich hielt inne und sah alle drei nacheinander an. Es brauchte eine Weile, bis ihnen klar wurde, warum ich nicht weitersprach.

Jemand musste die Frage stellen. Ms. Washburn begriff das als Erste. »Was gibt es sonst noch für Hinweise, Mr. Hoenig?«

Ich sah sie dankbar an, wenigstens hatte ich das vor. Ich

bin nicht immer sicher, ob ich den richtigen äußeren Anschein meistere. »Der Zylinder, der den Stickstoff und Ms. Masters-Powells Kopf enthielt, lag *hinter* der Leiche«, erläuterte ich. »Selbst wenn Dr. Springer den Behälter hätte tragen können, bevor er beschädigt wurde, selbst wenn sie zu diesem Zeitpunkt schon nach vorn gefallen wäre, kann man sich unmöglich vorstellen, dass sie ihn über ihre Schulter warf, sodass er hinter ihr landete.«

Detective Lapides' Mund stand offen, doch er bewegte sich nicht. Er schüttelte den Kopf ein paar Mal hin und her, sagte aber nichts.

»Sie waren nicht sehr lang dort drin«, wandte Ackerman sich an mich. »Wie konnten Sie all das in so kurzer Zeit bemerken?«

Ich nehme an, dass ich ein oder zwei Mal geblinzelt habe, aber ich kann mich nicht erinnern. »Es dauert nicht lange, etwas zu sehen.«

Da schien Lapides die Sprache wiederzuerlangen, doch seine Stimme klang höher als zuvor, und er lief rot an. »Nehmen Sie ihn etwa ernst?«, rief er. »Das ist doch alles nur Scharlatanerie und Täuschung! Lassen Sie es sich gesagt sein, diese Frau hatte einen Herzinfarkt – ich habe das vorher schon gesehen, ich weiß, wie einer aussieht!«

»Wird es eine Autopsie geben, Detective?« Ms. Washburn stellte sich zwischen die beiden Männer und schien die Situation entspannen zu wollen. Ich bewunderte ihre Fähigkeit, die Gefühle der Menschen in diesem Raum lesen und so schnell auf sie reagieren zu können. Das war etwas, was ich keinesfalls gekonnt hätte.

Es schien zu funktionieren – Lapides wirkte weniger verärgert, während er über diese Frage nachdachte. »Es gibt immer eine Autopsie, wenn jemand stirbt und kein anderer zum Todeszeitpunkt anwesend ist«, erklärte er und warf sich ein wenig in die Brust. »Doch die Ergebnisse werden nicht sofort veröffentlicht. Dr. Ackerman, hatte die Tote Angehörige, die wir kontaktieren könnten?«

»Ich weiß nicht«, antwortete Ackerman. »Ich muss nachsehen ...«

Er hatte nicht mehr die Gelegenheit, seinen Satz zu vollenden, denn Commander Johnson kam schwer atmend und heftig schwitzend an den beiden Uniformierten vorbei ins Zimmer gestürzt und wandte sich an Ackerman.

»Was ist passiert?«, fragte er. »Ich habe Ihnen doch gleich gesagt, dass wir die Polizei rufen sollten!«

Ackerman erblasste, und Lapides' Kopf wirbelte zu ihm herum, sobald die Worte Commander Johnsons Mund verlassen hatten.

»Weshalb hätten Sie denn gleich die Polizei rufen sollen?«, fragte er. »Wussten Sie etwa schon vorher Bescheid?«

Selbst Ms. Washburn konnte diesmal nicht eingreifen und diese Situation irgendwie entschärfen.

»Nein, Detective. Es gab hier im Labor ... einen Zwischenfall, doch ich war der Meinung, Commander Johnson und seine Leute könnten ihn intern lösen«, erwiderte Ackerman.

»Was für eine Art Zwischenfall denn?«

»Bevor er Ihnen das sagt«, unterbrach ich sie, »muss ich mit Ihnen noch etwas klären.«

Lapides zog eine Augenbraue hoch und sah mich an. »Und das wäre?«

»Kann ich nun zum Mittagessen mit meiner Mutter gehen?«

7

Ms. Washburn sprach während der Fahrt kaum ein Wort, was für mich vollkommen in Ordnung war. Eine Person, die kein Problem mit Schweigen hat, muss nicht unterhalten werden, und diejenigen unter uns mit dem Asperger-Syndrom fühlen sich wohler, wenn sie sich nicht darum sorgen müssen, ob sie etwas Unpassendes sagen oder ein Thema überbetonen, das sie fasziniert, von dem sie aber bald merken, dass es anderen damit nicht ebenso geht.

»Ich setze Sie bei Ihrer Mutter ab und fahre dann nach Hause«, sagte sie schließlich. »Ich hatte eigentlich nicht vor, in Ermittlungen zu einem Mordfall verwickelt zu werden.«

Das verblüffte mich ein bisschen. Ich hatte nicht den Eindruck, irgendwelche Signale von Ms. Washburn übersehen zu haben, die darauf hätten schließen lassen, dass sie wegen der Vorfälle im Garden State Cryonics Institute aufgeregt oder ängstlich gewesen wäre. Doch ich antwortete ihr genau so, wie ich geantwortet hätte, wenn derartige Signale offensichtlich vorhanden gewesen wären.

»Es sind keine Ermittlungen. Die *Polizei* ermittelt im Mordfall an Dr. Springer. *Ich* versuche einfach nur, Dr. Ackermans Frage bezüglich des verschwundenen Kopfes zu beantworten.«

Ms. Washburn löste den Blick nicht von der Straße, was mich beruhigte. Viele Menschen verhalten sich am Steuer emotional und bemerken gar nicht das Risiko, dem sie sich jedes Mal aussetzen, wenn sie in einem motorisierten Fahrzeug unterwegs sind. Für einen durchschnittlichen Achtundsiebzigjährigen liegt die Wahrscheinlichkeit, im Laufe seines Lebens bei einem Autounfall zu sterben, bei 1:83; die Wahrscheinlichkeit, bei einem Flugzeugabsturz zu sterben, beträgt hingegen nur ungefähr 1:52 000 000.

Allerdings öffnete sie leicht den Mund. Ich war mir nicht sicher, was das zu bedeuten hatte, also hielt ich meinen.

»Sie werden sich also nicht mit dem Mord an Dr. Springer befassen, obwohl Ihnen klar ist, dass die Polizei ihn als natürlichen Tod behandeln wird?«, fragte sie schließlich.

»Ich vermute, der Gerichtsmediziner wird meine Erkenntnisse bestätigen. Und dann wird entweder die Polizei von North Brunswick oder die Mordkommission von Middlesex County die Untersuchung einleiten. Niemand hat mich gefragt, wer Dr. Springer umgebracht hat.«

»Ist das nicht ein bisschen herzlos? Finden Sie denn nicht, Dr. Springer sollte die Gerechtigkeit widerfahren, dass ihr Mörder gefunden, gestellt und bestraft wird?«

Das war verwirrend. Es schien, als wollte Ms. Washburn mich dazu ermutigen, den Mordfall zu untersuchen, wo sie doch vor Kurzem erst damit gedroht hatte, unsere Zusammenarbeit zu beenden, weil sie davon ausging, *dass* ich mich mit diesem Fall befassen würde.

»Ich verstehe Sie nicht«, sagte ich deshalb zu ihr. »Möchten Sie denn, dass ich herausfinde, wer Dr. Springer getötet hat?«

Die Frage schien Ms. Washburn zu verblüffen; sie dachte einen Moment lang nach und sagte dann: »Ja, das möchte ich. Doch ich möchte damit trotzdem nichts zu tun haben.«

»Weil Sie Angst haben.«

Sie presste die Lippen aufeinander. Mir ist aufgefallen, dass das häufig ein Zeichen der Verärgerung oder der Verlegenheit ist.

»Ja, weil ich Angst habe«, sagte sie brüsk und durch zusammengebissene Zähne hindurch.

»Es ist vernünftig, Angst zu haben. Die Person oder die Personen, die Dr. Springer das angetan haben, sind offenbar gewalttätig und unberechenbar. Sie haben jemanden getötet, wahrscheinlich mit Absicht, und das heißt, dass sie gefährlich sind. Ich selbst würde mit solchen Leuten auch nichts zu tun haben wollen.«

Dieses Mal warf sie mir einen Seitenblick zu – einen sehr kurzen. »Also haben Sie auch Angst?«

»Nein, aber ich hätte Angst, wenn ich in dem Mordfall ermitteln würde.«

Ms. Washburn nickte und sagte dann nichts mehr, bis wir zu Hause ankamen.

»Aber natürlich kommen Sie noch herein«, entschied Mutter, als Ms. Washburn versuchte, sich zu verabschieden. »Als Samuel mir sagte, dass er einen Gast mitbringt, habe ich genug für drei gekocht. Sie können mich nicht auf dem ganzen zusätzlichen Essen sitzen lassen.« Und dann setzte sie ihr reizendstes Lächeln auf, von dem sie mir einmal gesagt hatte, dass sie es extra dafür eingeübt hätte, um Ärger mit Polizeibeamten zu vermeiden, wenn sie unabsichtlich die Geschwindigkeitsbeschränkung überschritt.

Es schien auch bei Ms. Washburn zu funktionieren, denn sie nickte und trat ein. Mutter kann sehr überzeugend sein.

Das Haus war natürlich makellos – Mutter erlaubt in ihrem Zuhause nichts anderes. Sie ist eine kleine Frau, etwas untersetzt, aber nicht gefährlich übergewichtig. Ich tadelte mich im Stillen dafür, heute wegen der Ablenkung durch Ackermans Frage nicht genug Wasser getrunken zu haben. Zum Glück war ich den größten Teil des Morgens auf den Füßen gewesen, sodass ich wenigstens in Bezug auf meine körperliche Aktivität das tägliche Soll erfüllt hatte.

»Sie haben ein gemütliches Zuhause, Mrs. Hoenig«, sagte Ms. Washburn, wobei sie sich im Wohnzimmer umsah.

»Ich tue, was ich kann.« Mutter nahm selten ein Kompliment entgegen, das an sie selbst gerichtet war, doch mir ist aufgefallen, dass sie geradezu eitel wird, wenn es um meine Erfolge geht. »Kommen Sie herein und essen Sie mit uns. Sie müssen doch Hunger haben. Und nennen Sie mich einfach Vivian.« Ich hatte keine Ahnung, warum sie glaubte, dass das, was wir an diesem Morgen getan hatten, hätte hungrig machen sollen, aber die Erfahrung hat mich gelehrt, solche Aussagen von Mutter nicht in Zweifel zu ziehen. Sie erklärt es mir zwar im Normalfall, doch ihre Erklärung führt selten dazu, dass ich sie besser verstehe.

Während wir aßen (Mutter hatte Truthahnsandwiches vorbereitet – ein ganz einfaches, wie ich es bevorzuge, und die anderen mit einer Auswahl verschiedener Würzzutaten), erzählte ich von den Fragen, um die ich mich heute gekümmert hatte – von der über die Wahrscheinlichkeit, einen Ball aus dem Yankee-Stadion zu schlagen, und von der mit dem verschwundenen Kopf. Mutter schien der fragliche Verbleib von Ms. Masters-Powells Kopf mehr zu interessieren.

»Warum versuchst du nicht herauszufinden, wer diese arme Frau umgebracht hat?«, fragte sie mich, als ich zu Ende erzählt hatte. Mir fiel auf, dass Ms. Washburn zur Seite schaute und meine Zeichnung von John Lennon musterte, die Mutter an der rückwärtigen Wohnzimmerwand aufgehängt hatte. Ich nahm an, dass sie das tat, um das Thema zu vermeiden, das Mutter gerade angeschnitten hatte.

»Mir wurde dazu keine Frage gestellt«, antwortete ich ihr. »Meine Arbeit besteht darin, Fragen zu beantworten.« Ich bemerkte, dass Ms. Washburn lieber Senf als Mayonnaise auf ihrem Sandwich mochte, und fragte mich, was das wohl über ihren Charakter aussagte. Ich entschied mich dafür, dass sie wohl weniger fade war als die meisten Menschen.

»Deine Arbeit«, sagte Mutter bedächtig, »ist es zu helfen, wenn du kannst. Dies ist ein Gebiet, auf dem du helfen kannst.«

»Ich kann nicht erkennen, wie«, antwortete ich. »Die Polizei ist kompetent. Sie hat mich nicht darum gebeten, behilflich zu sein. Ich habe Fragen, die ich noch nicht beantwortet habe. Es ergibt in meinen Augen keinen Sinn, zahlende Kunden links liegen zu lassen, um einer Organisation zu helfen, die mich gar nicht um Hilfe gebeten hat.«

Mutter stand auf und begann, den Tisch abzuräumen. Normalerweise ist das für mich ein Zeichen, dass ich dasselbe tun sollte, also stand ich auf. Mutter schüttelte den Kopf und deutete auf Ms. Washburn. »Wir haben Besuch. Es ist unhöflich, sie allein hier sitzen zu lassen.«

Doch Ms. Washburn hatte bereits damit begonnen, beim Abräumen zu helfen. »Nein, unhöflich ist es, wenn der Gast faul danebensitzt, während alle anderen für ihn arbeiten.«

Mutter wollte widersprechen, aber da war Ms. Washburn schon mit einem Stapel Teller auf dem Weg in die Küche. Der stille Austausch zwischen den beiden Frauen überstieg mein Interpretationsvermögen, also beschloss ich, mich nicht weiter darum zu kümmern. Ich trug eine kleine Schale nach draußen, in der gehackte Zwiebeln gewesen waren, aber ich vermied diejenige mit der Mayonnaise. Meine Leidensfähigkeit hat Grenzen, und Mutter versteht das.

Als ich in die Küche kam, hörte ich, wie Mutter sagte: »... vor dreizehn Jahren, als Samuel sechzehn war. Es war das erste Jahr ...« Sie hörte auf zu sprechen, als sie Ms. Washburn ansah. Sie musste ihr ein Zeichen gegeben haben, dass ich den Raum betreten hatte. Mutter drehte sich um, sah mich, lächelte und blickte dann wieder zu Ms. Washburn. »Keine Sorge, meine Liebe«, sagte sie. »Samuel kennt die Geschichte.«

»Ja«, bestätigte ich. »Ich erhielt die Diagnose Asperger-Syndrom im ersten Jahr, als es ins DSM IV aufgenommen wurde. Wissen Sie, was das ist?«

Ms. Washburn nickte. »Das Diagnostische und Statistische Manual Psychischer Störungen«, sagte sie und schlug sich dann die Hand vor den Mund. »Entschuldigung.«

Es gab aus meiner Sicht nichts, wofür sie sich entschuldigen musste, und das sagte ich ihr auch. »So heißt das Buch. Ich glaube zwar nicht, dass das Asperger-Syndrom eine psychische Störung ist, doch so stuft es die Medizin nun einmal ein.«

Ms. Washburn nickte. Mutter kicherte. »Du hast die Mayonnaise draußen stehen lassen, richtig, Samuel?«, fragte sie und verließ die Küche, ohne meine Antwort abzuwarten. Die Küchentür ist eine Schwingtür, wie die Türen in vielen Restaurants, inklusive derjenigen, die in die Küche des San Remo führt, die nun das Hinterzimmer bei *Fragen Beantworten* bildet.

Ich sah zu Ms. Washburn und versuchte ihre Stimmung anhand dessen zu erraten, was ich über Gesichtsausdrücke und Körpersprache gelernt habe. Da ich sie erst ein paar Stunden kannte, stellte die Aufgabe einerseits eine größere Herausforderung dar, war aber andererseits auch weniger mit Voranname belastet. Sie stand mit dem Rücken zum Spülbecken und beobachtete Mutter dabei, wie sie aus der Küche ging, dann wandte sie sich zu mir. Sie hatte die Arme vor sich verschränkt und nach unten gezogen, ihr Gesicht war leicht aufwärtsgerichtet, als sie bemerkte, dass ich sie ansah.

»Sie sind nervös«, bemerkte ich einen Augenblick später. »Wieso sind Sie nervös? Habe ich etwas Ungewöhnliches getan?« Manchmal ist das für mich sehr schwer zu beurteilen, denn ich denke stets, dass ich sehr vernünftig handle.

»Nein«, erwiderte Ms. Washburn und schüttelte leicht den Kopf. »Sie haben gar nichts getan. Ich hatte nur nicht damit gerechnet, dass Sie mich gerade anschauen.«

»Was denken Sie über das, was meine Mutter gesagt hat?«, fragte ich sie. Ms. Washburns Meinung wurde für mich immer wichtiger. Sie kannte mich zwar nicht sehr gut, aber sie hatte mich, seit wir uns begegnet waren, mehr als einmal verteidigt. Und sie schien nicht von dem »befremdet« zu sein (ein Ausdruck, den ich mehr als einmal gehört habe), was manche als seltsames Verhalten meinerseits betrachten. Ich überlegte, ob sie für *Fragen Beantworten* nicht ein wertvoller Zugewinn sein könnte.

»Worüber genau?«, fragte Ms. Washburn.

»Als wir den Mord an Dr. Springer besprochen haben«, rief ich ihr ins Gedächtnis. »Über meine Verantwortung zu helfen, wenn ich kann.« Da fiel mir auf, dass Mutter ungewöhnlich lang brauchte, um die Mayonnaise zu holen, und das vielleicht deshalb tat, um Ms. Washburn und mir Gelegenheit zu geben, genau diesen Punkt zu diskutieren.

»Ich glaube, Ihre Mutter hat eine sehr hohe Meinung von Ihren Begabungen«, entgegnete Ms. Washburn. »Und nach allem, was ich gesehen habe, ist diese Meinung gerechtfertigt. Aber es ist Ihre eigene Entscheidung, ob Sie bei der Polizei Wellen schlagen und etwas tun wollen, worum Sie niemand gebeten hat, nur um vielleicht einer Frau von Nutzen zu sein, die sowieso schon tot ist.«

Ich nickte. »Das ist eine klare und genaue Beschreibung der Situation. Doch ich habe nach Ihrer Meinung gefragt. Was denken *Sie*, sollte ich tun?«

Ms. Washburn senkte den Kopf. Sie dachte nach.

»Versuchen Sie nicht herauszufinden, was ich von Ihnen hören will«, warf ich ein. »Ich frage Sie, weil Ihre Meinung mir bei der Entscheidung helfen wird. Ich benötige Ihre Sicht der Dinge.« Das war zwar nicht genau so herausgekommen, wie ich es geplant hatte, doch es würde genügen müssen.

Ihr Kopf schoss nach oben, und sie sah mir direkt in die Augen. »Alles, was mir dazu einfällt, ist, dass ich, wenn es sich um mich handeln würde, wünschen würde, dass Sie die Person finden, die mir das angetan hat, und sie ihrer gerechten Strafe zuführen.«

»Oder ihn«, ergänzte ich.

»Oder ihn?«

»Sie oder ihn der gerechten Strafe zuführen. Wir können unsere Verdächtigenliste nicht auf ein Geschlecht einengen.«

Ms. Washburn lächelte. »Nein. Natürlich nicht.«

»Also gut«, sagte ich, »ich werde das bei meiner Entscheidung, wie weiter zu verfahren ist, berücksichtigen.«

Mutter stürmte durch die Küchentür herein, die wegen der Wucht ihres Stoßes weit aufschwang. »Es gibt nichts zu entscheiden, Samuel.« Sie kam auf mich zu, ihr Gesichtsausdruck zeigte eher Entschlossenheit als Wut. Sie hatte nicht einmal die Mayonnaise mitgebracht. »Ich habe eine Frage an dich.« Sie zog einen Dollarschein aus der Tasche ihrer Schürze und drückte ihn mir in die Hand.

Ich hatte bereits befürchtet, dass sie das tun würde. »Mutter ...«

»Wer hat Dr. Springer getötet?«, fragte Mutter in herausforderndem Ton.

Nun hatte ich keine Wahl mehr.

8

An den Wänden von Marshall Ackermans Büro hingen viele Diplome und ein Zertifikat vom Calnor Institute of Cryonics. Die Diplome zeigten, dass er mehrere Abschlüsse bis hin zu einem Doktor der Physik, aber keinen medizinischen Doktortitel hatte. Das Zertifikat von Calnor erlaubte ihm jedoch, Kryonik zu praktizieren, da er die entsprechende Ausbildung abgeschlossen hatte.

Ackerman selbst saß hinter einem sehr repräsentativen Mahagonischreibtisch, auf dem ein Computer mit Flachbildmonitor, ein maßstabgetreues Modell eines kryonischen Behälters und ein Foto von Ackerman standen, das von einem professionellen Fotografen gemacht zu sein schien. Auf dem Foto lehnte sich Ackerman auf seinen Schreibtisch, hinter dem eine amerikanische Flagge strategisch günstig positioniert worden war.

Als er bemerkte, dass ich das Foto betrachtete, lächelte Ackerman und nickte. »Das wurde für einen großen Artikel in *USA Today* aufgenommen«, erklärte er. »Der Fotograf war so freundlich, mir einen Abzug davon zuzuschicken.«

Ich hatte eine Stunde damit verbracht, drei Stunden Videomaterial der Überwachungskamera in der Kältekammer durchzusehen (der schnelle Bildlauf spielte dabei eine wesentliche Rolle), und zwar sowohl von der Zeitspanne, als Ms. Masters-Powells Kopf verschwunden war, als auch von den Minuten, nachdem Dr. Springer heute Morgen die Kammer betreten hatte. Auf keinem der Bänder war zu sehen, dass irgendwer überhaupt in den Raum eingetreten war. Ganz offensichtlich hatte irgendeine Form von Manipulation stattgefunden, oder ich untersuchte die Bänder der falschen Zeitperiode, was wiederum bedeutet hätte, dass die Aufzeichnungen des Garden State Cryonics Institute von den Personen, die Aufbewahrungsraum D betreten oder verlassen hatten, entweder ungenau oder gefälscht waren. Beides lag im Bereich des Möglichen.

Kurz gesagt, hatten die drei Stunden Videoaufzeichnungen mich nur zu einem Schluss gebracht, der nichts mit dem Mord an Dr. Springer zu tun hatte, wenigstens nicht direkt. Doch bevor ich nicht mehr Fakten kannte, gäbe es keine Möglichkeit herauszufinden, ob er irgendeine Bedeutung hatte.

»Es ist sehr schön«, sagte ich über die Fotografie aus *USA Today*, weil ich gelernt habe, dass man das sagen sollte, wenn einem Bilder einer Person oder des Kindes dieser Person gezeigt werden.

Ackerman wirkte zufrieden. »Ich verwende es für meine gesamte Öffentlichkeitsarbeit«, sagte er mit etwas in der Stimme, das ich für Stolz hielt.

»War Dr. Springer denn von der Kryonik als Methode überzeugt?«, fragte ich. Ich wollte ganz dringend das Thema wechseln. Über persönliche Dinge zu reden oder Smalltalk zu betreiben ist für einen Menschen wie mich sehr schwierig, sodass wir uns so oft wie möglich bemühen, »bei der Sache« zu bleiben oder wenigstens bei der Sache, die uns am meisten interessiert.

Ackerman schien von dem Themenwechsel einigermaßen verwirrt zu sein, obwohl ich den Grund dafür nicht hätte nennen können – immerhin war das ja das Thema, das zu besprechen Ms. Washburn und ich hergekommen waren. Einen Augenblick später hatte er sich wieder gefangen. »Natürlich war sie das. Warum fragen Sie?«

»Mir ist aufgefallen, dass Sie ihren Körper nach ihrem Tod nicht eingefroren haben«, stellte ich fest. »Es scheint mir, dass jemand, der in diesem Bereich arbeitet, davon vielleicht im Bedarfsfall auch profitieren möchte.«

Ms. Washburn kniff die Augen leicht zusammen. Ich deutete das als Zeichen dafür, dass sie diese Frage nicht bedacht hatte, bevor ich sie stellte.

»Rebecca stand tatsächlich auf der Liste für die Konservierung«, erwiderte Ackerman. »Aber die Art und Weise, wie … Das, was ihr zugestoßen ist, hat sie unmöglich gemacht. Da ihr Gehirn so lange ohne Sauerstoff gewesen ist, hätte es keinen Weg gegeben, sie wiederzubeleben und gleichzeitig ihren Geist intakt zu halten.«

Beinahe hätte ich erwähnt, dass zurzeit keine Technik oder wissenschaftliche Methode existierte, die das für irgendjemanden hätte leisten können, ganz egal wie er gestorben war, doch das hätte zum Gespräch wenig beigetragen, und wenn ich meinen vergangenen Beobachtungen trauen konnte, hätte es Ackerman zudem sicherlich verärgert.

»Wie viele Menschen waren zwischen Dr. Springers Betreten der Kammer und dem Zeitpunkt, als wir ihren Körper dort gefunden haben, im Gebäude?«, fragte ich.

Ms. Washburn reichte mir ein Klemmbrett. »Ich bin zum Sicherheitsdienst gegangen und habe um eine Aufstellung der entsprechenden Personen gebeten. Diese Liste beginnt mit denen, die heute früh um sieben Uhr das Institut betreten haben.«

Ich nickte ihr dankend zu und überflog das Blatt. »Siebzehn Menschen sind vom Sicherheitssystem aufgezeichnet worden, exklusive Ms. Washburn und mir«, sagte ich zu Ackerman. »Schauen Sie sich bitte diese Liste an. Sind all diese Personen Angestellte des Garden State Cryonics Institute?«

Ackerman nahm mir das Klemmbrett aus der Hand, setzte sich eine Lesebrille auf und betrachtete das Blatt.

»Nein«, antwortete er. »Vierzehn davon sind Angestellte, zuzüglich meiner selbst. Die anderen vier sind Besucher – eine Medizinbloggerin, Sie beide und Commander Johnsons Frau.«

»Warum ist sie hier gewesen?«, fragte Ms. Washburn. Persönlich hätte ich mich zuerst nach der Bloggerin erkundigt, doch nur, weil Dr. Ackerman sie zuerst erwähnt hatte. Ich habe die Tendenz, auf Listen der Reihenfolge entsprechend zu reagieren.

»Sie kommt ab und zu vorbei«, erklärte Ackerman. »Amelia ist sehr klug und ihrem Ehemann eng verbunden. Sie weiß gern über das Bescheid, was er hier tut. Ich habe den Besuch vor zwei Wochen genehmigt. Es ist bei Angestellten nichts Besonderes, vor allem wenn sie neu sind. Alle sind neugierig.«

»Ist Commander Johnson denn neu hier?«, fragte ich.

Ackerman nickte. »Ziemlich. Ich glaube, er arbeitet hier seit ungefähr fünf Monaten.«

»Was ist mit dem letzten Sicherheitschef passiert?«, erkundigte sich Ms. Washburn.

»Mr. Monroe hat sich anderen Aufgaben zugewandt«, erwiderte Ackerman. »Ich kann Ihnen seine Telefonnummer besorgen, wenn Sie das wünschen.«

Ich bedeutete ihm, dass er das tun solle, und Ackerman machte sich eine entsprechende Notiz auf seinem Block. »Könnte ich eine Liste aller Angestellten des Unternehmens und die Kontaktdaten der beiden Gäste bekommen?«, bat ich ihn.

»Natürlich«, Ackerman nickte. »Ich bin so froh, dass Sie sich entschieden haben, bei der Untersuchung mitzuhelfen. Um ehrlich zu sein, hatte ich nicht viel Hoffnung mit Detective Lapides als leitendem Ermittler.« Er machte sich eine weitere Notiz.

»Sie sollten den Detective besser nicht unterschätzen«, entgegnete ich, obwohl ich Lapides nicht für einen außerordentlich guten Ermittler hielt. »Vielleicht ist er ein genauer Beobachter oder hat Fähigkeiten, die noch entwicklungsfähig sind. Wir werden sehen.«

»Ich verstehe es nicht«, meldete sich nun Ms. Washburn. »Wir haben uns das Video angesehen. Zu einem bestimmten Zeitpunkt kommt Dr. Springer in Schutzkleidung in die Kammer hinein, dann geht sie zurück zum Tank …«

»Zu dem Behälter«, verbesserte Ackerman sie. Ich hatte mir seine Ausdrucksweise gemerkt, als er sie zuvor verwendet hatte.

»Zu dem *Behälter«*, fuhr Ms. Washburn fort. »Warum ist sie zu diesem Behälter gegangen, obwohl Sie doch bereits wussten, dass der Kopf verschwunden war?«

Ackerman legte die Hände aneinander, als wollte er gleich anfangen zu applaudieren, doch er bewegte sie dann nicht mehr. Einen Augenblick später begriff ich, dass er nachdachte. »Es kann sein, dass Rebecca über den Diebstahl nicht Bescheid wusste. Ich habe versucht, den Vorfall diskret zu behandeln, und ich weiß, dass ich ihr nichts davon gesagt habe. Vielleicht hat sie nur eine Routineprüfung vorgenommen. Wir sehen wenigstens einmal am Tag nach all unseren Gästen und überwachen ihren Zustand. Aber ich verstehe nicht.« Er drehte seinen Stuhl, um mich direkter anschauen zu können und vielleicht auch um Ms. Washburn auszuschließen. Es dämmerte mir langsam, dass Ackerman ein aufgeblasener Mensch war, der diejenigen ohne irgendwelche beruflichen Empfehlungen nicht sehr hoch achtete. »Es kann eigentlich nicht sein, dass der Zylinder, in dem Ms. Masters-Powells Überreste aufbewahrt wurden, einfach so gesprungen ist. Wir gehen mit unseren Ausrüstungsgegenständen sehr sorgfältig um.«

»Wäre es möglich, dass jemand ihm willentlich einen Riss zugefügt hat?«, fragte ich. Bevor Ackerman noch antworten konnte, wandte ich mich an Ms. Washburn. »Denken Sie daran, dass wir uns über diese Möglichkeit informieren, wenn wir zurück im Büro sind.« Ms. Washburn nickte. Wir hatten so etwas vorher nicht besprochen, aber plötzlich war mir daran gelegen, Ackerman zu zeigen, dass Ms. Washburn eine wertvolle Mitarbeiterin und keine Bedienstete war.

»Das ist sehr unwahrscheinlich«, bemerkte er. »Diese Stahlbehälter sind sehr dickwandig und widerstandsfähig. Andernfalls wären sie auch gar nicht in der Lage, für so eine lange Zeit die extrem niedrigen Temperaturen auszuhalten, denen wir sie aussetzen müssen.«

»Dennoch ist es bemerkenswert, dass Dr. Springer anscheinend ausgerechnet Ms. Masters-Powells Behälter geprüft, aber nicht bemerkt hat, dass er leer ist. Das ist schon sehr eigenartig.«

Ackerman nickte. »Da stimme ich Ihnen zu. Ich wünschte, ich hätte dafür eine Erklärung. Wie wollen Sie als Nächstes vorgehen, Mr. Hoenig?«

»Ich würde gern damit anfangen, die Angestellten und die beiden Gäste zu befragen, die heute hier gewesen sind. Können wir irgendwo einen Besprechungsraum mit einer funktionierenden Überwachungskamera einrichten?«

Ackerman schien mit dieser Vorgehensweise sehr einverstanden zu sein. »Sicher! Wir haben mehrere Räume, die wir für so einen Zweck nutzen können. Wen möchten Sie denn zuerst befragen?«

»Sie«, gab ich zur Antwort. »Können wir gleich beginnen?« Ich stand auf und ging zur Tür.

Ackerman wirkte verblüfft darüber, dass er als Verdächtiger infrage kam, doch um ehrlich zu sein, konnte ich mir nicht ausmalen, warum er das nicht geahnt hatte – er arbeitete im Garden State Cryonics Institute, er hatte ein finanzielles Interesse an dem Unternehmen, und es gab keinen klaren Beweis dafür, dass er kein Verbrechen begangen hatte. Es war nur vernünftig, mit ihm genauso wie mit allen anderen Angestellten des GSCI zu sprechen.

Er stand auf. »Selbstverständlich. Wir können den Konferenzraum auf Ebene drei benutzen.«

Bevor wir aber den Raum verlassen konnten, klingelte das Telefon auf Ackermans Schreibtisch, das er beim zweiten Läuten abhob. Nach dem üblichen Gruß sagte er: »Hallo, Detective«, und dann hörte er eine ganze Weile zu. Daraufhin bedankte er sich bei seinem Gesprächspartner und beendete das Gespräch. Er wirkte ein bisschen aufgewühlt.

»War das Detective Lapides?«, fragte Ms. Washburn.

Ackerman nickte. »Sie haben in dem leeren Behälter für Ms. Masters-Powell etwas entdeckt«, sagte er, ließ sich auf seinen Stuhl plumpsen und atmete hörbar aus.

»Ist der Kopf denn wieder zurückgelegt worden?«, fragte Ms. Washburn.

Ackerman sah sie durch zusammengekniffene Augen ungläubig an, dann schüttelte er den Kopf. »Nein.«

»Was haben sie denn in dem Behälter entdeckt?«, setzte ich nach. Eine direkte Frage ist immer die beste Option.

»Eine Kugel«, antwortete er.

9

»Die Kugel war eine Kaliber .38, und das ist auch schon alles, was ich weiß«, sagte Ackerman. »Detective Lapides hat angerufen, um mir zu sagen, dass ich niemanden in die Kammer lassen soll, da er nun Ihrer Meinung ist, Mr. Hoenig, dass es sich um einen Mordschauplatz handelt. Er wird bald wieder hier eintreffen.«

Wir saßen im Konferenzraum des Garden State Cryonics Institute, ein sehr viel reicher dekorierter Raum als alle anderen, die ich bisher in der Einrichtung gesehen hatte. Ich nahm an, dass dies der Bereich war, in dem potenzielle Kunden und ihre Familien informiert und zu überzeugen versucht wurden, Dienstleistungen des GSCI in Anspruch zu nehmen. Ackerman saß an der Kopfseite des Tisches, ein Telefon in Reichweite, außerdem eine Steuerkonsole, mit der man – wie ich annahm – das Audio- und Videosystem kontrollierte. Es gab hochauflösende Bildschirme im gesamten Raum, der außerdem mit einem polierten hölzernen Konferenztisch, Polsterstühlen, einem dicken Teppich und – so schien es – schalldichten Türen ausgestattet war. Da die meisten Menschen der Gedanke an den Tod aufregt, schloss ich daraus, dass einige der hier abgehaltenen Gespräche ziemlich emotional abliefen.

»Das erklärt die Beschädigung des Behälters«, sagte ich. »Entweder hat jemand direkt auf ihn geschossen, oder er hat auf etwas anderes gezielt und fälschlicherweise den Zylinder getroffen.«

»Man hat aber keine Kugeln in Dr. Springers Leiche gefunden«, gab Ms. Washburn zu bedenken. »Sie ist nicht erschossen worden, oder?«

Ich schüttelte den Kopf. »In Dr. Springers Leiche gab es keine Einschusslöcher.« Ich wandte mich nun an Ackerman, um mit der Befragung zu beginnen. »Fangen wir an. Was ist Ihr liebster Beatles-Song?«

Sogar Ms. Washburn blickte ein bisschen ratlos, doch Ackerman übertraf sie noch – er starrte mich an und knetete an seiner Augenbraue herum. »Mein *was*?«

»Ihr liebster Beatles-Song. Bitte«, wiederholte ich.

»Ich höre nur klassische Musik«, antwortete er. »Warum?«

»Wenn Sie sich für einen Beatles-Song entscheiden müssten«, beharrte ich, »welcher wäre das?«

Ackerman sah zu Ms. Washburn, vielleicht auf der Suche nach einer Bestätigung dafür, dass ich nicht verrückt war. »Ich habe es Ihnen doch gerade schon gesagt, ich höre nur klassische Musik. Ich kann das wirklich nicht beantworten.«

»Aber Sie haben schon mal von den Beatles gehört?« Es war keine sinnlose Frage; ich kann einiges über den Charakter einer Person an ihrer Antwort auf diese Frage ablesen.

»Ja, natürlich.«

»Wenn Sie also nur einen Song als Ihr Lieblingslied auswählen dürften?«

Er schüttelte den Kopf und atmete aus. »Ich weiß nicht. Wahrscheinlich ›Eleanor Rigby‹. Warum?«

Überheblich. Angst vor dem Tod. Vielleicht empfindet er sich als einsam.

»Das ist eine meiner Techniken. Es geht mehr um Ihre Art zu antworten als um die Antwort an sich.« Das war zwar nicht ganz die Wahrheit, doch ich wollte ihm nicht sagen, was ich herausgefunden hatte, bevor ich nicht die Frage zu Dr. Springer beantworten konnte. Also wechselte ich schnell das Thema. »Wer war eigentlich Rita Masters-Powell?«

Die Frage musste Ackerman unvermittelt getroffen haben, denn er zuckte zusammen, fasste sich dann aber wieder. »Sie war die Tochter von Leonard Masters und die Enkelin von Julius Masters. Wissen Sie, wer das war?«

»Ich glaube, Julius Masters war der Gründer von International Data Associates, einer Firma, die als Buchhaltungsunternehmen während des Zweiten Weltkriegs angefangen hat. Sie wandelte sich in den 1960ern zu einer Computerfirma für Lochkartentechnologie und schließlich in den 1980ern zu einem sehr großen Hersteller von Mikroprozessoren. Sein Sohn Leonard beerbte Julius als Vorstandsvorsitzender des Unternehmens und baute es zu einer Firma für Computerhardware um. Beide wurden dadurch zu sehr reichen Männern. Ist das so weit korrekt?«, fragte ich Ackerman.

»Und beeindruckend«, entgegnete er.

»Es gab Gerüchte, dass das Unternehmen an einen chinesischen Konzern verkauft werden soll, und ich meine zu wissen, dass der Verkauf gerade noch in der Schwebe ist«, fügte ich hinzu. Ich lese jeden Tag den Wirtschaftsteil der *New York Times* und beobachte alle Unternehmen, die etwas mit Computern und sonstiger Technik zu tun haben. Ich habe in einige solcher Unternehmen investiert. »Woran ist Ms. Masters-Powell denn gestorben?«

Ackerman zögerte diesmal nur kurz. »Krebs«, antwortete er dann. »Ms. Masters-Powell hat anscheinend stark geraucht.« Er schüttelte traurig den Kopf und vollführte damit eine Bewegung, von der ich sicher war, dass sie schon viele Male genauso überzeugend in diesem Raum zur Anwendung gekommen war.

»Sie hat ihren Namen geändert. War sie verheiratet?«, fragte Ms. Washburn. Das war eine ausgezeichnete Frage, denn ein Ehemann würde sicherlich eine Menge am Tod einer so reichen Frau verdienen.

»Ms. Masters-Powell war geschieden«, antwortete Ackerman. »Sie war erst einundvierzig, als sie verstarb, doch ich glaube, die Scheidung war zu diesem Zeitpunkt schon fast drei Jahre her.«

Ms. Washburn schaute nachdenklich. »Und sie hat den Namen ihres Mannes sogar danach noch weiter behalten? Wissen Sie, warum?« Ms. Washburn wurde mit jeder Minute wertvoller. Ihre journalistische Ausbildung kam hier sicher zum Tragen, auch wenn sie als Fotografin gearbeitet hatte.

»Ich habe keine Ahnung«, entgegnete Ackerman. »Ich habe Ms. Masters-Powell nie persönlich kennengelernt. Sie war bereits sehr krank, als ihr Bruder Arthur uns ihretwegen ansprach. Er war furchtbar betrübt über den bevorstehenden Tod seiner Schwester und sagte uns, dass sie unsere Dienstleistung als einen Weg ansah, ihre Hoffnung aufrechtzuerhalten.« Ackerman wirkte ziemlich zufrieden mit sich selbst.

Ein Summer an der Telefonkonsole auf dem Tisch ertönte, und Ackerman griff zum Hörer. Nach einem kurzen Gespräch, das ich nicht mithören konnte, legte er wieder auf. »Die Polizei ist hier. Ich befürchte, dass wir diese Unterhaltung später fortsetzen müssen.« Er erhob sich.

Ms. Washburn und ich taten es ihm gleich. »In Ordnung«, sagte ich zu Ackerman. »Würden Sie uns bitte Commander Johnson hereinschicken?«

Ackerman nickte und ging zur Tür. Kurz bevor er sie erreichte, hielt er an und wandte sich mir noch einmal mit einer Miene zu, von der mir Ms. Washburn später sagte, dass sie Sorge zum Ausdruck brachte. »All diese Fragen zum Diebstahl und nicht zum Mord«, sagte er. »Sollten wir uns nicht vordringlich um Rebecca kümmern, anstatt um die Frage nach Ms. Masters-Powells Überresten?«

»Ich vermute, die beiden Vorfälle hängen miteinander zusammen«, erklärte ich ihm.

Er machte große Augen. »Wirklich? Das sollte mich wahrscheinlich nicht überraschen. Aber Sie haben ja die Bänder der Überwachungskameras gesehen. Wie, glauben Sie, wurden Ms. Masters-Powells Überreste aus der Einrichtung geschmuggelt?«

Das war eine Frage, die eine Antwort meinerseits verdiente. »Ich glaube nicht, dass das geschehen ist.«

10

Ackerman ging hinaus, um sich mit Detective Lapides zu unterhalten, und Ms. Washburn und ich nutzten den kurzen Moment, bevor Commander Johnson hereinkam, um unter vier Augen miteinander zu reden.

»Was haben Sie damit gemeint: Sie glauben nicht, dass der Kopf aus der Einrichtung entfernt worden ist?«, fragte sie mich. »Glauben Sie denn, dass er immer noch hier ist?«

»Ich wollte sehen, wie Ackerman darauf reagiert. Ich wollte wissen, ob er überrascht oder besorgt wirkt. Hätte er überrascht ausgesehen, dann wäre er vermutlich ein inkompetenter Manager, der nicht weiß, was unter seinem eigenen Dach vor sich geht. Hätte er besorgt gewirkt, dann gäbe es sehr wahrscheinlich irgendeine Information, die er vor uns verbergen will.«

»Und? Wie sah er denn aus?«

»Verwirrt.«

Bevor sie mich weiter ausfragen konnte, öffnete sich die Tür des Konferenzraums, und Commander Johnson erschien. Er stand im Gegenlicht und schien die Situation abzuschätzen, bevor er den Raum betrat. Mir kam in den Sinn, dass, wenn wir uns in einem satirischen Film wie *Dr. Seltsam oder: Wie ich lernte, die Bombe zu lieben* befunden hätten, eine große Anzahl von Orden an seinem Revers geprangt und er vielleicht sogar eine Reitgerte mit sich herumgetragen hätte. Beides war nicht der Fall.

Stattdessen trug der Commander die unternehmenseigene Uniform: ein kurzärmeliges hellblaues Jeanshemd mit den aufgestickten Initialen GSCI auf der linken Brusttasche und eine Cargohose. An den Füßen hatte er ein Paar Nike-Sportschuhe mit dem typischen Bogen in Blau auf der Seite.

Commander Johnson stand hochgewachsen und aufrecht an der linken Seite des Konferenztisches, an dem Ms. Washburn und ich saßen. Er hatte die Arme hinter dem Rücken verschränkt und starrte geradeaus, direkt über unsere Köpfe hinweg.

»Es gibt keinen Grund strammzustehen, Commander«, teilte ich ihm mit.

»Ich stehe bequem«, entgegnete er, und ich nahm mir vor, Ms. Washburn später zu fragen, ob in seiner Stimme eine Spur Herablassung zu hören war.

»Bitte setzen Sie sich doch«, beharrte ich. »Ich bin kein Polizist. Das hier ist eine informelle Befragung im Auftrag des Instituts.«

Der Commander zog eine Grimasse, als hätte ich ihn angewiesen, die Hose herunterzulassen, doch schließlich setzte er sich auf einen Stuhl gleich zu unserer Linken und faltete bedächtig die Hände auf dem Tisch. Auf mich wirkte er sehr förmlich.

»Commander«, fing ich an, »haben Sie diesen Rang vom Militär?«

Seine Mundpartie spannte sich leicht an, was mir deshalb auffiel, weil ich seinen Gesichtsausdruck sehr aufmerksam beobachtete. Das war schwierig für mich, denn normalerweise ignoriere ich die Emotionen auf dem Gesicht einer Person; ich empfinde das als furchtbar persönlich und peinlich. In diesem Fall war es jedoch notwendig, um die aufgeworfenen Fragen zu beantworten.

»Nein«, antwortete Commander Johnson. »›Commander‹ ist ein Titel, den mir die Mitglieder unserer privaten Bürgerwehr verliehen haben. Als ich noch bei der Armee war, war ich Corporal. Ich habe im ersten Golfkrieg gedient.«

»Wo waren Sie denn stationiert?«, fragte Ms. Washburn. Diese Information war für die zu beantwortenden Fragen irrelevant, aber vielleicht konnte sie durch die Antwort etwas über Commander Johnsons Charakter herausfinden.

Er sah weg, so wie ich es gewöhnlich tue, wenn jemand mit mir spricht. »Fort Dix«, sagte er leise.

»Hier in New Jersey?«, entgegnete Ms. Washburn. Ich glaube, sie klang überrascht.

»Ja«, gab Commander Johnson zu.

»Sie haben die Stelle als Sicherheitschef hier vor fünf Monaten angetreten, stimmt das?«, ergriff ich nun das Wort. Ich machte mir keine Notizen, doch Ms. Washburn hatte einen Stift und einen Block vor sich liegen. Beides hatte ihr Ackerman zur Verfügung gestellt.

»Ja. So wie ich es verstanden habe, wurde Miles Monroe, der vorige Sicherheitschef, entlassen, aber ich bin ihm nie begegnet.«

»War er für die Stelle nicht geeignet?«, fragte ich.

Das Gesicht des Commanders blieb ohne Regung. »Das weiß ich nicht.«

»Wann haben Sie vom Verschwinden von Ms. Masters-Powells Überresten erfahren?«

Commander Johnson schien diese Frage erwartet zu haben, denn die Antwort kam wie aus der Pistole geschossen. »Heute Morgen um ungefähr 7.30 Uhr. Mein Dienst begann erst um 8.30 Uhr, also rief mich Mr. Feliz, der Mitarbeiter, der für die Nachtwache eingeteilt war, zu Hause an.«

In diesem Moment fiel mir siedend heiß etwas ein. »Schnell«, wandte ich mich an den Commander, »wie groß ist dieser Raum?« Ich schoss von meinem Sitz empor.

Ms. Washburn zuckte bei meiner Bewegung zusammen, sodass ich mich fragte, ob ich sie zu hastig ausgeführt hatte. Commander Johnson reagierte beinahe gar nicht. Er sagte nur: »Sechs mal vier Meter.« Er musste dafür keinerlei Informationsquelle konsultieren, sondern wusste die Abmessungen auswendig.

Mir war aufgefallen, dass ich meinen Körper seit dem Mittagessen nicht ein einziges Mal bewegt hatte. Ich lag damit hinter meinen täglichen Aktivitätsraten zurück. Also umrundete ich entschlossen den Raum, wobei ich darauf achtete, meine Knie ordentlich zu beugen und meine Arme bei jedem zweiten Schritt über meinen Kopf zu heben. Ich rechnete im Kopf aus, dass sechsundzwanzig Runden gut fünfhundert Metern entsprechen würden, die ich zu dieser Tageszeit zurücklegen sollte.

Im Gehen musste die Befragung Commander Johnsons nichtsdestoweniger weitergehen. »Als Mr. Feliz Sie also wegen der vermissten Überreste anrief, was sagte er Ihnen da, wie man den Verlust bemerkt hatte?«

Ich bekam keine Antwort, sodass ich gezwungen war

hinabzuschauen, obwohl es immer besser ist, bei körperlicher Bewegung den Hals gerade zu halten. Ms. Washburn und der Commander beobachteten mich bei meinen Runden um das Zimmer mit ähnlichen Gesichtsausdrücken, meines Erachtens waren sie verblüfft über mein Tun.

»Es ist Zeit für meine Bewegung«, erklärte ich. Ms. Washburn lächelte und nickte sofort, doch Commander Johnsons Haltung blieb unverändert. »Also, Commander, wenn Sie mir bitte antworten wollen?«

»Oh! Ja. Nun, als ich hier eintraf, berichtete Feliz mir, dass er um 0.00 Uhr und noch einmal um 3.00 Uhr einen Routinecheck gemacht hatte, beide Male hatte nichts gefehlt. Doch als er um 6.00 Uhr zum Lagerraum zurückgekehrt war, sei die Tür angelehnt und der Behälter von der Stromversorgung abgeschnitten gewesen.«

Johnson sah mir nach, bis ich hinter ihm angelangt war, schüttelte dann den Kopf und fuhr fort: »Da er davon ausging, dass jemand den Behälter falsch gehandhabt hatte, und befürchtete, dass der Gast darin Schaden genommen haben könnte, schloss Feliz den Strom sofort wieder an und rief dann Dr. Lanier, damit er den Gast überprüfen konnte. Er gab an, dass er sehr schnell eingetroffen sei und nach kurzer Untersuchung festgestellt habe, dass der Behälter leer war.«

»Also bestätigte Dr. Lanier, dass sich in dem vom Strom abgeschnittenen Behälter nichts befand?«

»Ja.« Commander Johnson nickte. »Als der ranghöchste medizinische Experte in dieser Schicht war es seine Aufgabe, jede ungewöhnliche Aktivität in Bezug auf die Gäste zu überprüfen.«

Ich war auf meiner achten Runde um das Zimmer herum. Die körperliche Betätigung beanspruchte hier mehr Zeit als in meinem Büro, da der Raum kleiner und dabei umfangreicher möbliert war und ich mich jedes Mal, wenn ich an Commander Johnson oder Ms. Washburn vorbeikam, hinter ihren Stühlen durchschlängeln musste. Aber achtzehn weitere Runden waren noch nötig, und es gab keine Möglichkeit, sie zu vermeiden.

»Haben Sie die Kältekammer untersucht und herausgefunden, wie jemand hineingelangen und den Schaden anrichten konnte?«, fragte ich ganz leicht außer Atem.

Zu diesem Zeitpunkt konnte ich Commander Johnsons Gesicht nicht sehen, doch sein Tonfall ließ darauf schließen, dass er beleidigt war.

»Natürlich!«, bellte er. »Es handelte sich um eine ernste Sicherheitslücke, und ich bin schließlich der Sicherheitschef.«

Es dauerte einen Augenblick, bis ich merkte, dass er das nicht weiter ausführen würde. Ich hatte fast eine Drittelrunde hinter mich gebracht, bevor ich nachfragte: »Was haben Sie denn darüber herausgefunden, wie der Einbruch vonstattengegangen ist?«

»Es gab keine Anzeichen für einen Einbruch«, erwiderte der Commander, diesmal wieder im Plauderton. »Weder an der Tür noch an den Schlössern, den Tastenfeldern oder den Fenstern waren Kratzer. Nichts.«

»Und als Sie das Video angeschaut haben, das vom Eingang zur Kältekammer aufgenommen worden ist?«

»Niemand hat die Kammer durch diese Tür in der Zeitspanne zwischen Feliz' Prüfung um 3.00 Uhr und seiner Rückkehr um 6.00 Uhr betreten.«

»Ganz im Gegenteil«, widersprach ich. »Irgendwer

muss die Kammer betreten haben, sonst wäre der Schaden doch gar nicht entstanden. Was Sie meinen, ist, dass die Rekorder nicht aufgezeichnet haben, wie jemand in dieser Zeit die Kammer betreten hat.«

»Einverstanden«, räumte er ein.

Ich war nun auf Runde dreizehn und also bei Halbzeit, als ich ihn fragte: »Was hat denn die Analyse der Videoüberwachung des Zeitpunkts nach dem Einbruch ergeben?«

»Warum sollte ich mir denn Videomaterial von der Zeit nach dem Einbruch ansehen?«

Ms. Washburn antwortete an meiner Stelle: »Weil Dr. Springer zum Lagerraum zurückgekehrt ist und jemand sie ermordet hat.«

»Das ist eine Angelegenheit für die Polizei«, schnaubte der Commander. »Die schaut sich das Material dieses Zeitraums sicherlich an.«

»Warum haben Sie nicht die Polizei gerufen, als Sie feststellten, dass der Kopf verschwunden war?«, fragte ich. »Ist das nicht die übliche Vorgehensweise?«

Commander Johnson nickte energisch und zeigte mit dem Finger auf mich, was mich verwirrte. Ich hatte mit der Entscheidung, die Polizei nicht zu alarmieren, schließlich nichts zu tun gehabt. »Ich habe Dr. Ackerman genau das empfohlen. Aber er war in solcher Sorge darum, dass jemand von all dem Wind bekommen könnte – und wenn es in den Polizeiberichten gestanden hätte, hätte es ganz bestimmt auch die Presse erfahren –, dass er sich dagegen entschied. Doch ich habe darauf geachtet, dass meine Einwände diesbezüglich zu den Akten genommen wurden.«

Noch sechs Runden. Meine Arme waren schon ganz erschöpft, und ich fühlte, wie sich am Haaransatz ausgiebig Schweißperlen bildeten, was bewies, dass die Bewegung den gewünschten Effekt zeitigte. Ich fragte den Commander, welche Maßnahmen er ergriffen hatte, um den Raum abzusichern, nachdem Ms. Masters-Powells Überreste verschwunden waren.

»Ich habe den Lagerraum persönlich versiegelt«, gab er zur Antwort, und ich meinte in seinem Ton eine weitere Spur von Beleidigtsein wahrzunehmen. »Wie Sie wissen, gab es überall Kameras. Niemand konnte hineingelangen.«

»Und doch«, wandte ich noch etwas schwerer atmend ein, »hat Dr. Springer nicht nur den Vorraum betreten, sondern die Kältekammer selbst; und das Gleiche tat eine weitere Person, die sie getötet hat. Wie ist das möglich?«

»Ich habe keinen blassen Schimmer«, gab Commander Johnson zu. Er presste das zwischen knirschenden Zähnen hervor. Ich dachte einen Moment nach, ich musste noch drei Runden zurücklegen, bevor ich mich wieder setzen konnte, und stellte ihm die einzige Frage, von der ich glaubte, dass er sie vielleicht beantworten könnte.

»Gibt es hier irgendwo einen Getränkeautomaten mit Wasserflaschen?«

Er riss die Augen auf, ich hatte keine Ahnung, warum, dann schüttelte er den Kopf. »Es gibt aber Wasser oben im Pausenraum, ein Stockwerk höher.« Er deutete mit dem Finger zur Decke, als wüsste ich nicht, wo »oben« ist.

Ms. Washburn räusperte sich. Ich habe gelernt, das als ein Zeichen dafür zu sehen, dass jemand meine Aufmerksamkeit erregen möchte, also drehte ich mich zu ihr um. »Ich glaube, Detective Lapides möchte mit uns sprechen«, informierte sie mich und deutete Richtung Tür. Tatsächlich konnte man das Gesicht des Detective durch das Sichtfenster hindurch erkennen.

Commander Johnson erhob sich. »Mich hat er bereits befragt, also vermute ich, dass er zu einem von Ihnen oder zu Ihnen beiden will.« Dann stand er wieder stocksteif da, als wartete er darauf, entlassen zu werden.

Ich beendete meine letzte Runde und setzte mich wieder. Ich war zwar nicht völlig ausgepumpt, doch ich hatte mich durchaus angestrengt. »In Ordnung, Commander«, sagte ich zu ihm. »Danke für Ihre Zeit.«

Commander Johnson wandte sich zur Tür um, doch Ms. Washburn räusperte sich abermals. »Nur noch eine letzte Frage, Commander.«

Er drehte sich noch einmal um und blickte sie verwirrt an. »Ja?«

Ms. Washburn deutete auf ihren Notizblock. »Nur für meine Aufzeichnungen, Sir. Wie heißen Sie mit Vornamen?«

Der Commander wirkte gequält – wie so oft in den letzten Minuten. »Alvin«, sagte er und verließ den Raum.

11

Detective Lapides schlenderte – ich denke, das ist der richtige Ausdruck – in den Raum herein, die Hände in den Taschen seiner Jacke.

»Also, Mr. Hoenig«, begann er.

»Kommen Sie mit«, erwiderte ich und ging direkt am Detective vorbei auf den Flur. Lapides sah irgendwie verblüfft aus, etwas, woran ich mich inzwischen schon gewöhnt habe, und folgte mir dann. Ich war mir nicht sicher, aber ich glaube, Ms. Washburn schloss sich uns an.

»Wohin gehen wir?«, fragte Lapides. »Haben Sie etwas herausgefunden?«

»Noch nicht. Ich suche noch, bin aber sehr zuversichtlich, dass wir ihn bald finden werden.«

»Wen denn?«

»Den Pausenraum ein Stockwerk höher. Man hat mir gesagt, dass es dort kaltes Wasser zu trinken gibt. Was wollten Sie denn gerade sagen, Detective?«

Wir erreichten den Fahrstuhl, und ich drückte den Rufknopf mit meinem Fingerknöchel. Es herrschte einen Moment Schweigen, während der Detective – wie ich vermutete – einmal tief Luft holte. Er sah mich eindringlich an.

»Nun, zunächst wird Dr. Springers Tod nun als Mordfall behandelt und untersucht.«

»Natürlich.« Ich nickte. Was hätte es auch sonst sein sollen? »Die Kugel in dem leeren Behältnis bedeutet, dass es fast nichts anderes sein kann.«

»Ja.« Lapides schien enttäuscht zu sein. »Und ich möchte Ihnen auch sagen, dass wir Sie und Ms. Washburn als Verdächtige ausgeschlossen haben.«

Ms. Washburn biss sich auf die Unterlippe. Ich glaube, sie versuchte ein Lachen zu unterdrücken.

»Ich denke nicht, dass wir jemals als Verdächtige infrage kamen«, sagte ich zum Detective. »Wir waren ja ganz offensichtlich nicht auf dem Gelände, als das Verbrechen verübt wurde.«

»Ja«, wiederholte er in einem leicht traurigen Tonfall. Ich fragte mich, was ihn verursachte. »Aber ich würde Ihnen gern ein paar Fragen zum Fund der Leiche stellen.«

Die Fahrstuhltüren öffneten sich, und wir gingen hinein. Ms. Washburn drückte auf den Knopf für das nächste Stockwerk, wofür ich ihr dankbar war. Fahrstuhlknöpfe werden von so vielen Fingern berührt, dass es mir sehr unangenehm ist, wenn ich das auch tun muss.

»Bitte sehr, fragen Sie«, sagte ich zu Lapides, weil er immer noch keine Frage gestellt hatte.

»Hier? Im Fahrstuhl?«

»Warum nicht? Wir wissen dasselbe, egal ob wir uns im Fahrstuhl befinden oder nicht. Aber wenn Sie lieber warten wollen …«

Zwischenzeitlich hatten wir das nächste Stockwerk erreicht, und die Türen öffneten sich erneut. Also verließen wir den Fahrstuhl sowieso. Doch im Geheimen musste ich mir eingestehen, dass der Detective mich zu erheitern begann.

»Was ist Ihr liebster Beatles-Song, Detective?«

»Help!«, antwortete er. »Warum?«

Energisch. Eloquent. Sieht sich möglicherweise als Opfer. Kennt seine Grenzen.

»Es ist eines meiner Spiele.« Lapides brauchte wohl gerade Unterstützung und interpretierte den Song daher auf seiner wortwörtlichen Ebene. »Bitte, fahren Sie fort.«

»Warum sind Sie in die Kältekammer gegangen, bevor Sie wussten, dass Dr. Springer darin auf dem Boden lag?«, fragte Lapides, während wir den Flur auf der Suche nach dem Pausenraum hinabgingen. Am hinteren Ende des Stockwerks schien es einen offenen Bereich zu geben.

»Wir sind hergebeten worden, um eine Frage über das Verschwinden der Überreste von Ms. Masters-Powell zu beantworten. Ich wollte gerade den Bereich untersuchen, in dem ihr Kopf aufbewahrt worden war. Aber das wussten Sie ja bereits. Sie haben uns das schon bei unserem ersten Gespräch gefragt.«

»Ja.« Das fing bei ihm an zur Gewohnheit zu werden. »Haben Sie etwas gerochen, als Sie in der Kammer waren?«

Wir erreichten den Pausenraum, der einfach nur aus einem Zimmer mit einem kleinen Tisch, drei Plastikstühlen, die man nicht zusammenklappen konnte, einer Mikrowelle und einem kleinen Kühlschrank bestand. »Etwas gerochen? Wir trugen Schutzanzüge mit Kapuzen, Detective. Es war uns gar nicht möglich, etwas zu riechen.«

Ich öffnete den Kühlschrank. Darin befanden sich ein einzelner Apfel, drei Getränkedosen (alle mit Light-Getränken) und eine braune Papiertüte, auf der *JS* stand.

Ich sah zu Ms. Washburn. »Hier gibt es gar keine Wasserflaschen«, stellte ich fest.

»Nein, aber in der Ecke gibt es einen Wasserspender.« Sie zeigte darauf. Ein halb voller Zwanziglitertank saß oben auf dem Spender, der vor sich hin brummte. »Sie können daraus etwas trinken.«

»Dann weiß ich aber nicht genau, wie viel ich getrunken habe. Ich trinke auf ein Mal immer einen halben Liter.«

»Ich fürchte, Sie werden schätzen müssen«, antwortete Ms. Washburn.

»Ich schätze nicht gern. Das ist nicht genau.« Ich bekam ein bisschen Angst, fühlte ein Ziehen in der Magengegend. Ich habe in meiner Kindheit gelernt, was dieses Gefühl zu bedeuten hat, doch selbst heute gelingt es mir nicht immer, es ganz zu kontrollieren. Ich begann im Kopf »Here Comes the Sun« zu spielen. Doch Lapides unterbrach George Harrisons wunderschönes Intro mit dem Kapodaster auf dem siebten Bund der akustischen Gitarre.

»Machen Sie sich wegen des Wassers keine Sorgen«, sagte er und erinnerte mich dadurch an den Grund für mein Angstgefühl. »Denken Sie an den Lagerraum. Haben Sie irgendwelches Blut auf dem Boden wahrgenommen, als Sie darin waren?«

»Natürlich *nicht*«, sagte ich etwas zu laut. Ich bemerkte es daran, dass sich Ms. Washburns Augen besorgt zusammenzogen. Ich ging sehr zielstrebig auf den Wasserspender zu und nahm mir einen der Papierbecher, die neben ihm aufgestapelt waren. »Es gibt an diesem Becher keine Maßeinheit«, sagte ich zu Ms. Washburn.

»Es ist ein 0,1-Liter-Becher. Wenn Sie fünf davon trinken, haben Sie den halben Liter.«

Das Unwohlsein in meinem Magen erzeugte einen leichten Schweißfilm in meinem Nacken. »Woher wissen Sie, dass es ein 0,1-Liter-Becher ist?«, fragte ich sie.

»Jetzt hören Sie doch auf mit dem Becher!«, mischte Lapides sich ein. »Trinken Sie einfach Wasser, bis Sie nicht mehr durstig sind, und dann ist es genug.«

»Nein, ist es *nicht*!«, schrie ich. Ich war unfähig, mich länger zu beherrschen. Ich wandte mich wieder an Ms. Washburn. »Woher wissen Sie, dass das ein 0,1-Liter-Becher ist?«

Sie ging um Lapides herum, um mich direkt ansehen zu können, denn ich versuchte, Augenkontakt zu vermeiden. »Ich weiß es, weil sie von derselben Größe und Marke sind, die ich zu Hause habe, und ich benutze 0,1-Liter-Becher.«

Ich hörte, wie ich selbst scharf ausatmete. »Sind Sie sicher?«, fragte ich und beobachtete dabei ihre Augen. Ihr Blick war ruhig.

»Ganz sicher«, erwiderte Ms. Washburn.

Mein Magen hörte auf, Kapriolen zu schlagen. Ich ging zum Wasserspender, nahm einen der Becher und füllte ihn. Als ich trank, stellte ich fest, dass das Wasser zwar kalt war, aber ein bisschen anders schmeckte als das Wasser aus den Flaschen in meinem Büro. Dennoch war es eine Erleichterung, diesen Becher sowie den nächsten zu trinken.

»Blut«, sagte Lapides und versuchte mich an etwas zu erinnern, das ich nicht vergessen hatte. »Auf dem Boden. In der Kältekammer.«

»Einen Moment noch«, erwiderte ich. »Noch drei Becher.« Ich füllte den Becher ein drittes Mal und trank ihn aus, während Lapides mir offenbar ungeduldig dabei zusah. Nachdem ich den erforderlichen halben Liter Wasser getrunken hatte, wandte ich mich ihm zu.

»Dr. Springer ist nicht erschossen worden. Auf den leeren Behälter wurde geschossen. In ihm war kein Kopf mehr, aber selbst wenn einer darin gewesen wäre, wäre in ihm seinerseits kein Blut mehr gewesen. Flüssigkeiten werden abgesaugt, bevor das Einfrieren beginnt.«

»Aber es ist doch flüssiger Stickstoff in den Raum entwichen«, konterte der Detective. »Wäre die Luft nicht eisig gewesen? Warum gab es an ihrem Kopf keine größere Wunde, als sie auf dem Boden aufschlug?«

Offensichtlich speiste sich die Vorstellung, die Detective Lapides von Wissenschaft hatte, zum großen Teil aus exzessivem Fernsehkonsum. »Zunächst wäre der flüssige Stickstoff, sobald er in den Raum entwich, sofort verdampft, weil er nicht länger auf einer ausreichend kalten Temperatur gehalten worden wäre. Doch selbst wenn der Raum derart kalt gewesen wäre, bricht der Kopf eines Menschen nicht einfach, weil er bei kaltem Wetter einen Schlag abbekommt. Es gab kein Blut auf dem Boden, weil Dr. Springers Kopf gar keinen besonders heftigen Schlag erlitten hat. Sie ist an Sauerstoffmangel gestorben.«

Lapides hatte sich, während ich sprach, Notizen gemacht. Er kritzelte etwas und stellte dabei eine weitere Frage: »Ist Ihnen in der Kammer etwas Ungewöhnliches aufgefallen?«

»Außer der Frauenleiche auf dem Boden?«, warf Ms. Washburn ein.

Lapides blickte sie streng an, und ich entschied, dass ich die Art und Weise, wie der Detective uns befragte, nicht mochte. Er machte zwar seine Arbeit, aber nicht besonders gut. Ich fragte mich, ob seine Vorgesetzten ihn zu diesem Tatort geschickt hätten, wenn von vornherein klar gewesen wäre, dass es sich um einen Mordfall handelte.

»Ich bin noch nie vorher in meinem Leben in dieser Kammer oder einer vergleichbaren Räumlichkeit gewesen«, sagte ich, um seine Aufmerksamkeit von Ms. Washburn abzulenken, »daher habe ich keine Vergleichsmöglichkeit, um zu entscheiden, was ungewöhnlich ist und was nicht.«

Ich glaube, Detective Lapides seufzte. »Sie wissen doch, was ich meine.«

»Ich nahm an, dass Sie das meinten, was Sie gesagt haben. Habe ich mich getäuscht?« Ich sah auf der Suche nach Bestätigung zu Ms. Washburn, doch sie hatte die Hand vor den Mund gelegt – vielleicht um ein Lächeln zu verbergen –, also war es schwierig für mich herauszufinden, ob ich etwas Unangemessenes gesagt hatte. Manchmal nehme ich Äußerungen wörtlicher, als sie gemeint sind, weil viele Ausdrücke nicht wirklich das bedeuten, was sie zu bedeuten scheinen. Wann hat Sie zum Beispiel das letzte Mal jemand tatsächlich auf den Arm genommen?

Nachdem ich nun einen halben Liter Wasser getrunken hatte, würde es nicht sehr lange dauern, bis ich eine Toilette benutzen musste, und ich wusste bisher noch nicht, wo sich die Toiletten in diesem Gebäude befanden. Es wäre peinlich, Ms. Washburn danach zu fragen, denn immerhin war sie eine Frau, und es hätte keinen Sinn, Lapides danach zu fragen, weil ich nicht glaubte, dass er seine Umgebung genau genug inspiziert hatte, um es zu wissen. Ich würde einen Institutsmitarbeiter fragen müssen, und diese Aussicht gefiel mir gar nicht; es fällt mir nicht immer leicht, Fremde um Informationen zu bitten.

»Lassen Sie mich … meine Frage noch einmal formulieren. Schien Ihnen – mit der Ausnahme von Dr. Springers Leiche – irgendetwas, das Sie in der Kammer gesehen haben, erwähnenswert? Gibt es irgendetwas, wovon Sie glauben, dass ich es wissen sollte?«

Es gab eine ziemlich große Menge von Dingen, die Detective Lapides meiner Meinung nach hätte wissen sollen, doch ich wusste nach den vielen Stunden, in denen ich meine sozialen Fähigkeiten eingeübt hatte, genug über Konversation, um zu verstehen, dass er mit seiner Frage auf etwas anderes hinauswollte.

»Es schien mir seltsam, dass Ms. Masters-Powells Behälter der einzige war, der sich bei Dr. Springer in der Kammer befand und nicht an seinem Platz war. Sowohl die Verwaltung der Einrichtung als auch der Sicherheitsdienst wussten bereits darüber Bescheid, dass die Überreste vermisst wurden. Warum sollte sie in die Kammer gehen, um einen leeren Behälter zu prüfen?«

Lapides murmelte »leerer Behälter«, während er weiterschrieb, dann fragte er: »Was haben Sie sonst noch gesehen?«

Ich schloss die Augen, um mir den Raum besser vorstellen zu können. »Es gab Behälter für ganze Leichen am hinteren Ende der Kammer, die unvollständigen Überreste – die Schädel – wurden näher an der Tür aufbewahrt, ich nehme an, um auch die kleinsten Temperaturunterschiede besser ausgleichen zu können, die entstehen, wenn Mitarbeiter durch die innere Tür den Raum betreten oder verlassen. Die Kammer hatte eine relativ niedrige Decke, nicht furchtbar niedrig, aber sicherlich auch nicht hoch. Ich würde die Höhe auf knapp zweieinhalb Meter schätzen. Die Wände waren hellblau gestrichen. Auf dem Boden war ein unauffälliges Linoleum verlegt, aber keines aus Kacheln. Der Behälter lag auf dem Boden hinter Dr. Springer, war sichtbar beschädigt, und die Initialen der Patientin waren auf ihm eingraviert. Das Licht kam von der Decke aus versenkten Strahlern. Und es war immer noch etwas Stickstoff in der Luft, als wir eintraten.« Als ich die Augen wieder öffnete, fügte ich hinzu: »Und nun müssen Sie mich bitte entschuldigen.« Ich ging rasch in den Flur und versuchte, eine Toilette ausfindig zu machen, ohne jemanden fragen zu müssen, wo sie war.

»Mr. Hoenig«, hörte ich Ms. Washburn hinter mir sagen, »es gibt eine Toilette gleich hier um die Ecke; sie ist mir aufgefallen, als wir vom Fahrstuhl hierhergekommen sind.« Ms. Washburn erwies sich erneut als von unschätzbarem Wert.

»Warten Sie mal!«, rief Lapides mir nach, als ich schon an der Tür war. Ich drehte mich um. »Die Befragung ist noch nicht beendet.«

»Und Sie können damit gern weitermachen, wenn ich wiederkomme, aber ich bin wirklich der Meinung, dass das hier vordringlicher ist, Detective.« Ich wartete seine Antwort gar nicht ab.

Ich muss wohl nicht erwähnen, dass es für mich normalerweise nicht die erste Wahl ist, eine öffentliche Toilette zu benutzen. Eine solche Situation, in der ich mich nicht auf die makellose Sauberkeit meiner Mutter verlassen kann, ist bestenfalls unappetitlich, meistens grenzt sie an blanken Horror. Aber ich hatte nun einfach nicht genug

Zeit, das Gebäude zu verlassen, zum Haus meiner Mutter zu fahren, dort die Toilette zu benutzen und dann zum GSCI zurückzufahren. Glücklicherweise machte die Toilette hier einen gepflegten Eindruck – ohne Zweifel waren im Institut bestimmte grundlegende Sauberkeitsstandards unverzichtbar. Trotzdem verbrachte ich dort nicht mehr Zeit als unbedingt notwendig und wusch mir gründlich die Hände, bevor ich wieder herauskam.

Ich nehme an, dass Lapides die Zeit genutzt hatte, um Ms. Washburn zu der Kältekammer zu befragen, denn als ich die Toilette nach vier Minuten wieder verließ, sagte sie gerade: »Der Anzug erschwerte es, irgendetwas außer dem im Detail zu erkennen, was direkt vor mir lag. Ich hatte eine sehr eingeschränkte periphere Sicht.«

Es war eine Sache, dass er mich befragte, aber dass er nun auch noch Ms. Washburn schikanierte, erschien mir doch unfair. »Jetzt mal ehrlich, Detective«, wandte ich mich an Lapides, »Sie haben uns das alles doch schon gefragt und unsere Antwort erhalten. Sagen Sie mir einfach: Was wollen Sie *wirklich* wissen?«

Der Detective blickte mich entweder verwirrt oder beleidigt an. »Ich ermittle hier in einem Mordfall«, sagte er in ziemlich aufgeblasenem Tonfall, so aufgeblasen, dass sogar ich es wahrnehmen konnte. »Ich muss *Ihnen* meine Vorgehensweise nicht erklären.«

Da hatte er recht; er war mir keinerlei Rechenschaft schuldig – ich hatte meinen Wohnsitz nicht einmal in seinem Zuständigkeitsbereich. Dennoch hatte ich das Bedürfnis nachzubohren. »Ich bitte Sie nicht, mir Ihre Vorgehensweise zu erklären, die ist ziemlich offenkundig. Ich bitte Sie, zum Punkt zu kommen, denn auch ich muss mich um die Beantwortung einiger Fragen kümmern, und ich habe eine weitaus strengere Frist als Sie. Was wollen Sie mich also fragen?«

»Ich versuche alle Informationen zusammenzutragen, die Sie und Ms. Washburn vielleicht im Lagerraum gesammelt haben«, erwiderte er, doch sein Haaransatz verdunkelte sich bereits von austretendem Schweiß.

»Detective«, ermahnte ich ihn. Ms. Washburn sah mich auf eine Weise an, die zeigte, dass sie zwar nicht wusste, worauf ich hinauswollte, mein Vorgehen aber grundsätzlich billigte.

»Ach, na gut«, erwiderte Lapides und presste die Lippen aufeinander.

Ich sah ihn sehr aufmerksam an.

»Mr. Hoenig«, begann er, »ich bin hier seit sechs Jahren Detective und war vorher vierzehn Jahre lang einfacher Polizist.«

Ich begriff nicht, warum sein beruflicher Werdegang für diese Angelegenheit relevant war, doch ich ließ ihn ausreden.

»In dieser ganzen Zeit«, fuhr Lapides fort, »habe ich niemals an einem Mordfall gearbeitet.«

»Noch nie?«, fragte ich.

»Es gibt hier zwei Mordfälle in zehn Jahren«, jammerte der Detective, »und meistens handelt es sich dabei um ganz offensichtliche Taten, Familienmitglieder, die sich ein Messer schnappen und aufeinander losgehen, solche Sachen eben. Ich war damit einfach noch nie befasst.«

»Ich verstehe nicht, was das mit uns zu tun hat«, sagte Ms. Washburn. »Mr. Hoenig und ich haben niemanden umgebracht.«

»Das glaube ich ja auch gar nicht«, entgegnete Lapides. »Aber ich habe trotzdem eine Frage an Sie.« Er drehte sich zu mir um, sah mich direkt an, und ich kämpfte gegen meinen Impuls, mich abzuwenden.

»Nämlich?«, fragte ich. Meine Stimme klang dabei standhafter, als meine Augen sich anfühlten.

»Was soll ich Ihrer Meinung nach als Nächstes tun?«

12

Ms. Washburn bestand darauf, dass wir das Gebäude verließen, bevor ich Lapides' Frage beantwortete. Sie begründete das mit der Möglichkeit, dass die gesamte Einrichtung überwacht wurde – Ackerman hatte ja angegeben, dass dem so war – und dass unser Gespräch nicht vertraulich sein könnte, wenn wir drinnen blieben.

Sie erklärte außerdem, dass sie ihren Mann vom Handy aus anrufen wolle und im Inneren des GSCI kein anständiges Signal bekam. Ich hielt es für eine freundliche Geste meinerseits, nicht darauf hinzuweisen, dass jede Art der elektronischen Überwachung, die in der Einrichtung verwendet wurde, wohl auch um das Gebäude herum installiert war.

Ich glaubte sowieso, dass jede nur denkbare Konversation, die ich mit Lapides führte, für niemanden von Interesse sein konnte.

Ms. Washburn ging zur einen Seite und telefonierte mit ihrem Ehemann. Ich versuchte nicht, sie zu belauschen, denn was sie zu sagen hatte, hatte nichts mit meinem geschäftlichen Anliegen zu tun, und doch wunderte ich mich, wie schnell ich begonnen hatte, sie als eine Mitarbeiterin von *Fragen Beantworten* zu betrachten. Mir war klar, dass wir ausgemacht hatten, nur für diesen einen Tag zusammenzuarbeiten, doch vielleicht wäre es sinnvoll, dieses Arrangement auf unbestimmte Zeit zu verlängern. Ich würde mit ihr später darüber sprechen und ging davon aus, dass ich mich diesbezüglich irgendwann mit meiner Mutter beraten könnte. Mutter ist sehr gut darin herauszufinden, ob ich vorschnell handle oder die Absichten einer Person, die ich gerade erst kennengelernt habe, falsch einschätze.

Lapides, dessen Schuhe in dem brach liegenden Feld hinter der Einrichtung ein bisschen in den Matsch einsanken, sah mich einige Zeit erwartungsvoll an, bevor ich seinen Blick erwiderte und das bemerkte. Er wartete auf die Beantwortung seiner Frage.

»Ihnen ist sicher bewusst, dass mein Geschäftsmodell darin besteht, Fragen für andere Menschen zu beantworten.«

Lapides griff in seine Innentasche. »Was verlangen Sie denn?«

Ich hob abwehrend die Hände mit nach außen gewandten Handflächen. »Das habe ich nur erwähnt, weil ich betonen möchte, dass ich kein professioneller Ermittler bin. Ich versuche nicht, Ihnen für die Frage etwas zu berechnen, die Sie mir gestellt haben.«

»Ihnen fallen Dinge auf«, sagte Lapides. »Sie scheinen Begleitumstände zu verstehen. Wenn Sie etwas gesehen haben, das mir dabei helfen kann herauszufinden, was ich tun soll, muss ich das wissen.«

Ich nutzte die Gelegenheit nicht dazu, um ihn über das Asperger-Syndrom aufzuklären, auch nicht, um ihm zu erläutern, dass mein Wissen über menschliches Verhalten rein akademisch und nicht instinktiv war. Ich achtete darauf, dem Detective in die Augen zu sehen, als ich ihm entgegnete: »Gut, ich werde Ihnen sagen, was ich denke, dass Sie tun sollten, aber ich garantiere Ihnen nicht, dass Sie damit erfolgreich sind.«

Ich wartete ein paar Sekunden auf eine Antwort, doch es kam keine außer der, dass Lapides ein Notizbuch zückte und einen Stift aus der Jacke hervorkramte, um sich Notizen zu machen.

»Zuerst sollten Sie herausfinden, wie viele Kältekammern von der Art, die wir gesehen haben, es auf dem Gelände gibt. Ich habe drei gezählt, doch ich habe nicht die gesamte Einrichtung gesehen. Ziehen Sie dann einen anderen Sicherheitsexperten als Commander Johnson zurate, aber niemanden, der vom GSCI bezahlt wird, und lassen Sie ihn die Verkabelung der gesamten Video- und Audioüberwachung auf dem Stockwerk überprüfen, auf dem sich der Mord ereignet hat. Finden Sie über die Personalakte heraus, ob Dr. Springer verheiratet war oder Familie in der Gegend hat, falls Sie das nicht schon getan haben.«

»Sie war geschieden und hatte keine Kinder«, sagte Lapides. »Ihr Exmann lebt in Missouri und befindet sich gerade dort. Für den Moment steht er nicht auf der Liste der Verdächtigen.«

»Gut«, fuhr ich fort. Lapides wirkte zufrieden mit sich selbst, wie ein Schüler, der dem Lehrer unerwartet die richtige Antwort auf eine schwierige arithmetische Gleichung gegeben hat. »Konzentrieren Sie sich auf zwischenmenschliche Beziehungen unter den Angestellten hier. Gab es irgendwelche Liebschaften? Könnte Eifersucht ein

Motiv sein? Oder hat das alles nur mit dem Verschwinden von Ms. Masters-Powells Überresten zu tun? Sprechen Sie mit Commander Johnsons Frau. Zufällig war sie heute hier, und jeder Zufall ist verdächtig, vor allem wenn ihr Ehemann früher zur Arbeit gerufen wurde, um sich mit einem ungewöhnlichen Vorkommnis zu befassen.«

Lapides schrieb rasch alles auf, was er sich merken konnte. »Spreche ich zu schnell?«, fragte ich ihn. Er schüttelte heftig den Kopf und schrieb dabei weiter.

»Dann würde ich mich mit der Möglichkeit beschäftigen, dass Ms. Masters-Powells Familie eventuell erzürnt ist wegen des Umgangs mit ihren Überresten hier und sich deshalb zu einer Aggression gegenüber Dr. Springer hat hinreißen lassen. Bestellen Sie ihre Familie her, und befragen Sie sie getrennt voneinander, sodass sie ihre Antworten nicht miteinander abstimmen können.«

»Könnten sie das denn nicht auch auf ihrem Weg hierher tun?«, wandte Lapides ein, ohne von seinem Notizbuch aufzusehen.

»Sie gehen davon aus, dass sie alle zusammenleben und im selben Fahrzeug hierherkommen«, gab ich zur Antwort. Es fiel mir immer schwerer, mir vorzustellen, wie Lapides überhaupt zum Detective hatte befördert werden können. »Ich bezweifle, dass das der Fall ist.«

Lapides hörte lange genug auf zu schreiben, um in seine Jackentasche zu greifen und ein Päckchen Zigaretten hervorzukramen. Ich spürte, wie ich die Augen aufriss.

»Ich muss Sie bitten, nicht zu rauchen«, ermahnte ich ihn. »Ich kann sonst an nichts anderes mehr denken als daran, wie sich Ihre Lunge mit Teer füllt.«

Die Zigarettenschachtel verschwand wieder in Lapides' Jacke. Er starrte mich an. »Was stimmt nur nicht mit Ihnen?«

»Mit mir stimmt alles. Ich habe nur etwas, was Sie vielleicht eine Störung nennen würden, was ich aber lediglich als eine Facette meiner Persönlichkeit betrachte.«

Ich war mir nicht sicher, ob Lapides seinen halb offenen Mund jemals wieder schließen würde.

»Aha«, sagte er.

Bevor ich etwas erwidern konnte, hörte ich, wie Ms. Washburn laut in ihr Handy sagte: »Es gibt keinen Grund, mich anzubrüllen!« Lapides und ich wandten gleichzeitig die Köpfe in ihre Richtung. »Ich rufe dich an, wenn ich dazu komme!« Sie klappte ihr Telefon zusammen und steckte es wieder in die Handtasche, als sie bemerkte, dass wir sie ansahen.

Ms. Washburn kam zu uns herüber. Ich konnte ihre Miene nicht deuten, doch (wie mir beigebracht worden ist) schloss ich aus dem Kontext, dass sie etwas verlegen aussah.

»Mein Mann regt sich schnell auf«, erklärte sie.

»Sieht ganz so aus«, erwiderte Lapides. Dann wandte er sich wieder mir zu. »Was empfehlen Sie sonst noch, Mr. Hoenig?«

»Für den Moment ist das alles. Falls Sie den Eindruck gewinnen, dass Sie wieder in Schwierigkeiten geraten, sagen Sie mir Bescheid, und ich sehe, was ich für Sie tun kann.«

»Was werden Sie denn jetzt machen?«, fragte der Detective.

»Ich muss die Frage zu den vermissten Überresten beantworten. Ich werde hier weiter Zeugenbefragungen durchführen, genau wie Sie, aber eben über den anderen Vorfall.«

Lapides nickte entschlossen und ging zurück in Richtung Gebäude. Als ich keine Anstalten machte, ihm zu folgen, stemmte Ms. Washburn eine Hand in die Hüfte und sah mich prüfend an.

»Warum gehen wir nicht mit?«, fragte sie.

»Warum macht sich Ihr Ehemann Sorgen darüber, dass Sie mit mir zusammenarbeiten?«

»Woher …«

Ich glaube, ich grinste sie an. Manchmal kann ich ziemlich unbescheiden sein. Es kommt daher, dass Menschen wegen meines Asperger-Syndroms ihre Erwartungen mir gegenüber gesenkt haben.

»Während Sie mit Ihrem Mann gesprochen haben, haben Sie neun Mal zu mir herübergesehen. Jedes Mal war ihr Gesichtsausdruck meinem Empfinden nach entweder ängstlich oder wütend. Da ich Ihnen keinen Grund dafür gegeben habe, wütend auf mich zu sein, habe ich gefolgert, dass Sie wütend auf Ihren Mann sein müssen und dass es etwas mit mir zu tun hat. Da ich Ihrem Mann niemals begegnet bin, ist es logisch anzunehmen, dass er über unsere Zusammenheit besorgt war. Nur weil ich nicht immer Blickkontakt suche, Ms. Washburn, bedeutet das nicht, dass ich kein aufmerksamer Beobachter bin.«

Sie musterte mich für einen Moment und entgegnete dann: »Ich habe meinen Mann – rhetorisch – gefragt, wie er den Nerv haben kann, es nicht mir zu überlassen, darüber zu entscheiden, welche Arbeit ich annehme und welche nicht. Ich habe Ihnen die Blicke während des Gesprächs zugeworfen, weil ich dachte, Sie verstehen, dass er mir auf den Geist geht.«

Wie schon gesagt, ist es gefährlich, Mutmaßungen über menschliches Verhalten anzustellen. »Wie haben Sie sich denn mit Ihrem Mann geeinigt?«

Ms. Washburn machte sich auf in Richtung des GSCI-Gebäudes. »Lassen Sie uns ein paar Zeugen befragen.«

13

»Ich bin keine Bloggerin«, sagte Charlotte Selby. »Ich bin *Bürgerjournalistin.«*

Ich schätzte Charlotte auf Anfang vierzig und kaum größer als eins fünfzig. Sie saß am Tisch im Konferenzraum des GSCI Ms. Washburn und mir gegenüber. Sie hatte dunkelbraunes Haar und ein beinahe karoförmiges Gesicht mit einem spitzen Kinn und einer kleinen Stirn. Klischeemäßig hätte man sich unter einer Bloggerin für »technologische und spirituelle Themen« – so bezeichnete Charlotte ihren Tätigkeitsbereich – eine jüngere Person vorgestellt, doch noch einmal: Es ist immer falsch, etwas anzunehmen, ohne dass Fakten vorliegen, die eine Theorie untermauern können. Charlotte war ohne Zweifel keine gewöhnliche Bloggerin. Oder Bürgerjournalistin.

Manche Menschen mit Asperger-Syndrom nennen sich »Aspies«. Ich tue das nicht. Jeder kann sich die Begriffe, die er für sich verwendet, schließlich selbst aussuchen.

»In Ihrer Funktion als Bürgerjournalistin«, sagte ich und erwies ihr somit den Respekt, um den sie gebeten hatte, »warum waren Sie heute Morgen hier?«

»Ich arbeite für Eyeintheskyonline«, antwortete sie und quetschte die Wörter dabei so zusammen, wie sie auf einem Uniform Resource Locator (URL) oder in einer Webadresse erscheinen. »Wir kümmern uns um alle Arten von Nachrichten, die mit Lebensverlängerung und dem Leben nach dem Tod in Zusammenhang stehen.«

Es wäre kontraproduktiv gewesen, irgendeine Form von Skepsis zu äußern, also ging ich darüber hinweg. »Und Sie waren der Meinung, dass das Garden State Cryonics Institute eine gute Story liefern würde? Die Einrichtung gibt es immerhin schon seit sieben Jahren.«

»Ich habe von dem verschwundenen Kopf gehört«, erwiderte Charlotte ohne Umschweife. »Ich war hier mit Ackerman wegen eines Interview verabredet, aber er war nicht da.«

»Stimmt«, erklärte Ms. Washburn, »er war fort, um Mr. Hoenig damit zu beauftragen, nach den sterblichen Überresten zu suchen.«

»Sie gehören gar nicht zur Polizei?«, fragte Charlotte mich. Ich gab an, dass das tatsächlich nicht der Fall sei, und sie zog umgehend die gleiche Art von Notizbuch aus ihrer Handtasche hervor, die Lapides während unserer Befragung verwendet hatte. »Dann sagen Sie mir doch: Was haben Sie über diesen vermissten Kopf und die tote Wissenschaftlerin herausgefunden?«

Ich stockte, überlegte kurz und erwiderte dann: »Ich denke, ich wäre nicht so gern eine Quelle für Ihren Journalismus.«

»Sie möchten als Informant nicht genannt werden?«

Das war sehr schlau. Die meisten Menschen hätten das, was ich gesagt hatte, genau so verstanden. Doch ich war mit der Ethik des Journalismus vertraut, egal ob Bürger- oder sonstigem, da ich mich mit dem Thema schon als

Schüler und kürzlich noch einmal beschäftigt hatte, als ein Kunde mich zu etwas befragte, was er als das »unzeitgemäße« Konzept des Printjournalismus bezeichnet hatte.

Ich schüttelte den Kopf. »Nein, ich bevorzuge es, Sie nicht mit Informationen zu versorgen, weder für die Publikation noch als Hintergrund dafür. Sagen Sie mir bitte …«

»Ganz sicher nicht«, entgegnete Charlotte. Sie legte ihren Stift hin und verschränkte die Arme.

Das war seltsam. »Bitte?«, fragte ich.

Ms. Washburn, die dem Ganzen still beigewohnt und sich um den kleinen Rekorder gekümmert hatte, mit dem ich die Gespräche aufnahm, sah mich an und sagte: »Ich glaube, Ms. Selby möchte zum Ausdruck bringen, dass sie nicht kooperiert, wenn Sie ihr nicht erlauben, darüber zu schreiben, Samuel.«

»Sehr richtig«, stimmte Charlotte ihr zu.

Diese Haltung ergab überhaupt keinen Sinn. Ich benötigte die Information, die Charlotte hatte, um meine Antwort auf Ackermans Frage zu geben. Warum aber sollte ich meine gesamte Recherche mit ihr teilen?

»Ich verstehe nicht recht.«

»Was gibt es da nicht zu verstehen?«, fragte Charlotte. »Sie wollen etwas, und ich will etwas. Wenn wir zusammenarbeiten, bekommen wir beide, was wir wollen.«

So wie sie es erklärte, ergab ihre Theorie scheinbar Sinn. Doch ich war mir sicher, dass das nicht wirklich der Fall war. Ich bin jedoch nicht sehr geschickt darin, in Gesprächen spontan und schnell zu reagieren, denn ich habe die Tendenz, jedes Wort meines Gegenübers genau zu durchdenken. Also war ich froh, dass Ms. Washburn in die Bresche sprang.

»Lassen Sie es uns doch so machen: Wenn Sie uns irgendeine Information geben, die Samuel dabei hilft, seine Frage zu beantworten, wird er Ihnen ein Interview geben, das Sie für Ihre Publikation nutzen können.«

»Aber …«, versuchte Charlotte sie zu unterbrechen, doch Ms. Washburn redete schon weiter.

»Das Interview wird erst nach der Beantwortung der Frage stattfinden, und es wird nicht länger als zwanzig Minuten dauern. Eine von Samuel bevollmächtigte Person hat das Recht, die Zitate, die Sie veröffentlichen wollen, vorher zu prüfen und jede Formulierung zu untersagen, die Samuel für unkorrekt hält oder die nicht das von ihm Gemeinte wiedergibt. Abgemacht?«

Charlotte schien entweder verblüfft oder verärgert zu sein. »Das ist inakzeptabel«, versuchte sie es. »Ich werde nicht erlauben, dass ein Gesprächspartner Texte zur Publikation freigibt. Es geht hier um meine Ehre als Journalistin.«

»Und wenn Samuel nicht mit Ihnen spricht, müssen Sie auch nur Ihrem eigenen Ehrenkodex folgen«, konterte Ms. Washburn. »Samuel ist sehr bedacht auf seine Außenwirkung. Aufgrund bestimmter Aspekte seiner Persönlichkeit ist er dazu geneigt, unorthodox zu antworten. Falls er Ihren Tonfall oder einen Ausdruck, den Sie zufällig verwenden, nicht versteht, könnte er eine Antwort geben, die nicht der Antwort entspricht, die er geben würde, wenn er den Kontext verstünde. Das sind unsere Bedingungen. Sie können darauf eingehen oder nicht, Charlotte; es ist das letzte Angebot.«

Charlotte kniff die Augen zusammen. Ich musste ihren Gesichtsausdruck nicht interpretieren, um zu begreifen, worüber sie nachdachte: Sie konnte die Zusammenarbeit ablehnen, doch dann würden ihre Mühen umsonst bleiben. Sie konnte versuchen zu verhandeln, doch Ms. Washburn war offensichtlich nicht bereit, viel von meiner Zeit oder meinem Wissen preiszugeben. Charlotte presste also die Lippen aufeinander, seufzte und nickte dann.

»In Ordnung, aber ich darf für meine Reportage bei seinen anderen Befragungen anwesend sein.«

Ms. Washburn lächelte. »Keine Chance.«

»Ach, na gut. Ich wollte es immerhin versucht haben. Mein Gott, ich brauche jetzt eine Zigarette.« Im gesamten Institut durfte nicht geraucht werden. Sie würde damit warten müssen.

Nun, da die Grenzen abgesteckt waren, konnte ich die Befragung wieder aufnehmen und davon ausgehen, das Charlotte bei ihren Antworten etwas entgegenkommender wäre. Ich nahm mir vor – es war heute nicht das erste Mal, dass ich mir etwas vornahm –, Ms. Washburn für ihre Bemühungen zu meinen Gunsten später zu danken.

»Gut«, fuhr ich fort. »Wie haben Sie von den verschwundenen Überresten Ms. Masters-Powells erfahren?«

»Ich habe meine Quellen innerhalb des Unternehmens, aber nein, ich werde Ihnen nicht verraten, um wen es sich dabei handelt.« Vielleicht wären Charlottes Antworten am Ende doch nicht viel entgegenkommender. »Heute Morgen habe ich einen Anruf erhalten, dass ein Kopf verschwunden ist, also sprang ich in mein Auto.«

»War es das erste Mal, dass Sie die Einrichtung betreten haben?«

Charlotte machte eine wegwerfende Handbewegung. »Wohl kaum. Schauen Sie in den Besucherakten nach. Ich bin letztes Jahr fünf oder sechs Mal hier gewesen. Ich finde die hier angewandten Techniken faszinierend, und meine Leser möchten gern von allem erfahren, was den Tod eventuell rückgängig machen kann.«

Den Tod rückgängig machen. Der Ausdruck selbst schien ein Widerspruch in sich zu sein, und doch zählten diese und eine ganze Menge ähnlicher Einrichtungen darauf, dass genau das einmal möglich sein würde. »Haben Sie vorher schon mal etwas über das Institut veröffentlicht?«

Sie nickte. »Zwei Mal. Erst nur eine allgemeine Notiz darüber, dass es existiert, und vor zwei Monaten dann ein langes Interview mit Marshall – Dr. Ackerman – und ein paar Familienangehörigen der Personen, die hier eingelagert sind. Ich glaube, Rita Masters-Powells Bruder Arthur könnte einer von ihnen gewesen sein.«

»Haben Sie einen Laptop dabei?«, fragte ich. »Ich würde mir diese Texte gern einmal ansehen.«

»Natürlich habe ich einen«, erwiderte sie und zog einen Dell-Laptop aus der Tasche, die sie unter den Tisch gestellt hatte. »Aber ich habe keinen Zugang zum Internet. Das WLAN-Netzwerk dieses Gebäudes ist passwortgeschützt, und ich kenne das Passwort nicht.«

»Vielleicht können wir uns Ihre Texte später auf einem der institutseigenen Computer ansehen«, schlug ich vor. »Nun würde ich gern wissen, was Sie erfahren und mit wem Sie gesprochen haben, als Sie heute Morgen hier angekommen sind, um für Ihre Geschichte zu recherchieren.«

Charlotte zog eine Grimasse, die anzeigte, dass sie nachdachte, und aus dem Augenwinkel konnte ich sehen, wie Ms. Washburn eine Braue hochzog.

»Nun, wie schon gesagt, Marshall – Dr. Ackerman – war nicht hier. Also sprach ich ein paar Minuten mit Commander Johnson und seiner Frau, nachdem ich es an Lorraine, der Rezeptionistin, vorbeigeschafft hatte.«

»Und was haben Ihnen der Commander und seine Frau erzählt?«

»Amelia wusste gar nichts«, antwortete Charlotte in einem Tonfall, der meines Erachtens anzeigte, dass sie nicht viel von Commander Johnsons Ehefrau hielt. »Doch der Commander war sehr aufgeregt, weil er der Meinung war, beim ernstesten Sicherheitsproblem, das aufgekommen war, seit er hier arbeitete, einfach übergangen worden zu sein.« Sie schaute in ihr Notizbuch. »Ja. Hier. ›Er hat mich nicht einmal nach meiner Meinung gefragt. Er lässt mich nicht nach unten.‹ Sie sehen also, er war ziemlich aufgebracht.«

»Marshall Ackerman hat seinem Sicherheitschef nicht erlaubt, den Bereich zu betreten, aus dem wertvolle menschliche Überreste verschwunden sind?«, fragte ich. Commander Johnson hatte das nicht erwähnt, als ich ihn befragt hatte. Warum hatte der Direktor der Einrichtung seinen sorgsam ausgewählten Sicherheitschef nicht ermitteln lassen? Warum war er zuerst zu mir gekommen?

»So hat Johnson es mir gesagt«, bestätigte Charlotte. »Ich fragte ihn nach dem Grund, doch er hat mich nur irgendwie angegrunzt und dann den Raum verlassen.«

»Wissen Sie vielleicht, wie Ackerman den Commander kennengelernt hat? Wenn ich es recht verstanden habe, arbeitet er hier erst seit fünf Monaten.«

Charlotte nickte. »Nachdem er Miles Monroe gefeuert hatte, wollte Marshall einen militärisch ausgebildeten Menschen an der Spitze des Sicherheitsteams. Doch die meisten geeigneten Kandidaten sind entweder noch beim Militär oder zu teuer für das Institut, also schaltete er eine Anzeige in einer der Special-Interest-Zeitschriften und stieß so auf den Commander.«

Marshall Ackerman hatte angegeben, sein voriger Sicherheitschef habe sich »anderen Aufgaben zugewandt«.

»Ackerman hat Mr. Monroe entlassen?«, fragte ich.

Charlotte sah mich mit einem Gesichtsausdruck an, den ich schon kannte – sie war offenbar der Meinung, dass ich nicht so kompetent war, wie ich es hätte sein sollen. »Ja. Es gab Anschuldigungen, dass Mitarbeiter ein paar der ›Gäste‹ misshandelt hätten, und Marshall wollte, dass das ein Ende nahm. Also entließ er Monroe und verpflichtete Johnson als seinen Nachfolger.«

»Was meinen Sie mit ›die Gäste misshandeln‹?«, mischte sich Ms. Washburn ein. Es war eine ausgezeichnete Frage, die ich auch hatte stellen wollen.

»Zwei der Angestellten – beide inzwischen entlassen – wurden beschuldigt, einen der Köpfe … in einem Basketballspiel im Büro verwendet zu haben«, antwortete Charlotte. Sie sah mir nicht in die Augen, als sie es sagte; stattdessen schien sie außerordentlich an der amerikanischen Flagge interessiert zu sein, die an einer Stange in einer Ecke des Raumes hing.

Ms. Washburn hingegen sah Charlotte direkt an und war kreidebleich. Sie hob an, etwas zu sagen, hielt dann inne und schüttelte den Kopf. Es war für mich offensichtlich, dass Ms. Washburn von dem, was sie gehört hatte, entsetzt war, aber es war kein einmaliger Vorgang. Es hatte Vorwürfe ähnlicher Grausamkeiten in der Einrichtung gegeben, in der der Schädel von Ted Williams, dem Spieler der Red Sox, aufbewahrt wurde, auch wenn sie niemals erhärtet werden konnten. Irgendwer im GSCI war vielleicht durch diese Berichte auf die Idee für einen grotesken Scherz gekommen.

»Kennen Sie die Namen der entlassenen Mitarbeiter?«, fragte ich. »Könnte einer oder sogar beide von ihnen für den Diebstahl von Ms. Masters-Powells sterblichen Überresten verantwortlich sein?«

Charlotte kramte in ihrer Handtasche herum. »Das glaube ich nicht, denn einer von ihnen ist nach Nevada gezogen, und der andere war dümmer, als die Polizei erlaubt. Ernie Deshales wäre nicht einmal in der Lage gewesen, sich den Diebstahl eines Schokoriegels aus einem 7-Eleven-Supermarkt einfallen zu lassen.« Sie zog einen Zettel aus der Tasche. »Hier. Das sind die zwei Typen, die wegen Vandalismus gefeuert wurden. Deshales und Randy Morton.« Sie reichte Ms. Washburn den Zettel, die sich, nachdem sie sich von ihrem Schock wieder erholt hatte, die Informationen darauf notierte und ihn Charlotte dann zurückgab.

»Haben wir die Kontaktdaten für beide?«, fragte ich Ms. Washburn, und sie nickte. »Gut. Nun wieder zu Ihnen, Charlotte. Es klingt, als hätten über dieser Einrichtung schon seit einiger Zeit Wolken des Verdachts gehangen. Warum haben Sie über die Anschuldigungen nicht auf Ihrem Blog berichtet?«

»Ich sah darin keinen Sinn«, antwortete Charlotte mit einem Tonfall, den ich als Ungeduld erkannte. Wahrscheinlich war sie das aufgrund meiner von ihr so wahrgenommenen Dummheit oder Naivität. »Ich wusste, dass an den Gerüchten nichts dran war. Niemand hat den Personen, die hier gelagert werden, irgendwelchen Schaden zugefügt.«

»Woher wissen Sie das?«, fragte Ms. Washburn.

»Marshall hat es mir erzählt.« Charlottes Ton zeigte an, dass sie Ms. Washburn nicht für intelligenter als mich selbst hielt und dass das ein beklagenswerter Umstand war.

»Natürlich«, sagte ich. »Haben Sie ein Verhältnis mit Marshall Ackerman?«

Charlotte riss den Kopf zurück. Sie reagierte, als wäre sie geohrfeigt worden. »Wie bitte?«

»Sind Sie und Marshall Ackerman ein Liebespaar?« Vielleicht war meine Formulierung beim ersten Mal ungenau gewesen. Ich hatte keine Ahnung, ob Ackerman oder Charlotte verheiratet waren, also war es möglich, dass ich den Begriff *Verhältnis* falsch gebraucht hatte.

»Ich denke nicht daran, diese widerwärtige Frage zu beantworten«, entgegnete Charlotte, was darauf hindeutete, dass die ehrliche Antwort darauf Ja gelautet hätte.

»Haben Sie als Bürgerjournalistin Ihren Lesern gegenüber nicht die Pflicht, jede Information gegenzuchecken und mehr als eine Quelle für Ihren Bericht heranzuziehen?« Meine Absicht war es, an Charlottes Berufsethos zu appellieren.

Unglücklicherweise schien sie kein solches Ethos zu haben. »Meine Pflicht ist nur, eine korrekte Information zu bekommen«, antwortete sie. »In diesem Fall war das Ehrenwort eines respektierten Geschäftsführers wie Marshall Ackerman genug, um das dumme Gerücht ad acta zu legen.« Sie äußerte all das in einem so überzeugten Ton, dass er beinahe die Wahrheit verschleiert hätte, nämlich dass ihre Worte keinen Sinn ergaben.

»Ach so. Nun, dann danke für Ihre Hilfe in dieser Angelegenheit, Charlotte.«

Doch die Bloggerin blieb einfach sitzen und starrte mich einen langen Augenblick an. Um ihr zu signalisieren, dass die Befragung beendet war, wendete ich also eine Taktik an, die ich in Dr. Mancusos Unterrichtsstunden zum Sozialverhalten gelernt hatte. Ich stand auf und streckte ihr die Hand entgegen. »Danke«, wiederholte ich.

»Das ist alles?«, fragte Charlotte ungläubig.

»Gibt es noch etwas, was ich Sie hätte fragen sollen?«

»Möchten Sie denn nicht wissen, wer meiner Meinung nach den Kopf gestohlen hat?«

Wenn Charlotte nur ihre Meinung kundtun wollte, musste ich zugestehen, dass ich nicht sehr erpicht auf ihre Enthüllung war. Doch wenn es dabei helfen würde, dass Charlotte den Raum schneller verließ, würde ich das Angebot wohl annehmen und weitermachen müssen.

»Natürlich«, sagte ich also. »Wie dumm von mir. Wer, denken Sie, steckt hinter dem Diebstahl?«

»Ritas Bruder Arthur, die kleine Ratte. Er hasste seine Schwester und hätte niemals erleben wollen, dass sie von den Toten wiederaufersteht.«

Nach dieser Äußerung herrschte längeres Schweigen im Raum. Irgendwann wandte ich mich an Ms. Washburn und sagte: »Wir sollten sicherstellen, dass Arthur Masters sofort zum Verhör herkommt. Danke für Ihre Hilfe, Charlotte.«

Sie wirkte ziemlich selbstzufrieden, als sie sich erhob

und ihre Siebensachen einsammelte. »Vergessen Sie nicht, dass wir einen Deal über ein Exklusivinterview haben.«

»Charlotte«, fügte ich noch hinzu, »was ist Ihr liebster Beatles-Song?« Die Antwort interessierte mich eigentlich nicht, aber es lohnte sich trotzdem, die Frage zu stellen.

»Gehört das zu Ihren Ermittlungsmethoden?«, fragte sie.

»So ist es.«

Sie musste kaum überlegen. »›You Know My Name, Look Up the Number‹. Bei dem muss ich mich jedes Mal totlachen.«

Vollkommen und absolut irre.

»Noch einmal danke.« Ich sah ihr nach, als sie den Konferenzraum verließ.

»Was bedeutet dieser Song?«, fragte mich Ms. Washburn.

»Dass sie eine sehr eigenartige Frau ist.«

»Überraschung.«

14

»Die Uhr tickt«, drängte Marshall Ackerman. »Wir wissen nicht sicher, wie viele Stunden wir noch haben, bevor es unmöglich wird, Ms. Masters-Powell wieder ordnungsgemäß einzulagern.«

»Nach den Informationen, die Sie mir gegeben haben, bleiben uns genau fünf Stunden und siebenunddreißig Minuten«, korrigierte ich ihn. Ackerman hatte Ms. Washburn und mich Sekunden, nachdem die Befragung von Charlotte beendet gewesen war, in sein Büro zurückgerufen. »Falls Sie bis dahin keine Lösegeldforderung oder irgendeine Art von Hinweis von den in die Angelegenheit verwickelten Personen erhalten, dass die Überreste anständig aufbewahrt werden, haben wir nur noch eine geringe Chance, sie danach heil wiederzubekommen. Ich glaube also, dass wir kostbare Zeit verschwenden, indem wir diese Tatsachen noch einmal besprechen. Gibt es irgendeine neue Information, die für die Frage relevant ist und die Sie mir geben können?«

Ackerman wirkte seltsam überrascht. Wahrscheinlich war er nicht daran gewöhnt, dass man auf diese Art mit ihm sprach – eine Tatsache, die mir erst später bewusst wurde. Zu jenem Zeitpunkt hatte ich den Eindruck, nur den Sachverhalt zu referieren. Die Gefühle der Menschen sind eine verzwickte Angelegenheit, und manchmal vergesse ich das.

Ms.Washburn stand neben mir und ergänzte: »Mr. Hoenig sorgt sich um die Dringlichkeit der Umstände und tut alles in seiner Macht Stehende, um Ihre Frage zu beantworten, solange noch Zeit ist, die Sache zu allgemeiner Zufriedenheit zu lösen.«

»Er braucht keinen Dolmetscher«, murrte Ackerman. »Ich habe schon verstanden, dass er mich sehr deutlich gerügt hat.« Er wandte seine Aufmerksamkeit wieder mir zu. »Ja, Mr. Hoenig, tatsächlich habe ich eine neue Information für Sie. Arthur Masters ist zusammen mit Ms. Masters-Powells Mutter Laverne auf dem Weg hierher. Und dabei hatte ich Sie doch darum gebeten, sie möglichst nicht zu kontaktieren.«

»Ich habe keinen Kontakt mit ihnen aufgenommen«, erwiderte ich. »Ich nehme an, dass Detective Lapides es getan hat.«

Ackerman nickte. »Das hat er, und als ich ihn dazu befragt habe, gab er an, dass Sie angedeutet hätten, das könne eine gute Idee sein. Warum tun Sie das, wenn ich Sie doch gebeten habe, es zu unterlassen?«

»Sie haben mich darum gebeten, sie wegen der verschwundenen Überreste von Ms. Masters-Powell nicht zu kontaktieren«, erinnerte ich ihn. »Das habe ich auch nicht getan. Doch Detective Lapides untersucht den Mord an Dr. Springer. Das ist eine ganz andere Angelegenheit.«

Ackerman schnappte nach Luft, nicht aus Überraschung, sondern fast so, als müsse er um Atem ringen. Er gab ein paar unartikulierte Laute von sich, und die Adern an seinem Hals traten hervor. Ich sah mich auf der Suche nach einer Erklärung zu Ms. Washburn um, doch sie hatte sich abgewandt und die Hand vor den Mund gelegt. Sie schien mal wieder ein Lachen zu unterdrücken.

»Versuchen … Sie … einfach nur, in dieser Angelegenheit ein bisschen Diskretion walten zu lassen«, stieß Ackerman schließlich hervor. »Mein Geschäft, dieses Institut ist von Förderern wie Rita Masters-Powell abhängig, um überhaupt existieren zu können. Wenn ihre Zuwendungen an uns infrage stünden, könnte uns das empfindlich treffen.«

Das hätte mich gleich daran erinnern sollen, niemals irgendeinen Teil einer Frage einfach so hinzunehmen. Ich fühlte, wie meine Hand zu meinem Kinn wanderte, um darüberzustreichen, eine Geste, die – wie man mir gesagt hat – zum Ausdruck bringt, dass ich angestrengter als üblich nachdenke.

Wenn es Ms. Masters-Powells finanzielle Zuwendungen waren, die die Lagerung ihrer sterblichen Überreste ermöglichten, bedeutete das, dass ihre Familie entweder die monatliche (oder jährliche) Rechnung des GSCI gar nicht bezahlte oder dass die Zahlung bereits vor Ms. Masters-Powells Tod durch sie verfügt worden war. Ackermans Sorge darüber, dass Lapides ihre Familie kontaktiert hatte, war demnach wahrscheinlich nicht durch die Angst motiviert, dass der Geldfluss versiegen würde, wenn die Familie mit der Dienstleistung nicht zufrieden war, für die sie aufkam, sondern vielmehr durch die Angst davor, dass die Hinterbliebenen Ms. Masters-Powells Letzten Willen bezüglich der zu leistenden Zahlung anfechten könnten. In anderen Worten hatte er Angst vor einer Klage.

In Augenblicken wie diesen vermisste ich es besonders, meine Mutter an meiner Seite zu haben, da sie menschliches Verhalten und Regungen wie Ärger viel umfassender begriff als ich. Mutter sagt, ich würde »aufgeregt«, wenn etwas nicht logisch sei oder wenn Menschen unvernünftig handelten und mich dadurch davon abhielten, ein Ziel zu erreichen. Ich weiß, dass ich anders reagieren sollte, und ich habe mit Dr. Mancuso daran gearbeitet, bessere Ventile für meine Frustration und meinen Ärger zu finden. Wir haben ein paar interessante Techniken ausprobiert, doch bis jetzt ist ihr Erfolg eher beschränkt gewesen.

Die beste Analogie dafür ist die Art von Gefühl, die Paul O'Neill in der Zeit an den Tag gelegt hat, in der er für die New York Yankees spielte. Selbst wenn ich ihn nur im Fernseher mit abgedrehtem Ton sah, erkannte ich seine Frustration darüber, wenn er in einer kritischen Situation *out* war, doch einen Wasserspender umzustoßen oder einen Helm herumzuschmeißen hätte nicht dabei geholfen, seine Stimmung zu heben …

»Samuel«, hörte ich Ms. Washburn rechts neben mir sagen, »Dr. Ackerman hat Ihnen eine Frage gestellt.«

Ich wandte meine Aufmerksamkeit wieder Ackerman zu, der ziemlich rot angelaufen war, seit er zuletzt gesprochen hatte. Ich fragte mich, ob er irgendeine Form von Ärger über mich zum Ausdruck gebracht hatte. »Entschuldigen Sie, Dr. Ackerman«, sagte ich also, wie man es mir für solche Situationen beigebracht hat. »Wie lautete gleich Ihre Frage?«

Er riss die Augen so weit auf, dass sie ihm aus den Höhlen zu treten schienen, obwohl ich sicher bin, dass das nicht im eigentlichen Sinne geschah. »Was wollen Sie wegen dieser Sache … *unternehmen*?«, fragte er.

»Wegen welcher Sache?« Ich hatte wirklich keine Ahnung, worauf er anspielte.

Ackerman fing wieder an, nach Luft zu schnappen, also ergriff Ms. Washburn das Wort, bevor er sprechen konnte: »Wegen des bevorstehenden Besuches der Familie Masters.«

»Sie werden in weniger als zehn Minuten hier eintreffen«, fügte Ackerman hinzu, wobei sein Kopf leicht zitterte.

»Ausgezeichnet«, sagte ich.

»Ausgezeichnet?«

»Gewiss. Das gibt mir Zeit, mich mit Commander Johnsons Frau zu unterhalten, während Detective Lapides mit Mrs. Masters und ihrem Sohn spricht. Und wenn er seine Befragung beendet hat, werde ich mit ihnen über den vermissten Schädel reden können.«

Ackerman öffnete eine seiner Schreibtischschubladen – die mittlere auf der linken Seite – und zog eine gewöhnliche braune Papiertüte hervor. Er atmete noch immer in sie hinein, als Ms. Washburn und ich sein Büro verließen.

15

Amelia Johnson sah aus »als hätte sie in eine Zitrone gebissen«, wie meine Mutter sagen würde. Sie kniff die Lippen fest zu einer ovalen Form zusammen, und ihr Haar, dass sie sich streng aus dem Gesicht gebunden hatte, zeigte bereits erste graue Strähnen. Wenn ich ihren Gesichtsausdruck richtig interpretierte, war Amelia seit Jahren mit nichts mehr zufrieden gewesen – wenn das überhaupt jemals der Fall gewesen war.

»Mein Mann ist furchtbar behandelt worden«, sagte sie, obwohl ich ihr noch gar keine Frage gestellt hatte. »Er ist der Sicherheitschef dieses Unternehmens, und doch wird er, wenn es Schwierigkeiten gibt, durch einen unerfahrenen *Zivilisten* ersetzt« – an diesem Punkt warf sie mir einen besonders abschätzigen Blick zu –, »und ihm wird wahrscheinlich an allem die Schuld gegeben, was hier passiert ist, obwohl es doch außerhalb seiner Kontrolle lag.«

»Ich habe noch nicht gehört, dass Ihr Mann wegen irgendeinem der Vorfälle, die sich heute hier ereignet haben, beschuldigt worden ist«, antwortete ich ihr aufrichtig, obwohl ich streng genommen unterstellt hatte, dass er die Verantwortung trug. Denn in seiner Funktion als Sicherheitschef hätte er eigentlich verhindern sollen, dass es überhaupt zu solchen Vorfällen kam. Die Tatsache, dass seine Frau über sie Bescheid wusste, stellte wahrscheinlich einen Vertragsbruch und einen Entlassungsgrund dar, doch mir ist aufgefallen, dass es innerhalb von Ehen andere Grenzen als in anderen Arten von Beziehungen gibt. Daher war es auch logisch anzunehmen, dass sie weitere Informationen liefern konnte. »Hat es denn in der Vergangenheit schon einmal Probleme ähnlicher Art gegeben?«

Amelia schloss kurz die Augen, als müsste sie einem harten Schlag standhalten. »Wie können Sie es wagen, so etwas auch nur anzudeuten?«, giftete sie dann. Ihre Stimme klang harsch, so schien es mir wenigstens, und in ihrem ganzen Gebaren lag etwas Verdächtiges.

Wir hatten nachgeprüft, dass einer der Sicherheitsleute des GSCI, Randy Morton, nach Reno, Nevada, umgezogen war und sich nicht an der Ostküste aufgehalten hatte, als sich die Zwischenfälle ereignet hatten. Ernest Deshales, der andere Angestellte, saß schon seit sechs Monaten im Ocean-County-Gefängnis, nachdem er wegen bewaffneten Raubüberfalls verurteilt worden war; demnach kam also auch er für sämtliche Missetaten, die am Institut verübt worden waren, nicht infrage.

Amelia hatte darauf bestanden, im Büro ihres Mannes befragt zu werden. Es war ein dunkler, holzvertäfelter Raum, deutlich kleiner als Ackermans Büro, ohne Fotos an den Wänden, die den Commander an vergangene Triumphe erinnert hätten, und ohne Zeugnisse einstiger Heldentaten. Da es unter der Erde lag, hatte es auch keine Fenster. Alles in allem handelte es sich also um eine geräumige Abstellkammer.

Manch ein staatlicher Ermittler hätte vielleicht die

Stirn darüber gerunzelt, dass das Gespräch mit meiner Erlaubnis hier stattfinden sollte. Sie hätten eingewandt, dass sich die befragte Person in der vertrauten Umgebung zu wohl fühlen könnte. Doch es lag nicht in meiner Absicht, Amelia Johnson einzuschüchtern. Außerdem wirkte sie kein bisschen so, als fühlte sie sich wohl.

»Ich habe gar nichts angedeutet«, widersprach ich ihr. »Ich wollte wissen, ob es einen Grund dafür gibt, dass Sie andere Institutsmitarbeiter verdächtigen, sie könnten Ihren Ehemann ungerechtfertigt belasten, und Sie konnten mir keine Beispiele vergangener Vorkommnisse liefern, die nahelegen würden, dass es sich dabei um ein bekanntes Muster handelt.«

»Alvin ist hier erst seit einundzwanzig Wochen Sicherheitschef«, entgegnete Amelia, ohne eine Miene zu verziehen, die noch immer den gleichen Grad an Missfallen und Bitterkeit zum Ausdruck brachte. »In dieser Zeit hat es Anschuldigungen gegeben, dass er die Zügel hier zu sehr schleifen lässt und den Zugang zu den sicherheitstechnisch relevanten Bereichen des Gebäudes nicht streng genug handhabt. Nichts von alledem entspricht jedoch den Tatsachen.«

»Wer hat diese Anschuldigungen denn erhoben«, fragte Ms. Washburn. »Dr. Ackerman?«

»Marshall Ackerman ist ein aufgeblasener Windbeutel und ein Lügner«, erwiderte Amelia. »Und er lässt sich zu leicht von denen beeinflussen, die unter ihm arbeiten. Er stimmt immer der Person zu, mit der er zuletzt gesprochen hat, das ist jedes Mal so.«

»Wer war denn die Person, mit der er zuletzt über Ihren Ehemann gesprochen hat?«, wollte ich wissen.

»Rebecca Springer.« Amelia sah mir direkt in die Augen, in ihrem Blick lag etwas Herausforderndes.

Ich zog es vor, nicht darauf zu reagieren. Ich hätte sicher darauf reagiert, wenn ich den Eindruck gehabt hätte, dass es die Ermittlungen vorangebracht hätte, doch das wäre wahrscheinlich nicht der Fall gewesen, sondern hätte Amelias Eifer nur noch weiter angefacht, worauf auch immer er sich bezog.

»Sie glauben also, dass Dr. Springer Grund dazu hatte, die Leistung Ihres Mannes gegenüber Dr. Ackerman kleinzureden?«

»Ich glaube, sie war in meinen Mann verliebt und konnte es nicht ertragen, dass er sie verschmähte.«

Ms. Washburn blinzelte drei Mal.

»Wollen Sie damit andeuten, dass Dr. Springer Ihrem Mann Avancen gemacht und er sie abgewiesen hat?«, fragte ich, nur um sicherzugehen, dass ich sie auch richtig verstanden hatte.

»Ich deute das nicht an, ich stelle es fest.«

»Ihnen ist doch bewusst, dass Sie und Ihr Mann ein starkes Motiv für den Mord an Dr. Springer haben, falls das, was Sie sagen, korrekt ist«, warnte ich sie.

»Vielleicht, aber ich habe sie nicht umgebracht und Alvin auch nicht.«

»Ich gehe für den Moment davon aus, dass Sie die Wahrheit sagen. Aber selbst wenn wir annehmen, dass Sie Dr. Springer nicht getötet haben, woher wollen Sie wissen, dass Ihr Mann es nicht getan hat?«

Amelia zog eine Augenbraue hoch. »Er hat es mir gesagt«, entgegnete sie, als wäre das Beweis genug. Die Frauen, mit denen ich bislang wegen der an mich gestellten Frage gesprochen hatte, waren alle entweder sehr leichtgläubig, oder sie logen.

»Sie haben Ihren Mann danach gefragt, ob er Dr. Springer getötet hat, und er hat das verneint?«

»Natürlich«, antwortete sie und machte eine wegwerfende Handbewegung. »Er würde so etwas nicht tun. Das ist alles nur ein Komplott, um ihn in ein schlechtes Licht zu rücken.«

Manche Menschen sind einfach Verschwörungstheoretiker. Sie glauben, dass kein Verbrechen einfach so ist, wie es erscheint. Wieder andere leiden unter der Paranoia, dass von jedem Menschen, den sie treffen, eine unmittelbare Gefahr für sie persönlich ausgeht. In Amelia Johnson schien eine Kombination aus beidem am Werk zu sein: Sie glaubte, dass jeder sie selbst oder ihren Mann verletzen wollte und dass es für jeden Sachverhalt eine komplexere Lösung geben musste, selbst wenn eine sehr simple Erklärung dafür auf der Hand lag – wie etwa die, dass ihr Mann einfach ein unfähiger Sicherheitsoffizier war.

»Nun, ich versuche ja nicht, die Frage zu beantworten, wer Dr. Springer ermordet hat«, sagte ich zu Amelia. »Ich kümmere mich um Dr. Ackermans Frage. Wissen Sie also, was mit dem verschwundenen Kopf geschehen ist?« Ich stellte Amelia nun keine Fragen mehr, weil ich mir von ihr hilfreiche Antworten erhoffte. Ich stellte ihr lediglich Fragen, um ihre Reaktion darauf zu beobachten und zu verstehen, wie sie dachte.

»Wenn Sie wollen, zeige ich es Ihnen«, antwortete sie.

Der Lagerraum war leer, als wir dort ankamen. Wir hatten ein bisschen gebraucht, um den Sicherheitscheck zu durchlaufen, zunächst durch Commander Johnson und dann von Ackerman selbst, nachdem der Commander erklärt hatte, dass er Entscheidungen bezüglich der Sicherheit, die seine Frau involvierten, wegen Voreingenommenheit nicht treffen wollte. Beide Männer hatten angeboten, uns für diese »Demonstration« – wie Amelia es hartnäckig nannte – zu begleiten, doch ich hatte ihr Angebot abgelehnt, da ich glaubte, dass es mir leichter fallen würde, mich auf den vorliegenden Sachverhalt zu konzentrieren, wenn sich möglichst wenige Personen im Raum aufhielten. Ich bin nicht gern in überfüllten Räumen, und wenn zu viele Menschen auf einmal sprechen, kann das einen nachteiligen Effekt sowohl auf meine Konzentrationsfähigkeit als auch auf mein Nervenkostüm haben.

»Das hier ist nicht dieselbe Kammer, in der Ms. Masters-Powells Überreste aufbewahrt wurden«, bemerkte ich. Wir waren durch eine Tür gegangen, die mit einem C, nicht mit einem D markiert war, und die Polizeiabsperrung, die darauf hinwies, dass der Bereich nicht betreten werden durfte, war hier nicht vorhanden.

»Nein, aber sie ist mit jener identisch«, erklärte Amelia. »Alvin hat mir gesagt, dass alle Lagerräume genau gleich sind und sich auch die Sicherheitsausstattung nicht von den anderen unterscheidet.«

Ms. Washburn, die etwas entfernt von Amelia und mir stand, schien dieser Raum nervös zu machen. Das war verständlich vor dem Hintergrund dessen, was das letzte Mal geschehen war, als sie und ich uns in so einer Kammer befunden hatten. Nichtsdestoweniger machte sie sich Notizen und gab sich sichtlich Mühe, sich bei ihrer Arbeit nicht von ihren Gefühlen beeinflussen zu lassen.

Amelia ging hinüber zur Tür, die in den eigentlichen Kälteraum führte, nahm einen der Schutzanzüge vom Haken und warf ihn mir zu. Überrascht ließ ich ihn zu Boden fallen. »Kommen Sie«, forderte Amelia mich auf, »lassen Sie uns hineingehen.«

So empfindlich ich beim letzten Mal gewesen war, als ich einen Anzug hatte überziehen müssen, der zuvor schon von vielen anderen Menschen getragen worden war, desto komplexer war mein Widerwillen nun, da ich den Anzug zudem noch vom Boden aufheben musste. Mir war klar, dass der Boden hier regelmäßig sehr gründlich geschrubbt werden musste, doch das half mir nicht wirklich. Ich zögerte, bevor ich mich bückte, um ihn aufzuheben.

»Möchten Sie lieber einen anderen?«, fragte mich Ms. Washburn leise, damit Amelia sie nicht hören konnte.

Ich schüttelte den Kopf. »Aber danke.«

Amelia und ich benötigten eine Minute und zwanzig Sekunden, um die Anzüge anzulegen. Wir kamen überein, dass Ms. Washburn im Vorraum warten sollte, da drei Personen auf einmal die Bewegungsfreiheit im Inneren der Kammer einschränken würden. Uns war bewusst, dass der Commander und vielleicht auch Ackerman wahrscheinlich auf Überwachungsbildschirmen irgendwo im Gebäude unser Treiben verfolgten.

Natürlich war es diesmal bedeutend leichter, die innere Tür zu öffnen, da keine Leiche auf dem Boden sie an der Bewegung hinderte. Amelia ging voran, sie wollte mich demonstrativ zu dem führen, was sie für eine Erleuchtung hielt. Ich schloss die innere Tür hinter mir, sobald ich die Kammer betreten hatte.

»Woher wissen Sie, was sich zugetragen hat?«, fragte ich durch die Schutzmaske hindurch. Ich wurde mir bewusst, dass irgendeine Form von Kommunikationsverbindung zwischen den Anzügen existieren musste, denn ich konnte Amelias Stimme hören. Sie klang allerdings verstärkt und so, als käme sie gleichzeitig von überall her. Das war auch das letzte Mal der Fall gewesen, als wir den Lagerraum betreten hatten.

»Mein Ehemann ist hier Sicherheitschef. Ich weiß alles über die Einrichtung und die verwendeten Überwachungssysteme. Es gibt nur eine Möglichkeit, etwas hier hinauszubringen, ohne dass ein lauter, sehr wirksamer Alarm ausgelöst wird.«

»Sie raten also«, entgegnete ich. »Sie haben keine wirklichen Erkenntnisse aus erster Hand über den Hergang des Verbrechens.«

»Glauben Sie mir, das hier ist mehr als Raten. Die Unmöglichkeit jeder anderen Theorie kann bewiesen werden, doch ich bin mir sicher, bei dieser hier ist das ausgeschlossen.«

Diese Aussage erhöhte nicht gerade mein Vertrauen in Amelias Verlässlichkeit oder die Fähigkeiten ihres Ehemannes, die Sicherheit aufrechtzuerhalten, doch es sprach nichts dagegen zu erfahren, was sie für die *einzig mögliche* Lösung des vorliegenden Rätsels hielt. Nur dass sie aus einer nicht vertrauenswürdigen Quelle stammte, machte die Idee an sich ja noch nicht falsch. Sie ging zu dem Behälter, der sich an zweiter Stelle hinter der Tür befand. »Das ist dieselbe Stelle, an der sich Rita Masters-Powell befand, richtig? Sie haben sicherlich die beiden Überwachungskameras dort und dort bemerkt.« Sie zeigte auf zwei Stellen an der Decke, an denen tatsächlich hochauflösende Kameras montiert waren.

Nun kehrte Amelia mir leicht den Rücken zu, sodass es unmöglich war, ihr Gesicht oder ihre Hände zu erkennen. »Sehen Sie jetzt zu den Kameras«, fuhr sie fort. »Können sie aufzeichnen, was ich hier tue?«

»Ihre Sicht ist etwas eingeschränkt, aber Sie sind dennoch nicht unsichtbar«, antwortete ich. »Falls Sie andeuten wollen, dass die Aufzeichnungen nur deshalb keinen Eindringling zeigten, weil dieser den Kameras den Rücken zugewandt …«

»Das will ich überhaupt nicht andeuten«, fiel Amelia mir ins Wort. »Doch ich will andeuten, dass jemand, der den Raum zusammen mit dem Eindringling betreten hat, nicht notwendigerweise sehen konnte, was dieser tat.«

Das räumte ich mit einem Nicken ein. »Fahren Sie fort.«

»Lassen Sie uns also annehmen, dass es nicht nur einen, sondern zwei Eindringlinge gegeben hat«, spann sie ihren Faden weiter. »Vielleicht musste an einem der Objekte eine Routineprüfung vorgenommen werden, oder es gab Anlass für die Befürchtung, dass etwas nicht in Ordnung war. Sie wären genauso hereingekommen, wie wir es gerade getan haben; die Person, die das Objekt stehlen wollte, wäre also vorangegangen.«

»Wir gehen davon aus, dass nicht beide Personen, die die Kammer betraten, an dem Diebstahl beteiligt waren?«

»Das halte ich für wahrscheinlich«, entgegnete Amelia. »Wenn mehr als ein Mitarbeiter des Instituts in die Sache verwickelt gewesen wäre, hätte es inzwischen schon Tratsch gegeben. Es wären Gerüchte entstanden. Aber nichts dergleichen ist geschehen.«

»Warum kann dann nicht nur eine einzelne Person hereingekommen sein?«, hörte ich nun Ms. Washburns Stimme durch die Lautsprecher im Kopfteil des Anzugs. Ich schaute durch das Fenster und sah, dass sie in ein Mikrofon sprach und dabei einen Knopf am Kontrollfeld gedrückt hielt.

»Ich zeige es Ihnen«, antwortete Amelia. Für mein Empfinden klang sie verärgert, und das erschien mir eigenartig. Ms. Washburn hatte schließlich keine unpassende Frage gestellt; tatsächlich hatte ich genau dasselbe fragen wollen.

Amelia streckte die Hand nach dem Behälter vor ihr aus. »Wenn nur eine einzelne Person nach dem Behälter gegriffen und die Lichtschranke um ihn herum unterbrochen hätte, wäre der Alarm ausgelöst worden, wenn man davon ausgeht, dass der Behälter nicht vorher schon durch den Sicherheitsdienst freigegeben worden ist. Doch wenn zwei Personen im Raum waren, konnte eine die Lichtschranke durchbrechen, während die andere den Alarm neutralisierte.«

»Wie ist das möglich?«, fragte ich, bevor sich Ms. Washburn einmischen konnte. Vielleicht war es die Tatsache, dass sie von einer anderen Frau befragt wurde, die Amelia verärgerte.

»Sehen Sie«, Amelia deutete vorsichtig mit ihrer behandschuhten Hand auf sehr kleine Öffnungen in den Wänden, die den Behälter umgaben, »das sind Infrarot-Signalquellen.«

Ich nickte. »Ja, die habe ich vorhin schon gesehen. Sie registrieren jede Bewegung in der Umgebung des Behälters. Ich nehme an, sie müssen abgeschaltet werden, bevor ein Routinecheck vorgenommen wird.«

»Richtig. Aber das Sicherheitsprotokoll zeigt es normalerweise an, wenn die Infrarotsensoren von außerhalb der Kammer deaktiviert werden. Wenn jemand etwas tun wollte, ohne dass es auf diesem Protokoll auftaucht, müsste er die Sensoren von hier drinnen aus untauglich machen.«

Mir kam in den Sinn, dass dies nur eins von zahlreichen Hindernissen auf dem Weg war, den Kopf aus der Kammer zu entfernen, ohne dabei erwischt zu werden, doch es schadete jedenfalls nicht zu erfahren, wie man es durchführen konnte. Ich nickte Amelia zu. »Wie wäre das möglich?«

»Es ist möglich, die Sensoren unempfindlich zu machen, ohne sie dabei auszulösen. Sie können Spraydosen benutzen, um zuerst die Lichtschranken sichtbar zu machen, und müssten dann den Raum so lange einnebeln, bis die Sensoren keine Bewegung im Raum mehr wahrnehmen und Sie den Behälter entfernen können.«

»Warum sollte ich denn die Sensoren ausschalten wollen?«, fragte ich. »Ich stehe nicht unter Verdacht, den Diebstahl begangen zu haben.«

Amelia schaute mich eine ganze Weile an. Ich konnte ihr Gesicht nicht erkennen, also war es mir unmöglich, ihren Ausdruck zu lesen. »Ich meinte *irgendeine Person* könnte es tun. Nicht Sie selbst.«

»Verstehe. Aber würde es nicht schon genügen, dass man eine metallene Spraydose hier hereinbringt, um verschiedenste Sicherheitsvorschriften zu brechen und einen Alarm auszulösen?«

Sie nickte. »Eine kleine Sprühflasche aus Plastik würde jedoch nicht bemerkt werden.« Sie hielt in diesem Moment genau so eine Flasche hoch, die halb voll zu sein schien. »So wie diese hier.«

Bevor ich mir überhaupt Gedanken darüber machen konnte, was sie vielleicht tun könnte, nebelte Amelia die Infrarotsensoren mit etwas ein, von dem ich annahm, dass es Wasser war. Ich schnappte nach Luft und hoffte, dass man es nicht hatte hören können, denn ich befürchtete, dass ihre Theorie unzutreffend sein und der Alarm gleich losplärren würde. Zum Glück passierte das nicht.

»Eine Person müsste den Nebel immer weiter am Fließen halten, und zwar in genau der richtigen Höhe und nicht so stark, dass die Sensoren eine Bewegung der Wasserflasche wahrnehmen. Man dürfte damit nicht aufhören, bis der Zylinder aus der Kammer entfernt wäre und sich nichts mehr bewegte.«

»Würde das Sicherheitssystem nicht die Abwesenheit des Zylinders bemerken, wenn der Nebelfluss einmal unterbrochen wäre?«

»Sicherlich. Ich nehme an, die Diebe haben einen anderen mitgebracht, der genauso viel wog wie der Originalbehälter und diesen ersetzen konnte.« Amelia untermauerte ihre Worte, indem sie die beschriebene Bewegung ausführte, ohne aber ihre Hände in die Nähe des gesicherten Lagerensembles zu bringen.

Amelia machte enorme Annahmen über ein Verbrechen, über das sie angeblich keine Kenntnis hatte, außer einer Analyse der Sicherheitsvorkehrungen dieser Einrichtung aus zweiter Hand.

»Damit lässt sich vieles noch nicht erklären«, wandte ich ein. »Sie haben keinen Weg aufgezeigt, wie diese Leute mit einem zweiten Zylinder in die Kammer gelangt sein können. Sie können kein Motiv für die zweite Person angeben, die bei dem Verbrechen mitgeholfen haben soll, obwohl Sie glauben, dass diese Person unschuldig ist. Es hätten zahlreiche Sicherheitsvorgaben missachtet werden müssen, die Sie nicht genannt haben. Das klingt für mich alles ein bisschen verdächtig, Mrs. Johnson.«

Sie wandte den Kopf, hielt die Hände aber weiterhin so, dass ich sie nicht sehen konnte. »Was wollen Sie damit sagen, Mr. Hoenig?«

»Um ehrlich zu sein, hört es sich für mich so an, als wollten Sie Ihren Mann, sich selbst oder Sie beide decken.«

Amelia Johnson lachte auf. »Ich weiß nicht, wovon Sie da reden. Ich versuche, Ihnen zu helfen.«

»Sie versuchen, mich zu bestimmten Schlussfolgerungen zu verleiten, das ist etwas anderes. Sie wollen, dass ich Ihre Theorie glaube, und Sie liefern mir gerade so viele Details, um mein Interesse zu wecken. Fakt ist jedoch, dass diese kleine Vorstellung nur dem Zweck dient, dass ich so denke, wie Sie es wollen, und nicht so, wie es die Tatsachen in dieser Situation eigentlich nahelegen. Ich bin mir sicher, dass Sie eine ganze Menge mehr über diesen Zwischenfall wissen, als Sie zugeben, Mrs. Johnson.«

»Ach, wirklich?« Amelia versuchte sich schnell zu mir umzudrehen und unterbrach dabei mit der Hand die Lichtschranke der Infrarotsensoren.

Ich hatte nur den Bruchteil einer Sekunde Zeit, um nachzudenken, und das war nicht genug. Ich hatte mich kaum der Tür der Kammer zugewandt, als der Alarm schon losheulte. Er war laut und durchdringend und extrem verstörend. Ich fühlte, wie sich meine Beine versteiften und meine Hände zu den Ohren wanderten.

Noch schlimmer, ich hörte, wie sich die Tür automatisch verriegelte. Es würde aus diesem Raum keinen Ausweg geben, bevor nicht der Alarm abgestellt wäre.

Der Alarm jaulte also weiter, während ich selbst auf die Knie niedersank. Ich hörte Amelias Stimme über die eingebauten Lautsprecher meines Anzugs, doch ich verstand die Wörter nicht. Ich glaube, dass sich auch Ms. Washburns Stimme irgendwann daruntermischte. Lichter blitzten auf. Der unerträgliche Krach der Alarmsirene schien ständig lauter zu werden.

Ich sah Amelias Beine, als sie auf ihrem Weg zur Tür an mir vorüberging. Sie musste praktisch über mich hinwegsteigen, so reglos wie ich nun auf allen vieren den Weg versperrte.

Wahrscheinlich schrie ich. Ich zwang mich wieder in eine kniende Position hoch, doch meine Hände flatterten unkontrolliert an meinen Seiten, und ich hatte den Eindruck, nicht mehr aufstehen zu können. Der Alarm dröhnte immer und immer weiter, und ich nahm vage Menschen wahr, die auf mich zuliefen. Ich glaubte, graue GSCI-Uniformen zu sehen, die sich auf der anderen Seite der Glasscheibe im Vorraum versammelten. Ich legte die Hände wieder über die Ohren. Es half nicht viel, aber es war wenigstens etwas.

Amelia schien eine Codekarte bei sich zu haben, denn es gelang ihr, die Tür zur inneren Kammer zu entriegeln, während der Alarm weitertoste. Sie trat nach draußen, und ich blickte zu Boden, während ich verzweifelt versuchte, das entsetzliche Geräusch auszublenden und aufzustehen.

Ms. Washburns Gesicht erschien in meinem Sichtfenster. Sie trug keinen Schutzanzug und streckte mir die Hand entgegen. Ich schüttelte den Kopf. Stattdessen wandte ich mich dem regen Treiben im Vorraum zu. Irgendwann musste dieser Albtraum enden, und darauf musste ich mich konzentrieren. Es war die einzige Möglichkeit, die mir blieb, um nicht verrückt zu werden.

Menschen flitzten im Raum herum, doch der kreischende, dröhnende, fürchterliche Alarm setzte sich immer weiter fort, bis Commander Johnson unbeeindruckt hereinstürmte und sich an einem Kontrollfeld im hinteren Teil des Raumes zu schaffen machte, wo sonst niemand stand. Er legte nacheinander von rechts nach links ein paar Hebel um, dann nahm er eine Codekarte aus der Tasche und zog sie durch ein eingebautes Lesegerät neben den Hebeln.

Der Alarm verstummte.

Ich atmete noch immer schwer, doch nach einer Minute konnte ich aufstehen. Ms. Washburn streckte mir wieder die Hand entgegen, doch ich brauchte keine Hilfe, um auf die Füße zu kommen. Ich atmete noch einmal durch und nahm die Kapuze des Schutzanzugs ab.

»Sind Sie in Ordnung?«, fragte mich Ms. Washburn.

Ich nickte. »Der Alarm hat aufgehört.«

»Ich habe mir Sorgen um Sie gemacht.«

»Ich verstehe. Ich danke Ihnen für Ihre Anteilnahme.«

Sie sah in Richtung der Tür zum Vorraum. »Wir sollten hier rausgehen. Wenn Sie sich einigermaßen gut fühlen.«

»Ich fühle mich sogar besser als einigermaßen gut, Ms. Washburn, das versichere ich Ihnen. Ich habe gerade herausgefunden, wie der Alarm in diesen Kammern aktiviert und wie er wieder ausgeschaltet wird. Das könnte später noch eine wertvolle Information sein.«

Sie kniff die Augen zusammen und fixierte mich. »Sie meinen, Ihre ganze Reaktion war nur gespielt? Sie waren gar nicht vor Panik gelähmt?«

»Doch, doch«, versicherte ich ihr. »Das war alles echt. Aber nur weil ich durch mein Asperger-Syndrom in eine schwierige Situation gerate, heißt es doch nicht, dass ich von ihr nicht profitieren kann.«

16

Es wurde langsam spät, und ich begann mir darüber Sorgen zu machen, dass ich nicht um sieben Uhr zum Abendessen daheim sein würde, wie es zwischen mir und Mutter abgesprochen war. Doch Marshall Ackermans Frist war dringlicher, und er hielt damit nicht hinter dem Berg.

»Es ist nur noch eine Frage von Stunden, bis dieser Schädel nicht mehr überlebensfähig ist, und Sie gehen in einem Lagerraum in die Knie, weil der Alarm ausgelöst wurde!« Ackermans Hände gestikulierten neben seinem Kopf, und er hatte die Augen weit aufgerissen. Schweiß lief ihm die Schläfen hinunter. Er biss sich auf die Lippen.

Ich begann mich zu fragen, ob er vielleicht das Asperger-Syndrom haben könnte, ohne dass es bisher entdeckt worden war.

»Das wird schon in drei Stunden so kommen«, erklärte ich ihm. »Und ich habe wenig Hoffnung, dass wir den Schädel vorher finden können, wenn sich die Menschen, die ihn gestohlen haben, nicht melden.«

Ackerman erbleichte und setzte sich hinter seinen Schreibtisch.

Nach dem Vorfall im Lagerraum hatte er Ms. Washburn

und mich zu sich zitiert. Aus irgendeinem Grund schien er nun weniger Vertrauen in meine Fähigkeiten zu haben, obwohl ich durch meine Beobachtungen während des Alarms nützliche Informationen gesammelt hatte. Es ergab nicht sehr viel Sinn, schien aber doch der Fall zu sein. Ich musste mich zusammenreißen, um mich nicht an diesem Rätsel festzubeißen, weil es mich von der wichtigeren Frage ablenkte.

Wenn Paul McCartney Hilfe beim Verfassen eines Songtextes brauchte, konnte er John Lennon fragen. Tatsächlich konnte er auch George Harrison, Ringo Starr, George Martin und wenigstens hundert weitere Menschen fragen, mit denen die Beatles zu tun hatten und die von ihrem Erfolg abhingen. Wenn ein Spieler der New York Yankees einmal eine Trefferkrise hatte, konnte er sich darauf verlassen, dass ihn einer der anderen »mitschleppte«, bis das Problem gelöst war.

Bis zu diesem Morgen hatte ich ganz auf mich allein gestellt gearbeitet, und auch wenn Ms. Washburn sich während unserer sich schnell entwickelnden Geschäftsbeziehung als sehr hilfreich erwiesen hatte, konnte ich mich noch nicht auf sie verlassen, wenn es darum ging, Antworten zu finden, die ich selbst nicht geben konnte. Doch ich begann den Nutzen darin zu sehen, mit anderen zusammenzuarbeiten, egal wie schwierig das manche Situationen auch machte.

»Samuel«, sagte Ms. Washburn, und ich kehrte wieder ins Hier und Jetzt zurück.

Ackerman hatte den Kopf gehoben und tat sein Bestes, um mich zu fixieren, doch ich las das Kleingedruckte auf der Urkunde, die an der meinem Platz gegenüberliegenden Wand hing, und hatte überhaupt kein Interesse daran, ihn anzusehen.

»Wenn Ihre Symptome es Ihnen unmöglich machen, Ihre Arbeit zu tun, Mr. Hoenig, sehe ich nicht, wie wir nun weiter vorgehen könnten, und es ist für mich viel zu spät, um noch jemand Neuen anzuheuern.«

»Ich habe keine Symptome«, widersprach ich ihm sehr ruhig. »Ich habe persönliche Eigenheiten, die mir ziemlich nützlich sind. Und nicht meine Bemühungen verhindern, dass wir vorankommen, Dr. Ackerman, sondern ein empfindlicher Mangel an Tatsachen im Vergleich zu Meinungen.«

»Haben Sie denn überhaupt schon eine Theorie gebildet?«

»Noch nicht. Es hat keinen Sinn, eine Theorie zu bilden, wenn man noch nicht genug Tatsachen kennt. Alles, was wir zu diesem Zeitpunkt wissen, ist, dass der Schädel irgendwann zwischen 23.52 Uhr gestern Abend, dem Zeitpunkt des letzten Sicherheitschecks, der auf der Kamera erfasst ist, und heute Morgen um ungefähr 6.00 Uhr, als Dr. Lanier entdeckte, dass das entsprechende Objekt fehlte, aus dem Lagerraum entfernt worden ist. Wir wissen außerdem, dass Dr. Springer in demselben Lagerraum ermordet wurde, als der Behälter für Ms. Masters-Powells Überreste bereits aus der ihm zugedachten Umgebung wegbewegt worden war. Ein Schuss wurde abgefeuert, und es gab ein Leck, aus dem flüssiger Stickstoff austrat, was den Sauerstoffgehalt in der kleinen Kammer ausreichend gesenkt hat, sodass Dr. Springer daran erstickte.«

»Das wussten wir alles schon heute Morgen«, beschwerte sich Ackerman. »Sie haben bei all Ihren Gesprächen keinerlei Fortschritte erzielt?«

»Wir haben durch all die Gespräche noch keine weiteren Tatsachen erhärten können«, präzisierte ich. »Ich habe gehört, was diejenigen zu sagen hatten, die in die Angelegenheit verwickelt waren, und ich werde mir weitere Berichte anhören, sobald Sie beschließen, dass diese Besprechung beendet ist, doch alles, was ich bis jetzt weiß, ist, dass diese Leute sich entschieden haben, mir diese Dinge zu erzählen. Ich weiß nicht, welche von ihnen wahr sind, welche Eindrücke der Zeuginnen und Zeugen falsch und welche Aussagen einfach gelogen sind. Dafür werde ich mehr Zeit benötigen.«

Ackerman wirkte nun eher erschöpft als verzweifelt, obwohl ich sicher bin, dass das nur eine Auswirkung seines stressreichen Tages war und kein Ausdruck des Grades seiner Besorgnis. Er sah mich einen Moment lang an.

»Gehen Sie, führen Sie weitere Befragungen durch. Ich werde Sie nicht mit vorgehaltener Waffe davon abbringen.«

»Das habe ich auch nicht angenommen. Mich auszurauben hätte für Sie gar keinen Sinn.«

Ms. Washburn tauchte an meinem rechten Ellbogen auf. »Das ist nur so eine Redensart, Samuel. Lassen Sie uns gehen.«

Als wir das Zimmer verließen, meinte ich Ackerman murmeln zu hören: *»Mit vorgehaltener Waffe*, mein Gott.«

Ein Gespräch mit Dr. Harold Lanier erwies sich als wenig erhellend. Der Doktor, ein nach meiner Einschätzung zweitklassiger Mediziner, hatte seit zwei Jahren sporadisch Dr. Springer und andere Mitarbeiter des GSCI vertreten. Als ich Dr. Springers Namen erwähnte, fragte er mich, wer das sei, und als ich den verschwundenen Kopf erwähnte, war seine Reaktion nur, dass er sein Fehlen während eines Routinechecks bemerkt und »überhaupt keine Ahnung« habe, was mit ihm passiert sein könnte. Als wir fertig waren, kehrte er leise auf seinen Posten zurück, was – laut all den anderen Angestellten des GSCI, mit denen ich sprach – das war, was er immer tat. »Hal Lanier ist ungefähr so interessant wie eine Portion Haferflocken«, hatte es einer von ihnen formuliert.

Ich war weniger darauf erpicht, die Gespräche mit den übrigen Mitarbeitern des GSCI fortzusetzen, denn die meisten von ihnen hatten keinen Zugang zu den besonders gesicherten Abschnitten. Ich wollte viel lieber herausfinden, welche Fortschritte Detective Lapides gemacht hatte, also fuhren Ms. Washburn und ich mit dem Aufzug in den zweiten Stock, wo er seine Verhöre in einem Gemeinschaftsraum durchführte, der normalerweise für Pausen der Mitarbeiter und informelle Treffen mit Geschäftspartnern genutzt wurde, wie uns Ackerman auf unserer ersten Runde erklärt hatte.

Das war ein Fehler. Möglicherweise feindselige Personen (wie in diesem Fall die Mitglieder der Familie Masters) in einem offenen, einladenden Raum zu verhören, vermindert die Chancen des Ermittlers, sie einzuschüchtern. Die betreffenden Personen sind hier entspannter, und – was noch schlimmer ist – es wird ihnen ermöglicht, sich von äußeren Bewegungen oder Geräuschen ablenken zu lassen. Lapides war kein sehr guter Ermittler. Immerhin wusste er das.

»Ich habe getan, was Sie vorgeschlagen haben«, raunte er mir zu, während einer seiner uniformierten Beamten sich zu einem etwa vierzigjährigen Mann und einer Frau setzte, die, ihrem Alter nach zu urteilen, wahrscheinlich die Mutter war. »Ich habe Arthur Masters herbestellt, Rita Masters-Powells Bruder.«

»Und die ältere Dame ist seine Mutter?«, fragte ich.

»Genau. Laverne Masters. Als ich anrief, war sie gerade bei ihm und bestand darauf, ihn zu begleiten.« Lapides warf mir einen beinahe entschuldigenden Blick zu, als hätte er mich irgendwie enttäuscht. »Ich konnte sie einfach nicht davon abbringen. Ich weiß, dass Sie gesagt haben, sie sollten nicht gemeinsam kommen, aber es gab keine andere Möglichkeit.«

Es hatte keinen Sinn, ihm jetzt den Unterschied zwischen dem zu erklären, was ich tatsächlich gesagt, und dem, was er aus unserem früheren Gespräch mitgenommen hatte. »Ganz im Gegenteil«, erwiderte ich also, »es ist sehr hilfreich, dass sie beide hier sind. Haben Sie den ehemaligen Sicherheitschef Miles Monroe kontaktiert?«

»Noch nicht. Er ist anscheinend im Urlaub. In Sydney, in Australien. Der Zeitunterschied ist riesig.« Es war eine Differenz von genau sechzehn Stunden, aber es wäre vergebliche Liebesmüh gewesen, Lapides darauf hinzuweisen.

»Haben Sie jemanden gefunden, der die Verkabelung des Sicherheitssystems überprüfen kann?«

»Ich habe jemanden an der Hand, der es machen würde, ein Experte, mit dem die Einheit für Kapitalverbrechen der hiesigen Staatsanwaltschaft zusammenarbeitet, aber Ackerman weigert sich, irgendjemand an seine Sicherheitseinrichtungen zu lassen.« Lapides griff nach seinen Zigaretten, sah mich an und zog die Hand wieder von der Packung zurück.

»Ich werde mit ihm darüber reden«, erwiderte ich. »Was ist mit Ms. Masters-Powells Exmann?«

»Ich möchte nicht warten, bis er ein Flugzeug nehmen kann«, erklärte Lapides, »aber ich möchte ihn schon sehen, nicht nur seine Stimme am Telefon hören. Ich glaube, dass die Augen die Fenster zur Seele sind.«

Das war ein Ausdruck, den ich früher schon gehört hatte und der mir auch erläutert worden war, also stellte ich mir diesmal kein Fenster in irgendjemandes Gesicht vor. Doch dass Lapides dieses Klischee verwendete, erinnerte mich an den Beatles-Song »It's All Too Much«, eine Komposition George Harrisons auf der *Yellow Submarine*-LP, in der es eine Zeile darüber gibt, wie jemand einer Frau in die Augen blickt und dort Liebe sieht. Die Textzeile war mir schon immer merkwürdig vorgekommen; Liebe ist schließlich nichts, was man unmittelbar sehen kann. Sie ist ein Gefühl, und während ich schon viele Stunden darauf verwandt habe, Gesichtsausdrücke zu studieren und in ihnen nach Gefühlen wie Angst, Freude, Ärger und Missbilligung Ausschau zu halten, konnte ich niemals einen finden, der Liebe zum Ausdruck brachte.

Dieser Gedankengang half mir in diesem Moment allerdings nicht weiter. »Fragen Sie nach, ob Mr. Powell einen Computer mit einem Programm für Videotelefonie wie Skype hat«, empfahl ich ihm. »Sie – und, wenn Sie es gestatten, auch ich – würden sein Gesicht sehen und gleichzeitig seinen Tonfall hören können.«

Lapides' Miene hellte sich auf. »Ich werde gleich einen meiner Beamten damit beauftragen. Danke, Mr. Hoenig.«

»Keine Ursache. Darf ich die Familie Masters befragen, nachdem Sie Ihr Verhör beendet haben?«

»Ich bin fast fertig. Geben Sie mir noch ein paar Minuten.« Lapides nickte mir zu und ging dann wieder zu dem Tisch, an dem Arthur und Laverne Masters saßen.

Ms. Washburn hatte sich etwas im Hintergrund gehalten, während ich mit Lapides gesprochen hatte. Nun trat sie wieder an meine Seite und fragte mich leise: »Was haben Sie herausgefunden?«

»Dass Lapides als Detective vielleicht doch Potenzial hat, er dabei aber einiges an Hilfe benötigen wird«, antwortete ich sehr leise. Ich habe mich mit Stimmlagen beschäftigt. Wenn ich diesen Satz in normaler Lautstärke gesagt hätte, hätte Lapides mich gehört und wäre wahrscheinlich beleidigt gewesen, obwohl es ja eigentlich ein Kompliment war, gemessen daran, dass ich ihn vorher auf dem Feld, das er sich als Beruf ausgesucht hatte, für einen absolut hoffnungslosen Fall gehalten hatte.

»Was tun wir als Nächstes?«, fragte Ms. Washburn.

Lapides sprach mit dem jüngeren Mann und lehnte sich dabei auf dem Tisch, an dem er saß, nach vorn, sodass seine Handflächen flach auf der Tischplatte lagen. Falls er durch diese Pose bei der Befragung einschüchternder wirken wollte, war die Wirkung wohl weniger durchschlagend, als er vielleicht hoffte. Deutlich weniger durchschlagend. Falls sich Lapides an der »Good Cop«-Methode versuchte, bei der er sich mit der verhörten Person gut stellte, bewies Arthur Masters' Gesichtsausdruck, dass er damit auch nicht erfolgreicher war.

»Wir haben ebenfalls Gelegenheit, mit den Masters zu sprechen, sobald Lapides mit ihnen fertig ist«, sagte ich. »Und nach allem, was ich beobachte, werden wir dabei wahrscheinlich mehr herausbekommen.«

»Ich habe auch keine Ahnung, wie wir uns dümmer anstellen könnten«, murmelte Ms. Washburn. Das war vielleicht ein bisschen gemein, aber jedenfalls zutreffend.

Am anderen Ende des Raumes erhob sich nun Lapides, nahm die Hände von der Tischplatte und sah hinab auf den immer noch sitzenden Arthur Masters. »Irgendwann werden Sie all das schon erklären müssen«, sagte er mit dröhnender Stimme.

Der Beamte in Uniform, der neben Lapides stand, wirkte peinlich berührt, sofern ich sein Mienenspiel korrekt deutete.

»Sie können jetzt gehen«, entließ Lapides die Masters aus seiner Obhut. »Mr. Hoenig hat noch einige Fragen an Sie.«

»Ich verstehe nicht«, sagte die Frau, die Lapides als Laverne Masters vorgestellt hatte, »sind wir fertig, oder gibt es noch weitere Fragen?« Sie hatte da einen Punkt – sogar mich hatte Lapides' Äußerung ziemlich verwirrt, dabei wusste ich ja bereits, wie es weitergehen sollte.

»Mr. Hoenig gehört nicht zur Polizei, doch er führt im Auftrag des Instituts eine eigene Untersuchung durch«, erklärte Lapides. »Sie haben nicht die Pflicht, mit ihm zu sprechen, doch wir würden es alle sehr zu schätzen wissen, wenn Sie es täten.«

»Ich sehe keinen Grund, weshalb wir uns weiter belästigen lassen sollten, wenn wir doch ganz eindeutig nichts verbrochen haben«, entgegnete Laverne. Sie stand auf und streckte die Arme aus, anscheinend wartete sie darauf, dass ihr Sohn ihr in den Mantel half, der über einem der Stühle hing.

Doch Arthur Masters kam dem Wunsch seiner Mutter nicht sofort nach. »Wer ist dieser Mr. Hoenig?«, fragte er.

Ich ergriff die Gelegenheit beim Schopfe, ging zu ihm hinüber und streckte ihm die Hand entgegen.

»Darf ich mich vorstellen, mein Name ist Samuel Hoenig.«

Arthur stand zwar auf, schüttelte mir allerdings nicht die Hand, was für mich eher eine Erleichterung war.

»Und was ist Ihre Funktion hier, Mr. Hoenig? Glauben Sie auch, dass wir jemanden umgebracht haben?«

»Das glaube ich ganz sicher nicht«, antwortete ich, denn mir fiel keine mögliche Erklärung dafür ein, wie Arthur oder Laverne zum Zeitpunkt des Mordes im Institut hätten sein können. »Doch ich glaube, dass Ihre Kenntnisse über die Sachlage und Ihre Informationen über die Verbindungen Ihrer Schwester zum Institut nützlich sein könnten, um herauszufinden, was sowohl mit ihren sterblichen Überresten als auch mit Dr. Springer geschehen ist.«

»Sie möchten uns also als Zeugen, nicht als Verdächtige befragen.« Arthur schien noch weiterer Klarstellung zu bedürfen, obwohl ich ja genau das gerade gesagt hatte.

Ich entschied mich dafür, das Offensichtliche nicht allzu sehr zu betonen.

»Ja«, erwiderte ich einfach.

Arthur sah zu seiner Mutter. Sie zog die Augenbrauen hoch, eine Mimik, die ich stets als Zeichen der Überraschung interpretiere, dann nickte sie kurz. Arthur sah nun wieder zu mir. »In Ordnung, Mr. Hoenig, stellen Sie Ihre Fragen.«

Laverne ließ sich wieder nieder, und Arthur wollte gerade dasselbe tun, als ich ihn dabei unterbrach. »Ich nutze diesen Raum nicht für meine Befragungen. Bitte kommen Sie mit mir ins …«, ich hielt inne, denn Ms. Washburn trat zu mir und schüttelte ziemlich heftig den Kopf. Sie kam so nah, dass wir miteinander sprechen konnten, ohne dass die Masters uns hörten.

»Wir gehen nicht zurück in diesen Konferenzraum«, sagte Ms. Washburn bestimmt. »Ich war jetzt den ganzen Tag in diesem Raum, der nicht mehr ist als eine fensterlose Schachtel, in der man nicht atmen kann. Sonst nichts.«

»Aber ich habe doch dort meine Zentrale errichtet«, protestierte ich.

»Ich bin Ihre Zentrale«, antwortete sie, »und ich sage Nein. Außerdem fangen Sie alle zwanzig Minuten an, durch den Raum zu rennen und mit Ihren Armen zu wedeln. Das macht den Leuten, die Sie befragen, Angst, und Ihre nächste Joggingrunde steht in fünf Minuten auf dem Programm.«

Das war prinzipiell richtig – tatsächlich hatte ich noch sieben Minuten –, doch jedes Mal, wenn ich mein Sportprogramm wieder aufgenommen hatte, waren die Antworten meiner Zeugen ungewöhnlich knapp geworden und hatten zudem bisweilen lange auf sich warten lassen. Manchmal hatte ich sogar den Eindruck gewonnen, dass die Personen nicht so sehr auf meine Fragen achteten, als vielmehr die Minuten zählten, bis sie wieder gehen konnten. Es war zwar seltsam, dass ein Mann, der einfach nur versuchte, seine Herzfrequenz auf Touren zu bringen, ausgewachsene Menschen so sehr verstören konnte, doch dass es so war, war nicht zu leugnen.

»Was schlagen Sie also vor?«, fragte ich Ms. Washburn.

Sie lächelte. »Ich kenne genau den richtigen Ort.«

17

»Wann hat Ihre Tochter das erste Mal erwähnt, dass sie nach ihrem Tod durch ein kryonisches Verfahren aufbewahrt werden möchte?«, fragte ich Laverne Masters. Zugegebenermaßen war die Frage mit Pausen durchsetzt, die dadurch entstanden, dass ich eher heftig atmete.

Ms. Washburn hatte vorgeschlagen, unser Hauptquartier im institutseigenen Fitnessstudio einzurichten, das im Moment aufgrund der polizeilichen Ermittlungen geschlossen war. Wir hatten uns den Plan von Lapides absegnen lassen, der erfreut darüber war, mir in jeder nur erdenklichen Form behilflich sein zu können. Nun führte ich also meine Befragung durch, während ich auf einem Laufband mit 6,5 km/h dahinjoggte. Um meine übliche Menge an Bewegung zu bekommen, würde ich in dieser Geschwindigkeit noch sechs Minuten weiterlaufen müssen. Ich konnte meine Herzfrequenz in diesem Tempo und noch dazu bergauf in einem Steigungswinkel von sechs Grad nicht dadurch erhöhen, dass ich die Arme hob, denn ich hielt mich an den Seitengriffen fest, nachdem ich sichergestellt hatte, dass sie desinfiziert worden waren. Ich entschloss mich, am nächsten Tag zusätzliche Zeit auf das Training meiner Arme zu verwenden.

»Sie hat es uns erst ungefähr einen Monat vor ihrem Tod mitgeteilt«, erwiderte Laverne. »Sie hatte uns noch nicht einmal etwas von ihrer Diagnose erzählt, und dann informierte sie uns zugleich, dass sie an Krebs im Endstadium litt *und* statt einer richtigen Bestattung wollte, dass sie nach ihrem Tod geköpft und eingefroren werde. Sie können sich vorstellen, wie ich mich dabei fühlte.« Sie schien es weniger hart getroffen zu haben, dass ihre Tochter gestorben war, als dass sie es nicht auf eine Weise getan hatte, die Laverne für ausreichend würdevoll hielt.

»Wussten Sie denn, dass sie krank war?«, fragte ich Arthur.

Er schüttelte den Kopf. »Wir standen uns nach Ritas Heirat nicht mehr besonders nahe. Sie glaubte wohl, dass ich die Wahl ihres Ehemanns nicht billigte, und sie redete schon nicht mehr mit mir, bevor ich ihr zu diesem Thema überhaupt erst meine Meinung sagen konnte. Sie entfernte mich aus ihrem Leben, ohne mich vorher zu fragen.«

Noch fünf Minuten, und ich wäre fertig. »Billigten Sie denn die Wahl ihres Ehemanns?«

Arthur antwortete darauf nicht sofort. Es schien, als müsste er sich erst noch entscheiden. »Es stand mir nicht zu, über ihn Gefallen oder Missfallen zu äußern. Ich war schließlich ihr Bruder, nicht ihr Vater. Doch wenn Sie mich danach fragten, ob ich Bill Powell mochte, müsste ich Ihnen antworten, dass das nicht der Fall war. Er ist ein unscheinbarer kleiner Mann, beinahe ohne jede eigene Persönlichkeit. Ich habe nie begriffen, was Rita an ihm fand.«

Mir kam in den Sinn, dass ich besser eine Flasche Wasser mit aufs Laufband genommen hätte, doch dann fiel mir ein, dass ich, um aus ihr zu trinken, eine Hand vom Seitengriff hätte nehmen müssen, und das konnte ich ja ohnehin nicht tun. Ich hatte Angst – vielleicht eine irrationale Angst, aber sie war nichtsdestoweniger real –, dass mich die Änderung meines angestammten Sportprogramms zusammen mit der gleichzeitigen Konzentration auf ein anderes Thema dazu bringen würde, auszurutschen und zu fallen. Vielleicht wäre ein Stepper die bessere Wahl gewesen, auf dem ich pro Minute außerdem mehr Kalorien verbrannt hätte. Für meine nächste Runde Sport würde ich das in Erwägung ziehen.

»Wie lange ist es her, dass die beiden sich scheiden ließen?«, fragte ich. Ackerman hatte mir ja bereits eine ungefähre Angabe dazu gemacht. Ich fragte mich, ob Arthur oder Laverne hierüber genauer Bescheid wussten.

»Vor drei Jahren«, erwiderte Laverne. »Ich erinnere mich an das genaue Datum, es war am 27. April vor drei Jahren. Ich musste mich jedes Jahr zurückhalten, dass ich Rita an diesem Datum keine Glückwunschkarte schickte. Es war das Klügste, was sie jemals getan hat.«

»Hat Mr. Powell Ihre Tochter betrogen?«, mutmaßte ich. Immerhin scheitern so viele Ehen daran, dass ein Partner dem anderen untreu wird. Es schien mir ein logischer Ausgangspunkt zu sein.

Arthur lachte hämisch. »Bill ist nicht interessant genug für eine Affäre.«

»Hat dann vielleicht Ms. Masters-Powell ihren Ehemann betrogen?«

Laverne sah mich an, als hätte ich gerade behauptet, ihre Tochter habe sich plötzlich in eine Giraffe verwandelt. »Auf keinen Fall! Rita würde über so etwas nicht einmal nachdenken! Arthur, wir müssen uns solche Unverfrorenheiten nicht bieten lassen. Lass uns gehen.« Doch ihr Sohn machte keine Anstalten, sich von seinem Stuhl zu erheben, der genau wie der seiner Mutter neben dem Laufband aufgestellt worden war, auf dem ich nun nur noch weitere drei Minuten verbringen musste. Ich drosselte die Geschwindigkeit auf 5 km/h, um den Abkühlungsprozess einzuleiten.

»Entschuldigen Sie, wenn ich etwas Ungehöriges geäußert haben sollte. Ich habe das Asperger-Syndrom, was manchmal dazu führt, dass ich Dinge sage, die andere nicht zu hören erwarten.« Ich glaubte zwar nicht, dass ich irgendetwas Falsches gesagt hatte – tatsächlich war ich mir sicher, dass das nicht der Fall gewesen war –, doch manchmal kann es nützlich sein, eine »Störung« zu erwähnen, mit der die Leute nicht allzu vertraut sind.

So war es auch diesmal – Laverne kniff die Lippen zusammen, sagte aber nichts weiter.

»Was war denn dann der Grund für Ms. Masters-Powells Scheidung?«

»Ich nehme an, dass er sie schließlich doch gelangweilt hat«, erwiderte Arthur. »Wie schon gesagt, sprachen wir zu diesem Zeitpunkt schon nicht mehr miteinander, daher habe ich wirklich keine Ahnung. Hat sie zu dir irgendwas gesagt, Mutter?«

»Mit Ihnen hat Ihre Tochter also noch gesprochen, Ms. Masters?«

Sie rümpfte die Nase. »Natürlich. Eine Tochter spricht doch mit ihrer Mutter. Aber alles, was sie über die Scheidung herausließ, war, dass sie ihres Mannes überdrüssig sei, dass sie sich voneinander entfernt hätten und dass sie ihn verlassen wolle.«

»Sie hat ihn verlassen?«, warf Ms. Washburn ein. »Ist es nicht gewöhnlich so, dass der Ehemann die Frau verlässt?«

Die Masters schauten Ms. Washburn auf zwei völlig unterschiedliche Arten an: Arthur schien sie attraktiv zu finden, falls meine Wahrnehmung stimmte. Es war fast so, als hätte er Ms. Washburn vorher nicht bemerkt und wäre nun angenehm überrascht von dem, was er sah.

Laverne Masters hingegen taxierte Ms. Washburn, als wäre sie eine besonders unwürdige Bedienstete, die die Unverschämtheit besessen hatte, einen Befehl infrage zu stellen.

»Rita verließ ihn, weil sie ihn verlassen wollte«, sagte sie eisig. »Was *gewöhnlich* passiert, war nichts, wovon sie sich in ihren Handlungen leiten ließ.«

»Ich muss mich entschuldigen, wenn ich Sie mit dem, was ich gesagt habe, beleidigt habe. Das lag nicht in meiner Absicht.«

»Ach, Sie haben mich nicht beleidigt«, grätschte Arthur Masters hinein, bevor seine Mutter noch etwas sagen konnte, »machen Sie sich keine Gedanken.«

Ms. Washburn nickte, und ich bemerkte, dass sie ihr Haar demonstrativ und langsam mit der linken Hand zurückstrich, die Hand mit dem Ehering am Ringfinger, sodass Arthur ihn sehen konnte. Ich nahm an, das bedeutete, dass ihr sein Interesse aufgefallen war und sie es zu dämpfen versuchte.

»Mrs. Masters«, fuhr ich fort, »waren Sie bei Ihrer Tochter, als sie starb?« Ich hatte bisher Rita Masters-Powells Totenschein nicht gesehen und wusste auch nicht, ob es einen Polizeibericht gab, was der Fall gewesen wäre, wenn sie allein gestorben wäre.

Es fiel mir schwer, die Dynamik zwischen diesen beiden zu begreifen, doch das war im Moment auch nicht das Thema. Das Programm des Laufbands endete, und ich trat herunter. Ms. Washburn reichte mir eine Flasche Wasser, ich nahm sie und bedankte mich. Mir war nicht aufgefallen, dass sie sie bei unserer Ankunft im Fitnessstudio dabeigehabt hätte, und ich hatte auch keine Ahnung, wo sie die Flasche nun herhatte.

Laverne Masters schüttelte den Kopf. »In der Nacht, in der sie starb, wurde Rita ohne mein Wissen in ein Hospiz gebracht. Man sagte mir, sie sei dort nicht länger als ein paar Stunden gewesen, bevor sie das Bewusstsein verlor, und danach lebte sie dann nicht mehr lange.«

»Und das Hospiz hat Sie nicht verständigt?«, fragte Ms. Washburn. »Das ist doch sonst die … gewöhnliche Vorgehensweise.«

»Sie haben es nicht getan«, versicherte Laverne ihr und nahm diesmal keinen Anstoß an der Verwendung des Wortes *gewöhnlich.* »Wir hatten uns zuvor bereit erklärt, den monatlichen Beitrag für diese morbide Einrichtung hier zu bezahlen, obwohl ich nun wirklich überhaupt nicht an diese Voodoo-Methoden glaube, doch als es dann so weit war, wurde ich nicht einmal benachrichtigt. Rita hatte mich offenbar nicht auf die Liste der Personen gesetzt, denen in solch einem Fall Bescheid gegeben werden sollte. Sie hatte ihnen nur zwei Namen genannt.«

»Und welche Namen waren das?«, fragte ich.

»Ihr Exmann und Dr. Rebecca Springer«, antwortete Arthur.

Als Laverne und ihr Sohn sich zum Gehen anschickten, ging ich noch einmal zu Arthur hinüber und sprach ihn leise an, sodass seine Mutter uns nicht hören konnte.

»Sie haben uns gerade nicht die ganze Wahrheit gesagt.«

Er stockte und sah mich an, als wäre ich ein besonders dreister Diener. »Wie bitte?«

»Man hat mir gesagt, dass Sie es waren, der das Institut im Auftrag Ihrer Schwester kontaktierte, und dass Sie, lange bevor Rita es Ihrer Mutter sagte, wussten, wie krank sie war. Rita war vor ihrem Tod nicht einmal persönlich in diesem Institut, richtig?«

Arthur rümpfte die Nase, als läge ein besonders fauliger Geruch in der Luft. »Dann hat man Ihnen etwas Falsches gesagt. Ich habe nur das Geld beschafft, mit dem diese Scharlatane von den persönlichen Konten unserer Familie bezahlt werden. Das geschah aber erst *nach* Ritas Tod.« Er machte auf dem Absatz kehrt, hakte sich bei seiner Mutter unter und verließ den Raum.

Ich nickte. Das war genauso verlaufen, wie ich es vorausgesehen hatte.

18

»Ich kann und ich werde keinem Polizeifunktionär erlauben, durch unsere Sicherheitsarchitektur zu kriechen und empfindliche Drähte und Hardware herauszuziehen, die ihrerseits oft auf geheimen firmeneigenen Designs beruht«, sagte Marshall Ackerman.

Wir waren zurück in Ackermans Büro, nachdem ich meine Befragung der Masters beendet hatte. Tatsachen – oder wenigstens berichtete Interpretationen von Tatsachen – stürmten nun schnell auf mich ein, und während sie an einer Stelle Möglichkeiten eröffneten, halfen sie nicht dabei, an anderer Stelle welche auszuschließen. Das führte zu einem Überfluss möglicher Antworten auf die Fragen nach dem gestohlenen Kopf und dem Mord an Dr. Springer, doch ich musste die Zahl der miteinander im Wettstreit stehenden Theorien in meinem Kopf nun verringern, nicht ausweiten. Es ist dennoch ein Fehler, Erklärungen nur deshalb auszuschließen, weil sie es schwieriger machen, die Frage zu beantworten. Ich würde wachsam sein und warten müssen, bis sich ein klares Muster herauskristallisierte.

Ich hatte Lapides' Bitte übermittelt, dass Ackerman einem Sicherheitsexperten der Polizei erlauben solle, die Sicherheitssysteme des Instituts zu überprüfen, nachdem sie zwei Mal in entscheidenden Momenten nicht ihren Dienst getan hatten. Seine Weigerung, das zu gestatten, war mir offen gestanden unbegreiflich.

»Ich verstehe Sie nicht«, entgegnete ich ihm. »Die Polizei möchte herausfinden, was mit Ihren Apparaturen schiefgelaufen ist. Warum sollten Sie nicht wollen, dass das geschieht?«

»Tatsächlich war ich ursprünglich sehr für diese Idee. Doch Commander Johnson hat mich überzeugt, dass es eine ernstere Bedrohung für das stabile Umfeld darstellen würde, das wir hier bereitstellen, wenn wir einem Außenstehenden Zugang zu unseren gesamten Sicherheitsvorkehrungen gewährten, und das hat mir eingeleuchtet. Und nun möchte ich nicht weiter über dieses Thema diskutieren.«

Ich schüttelte den Kopf. »Es werden weitere Diskussionen folgen, sobald Detective Lapides den Durchsuchungsbeschluss eines Richters erhalten hat. Dann wird es rechtlich keine andere Option für Sie geben, als die Untersuchung zu genehmigen. Warum sollte man sich diesem ganzen Aufwand unterziehen, wenn es nicht nötig ist? Ein sehr ernster Fall von Diebstahl eines Objekts, das Sie zurückhaben wollen, und ein sogar noch ernsterer Mord haben hier stattgefunden. Hilfe bei der Aufklärung zurückzuweisen, wenn sie Ihnen angeboten wird, ergibt keinen Sinn.«

»Es ist jetzt schon nach fünf«, konterte Ackerman. »Lapides wird sich nicht vor morgen früh an einen Richter wenden können. Außerdem habe ich mit Ihrem brillanten Detective gesprochen. Ich bezweifle, dass er von alleine darauf kommen wird, sich einen Durchsuchungsbeschluss zu besorgen. Und ich verbiete Ihnen, es ihm vorzuschlagen, Mr. Hoenig.«

Ich zog eine Augenbraue hoch. »Sie verbieten es mir?«

»Sie sind ein Dienstleister, der von diesem Institut beauftragt wurde«, erklärte Ackerman, als würde ich die Situation nicht kennen. »Als solcher sind Sie vorübergehend Angestellter dieses Instituts. Deshalb bin ich Ihr Chef. Ich weise Sie ausdrücklich an, Detective Lapides nicht aufzufordern, dass er sich einen Durchsuchungsbefehl besorgen soll, der unsere Sicherheit aufs Spiel setzen würde.«

»Das wäre Zurückhalten von Beweismitteln, und ich bin nicht daran interessiert, das Gesetz zu brechen. Ich bin aber tatsächlich ein Dienstleister, der von Ihnen beauftragt wurde, und Sie haben jedes Recht, mich zu entlassen, wenn Sie mit der Dienstleistung, die ich erbringe, nicht zufrieden sind.«

Diese Äußerung war vielleicht etwas voreilig vor dem Hintergrund, dass Miete und Nebenkosten für mein Büro sowie weitere Ausgaben für *Fragen Beantworten* noch ausstanden. Es wäre nicht notwendigerweise ein empfindlicher Schlag, wenn Ackerman mich entließe, doch ich hatte bereits über zahlreiche Möglichkeiten nachgedacht, das versprochene erhöhte Entgelt auszugeben, das Ms. Washburn für mich ausgehandelt hatte, zum Beispiel auch darüber, ihr ein Gehalt zu zahlen und sie zu fragen, ob sie eine Festanstellung bei *Fragen Beantworten* annehmen werde.

Also holte ich einmal tief Luft, wie man es mich in den Sozialverhaltenskursen meiner Teenager- und Twenjahre gelehrt hatte, und entgegnete: »Ich werde Detective Lapides nicht vorschlagen, einen Durchsuchungsbefehl zu erwirken.«

Ackerman lächelte so, wie ich Bösewichte in James-Bond-Filmen hatte lächeln sehen. »Das nenne ich echten Sportsgeist, Mr. Hoenig.«

Ich sah kurz zu Ms. Washburn, die in einer Ecke hinter Ackermans Schreibtisch saß, sodass sie seinen Computerbildschirm sehen konnte. Sie schüttelte den Kopf – nein, Ackerman wollte damit nicht sagen, dass wir zusammen Baseball spielten oder dergleichen. Ich speicherte den Ausdruck im Geist ab.

Es blieb nun keine Zeit mehr, dieses Thema zu vertiefen, da Detective Lapides gefolgt von Commander Johnson und Amelia Johnson das Büro betrat. Lapides kam gleich zur Sache: »Wir haben die Videoverbindung zu William Powell hergestellt.«

»Das halte ich für unwahrscheinlich«, sagte ich und wollte damit einen Witz machen, denn ich wusste, dass William Powell der Filmstar war, der in der Serie »Der dünne Mann« und in anderen Klassikern mitgespielt hatte. Doch niemand im Raum lachte, und Lapides sah mich merkwürdig an.

»Nein wirklich, das haben wir«, bekräftigte er.

»Schon gut«, warf Ms. Washburn ein, bevor ich meinen Kommentar erklären konnte.

Wir versammelten uns alle hinter Ackermans Schreibtisch, um auf seinen Bildschirm blicken zu können, der glücklicherweise ziemlich groß und leicht rückwärts gekippt war. Commander Johnson nahm einige Einstellungen an dem Programm vor, rief die Funktion für die Videokonferenz auf, und auf einem Stuhl hinter etwas, was wie ein Küchentisch aussah, erschien Rita Masters-Powells Exmann Bill.

Er wirkte ausgezehrt und blass, es war denkbar, dass er in letzter Zeit nicht allzu viel geschlafen hatte. Und er war dünn, aber es war ebenfalls möglich, dass er einfach von schmaler Statur war. Sein Blick, wenn ich ihn denn richtig interpretierte, drückte einen sehr tiefen Schmerz aus.

»Können Sie mich sehen?«, fragte er.

»Ja, Mr. Powell. Mein Name ist Detective Lapides. Wenn Sie einverstanden sind, bin ich so frei, dieses Gespräch aufzuzeichnen.«

»In Ordnung.«

Lapides nickte Commander Johnson zu, der sich wieder an der Tastatur zu schaffen machte. Ein kleines Zeichen erschien in der linken oberen Bildschirmecke, das anzeigte, dass Powells Aussagen auf die Festplatte des Computers aufgenommen würden. Ich nahm an, dass es eine drahtlose Verbindung zu einem Laptop gab, mit dem Lapides sie seinerseits für die Polizei aufnahm.

»Danke, Mr. Powell. Sie wissen, dass es zusätzlich zu dem … Verlust der Überreste Ihrer verstorbenen Frau um einen Mordfall geht, der sich heute hier im Institut zugetragen hat.«

Powell machte einen etwas benommenen Eindruck; vielleicht nahm er irgendein Antidepressivum ein. »Ich war nicht da«, sagte er.

»Nein, das wissen wir«, versicherte ihm Lapides. »Aber jede Information, die Sie vielleicht haben, könnte uns bei unseren Ermittlungen nützen, okay?«

»Ich denke schon. Aber ich weiß nichts.«

»Nun, das werden wir ja sehen«, antwortete Lapides.

»Können Sie mir jetzt die Gründe nennen, die zur Trennung von Ihrer Frau geführt haben?«

»Ich weiß nicht.«

Das war jedenfalls geheimnisvoll. Alle im Raum blickten sich reihum verwirrt an. »Sie wissen nicht, warum Sie sich haben scheiden lassen?«, wiederholte Lapides.

»Nicht wirklich. Rita kam eines Tages nach Hause und sagte, ich sei langweilig und sie wolle die Scheidung. Sie hat es mir nicht weiter erklärt.«

Lapides sah mich mit etwas wie Verzweiflung im Blick an. Also lehnte ich mich zum Bildschirm und ergriff das Wort: »Mr. Powell, darf ich mich vorstellen, mein Name ist Samuel Hoenig. Das Institut hat mich beauftragt die Frage zu beantworten, was mit den sterblichen Überresten Ihrer Exfrau geschehen ist.«

»Die Frage zu beantworten? Was soll das heißen?«, Powell wirkte beinahe orientierungslos. Ich vermutete immer mehr, dass er irgendein Medikament einnahm.

»Ich untersuche den Diebstahl. Verstehen wir das richtig? Es gab in Ihrer Ehe keinerlei Probleme, bis Ihre Frau ihr Vorhaben ankündigte, die Scheidung zu beantragen?«

»Genau das. Sie kam eines Abends heim und sagte mir, dass es aus ist. Ich habe versucht, mit ihr zu reden, ihr zu erklären, dass ich nicht langweilig bin, doch ich vermute, dass das etwas ist, was jede einzelne Person für sich selbst entscheiden muss. Sie wollte jedenfalls nichts davon hören. Am nächsten Morgen rief sie ihren Anwalt an.«

Das konnte unmöglich die ganze Geschichte sein. Ich verstehe zwar nicht viel vom Eheleben, aber es schien seltsam für eine Frau, ihre Ehe einfach nur deshalb zu beenden, weil sie ihren Mann plötzlich langweilig fand. »Wie lang waren Sie beide verheiratet, Mr. Powell?«

Er rollte die Augen und blickte nach links oben; er versuchte sich zu erinnern. »Drei Jahre? Oder vier? Nein. Drei. Es wären beinahe vier gewesen, doch die Scheidung wurde eine Woche vor unserem Hochzeitstag gültig. Drei Jahre. Warum?«

Das war eine legitime Frage. »Ich versuche einen Zeitablauf zu rekonstruieren, Mr. Powell. Wie haben Sie Rita Masters kennengelernt?«

»Ich habe im Country Club gearbeitet«, sagte er, als würde das irgendetwas erklären.

»In welchem Country Club denn?«

Powell sah mich an, als hätte ich ihn nach der Gravitationstheorie gefragt. »Im Woodline Meadows Country Club in Mendham«, sagte er, als wäre es absolut selbstverständlich. »Die ganze Familie Masters besuchte diesen Klub, und ich arbeitete dort.«

»Als was?«

»Als Hilfskellner.«

Es schien der falsche Moment zu sein, um auf das Klischee hinzuweisen, das ein Hilfskellner verkörpert, der die wohlhabende Tochter der prominentesten Familie des Klubs kennenlernt, also verkniff ich es mir, doch ich sah, wie Ackerman ein Kichern unterdrückte. Amelia Johnson verdrehte die Augen zum Himmel.

»Wie sind Sie beide sich denn nähergekommen?« Es war der diplomatischste Ausdruck, der mir in den Sinn kommen wollte.

»Rita hat mir später mal gesagt, dass sie schon immer ein Auge auf mich geworfen hätte, als sie zum Essen in den

Klub kamen«, sagte Powell mit einem Anflug von Stolz in der Stimme – das passte überhaupt nicht zu ihm. »Ich habe es damals nicht bemerkt, ich hätte nie gedacht, dass sie an mir interessiert sein könnte.«

»Waren Sie denn an ihr interessiert?«

»Am Anfang ist sie mir nicht besonders aufgefallen. Ich habe vor allem auf meine Tische geachtet. Sie wissen schon, die mögen es da überhaupt nicht, wenn man nicht gleich ein halb leeres Wasserglas auffüllt oder eine Serviette faltet, sobald jemand mal für einen Augenblick seinen Platz verlässt. Ich wollte nicht gefeuert werden, also habe ich mich nur um meine Tische gekümmert. Doch an diesem einen Abend, nachdem meine Schicht vorbei war, ging ich hinten raus – Sie wissen schon, durch den Personaleingang –, und da stand Rita und wartete auf mich. Sie fragte mich, ob ich sie zu ihrem Auto bringen würde, und ich sagte: Klar. Ich meine, es war wahrscheinlich ein längerer Weg ganz ums Gebäude herum, um zum Personaleingang zu kommen, als es gewesen wäre, wenn sie direkt zu ihrem Auto gegangen wäre, also dachte ich mir, dass ich ihr das auf keinen Fall abschlagen konnte. Wenn sie sich beschwert hätte, hätten sie mich gefeuert.«

»Sie wollten sie eigentlich gar nicht zum Auto bringen?«, fragte Lapides. Ich hielt das für eine berechtigte Frage.

»Sie mochten es dort nicht, wenn sie das Personal – Sie wissen schon, männliches Personal – mit Frauen zusammen sahen, die Mitglieder waren. Das hörte man immer wieder. Doch ich konnte es eben auch nicht ablehnen. Ich nehme an, dass es von Anfang an irgendeine Anziehung gab.«

Doch der Gang zum Auto war zu etwas viel Größerem geworden, und ich fragte Powell, wie sich das entwickelt habe. Während ich sprach, fiel mir auf, dass Ms. Washburn den Monitor sehr aufmerksam betrachtete. Dann notierte sie sich etwas.

»Sie sagte, dass sie mich im Speisesaal beobachtet habe und dass sie wissen wolle, wie es war, für all die reichen Leute im Klub zu arbeiten. Ich erzählte ihr, dass ich den Job wirklich mochte, obwohl das nicht stimmte, aber ich dachte, dass man mich feuern würde, wenn sie meinem Boss erzählte, dass ich mich beklagt hatte. Wir kamen ins Reden, und sie brachte mich irgendwie dazu, dass ich sie an meinem nächsten freien Tag ins Kino einlud.«

»Und da haben Sie begonnen, sich offiziell mit ihr zu treffen«, bemerkte ich. Lapides runzelte bei meinen Worten die Stirn, und ich fragte mich, ob ich mich irgendwie falsch ausgedrückt hatte.

»Ja, wir sind ein paar Monate miteinander ausgegangen, dann eröffnete mir Rita, dass sie schwanger sei.«

Den Effekt dieser Aussage konnte man im gesamten Raum mit Händen greifen. Ackerman wich tatsächlich ein bisschen nach hinten zurück, und Commander Johnson schaute auf seine Schuhspitzen, etwas, was ich ihn den ganzen Tag über kein einziges Mal hatte tun sehen.

»Ich dachte, Sie hätten keine Kinder«, erkundigte ich mich bei Powell.

»Oh, hatten wir auch nicht. Sie hat es mir nur erzählt, damit ich sie heirate. Und es hat funktioniert. Eine Woche später fand die Hochzeit im Standesamt von Morristown statt, sobald wir Bluttests und all das gemacht hatten. Wir sagten weder Ritas Mutter noch meinen Eltern etwas, bis es vorbei war, denn wir wollten nicht, dass sie uns unseren Entschluss wieder ausredeten.«

Auch wenn das interessante Informationen waren, konnte man daraus keine Tatsachen ableiten, die bei der Beantwortung irgendeiner der Fragen geholfen hätten, welche die kürzlichen Vorkommnisse im Institut aufgeworfen hatten. Also machte ich einen weiten zeitlichen Sprung: »Sind Sie mit Ihrer Frau nach der Scheidung in Kontakt geblieben?«

Powell sah mich verwirrt an. »Meinen Sie, ob sie angerufen hat oder so was?«

»Ja.«

»Nachdem die Papiere unterschrieben waren, habe ich Ritas Stimme nie wieder gehört.«

Das schien nicht zusammenzupassen. »Wie haben Sie denn vom Tod Ihrer Exfrau erfahren?«

Zum ersten Mal sah man auf dem Gesicht des Mannes so etwas wie Emotionen, die den Nebel der Medikamente oder der Depression, der bisher sein auffälligstes Merkmal gewesen war, vertrieben. Er wirkte verärgert.

»Ich habe davon in der Zeitung gelesen«, fauchte er. »Kein Anruf ihrer Angehörigen, kein Beileidsbrief, nichts, von niemandem. Nur ein Nachruf in fünf Absätzen. Ich wurde nicht mal unter den ›Hinterbliebenen‹ erwähnt. Es war erniedrigend.« Das Wort »erniedrigend« sprach er etwas unsauber aus, und ich begann mich zu fragen, ob Powell vielleicht betrunken war.

»Wussten Sie, dass sie verfügt hatte, hier im Garden State Cryonics Institute konserviert zu werden?«, mischte Ackerman sich ein. Er biss die Zähne zusammen, bereitete sich ohne Zweifel auf die Antwort vor, die ihm entweder Schwierigkeiten mit der Versicherung oder dem Recht bescheren würde.

»Sie hat davon angefangen, kurz bevor wir uns scheiden ließen«, antwortete Powell, und Ackerman entspannte sich sichtlich, wobei er ein Mal lange ausatmete. »Sie kam mit einer Broschüre nach Hause, hat irgendwas gesagt, dass sie wieder ins Leben zurückkehren würde, wenn sie jemals ein Heilmittel finden würden für was immer sie auch umbrachte. Ehrlich gesagt, hielt ich das für verrückt. Ich meine, stellen Sie sich vor, Sie werden von einem Bus überfahren. Wird man dafür irgendwann ein Heilmittel finden?«

Ackerman machte den Mund auf und wollte etwas erwidern, überlegte es sich dann jedoch anders.

Ich fragte: »Ihre Exfrau hat mit Ihnen also schon vor drei Jahren über Kryonik gesprochen, vor Ihrer Trennung?«

»Genau so war's. Ich habe nie viel drüber nachgedacht. Ich meine, wir waren beide erst in unseren Dreißigern, ich dachte, wir würden noch genug Zeit haben, darüber nachzudenken, wenn wir mal alt wären. Vielleicht würde man ja auch ein Heilmittel finden, bevor wir überhaupt krank wurden, und es gäbe dann keinen Grund, über diesen Gefrierkram nachzudenken. Doch wir hatten keine wirkliche Gelegenheit, über das alles zu reden, bevor Rita sich entschied, dass sie nicht mehr mit mir zusammenleben wollte.«

Lapides hatte mir vorher erzählt, dass Powell »geschockt« gewesen war, als der Detective ihn wegen der Nachricht über den Diebstahl im GSCI angerufen hatte. Ich fragte Powell, der nun fast einzuschlafen schien, ob er sich mit der Familie seiner Exfrau nach ihrem Tod in Verbindung gesetzt habe.

»Ich wollte nichts mit denen zu tun haben. Wenn Sie mich fragen, sind die der Grund, warum Rita sich von mir hat scheiden lassen.«

»Hat sie irgendetwas über ihre Familie erzählt?«, fragte Ms. Washburn.

»Nein. Aber sie konnten mich von Anfang an nicht leiden. Ihre Mutter hat mich immer angeschaut, als müsste ich erst mal unter die Dusche. Und ihr Bruder hat so getan, als wäre er mein Kumpel, aber eigentlich wünschte er sich, dass ich mich aus dem Staub machte.«

Das schien dem zu widersprechen, was Arthur Masters uns erzählt hatte. »Ihre Exfrau hatte Kontakt zu ihrem Bruder, während Sie beide verheiratet waren?«, fragte ich.

»Klar. Sie hat ihn ein, zwei Mal die Woche angerufen. Die waren dicke Freunde.«

Ich sah zu Ms. Washburn, die so verblüfft aussah, wie ich mich fühlte. Es war jedoch Lapides, der nachhakte: »Arthur Masters hat behauptet, dass sie nicht mehr mit ihm gesprochen habe, nachdem Sie beide geheiratet haben.«

»Dann lügt er.«

»Sind Sie sicher, dass Sie sich richtig erinnern?«, tastete sich Lapides vorsichtig vor. »Rita hat wenigstens zweimal die Woche mit ihrem Bruder gesprochen?«

Powell nickte. »Jede Woche. Sie haben sich auch ab und zu zum Mittagessen getroffen. Ihre Mutter wollte ihr kein Geld geben – daher hat Rita den Job bei der Bank angenommen –, aber ihr Bruder hat ihr immer mal wieder beim Mittagessen was zugesteckt. Ich wollte es nie … annehmen, aber Rita bestand darauf, dass es das Geld ihrer Familie war, auf das sie ein Recht hatte.«

»Wo hat Ihre Frau gearbeitet?«, fragte ich ihn. Wir würden nicht mehr viel Zeit haben. Powell redete immer langsamer, und er wäre als Zeuge nicht sehr viel länger von Nutzen.

»In der United Station Bank in Morristown. Sie war Abteilungsleiterin in der Bank, als sie kündigte und mich verließ.«

»Sie hat zur selben Zeit aufgehört zu arbeiten, wie sie die Scheidung einreichte?« Das schien keinen Sinn zu ergeben – Rita hätte doch sicherlich weniger Geld zur Verfügung gehabt, wenn sie ihren Mann verließ, und nicht mehr.

Powell nickte heftig, wie ein Alkoholiker, der sich bemüht, ernst zu wirken. »Sie hat den Job an dem Tag geschmissen, als sie ausgezogen ist. Hat sich eine Wohnung in Madison genommen. Ist wieder in den Country Club gegangen. Freunde von mir, die dort immer noch arbeiten, haben es mir erzählt.«

Ausgehend von Powells Aussprache und seinen halb geschlossenen Augen, schätzte ich, dass er nur noch eine Frage würde vernünftig beantworten können. »Hat Ihre Frau jemals eine Dr. Rebecca Springer erwähnt?«, fragte ich ihn.

»Becky?«, erwiderte Powell. »Becky Springer? Sie waren zusammen auf der Highschool.«

19

Was Powell betraf, behielt ich recht – nachdem er diese ziemlich unglaubliche Aussage gemacht hatte, taugte er nicht länger als glaubwürdiger Zeuge. Seine Antworten hatten fortan eher am Rande mit dem Thema zu tun und drehten sich zum Großteil darum, wie sehr er seine Exfrau geliebt hatte und wie er sich vor den Kopf gestoßen gefühlt hatte, als sie ihn plötzlich verließ. Abgesehen davon bekamen wir nur noch wenig aus ihm heraus, sodass Lapides die Befragung nicht einmal fünf Minuten später beendete.

»Diese Frage wird umso rätselhafter, je mehr wir herausfinden«, sagte ich zu der versammelten Gruppe. Lapides hatte sich mit seinem IT-Experten in Verbindung gesetzt, um sicherzugehen, dass das Gespräch für den späteren Gebrauch auf einer Festplatte gespeichert worden war. Nun blieben die Johnsons, Ackerman und Lapides hinter Ackermans Schreibtisch, während Ms. Washburn und ich uns in einen anderen Teil des Büros begeben hatten, in dem mehr Platz war. Ich durchmaß den Raum. Ms. Washburn stand mit ihrem Notizbuch dabei und sah mir zu.

»Rita Masters-Powell und Rebecca Springer waren zusammen auf der Highschool?«, fragte Ackerman. »Hat das überhaupt etwas zu bedeuten?«

»Nicht unbedingt.« Lapides tat sein Bestes, um als der Detective zu erscheinen, der bei den Ermittlungen das Sagen hatte. Er richtete sich kerzengerade auf und gab sich große Mühe, selbstsicher zu erscheinen. »Manchmal sind solche Sachen auch einfach nur Zufälle.«

»Ich glaube nicht, dass das hier der Fall ist«, warf ich ein. »Zwei Frauen, die in diese zwei Verbrechen verwickelt sind, stehen sich so nah und haben eine Verbindung, die Jahrzehnte weit zurückreicht. Ms. Masters-Powells Kontakt zu Dr. Springer war auch dann, als sie erwachsen waren, noch gut genug, dass ihr Exmann den Namen kennt, ohne nachdenken zu müssen, und das sogar in einem offensichtlich eingeschränkten Geisteszustand.«

»Na und?«, fragte Commander Johnson. »Ist es nicht denkbar, dass Powell einfach nur die Antwort gegeben hat, die Sie vermeintlich hören wollten? Zu diesem Zeitpunkt des Gesprächs war er doch ganz offenbar nicht mehr richtig wach und Herr seiner Sinne.«

Ich sah auf die Uhr. Es war 17.07 Uhr, und das bedeutete, dass ich mich nicht mehr alle zwanzig Minuten bewegen musste. Nach diesem Trainingsplan richte ich mich nur von 8.00 Uhr bis 17.00 Uhr, also während meiner üblichen Bürozeiten bei *Fragen Beantworten*, um möglichst gut arbeiten zu können.

»Wenn er einfach gesagt hätte, dass seine Exfrau Dr. Springer kannte, könnte das sein Ziel gewesen sein«, erwiderte ich. »Aber er fügte hinzu, dass die beiden einander seit der Highschool kannten. Das war nichts, was er aus meiner Frage ableiten konnte. Es war ein Detail, das er spontan beisteuerte. Ich halte es für die Wahrheit, und ich glaube, dass Ihre Personalakte zu Dr. Springer das bestätigt, nicht wahr, Dr. Ackerman?«

Ackerman setzte sich wieder an seinen Computer und richtete den Flachbildschirm so aus, dass er im Sitzen gut darauf lesen konnte. Er tippte auf der Tastatur herum, hielt nach nicht einmal einer Minute inne und scrollte nach unten.

»Rebecca ist auf die West Morris Mendham Highschool gegangen«, bestätigte er. »Ich kann auch die Schullaufbahn von Ms. Masters-Powell nachprüfen, doch sie wird wahrscheinlich auf dieselbe Schule während derselben Zeitspanne gegangen sein.«

»Sehen Sie trotzdem nach«, bat ich ihn. »Wir wollen doch sicher sein, dass unsere Informationen auch wirklich stimmen.«

Ackerman machte sich ans Werk, doch Amelia Johnson wollte nicht länger warten. »Dann sind sie eben zusammen zur Highschool gegangen. Ich bin mit Queen Latifah zur Highschool gegangen. Das bedeutet aber nicht, dass wir auch nur die geringste sonstige Verbindung miteinander haben. Damals war sie sowieso einfach nur Dana Owens.«

»Nach der Aussage von Ms. Masters-Powells Exmann aber haben wir Hinweise darauf, dass sie auch nach der Highschool noch Kontakt hatten«, erinnerte ich sie. Und zu Ackerman gewandt, fuhr ich fort: »Hatte Dr. Springer Familie?«

»Das habe ich Ihnen schon gesagt«, mischte Lapides sich ein. »Sie war geschieden und hatte keine Kinder. Erinnern Sie sich?«

»Ja, aber gab es außerdem Eltern, Geschwister, jemand, der in der Gegend wohnt und über ihren Freundeskreis Bescheid wissen könnte? Ackerman?«

»Sie ist auf die West Morris Mendham Highschool gegangen, zwei Jahre lang gemeinsam mit Rita Masters«, beantwortete Ackerman die Frage, die ich bereits vor ein paar Minuten gestellt hatte. »Lassen Sie mich in den Angaben zu ihrer Familie nachsehen …«

»Was soll das bringen?«, fragte Amelia. »Es hilft Ihnen jedenfalls nicht dabei, den Namen meines Mannes reinzuwaschen.«

»Mrs. Johnson, unser Ziel hier ist, die Wahrheit herauszufinden«, klärte ich sie auf. »Wenn wir die Tatsachen mit einer a priori gebildeten Theorie betrachten und sie nicht einfach sammeln, um zu sehen, wohin sie uns führen, werden wir zweifellos zu einer falschen Antwort auf die Frage gelangen.«

»Was soll das heißen?«, fragte Amelia.

»Wir versuchen nicht, den Commander zu verteidigen. Wir wollen herausfinden, was passiert ist.«

Amelias Augen blitzten wütend auf, was mich überraschte. Es war nie meine Absicht gewesen, mich auf die Seite des Commanders zu schlagen; es ergab keinen Sinn, dass sie das von mir erwartete. Falls ihr Mann an einem der beiden Verbrechen, die ich untersuchte, beteiligt gewesen war – und bisher war ich noch nicht auf ausreichende Beweise gegen oder für diese Hypothese gestoßen –, wäre ich doch ein Narr gewesen, wenn ich versucht hätte, seine Unschuld nachzuweisen. Das wäre so, als wollte ich beweisen, dass die Boston Red Sox häufiger die World Series gewonnen hätten als die New York Yankees – ganz egal wie sehr ein glühender Boston-Anhänger sich wünschen mag, dass das wahr wäre, beweisen die Fakten doch das genaue Gegenteil.

Doch bevor Amelia ihrer Verärgerung Ausdruck verleihen konnte, zeigte Ackerman auf seinen Bildschirm. »Rebecca hatte keine Geschwister, doch ihr Vater lebt noch immer in Mendham«, sagte er und schien stolz darauf zu sein, dass er in der Lage war, die Personalakten seines eigenen Unternehmens aufzurufen. »Haben Sie ihn schon benachrichtigt, Detective?«

Lapides nahm ein Klemmbrett zur Hand, dass er auf einem Beistelltisch abgelegt hatte, und begann, die darauf befestigten Seiten durchzublättern. Einen Augenblick später sagte er: »Ja. Er wurde heute Morgen über seinen Verlust in Kenntnis gesetzt.«

»Rufen Sie ihn an und fragen Sie ihn, ob seine Tochter und Rita Masters-Powell sich nahestanden«, schlug ich vor.

Ms. Washburn hustete, was ich als einen Versuch interpretierte, meine Aufmerksamkeit zu erregen. »Vielleicht könnten wir einen Klassenkameraden oder eine Freundin ausfindig machen, um ihnen diese Frage zu stellen. Ich vermute, dass Dr. Springers Vater heute ziemlich außer sich ist.«

Ich wollte schon protestieren, da ich der Meinung war, dass Dr. Springers Vater sehr viel davon hätte, wenn wir herausfanden, wer seine Tochter ermordet hatte, doch dann fiel mir ein, dass Ms. Washburn eventuell einen emotionalen Kontext mit einbezog, den ich nicht beachtet hatte. Mutter tut in ähnlichen Situationen oft das Gleiche für mich. Ich habe gelernt, mich dann auf ihr Urteil zu verlassen.

»Vielleicht haben Sie recht, Ms. Washburn. Detective, haben Sie irgendeine enge Freundin von Dr. Springer ausfindig machen können?«

Lapides konsultierte erneut sein Klemmbrett. »Es gibt eine Amy Fitzgerald. Sie kannte Dr. Springer aus ihrem Medizinstudium – sie war damals ihre Dozentin. Ich werde einem der Beamten sagen, dass er sich mit ihr in Verbindung setzen soll.«

»Vielleicht könnten Sie sich selbst darum kümmern«, drängte ich. »Es wäre sehr hilfreich, wenn Sie von Angesicht zu Angesicht mit Ms. Fitzgerald sprechen könnten, um ihre Reaktionen und ihr Wohlbefinden bei der Beantwortung der Fragen zu beobachten.«

Commander Johnson riss die Augen auf. »Lapides?«

»Ja?«, erwiderte der Detective.

»Nein. Ich meinte nur … ich wollte sagen, das Mienenspiel einer Person zu lesen, ein Gefühl dafür zu bekommen, ob die betreffende Person lügt …« Der Commander schien von einer Aussage zurückzurudern, die er hatte machen wollen. »Das scheint mir nicht Ihre stärkste Seite zu sein.«

Sobald der Commander zu sprechen begonnen hatte, wandte ich meine Aufmerksamkeit Lapides' Gesicht zu. Ich habe es zu einem vordringlichen Projekt gemacht, so viel ich kann über Gesichtsausdrücke zu lernen. Ihre Deutung fällt mir nicht einfach zu, also musste ich in diese Fähigkeit schon sehr viel Übung investieren – was sich als sehr hilfreich erwiesen hat. Ich bin zwar noch immer kein Experte und vielleicht noch nicht einmal so sachkundig wie ein durchschnittlicher Mensch ohne das Asperger-Syndrom, doch gemessen an meinem Ausgangspunkt bin ich weit gekommen.

In diesem Fall folgerte ich aus Commander Johnsons Ton, dass er etwas Abfälliges über Lapides hatte sagen wollen, und als er weitersprach, wurde diese Absicht immer deutlicher. Zu beobachten, wie die Gesichtsmuskeln des Detective reagierten, würde mich viel über die Situation und über Lapides lehren.

Zuerst wirkte er nur überrascht. Doch als der Commander fortfuhr, zeigte sich allmählich ein trauriger Ausdruck – er schien Commander Johnsons Urteil über seine Verhörtechniken zuzustimmen und war unglücklich über das, was er als eine große Schwäche ansah. Doch als Commander Johnson fertiggesprochen hatte, hatte sich Lapides' Miene verändert.

Nun schien er einfach nur ärgerlich zu sein.

»Ich schaffe das schon«, presste er zwischen zusammengebissenen Zähnen hindurch. »Machen Sie sich keine Sorgen.«

Da ich den Detective nur bei der Arbeit beobachtet hatte, als er Ms. Washburn, mich und die Masters verhört hatte, hatte ich nicht viel Erfahrung, sodass meine Beurteilung nicht umfassend ausfallen konnte. Es war durchaus möglich, dass Commander Johnsons Herablassung angemessen war, doch ich konnte mir dessen in diesem Moment nicht sicher sein. Erneut warf Ms. Washburn sich in die Bresche, um die Situation zu entschärfen.

»Vielleicht sollten Sie Ms. Fitzgerald herbestellen, damit wir alle sehen, wie gut Sie es machen«, schlug sie Lapides vor. »Ich wette, Sie können Commander Johnson Lügen strafen.«

»Das scheint hier ein allgemeines Anliegen zu sein«, murmelte Amelia Johnson.

Lapides überhörte Amelias Kommentar und schluckte den Köder. »Genau so werde ich es machen.«

Mit einem neuen, entschlossenen Gesichtsausdruck machte Lapides kehrt und wollte das Zimmer verlassen. Doch bevor er losging, bemerkte ich, dass Ms. Washburn mit mir Blickkontakt herzustellen versuchte. Mit ihren Augen deutete sie auf Lapides, und ich nickte. Ich hoffte, dass wir beide dasselbe im Sinn hatten. Da ich mit Ms. Washburn erst einen Tag zusammenarbeitete, konnte ich mir da nicht sicher sein, doch jede ähnlich geartete Situation heute hatte eine Verbindung zwischen uns gezeigt, die ich nach so einer kurzen Zeit der Bekanntschaft eigentlich für extrem unwahrscheinlich gehalten hätte.

Sie fing Lapides auf seinem Weg nach draußen ab und redete einen Moment sehr leise mit ihm. Er nickte und verließ dann den Raum.

»Was hatte das zu bedeuten?«, fragte Ackerman, nachdem Lapides weg war.

»Ich habe ihm Mut zugesprochen«, erwiderte Ms. Washburn. »Ich fand das, was Commander Johnson zu ihm gesagt hat, gemein und unfair.«

Amelia Johnson sog bei dieser Unverschämtheit einmal scharf die Luft ein und drehte sich um, um ihrerseits den Raum zu verlassen. Im Gehen rief sie noch: »Das Ausmaß dieser Verschwörung ist unglaublich!«

Ihr Ehemann machte keine Anstalten, sie aufzuhalten. Er schien tatsächlich erleichtert auszuatmen, nachdem sie sich aus dem Büro entfernt hatte.

»Diese Streiterei bringt uns kein Stückchen weiter«, sagte Ackerman und tupfte sich mit einem Taschentuch den Schweiß von der Stirn. »Wie lange haben wir noch, bis

Ritas sterbliche Überreste endgültig verdorben sind?« Er sah auf die Uhr. Das war etwas, was er häufig getan hatte, seit wir in sein Büro bekommen waren.

»Es gibt zu viele Variablen, um diese Frage zu beantworten«, entgegnete ich. »Wir wissen nicht, wer die Überreste an sich genommen hat oder welche Ausrüstung demjenigen zur Verfügung steht, um sie zu konservieren. Theoretisch könnte jemand den Schädel unbegrenzt lang einfrieren. In diesem Fall müssten wir uns um die Zeit keine Sorgen machen. Falls es jedoch keine entsprechenden Möglichkeiten der Aufbewahrung an dem Ort gibt, an den die Diebe Ms. Masters-Powells sterbliche Überreste gebracht haben, haben wir wahrscheinlich schon jede Möglichkeit verloren, sie wieder in Sicherheit zu bringen. Da Ms. Masters-Powells Familie nun die Umstände kennt und wir immer noch nicht mit den Dieben kommunizieren konnten, schlage ich vor anzunehmen, dass der Schädel ordnungsgemäß gelagert wird, da wir ohnehin nichts machen können, falls dem nicht so sein sollte.«

Ackermans Mund klappte zwei Mal auf, doch er entgegnete nichts. Er schien in einen Schockzustand verfallen zu sein.

Commander Johnson stand mit verschränkten Armen hinter Ackermans Schreibtisch. Es hatte den Anschein, als wäre er von meiner Analyse nicht im Geringsten beeindruckt. Sein Interesse galt ausschließlich der Sicherheit der Einrichtung. Ob die Familie Masters weiter einen wohl ziemlich üppigen monatlichen Betrag zahlte, focht ihn nicht an.

»Wir sollten die Zeit nutzen, um die Diebe ausfindig zu machen«, sagte er. »Egal ob der Kopf noch zu retten ist oder nicht, sie sind immerhin hier eingebrochen und haben geschütztes Eigentum entwendet.«

»Dem stimme ich zu«, meinte ich. »Wie sollten wir Ihrer Meinung nach von hier ab vorgehen?« Nach einigen Versuchen und ebenso vielen Fehltritten habe ich herausgefunden, dass es den Informationsfluss erhöht und unangenehme Szenen vermeidet, wenn man dem Ego der Menschen ein bisschen schmeichelt. Mutter scheint zu glauben, dass das nur bei Männern funktioniert, aber ich habe damit auch schon bei Frauen beachtliche Erfolge erzielt.

Jedenfalls schien Commander Johnsons Brust anzuschwellen, während er eine noch aufrechtere Haltung einnahm und über die Frage ganz offensichtlich nachdachte. »Was Sie bis jetzt getan haben, war erfolglos«, fing er an. Der Commander hätte auch ein Training in Sozialverhalten brauchen können, denn Kritik ist selten der beste Ausgangspunkt für ein Gespräch. »Es ist nicht Ihre Schuld, Sie haben einfach keine Erfahrung mit Sicherheitsfragen oder dem Strafrecht.«

»Was schlagen Sie also vor?« Es war sinnlos, darüber zu streiten, wer hier unrecht hatte, wenn der Diebstahl und der Mord doch unter den Augen des Commanders passiert waren, bevor man mich überhaupt hinzugezogen hatte.

»Konkrete Beweise«, entgegnete er. »Zeugenbefragungen helfen bei einer Untersuchung nur bis zu einem gewissen Punkt. Welches sind die konkreten Beweise, die man am Tatort gefunden hat?«

»Detective Lapides hat die Beweisaufnahme vorgenommen«, sagte ich und reagierte nicht, als der Commander bei der Erwähnung von Lapides' Namen mit den Augen rollte. Wir hatten jetzt keine Zeit für diese pubertären

Grabenkämpfe. »Doch was ich gesehen habe, waren der Behälter, der Ms. Masters-Powells Überreste enthalten hatte und der von seinem Platz in der Kältekammer entfernt worden war. Er befand sich hinter Dr. Springers Leiche, die mit dem Gesicht nach unten auf dem Boden lag und die Tür zur Kammer blockierte. Der Behälter wies ein Einschussloch auf, im Gegensatz zu Dr. Springers Leiche. Die übrigen Behälter waren nicht angetastet worden, so schien es wenigstens ohne nähere Untersuchung. Auf dem Boden gab es keine Blutspuren, da Dr. Springer nicht erschossen wurde, sondern erstickt ist. Im Vorraum gab es keine Anzeichen eines Kampfes, auch der Alarm war nicht aktiviert. Habe ich irgendetwas vergessen, Ms. Washburn?«

Sie schien davon überrascht zu sein, dass ich sie ansprach. »Ich wüsste nicht was, Samuel.«

Ich wandte mich wieder dem Commander zu und wartete auf seine Einschätzung. Sie ließ nicht lange auf sich warten.

»Sehr gut«, urteilte er über meinen Bericht. »Doch eine weitere Untersuchung durch jemanden mit einem geschulten Auge könnte sicher nicht schaden.«

Ich wollte ihm gerade zustimmen und dabei vermeiden, ihm zu sagen, dass sein Auge nicht geschulter war als die meisten anderen, als Lapides die Tür zu Ackermans Büro aufstieß und wieder hereinkam. Er stellte ein unheimlich ungeschicktes, selbstgefälliges Grinsen zur Schau.

Lapides ging direkt zu Ackermans Schreibtisch und zog ein Stück Papier aus seiner Innentasche. »Hier! Ein richterlicher Durchsuchungsbeschluss, der meinem Technikexperten Zugang zu Ihrem Videoüberwachungssystem verschafft.« Er klatschte das Papier mit einer theatralischen Geste auf Ackermans Schreibtisch. »In spätestens einer Stunde ist er hier.«

Dann tat der Detective etwas so Deplatziertes, dass ich seine sozialen Fähigkeiten ernstlich in Zweifel zog. Er sah mich an, zwinkerte und machte eine Geste mit den Daumen nach oben. Danach wandte er sich wieder Ackerman zu. »Und ich werde sehr bald Dr. Springers Freundin Amy im Konferenzraum befragen. Sie dürfen ruhig mitkommen und dabei zusehen, wie ich mich schlage.«

Ackerman nahm all das auf und kniff die Augen zusammen. Seine Miene verfinsterte sich buchstäblich.

Dabei blickte er mich an.

Lapides, der den Schaden nicht bemerkte, den er gerade angerichtet hatte, machte auf dem Absatz kehrt – eine Bewegung, die er ohne jeden Zweifel vorher geübt hatte – und verließ Ackermans Büro.

Ich verkniff es mir, Ms. Washburn anzuschauen.

Ackerman stand auf. Sein Gesicht war der Inbegriff von Wut, es wurde immer roter, während er sich erhob, und er deutete mit dem Zeigefinger auf mich. »Sie!«, schrie er. »Sie haben ihm gesagt, dass er sich diesen Durchsuchungsbeschluss besorgen soll!«

»Das habe ich nicht. Wir hatten abgemacht, dass ich dem Detective nicht empfehlen würde, sich so einen Beschluss zu besorgen, und ich habe diese Abmachung nicht missachtet, obwohl ich der Ansicht war, dass es das Richtige gewesen wäre.«

»Ich glaube Ihnen nicht«, mischte sich Commander Johnson ein. »Lapides wäre darauf niemals von sich aus gekommen. Es überrascht mich schon, dass er daran gedacht hat, heute Morgen seine Schnürsenkel zu binden. Sie müssen es ihm geraten haben.«

»Das habe ich nicht.«

»Aber es gibt niemanden, der es sonst hätte tun können«, zeterte Ackerman.

Da trat Ms. Washburn vor seinen Schreibtisch. »Es gab doch jemanden. Nämlich mich.«

Ackerman, der den ganzen Tag so getan hatte, als ob Ms. Washburn gar nicht anwesend wäre, sah nun wirklich verblüfft aus. Er riss die Augen auf, und seine Nasenflügel bebten. Sein Mund klappte auf, doch es entwich ihm kein Geräusch. Sogar eine Person mit Asperger-Syndrom und ohne Training in Sozialverhalten hätte sagen können, dass er vollkommen außer sich war.

Anders als Ackerman hatte Commander Johnson keine Probleme damit, seine Stimme zu erheben.

»Sie!«, schrie er Ms. Washburn an. »Sie haben dieses Unternehmen betrogen und unsere Sicherheit aufs Spiel gesetzt!«

»Oh, das habe ich nicht getan«, entgegnete sie in selbstbewusstem Ton. »Ich helfe der Polizei bei den Ermittlungen zu einem Diebstahl und einem Mord. Ist das nicht die Pflicht einer guten Staatsbürgerin?«

Ackermans Kiefer arbeitete einen Moment lang, sein Mund öffnete und schloss sich einfach nur, dann sah er nicht Ms. Washburn, sondern mich an. Es ist ein unheimliches Gefühl für jemanden, der autistisch veranlagt ist. Selbst wenn wir eine Ahnung von den Absichten unseres Gegenübers haben, wissen wir, dass wir im Nachteil sind, weil wir zusätzliche Zeit brauchen, um uns Tonlagen und Mienenspiel gleichzeitig zu erschließen.

Dass Ackerman mich nun direkt anstarrte, war also eine ziemlich nervenaufreibende Erfahrung für mich.

Als er seine Stimme wieder unter Kontrolle hatte, atmete er in meine Richtung aus: »Sie ist in Ihrem Auftrag unterwegs. Sie haben sie angewiesen, das zu tun.«

Sein Ärger machte in meinen Augen keinen Sinn. »Ich verstehe Ihre Vorbehalte nicht. Es gibt keinen Grund, sich einer Untersuchung der Verdrahtung von geschlossenen Systemen zu widersetzen. Wenn Sie es erlauben, können wir Ihre Frage schneller und genauer beantworten.«

Ackerman biss sich hart auf die Lippe. Es überraschte mich, dass sie nicht zu bluten anfing.

»Sie werden überhaupt nichts beantworten«, zischte er. »Ich möchte, dass Sie und sie« – dabei zeigte er auf Ms. Washburn – »sofort von hier verschwinden. Sie sind gefeuert!«

Es gibt Gelegenheiten, bei denen jemandem wie mir die Worte fehlen, und dies war eine von ihnen. Ich habe große Schwierigkeiten, mit irrationalen Gefühlen umzugehen. Selbst wenn ich etwas habe, was meine Mutter meine »fünf Minuten« nennt, steckt dahinter immer noch eine Überlegung und nicht nur blinde Wut. Als Ackerman sich in solch hitziger Gemütsverfassung an mich wandte und ich mich dadurch äußerst unwohl fühlte, war ich derart überrascht, dass ich keine angemessene Antwort auf seine Äußerung finden konnte.

»Ich … ich … ich …«

Ms. Washburn nahm mich am Arm und führte mich vom Schreibtisch weg, doch meine Füße gehorchten mir nicht.

Ich war noch niemals zuvor entlassen worden.

»Sie haben ihn gehört«, sagte Commander Johnson. Er trat hinter dem Schreibtisch hervor, vielleicht versuchte er, bedrohlich zu wirken. Ich war mir nicht sicher.

Ich versuchte mich zu sammeln und atmete einmal tief durch, wie ich es seit Jahren geübt hatte.

»Ich glaube, dass Sie die Lage nicht richtig einschätzen«, sagte ich zu Ackerman.

»Er hat mich zu nichts aufgefordert«, übernahm Ms. Washburn. »Wir haben es nicht besprochen. Ich gehe, aber Mr. Hoenig sollte bleiben. Er hat nichts falsch gemacht.«

Ackerman verengte die Augen zu Schlitzen und sah mich an. »Stimmt das, Hoenig?«

Ich schüttelte den Kopf. »Nein. Ms. Washburn hat genau das getan, was ich wollte.«

Er nickte in einer kurzen, scharfen Bewegung. »Dann sind Sie noch immer gefeuert. Gehen Sie jetzt.«

Vielleicht missdeutete er meine Absicht, die doch klarerweise darin bestand, seine Frage erfolgreich zu beantworten. »Dr. Ackerman«, setzte ich noch einmal an.

»Raus!«

Wir gingen. Es gab nichts mehr, was wir noch hätten sagen können.

Ich sah immerhin das Gute an dieser Entwicklung – nun würde ich mich nicht zum Abendessen verspäten.

20

»Sie hätten das nicht tun müssen.«

Ms. Washburn saß hinter dem Steuer ihres Wagens und sah mich nicht an, weil sie sich auf den Verkehr konzentrierte. Ihr Tonfall war für mich schwer einzuschätzen. Ich hatte nichts getan; ich saß still auf dem Beifahrersitz, ging im Geiste noch einmal das letzte Gespräch mit Ackerman durch und versuchte zu verstehen, was passiert war.

»Was hätte ich nicht tun müssen?«

»Ackerman erzählen, dass ich das getan habe, was Sie wollten. Ich hätte die Schuld für das Geschehene auf mich nehmen können, und Sie wären weiter in der Lage gewesen, eine Antwort auf die Frage zu finden.«

Meine Augen wurden schwer, und ich rieb sie mit Daumen und Zeigefinger. »Ich habe die Wahrheit gesagt. Sie haben getan, was ich wollte. Es hatte keinen Sinn, das zu leugnen.«

»Natürlich hätte es den gehabt. Sie hätten den Job behalten können.« Sie bog auf den Highway 1 in Richtung Norden ab. Bei dieser Geschwindigkeit würden wir in vierzehn Minuten bei mir zu Hause eintreffen.

»Ich wäre nicht nach Hause gekommen«, bemerkte ich,

»und Sie hätten nicht weiter an der Beantwortung der Frage mitarbeiten können.«

»Sie brauchen mich nicht. Ich habe Sie nur für diesen einen Tag begleitet, erinnern Sie sich?«

Das schien schon lange her zu sein. Meine Wertschätzung für Ms. Washburn war während unserer Zusammenarbeit stetig gewachsen, und ich wollte nicht, dass sie *Fragen Beantworten* den Rücken kehrte, auch wenn wir nicht länger für Ackerman und sein Institut arbeiteten.

»Würden Sie denn weiter für das Unternehmen arbeiten?«, fragte ich sie. »Ich hätte gern, dass Sie bleiben.«

Ms. Washburn machte einen leichten Schmollmund. Ich kannte diesen Gesichtsausdruck nicht und hatte auch keine Zeit, sie zu fragen, was er bedeutete, bevor sie antwortete: »Ich glaube, das geht nicht, Samuel. Sie wissen, wie mein Mann über diese Sache denkt.«

In der Tat hatte Ms. Washburn einen weiteren Anruf ihres Mannes entgegengenommen, während wir vom GSCI-Gebäude über den Parkplatz zu ihrem Auto gelaufen waren. Ich bemühte mich, nicht zu lauschen, doch Mr. Taylors Stimme war ziemlich durchdringend, und er schien mit der Abwesenheit seiner Frau nicht sehr glücklich zu sein. Er sagte auch etwas darüber, dass sie »mit diesem zurückgebliebenen Typen« arbeite, was eine giftige Bemerkung Ms. Washburns nach sich zog, die ich nicht wiederholen möchte.

»Aber wie denken Sie denn selbst darüber, Ms. Washburn?«

Sie machte eine Pause, die mir sehr lang erschien, die jedoch eigentlich nur acht Sekunden dauerte. »Samuel, in meiner Ehe hat es seit einiger Zeit ein paar … Schwierigkeiten gegeben. Ich möchte sie noch nicht aufgeben, und dass ich für Sie arbeite, scheint für meinen Mann gerade ein wunder Punkt zu sein. Es tut mir leid, aber das muss für mich Vorrang vor *Fragen Beantworten* haben. Verstehen Sie das?«

»Natürlich verstehe ich das. Ich bin nicht … das heißt, ich habe einen IQ von 137, Ms. Washburn.«

Ms. Washburn lächelte, doch das Lächeln sah nicht glücklich aus. »Ich weiß. Und Sie können mich Janet nennen.«

»Danke, aber ich glaube nicht, dass ich das tun werde.« Sie erschien mir einfach wie Ms. Washburn, und ich mag Veränderung nicht besonders, besonders nicht in Bezug auf die Art, wie ich denke.

»Warum, glauben Sie, möchte Ackerman auf gar keinen Fall, dass sich jemand sein internes System ansieht?«, fragte Ms. Washburn und wechselte auf diese Weise nach einem Moment des Schweigens, den ich als peinlich wahrnahm, geschickt das Thema. »Glauben Sie, dass er etwas mit dem Diebstahl oder mit dem Mord an Dr. Springer zu tun hat?«

»Ich kenne noch nicht genügend Tatsachen, um mir darüber eine Meinung zu bilden. Aber es erscheint mir unlogisch, dass Ackerman an dem Verbrechen beteiligt ist und mich dann anstellt, um es zu untersuchen und die Frage zu beantworten. Er hätte auch kein Motiv, Ms. Masters-Powells sterbliche Überreste zu stehlen. Er könnte dafür schlecht Lösegeld von sich selbst verlangen.«

»Vielleicht war der Diebstahl ein Ablenkungsmanöver. Ein roter Hering, der nur zum Ziel hatte, den Mord an Dr. Springer zu verschleiern«, überlegte Ms. Washburn.

Ein hohes Zirpen ertönte, von dem ich wusste, dass es

der Klingelton von Ms. Washburns Handy war. Sie zog es hervor und streckte es mir entgegen.

»Ich möchte den Blick nicht von der Straße nehmen. Wer ist der Anrufer? Wenn es mein Mann ist, kann er ruhig warten, bis ich nach Hause komme.«

Ich nahm ihr das Telefon nicht aus der Hand, weil ich anderer Leute persönliche Habseligkeiten lieber nicht anfasse, außer es ist wirklich notwendig, doch ich konnte die Schrift auf dem Display auch so erkennen. »Es scheint ein Anruf von Detective Lapides zu sein.«

»Oh, dann gehen Sie doch ran«, sagte Ms. Washburn. Erneut streckte sie mir das Telefon entgegen.

Es wäre unhöflich gewesen, ein Taschentuch hervorzuziehen, um damit das Telefon anzunehmen. Mutter hat mir das gesagt, und ich habe gelernt, dass ich ihrer Einschätzung in solchen Situationen vertrauen kann. Wenn es das Telefon eines Fremden gewesen wäre, hätte ich es wohl nicht berührt. Doch Ms. Washburn betrachtete ich inzwischen als Freundin und wollte sie deshalb nicht kränken. Dennoch schreckte mich der Gedanke an die Mikroben und Mikroorganismen ab, die auf diesem Telefon lebten. Ich weiß nicht, warum Leute es für eine gute Idee halten – oder warum sie, genauer gesagt, gar nicht darüber nachdenken –, solche Gegenstände freimütig auszutauschen. Ich habe im eigentlichen Sinne übrigens keine Keimphobie, sie ist nicht Teil meines Asperger-Syndroms. Doch es scheint mir einfach gesunder Menschenverstand zu sein, sich selbst zu schützen.

Ich entschied mich daher, das Telefon so wenig wie möglich zu berühren. »Drücken Sie einfach auf den Knopf fürs Freisprechen und reden Sie«, sagte Ms. Washburn.

»Auf diese Weise können wir beide zuhören. Machen Sie schon, Samuel.« Sie streckte ihre Hand so weit aus, dass ich mir Sorgen darum machte, ob sie noch anständig um die Kurve lenken konnte.

Mit spitzen Fingern nahm ich ihr das Telefon aus der Hand und hielt es zwischen Daumen und Zeigefinger, während ich mir vornahm, mir gleich nach meiner Ankunft zu Hause die Hände zu waschen. Ich drückte auf den Knopf, den Ms. Washburn mir gezeigt hatte, und hörte das vertraute Geräusch der Statik, das man so oft mit Handyanrufen verbindet.

»Ja, Detective Lapides? Hier spricht Samuel Hoenig.«

Es entstand eine kurze Pause. Ohne Zweifel hatte meine Stimme an Ms. Washburns Telefon den Detective verwirrt. »Hoenig«, sagte er. »Wo sind Sie?«

Das schien eine irrelevante Frage zu sein, doch da ich den Grund für Lapides' Anruf noch nicht kannte, konnte ich auch nicht mit Sicherheit eine Aussage darüber treffen, was wirklich von Relevanz war. Dieser Gedanke beschäftigte mich länger, als das bei einer Person ohne Asperger-Syndrom der Fall gewesen wäre, also sagte Ms. Washburn: »Wir sind in meinem Auto, Detective. Was können wir für Sie tun?«

»Sie können zum Teufel noch mal gleich wieder herkommen, das können Sie tun!« Er klang verärgert. Jemand im GSCI musste etwas getan haben, was ihn aufgebracht hatte. »Ich habe den Durchsuchungsbeschluss für meinen Techniker besorgt. Der kommt jetzt, um das Videoüberwachungssystem unter die Lupe zu nehmen, und ich weiß nicht, wonach er eigentlich suchen soll. Überhaupt, warum sind Sie denn nicht mehr hier?«

»Wir sind von den Untersuchungen entbunden worden«, erklärte ich. »Ackerman hat uns gefeuert.«

»Was? Warum das denn?«

»Dafür, dass wir Ihnen empfohlen haben, sich einen Durchsuchungsbeschluss zu holen. Es hat also keinen Zweck mehr, mich in Ihrem Fall um Rat zu fragen. Ich habe damit nichts mehr zu tun.«

»Wie können Sie denn damit nichts mehr zu tun haben?«, jammerte der Detective. »Amy Fitzgerald kommt in zwei Minuten hierher zum Verhör. Ich habe diesem Arschloch Johnson gesagt, dass ich es ihm richtig zeigen würde, wenn ich sie befrage, und jetzt weiß ich nicht mal, was ich ihr für Fragen stellen soll. Sie müssen wieder herkommen.«

»Es tut mir leid, Detective. Ich habe keinen Auftraggeber mehr. Es gibt keine Frage mehr für mich zu beantworten. Sie sind ein professioneller Polizist. Es ist Ihr Job. Ich bin mir sicher, dass Sie eine sehr erfolgreiche Befragung durchführen können.«

»Nein, kann ich nicht«, widersprach Lapides. »Ich bin kein Genie, Hoenig, und ich kenne meine Grenzen. Ich habe Jahre gebraucht, um nicht mehr Streifenpolizist zu sein, und ich musste jeden einzelnen Test für meine Beförderung sechsmal ablegen. Aber ich habe es geschafft. Ich bin hartnäckig, nicht kenntnisreich. Ich werde dieses Verhör vermasseln, und dieses Arschloch Johnson wird mich wieder auslachen können.« Das ist die Art, wie Strafverfolgung ausgeübt wird.

Meine Geduld und mein Wille, Ms. Washburns Telefon zu halten, waren an ihr Ende gekommen. »Es ist ganz einfach, Detective. Sie müssen nur herausfinden, ob Dr.

Springer eine enge Freundin von Rita Masters-Powell war und wie oft die beiden sich gesehen haben. Was der Grund für ihre Freundschaft gewesen sein könnte. Und wenn Ms. Fitzgerald schon einmal da ist, könnten Sie sie auch fragen, ob sie etwas über Ms. Masters-Powells Beweggründe weiß, sich scheiden zu lassen, und über ihre Entscheidung, sich bei ihrem Tod einfrieren zu lassen. Arbeiten Sie mit weiteren Detectives zusammen?«

»Es gibt noch einen in meiner Abteilung.«

»Zeichnen Sie das Gespräch mit dem Laptop auf und spielen Sie es Ihrem Kollegen vor. Ist es eigentlich ein Mann oder eine Frau?«

»Eine Frau.«

»Bitten Sie sie, sich das Verhör anzuschauen. Finden Sie heraus, ob es irgendetwas gibt, was Sie ausgelassen oder übersehen haben. Entscheiden Sie dann, ob Sie noch ein weiteres Gespräch mit Ms. Fitzgerald führen wollen. Und schaffen Sie vor allem Ihren Techniksachverständigen so schnell wie möglich herbei, damit er die Videoüberwachung des GSCI untersuchen kann.«

»Warum?«

»Weil Ackerman nicht will, dass Sie das tun. Ich habe mit Ihrem Fall nichts mehr zu tun, aber ich wünsche Ihnen viel Glück, Detective. Auf Wiederhören.« Ich legte auf und bugsierte das Telefon in eine Getränkehalterung am Armaturenbrett, bevor Lapides Einspruch erheben konnte.

»Also machen wir mit den Ermittlungen wirklich nicht weiter«, sagte Ms. Washburn.

»Ja«, bestätigte ich. »Wir machen wirklich nicht weiter.« Ich lehnte mich zurück und erlaubte mir einen Moment der Entspannung, auch wenn ich dabei nicht die Augen schloss. Es war eine seltsame Form der Erleichterung, nicht mehr über die Fragen rund um das GSCI nachzudenken.

Wir fuhren schweigend weiter, bis Ms. Washburn auf dem Parkplatz vor meinem Haus anhielt. »Das ist das richtige Haus, oder?«

»Ja, Sie sind hier sehr gut angekommen«, sagte ich. Es war nicht das, was ich meinte, aber der richtige Ausdruck war mir nicht rechtzeitig eingefallen.

»Also, danke für die Arbeit heute, Samuel. Es war sehr interessant.«

Ich wollte die Tür öffnen, doch dann hielt ich inne. »Sie kommen nicht mehr mit hinein? Mutter wird sehr enttäuscht darüber sein, Sie verpasst zu haben.«

»Es tut mir leid. Ich sollte schon längst zu Hause sein.«

Ich nickte. Ihre familiären Pflichten hatten Vorrang. »Aber Sie sollten mit hineinkommen, damit ich Sie bezahlen kann. Sie haben sich Ihren Lohn für diesen Tag mehr als verdient.«

Sie lächelte. »Sie können mir einen Scheck mit der Post schicken. Sie haben ja meine Visitenkarte.«

Das stimmte, es hatte keinen Sinn, das zu bestreiten. »Danke, Ms. Washburn«, sagte ich. Ich stieg aus, doch bevor ich die Tür zuschlug, schaute ich noch einmal zu ihr hinein.

»Sie sind sich wirklich sicher? Dass Sie nicht weiter bei mir arbeiten wollen?« Ich schloss die Tür, doch das Fenster war immer noch offen.

Sie schüttelte nur den Kopf.

Diese Geste verwirrte mich, denn wenn Leute den Kopf

schütteln, heißt das für gewöhnlich Nein. Das konnte bedeuten, dass Ms. Washburn sich nicht sicher war und dass sie vielleicht doch weiter mit mir bei *Fragen Beantworten* arbeiten wollte. Doch bevor ich Ms. Washburn weitere Fragen stellen konnte, legte sie den Gang ein, und das Auto entfernte sich die Straße hinunter.

Ich blieb noch einen Augenblick stehen und versuchte herauszufinden, was das wohl zu bedeuten haben mochte, doch ich konnte es mir nicht erklären. Ich entschied, Mutter danach zu fragen, also drehte ich mich um, ging zur Rückseite des Hauses und betrat es durch den Vorraum, der den Dreck draußen halten sollte.

Ich konnte sie nicht sofort sehen, als ich durch die Hintertür kam. Das war zwar ungewöhnlich, aber nicht *furchtbar* ungewöhnlich. Mutter hält sich üblicherweise in der Küche auf, wenn mein Freund Mike, ein Taxifahrer, mich abends heimbringt, und ist daher von der Hintertür aus zu sehen, doch ich war heute schließlich siebzehn Minuten später als üblich zu Hause. Ich hatte Mike angerufen und ihm gesagt, dass ich heute nicht mitgenommen zu werden brauchte, und Mutters Zeitplan war dadurch sicher durcheinandergeraten.

Jedenfalls kam sie aus dem Wohnzimmer, als ich in die Küche trat. Sie trug einen Teller bei sich, den sie normalerweise verwendet, wenn es Brathähnchen zum Abendessen gibt, und sie wirkte ein bisschen überrumpelt, als sie mich neben der Tür wahrnahm.

»Samuel! Du bist ein kleines bisschen zu spät.«

Ich ging zu ihr und nahm ihr den Teller ab, dann küsste ich sie leicht auf die Wange. Ich weiß, dass Mutter solche Gesten wertschätzt, auch wenn sie für mich keine große emotionale Bedeutung haben. Manchmal mag ich das Gefühl einer festen Umarmung, vor allem wenn ich gestresst oder von Sinneseindrücken überwältigt bin, doch ein »Küsschen auf die Wange«, wie Mutter es nennt, ist eine Geste, die ich nur ihr zuliebe ausführe.

»Hast du dir Sorgen gemacht?«, fragte ich.

»Nein, nicht wirklich. Ich wusste ja, dass du heute nicht im Büro warst, also war nicht klar, ob dein üblicher Zeitplan noch Anwendung finden würde. Hast du Hunger?«

»Natürlich. Es ist schon nach sieben.«

Für uns Menschen mit Asperger-Syndrom können Mahlzeiten sehr stressreich sein. Allgemein kann man sagen, dass unsere kulinarischen Vorlieben im Gegensatz zu denen anderer Menschen eher eingeschränkt sind. Der Gedanke, eine neue Speise vorgesetzt zu bekommen, verursacht bei uns Unruhe. Dabei wird die Anspannung weniger durch die Furcht erzeugt, dass wir die angebotene Speise nicht mögen, als vielmehr durch das Gefühl, von anderen bei unserer Wahl beobachtet und beurteilt zu werden.

Darum sind Rituale wie das Abendessen mit Mutter so wichtig für Menschen wie mich. Ich kann mir sicher sein, dass Mutter nicht einfach eine unbekannte Speise zubereiten wird, ohne mir vorher Bescheid zu sagen, falls sie es überhaupt einmal tut. Und wenn sie tatsächlich etwas Neues ausprobieren würde, bin ich mir ziemlich sicher, dass sie nicht schlechter von mir dächte, wenn ich es nicht mögen würde, und dass sie zur Sicherheit ein tröstliches Standardgericht parat hätte.

Heute war keine Ausnahme von dieser Regel. Mutter hatte tatsächlich ein Hühnchen gebraten, und als wir saßen, reichte sie mir einen Teller mit zwei Hühnerbeinen darauf. Auf einem anderen kleinen Teller lag gedünsteter Brokkoli und daneben eine kleine Portion Vollkornreis (der, wie ich zugeben muss, ein Zugeständnis an Mutter ist, denn ich mag geschälten Reis lieber).

»Danke fürs Kochen, Mutter«, sagte ich, wie ich es jeden Abend tue.

»Sehr gern geschehen«, lautete ihre übliche und automatische Antwort. »Jetzt erzähl mir von deinem Tag.«

Ich brauchte wesentlich länger als sonst, um ihr von den Ereignissen des Tages zu berichten, obwohl ich Mutter ja zum Mittagessen vor weniger als sieben Stunden gesehen hatte. Sie hörte mir aufmerksam zu und stellte gelegentlich Fragen. Sie schien besonders besorgt über Dr. Springers Vater zu sein und meinte, Ms. Washburn habe recht daran getan, ihm an dem Tag, an dem seine Tochter gestorben sei, »jeden zusätzlichen Kummer zu ersparen«.

Als ich meinen Bericht beendet hatte, erzählte ich Mutter noch von Ms. Washburns Entscheidung, nicht weiter für *Fragen Beantworten* zu arbeiten, und über ihr Kopfschütteln, als ich sie gefragt hatte, ob sie sich dessen sicher sei.

»Ich bin verwirrt«, sagte ich zu Mutter. »Ihre Geste war unklar. Heißt das, dass sie nicht mehr für das Unternehmen arbeiten will oder dass sie sich nicht sicher ist und mehr Zeit braucht, um über die Frage nachzudenken?«

»Ich denke, es bedeutet, dass sie hin- und hergerissen ist, Samuel. Ich glaube, dass sie gern weiter mit dir zusammenarbeiten würde, doch sie will auch die Situation mit ihrem Ehemann nicht noch schlimmer machen, als sie es ohnehin schon ist. Sie weiß nicht, was sie tun soll.«

Das half mir beim Verständnis nicht weiter. »Es scheint doch eine sehr einfache Entscheidung zu sein. Ms. Washburns Mann ist sehr unvernünftig, was ihre berufliche Lage angeht. Keiner von beiden hat im Moment einen Job, und das bedeutet, dass die ganze Familie keine Einkünfte hat. Warum er etwas dagegen haben sollte, dass seine Frau eine bezahlte Stelle annimmt, kann ich mir wirklich nicht denken. Ms. Washburn sollte bei *Fragen Beantworten* anfangen, und sie sollte das begreifen.«

Mutters Blick bekam eine »melancholische« Qualität, wie sie es nennt, obwohl die Definition dieses Wortes im Wörterbuch ziemlich unpräzise ist, weshalb ich auch das Gefühl nicht ganz verstehe. »Sie ist eine verheiratete Frau, Samuel.«

»Ms. Washburn? Aber das weiß ich doch. Warum sagst du mir das?«

»Ich habe bemerkt, dass du dich ihr gegenüber anders verhalten hast als allen anderen gegenüber. Und ich verstehe das, aber du musst daran denken, dass sie mit einem anderen Mann verheiratet ist.«

Das verblüffte mich. »Ich habe nicht geglaubt, dass sie meine Frau ist, Mutter.«

»Stell dich nicht dumm, du weißt, was ich meine. Du hast vielleicht Hintergedanken in Bezug auf Ms. Washburn, aber du darfst ihnen nicht nachgeben. Sie ist nicht ungebunden.« Mutter blickte mich vielsagend an.

Ich achtete darauf, ihr in die Augen zu sehen. »Ich kenne Ms. Washburn noch nicht lange genug, um sagen zu können, ob sie vielleicht eine Freundin sein könnte«, sagte ich. Ich bin mir bewusst, dass Mutter sich Sorgen über mich in sozialen Interaktionen macht; das ist wohl ganz natürlich, wenn man über eine Person mit Asperger-Syndrom redet. Andere verstehen uns oft nicht und denken, wir hätten keine Gefühle. Das stimmt nicht. Doch wir haben oft Schwierigkeiten, uns Situationen anzupassen, die eher auf Gefühlen als auf Fakten basieren.

»Ich sage nicht, dass du dich unangemessen verhalten hast, Samuel. Ich frage mich einfach nur, ob du dir über alle Gefühle im Klaren bist, die du heute verspürt hast.«

Nach diesen Worten redeten wir beide für eine ganze Weile nicht. Wir räumten den Tisch ab und stellten das Geschirr in die Spülmaschine, doch wir schalteten sie nicht an, weil sie noch nicht ausreichend voll war. Während wir das alles taten, dachte ich über das nach, was Mutter über Ms. Washburn gesagt hatte, doch ganz egal wie sehr ich mir den Kopf über die Frage zerbrach, ich hatte einfach keine Ahnung, wie ich zu einer überprüfbaren Antwort kommen sollte, und das ärgerte mich.

Die New York Yankees spielten an diesem Abend gegen die Chicago White Sox im US Cellular Field in Chicago, also begann die Übertragung um acht Uhr und nicht, wie sonst üblich, um sieben. Ich setzte mich, um die Vorberichterstattung nicht zu verpassen, in der die Kommentatoren das heutige Spiel als »entscheidend« beschrieben und einige Informationen über den ersten Pitcher jedes Teams lieferten.

Mutter, die sich nicht sonderlich für Baseball interessiert, kam ein paar Minuten später herein und setzte sich hin, um zu lesen. Als das Spiel begann, stellte ich den Ton mit der Fernbedienung aus. Ich höre bei einer Baseballübertragung niemals zu – die lauten und unvorhersehbaren Geräusche der Menge und das gleichzeitige ewige

Geschnatter der Kommentatoren stören mich. Ich verstehe genug vom Spiel, um es auch ohne diese Ablenkungen genießen zu können.

Es war kein sehr interessantes Spiel, obwohl das fast ein innerer Widerspruch war. Als Sport ist Baseball eines der interessantesten Spiele, das ein außerordentliches Maß an Mitdenken erfordert. Es besteht aus einer Reihe von Situationen, die sich jeweils aus denen ergeben, die vorangegangen sind, und zu denen führen, die folgen. Es taugt ganz ausgezeichnet als Werkzeug, um eine Strategie zu planen oder Wahrscheinlichkeiten und menschliche Unterschiede zu analysieren. Der persönliche Stil ist von Bedeutung, und Statistik ist etwas, was Baseball immer begleitet, doch damit ein Spieler oder ein Team erfolgreich sein können, müssen beide eine passende Verbindung eingehen.

In der ersten Hälfte des siebten Innings – die New York Yankees waren am Schlag, lagen einen Run zurück und erzeugten nun eine Situation, von der ich dachte, dass sie wenigstens zum Ausgleich führen würde – sagte Mutter, es sei spät und sie wolle nach oben in ihr Schlafzimmer gehen. Sie küsste mich auf die Wange und verließ das Zimmer.

Ich kämpfte gegen den Drang an, in die Küche zu gehen und mir etwas zu essen zu machen. Ich war heute körperlich nicht so aktiv gewesen, wie ich es eigentlich vorgesehen hatte, und wollte nicht zunehmen. Das Spiel wurde spannender, als der Pitcher der Chicago White Sox sich aus dem Inning beförderte, ohne zugleich einen Run zuzulassen, sodass der Spielstand gleich blieb. Manchmal sagen Wahrscheinlichkeiten die wirklichen Ereignisse nicht richtig voraus.

In der zweiten Hälfte des neunten Innings, in dem die New York Yankees inzwischen mit einem Run führten und das Spiel mit ihrem neuen Closer – ein Pitcher, dem zugetraut wird, die nötigen Outs zu produzieren – zu beenden versuchten, war ich ganz auf den Bildschirm konzentriert und bemerkte nichts anderes um mich herum.

Darum hörte ich auch nicht, dass das Telefon klingelte.

Mutter rief von oben aus ihrem Schlafzimmer, und ich hörte ihre Stimme. Ich stelle sicher, dass ich sie immer höre, denn Mutter hatte in der Vergangenheit gesundheitliche Probleme und könnte vor allem nachts meine Hilfe brauchen. Als sie meinen Namen rief, wandte ich meine Aufmerksamkeit vom Baseballspiel ab und ging zum Fuß der Treppe.

»Geht es dir gut?«, rief ich nach oben.

»Mir geht's gut«, erwiderte Mutter. »Da ist jemand für dich am Telefon. Ein Dr. Ackerman aus dem Institut.«

Das überraschte mich. Ackerman hatte mich schließlich vor weniger als fünf Stunden entlassen. Vielleicht rief er an, um noch einmal über meine Bezahlung zu verhandeln, doch ich hatte nicht vor, etwas zu berechnen, da ich seine Frage ja nicht beantwortet hatte. Ich bedankte mich bei Mutter und hörte, dass sie wieder zurück in ihr Schlafzimmer ging. Erst da kam mir in den Sinn, dass ich mich hätte entschuldigen sollen, weil ich das Telefon nicht gehört hatte und weil sie deshalb extra hatte aufstehen müssen, um mir Bescheid zu geben. Vielleicht später.

Nun musste ich erst einmal Ackermans Anruf entgegennehmen, also ging ich in die Küche, wo es ein Wandtelefon gibt. Ich nahm ab und hörte, wie Ackerman offenbar zu jemand anderem sagte: »Dafür ist einfach keine Zeit.«

Ich wies ihn darauf hin, dass ich nun zuhörte, und fügte hinzu: »Ich habe nicht vor, Ihnen etwas für meine Dienste zu berechnen, da ich Ihre Frage ja nicht beantwortet habe.«

»Was? Das ist mir doch egal«, entgegnete Ackerman. »Es hat eine Entwicklung gegeben, und ich brauche Sie sofort hier.«

»Es ist 22.43 Uhr«, erklärte ich ihm. »Ich freue mich, dass Sie es sich anders überlegt haben und meine Firma noch einmal konsultieren wollen, aber normalerweise arbeite ich so spät nicht mehr, es sei denn, es handelt sich um einen Notfall.«

»Es handelt sich auch um einen Notfall. Die Leute, die das Objekt aus unserer Einrichtung gestohlen haben, haben sich gemeldet. Mit einer Lösegeldforderung.«

»Ich mache mich gleich auf den Weg«, sagte ich und legte auf. Erst einen Augenblick später fiel mir ein, dass ich mich nicht verabschiedet hatte, doch ich nahm an, dass Ackerman wegen des Bruchs dieser sozialen Gepflogenheit nicht allzu beleidigt wäre.

Ich hatte allerdings die Lage nicht richtig durchdacht. Ackerman brauchte mich in der Einrichtung in North Brunswick, die mit dem Auto neunzehn Minuten von meinem Zuhause entfernt war. Zu dieser nächtlichen Stunde war mir nicht wohl bei dem Gedanken, selbst zu fahren, und es schien mir ungehörig, Mutter zu bitten, mich zu fahren, nachdem sie sich nun schon zwei Mal hingelegt hatte.

Ich griff also in die Tasche und zog Ms. Washburns Visitenkarte hervor.

21

»Ich kann nicht glauben, dass Sie mich dazu überredet haben«, sagte Ms. Washburn und steuerte ihren Wagen auf den Parkplatz des Garden State Cryonics Institute. »Mein Mann bringt mich um.« Bevor ich darauf reagieren konnte, hob sie die rechte Hand und fügte hinzu: »Das ist nur eine Redensart.«

»War er sehr böse darüber, dass Sie noch einmal los mussten? Es war mir nicht klar, dass diese Frage zu Schwierigkeiten in Ihrer Ehe führen würde.«

Sie stellte ihren Wagen auf einem Parkplatz neben dem Haupteingang ab und atmete einmal heftig aus. »Keine größeren Schwierigkeiten, als ich sie ohnehin schon hatte. Machen Sie sich keine Sorgen. Ich hätte ablehnen und Ihnen sagen können, Sie sollten sich ein Taxi rufen. Ackerman hätte dafür bezahlt. Aber Tatsache ist: Ich möchte diesen Auftrag erledigen, es hat mir Spaß gemacht, mit Ihnen zusammenzuarbeiten, und mein Ehemann wird das einfach verstehen müssen. Sie werden nicht der Grund für meine Scheidung sein, Samuel.«

»Das will ich doch hoffen.«

Wir stiegen aus und gingen zum Haupteingang, wo Commander Johnson uns die Tür öffnete und uns durch die Sicherheitsschleuse brachte. Wir blieben im Erdgeschoss und betraten einen Konferenzraum, in dem eine Reihe von Fotografien hing, zum Großteil von den Anlagen, die wir schon im Untergeschoss besichtigt hatten. Sie wirkten eher warm und freundlich als klinisch steril, was den tatsächlichen Umständen nicht entsprach.

Drinnen saßen Ackerman, Detective Lapides und eine Frau, die ich vorher noch nicht gesehen hatte und die sich als Captain Harris von der Abteilung für Kapitalverbrechen der hiesigen Staatsanwaltschaft vorstellte. Sie erklärte, sie sei hier, um die Verhandlungen mit den – wie sie es nannte – »Verantwortlichen für das Verbrechen oder die Verbrechen« zu überwachen.

Auch Charlotte Selby war anwesend, sie wirkte auf eine merkwürdige Art zufrieden. Mir fiel kein Grund dafür ein, warum sie hier sein musste, doch ich nahm an, dass sich dieser Umstand gleich aufklären würde. Amelia Johnson, so sagte man mir, war heimgegangen, ohne Zweifel voller Wut über die schlechte Behandlung, die man ihrem Ehemann hatte angedeihen lassen.

»Ich nehme an, das bedeutet, dass Ms. Washburn und ich wieder eingestellt sind«, sagte ich zu Ackerman, nachdem die allseitige Begrüßung beendet war.

Commander Johnson blickte finster vor sich hin.

»Ja«, bestätigte Ackerman. »Dieselben Bedingungen und dasselbe Honorar. Ihre Vertraulichkeitserklärungen sind immer noch in Kraft.«

»Gibt es mittlerweile schon einen Bericht des technischen Sachverständigen, den die Polizei geschickt hat, um sich Ihr Sicherheitssystem anzusehen?«

Ackerman schaute missvergnügt, schüttelte dann aber

den Kopf. »Er sollte jede Minute fertig sein. Verdammte Zeitverschwendung«, murmelte er.

»Das glaube ich nicht, aber wir werden ja sehen.«

»Da muss ich Ihnen zustimmen«, wandte Captain Harris sich an mich. »Der Bericht könnte sehr hilfreich dabei sein herauszufinden, ob ein Mitarbeiter dieses Instituts bei dem Mord seine Finger im Spiel hatte.«

Commander Johnson verschluckte sich beinahe an dem Kaugummi, den er im Mund hatte. »Beim Mord seine Finger im Spiel hatte!«, protestierte er. »Ich weise das mit aller Entschiedenheit zurück. Ich habe persönlich den Hintergrund sämtlicher Angestellter dieser Einrichtung überprüft und ...«

»Und in den vergangenen vierundzwanzig Stunden hat es den Diebstahl der sterblichen Überreste einer Person und den Mord an einem Mitglied des Ärzteteams gegeben«, unterbrach ihn Captain Harris. »Da haben Sie bei Ihrer Hintergrundprüfung ja ganze Arbeit geleistet.«

Der Commander hob den Zeigefinger und wollte widersprechen, doch ihm wollte einfach keine passende Entgegnung einfallen.

»Wie wurde die Lösegeldforderung denn übermittelt?«, fragte ich.

Ackerman machte den Mund auf, aber Charlotte war schneller. »Ich habe eine E-Mail erhalten. Darin stand, dass ich mich mit dem Institut in Verbindung setzen solle, um ihnen zu sagen, dass es siebzehn Millionen Dollar kosten wird, Rita Masters-Powells Kopf zurückzubekommen.«

Ich blickte zu Lapides. »Hat irgendwer versucht, den Absender der E-Mail zu ermitteln?«

Der Detective nickte. »Sie wurde von einem öffentlichen Ort aus geschickt. Von einem Barnes and Noble hier in North Brunswick, in dem es WLAN gibt. Der Account wurde anscheinend vom Absender übernommen und gekapert.«

»Woher wissen Sie, dass die Mailadresse gehackt wurde?«

Lapides schaute peinlich berührt. »Es war meine.«

Es entstand ein langes Schweigen, während dem Lapides verlegen, Ackerman verärgert und Commander Johnson amüsiert zu sein schienen. »Das ist sehr interessant«, sagte ich. »Es verrät uns etwas Wichtiges über diejenigen, die hinter diesem Diebstahl stecken.«

Ackerman schaute verwirrt, während Charlotte einen Notizblock aus ihrer Handtasche zog. »Was verrät es Ihnen denn?«, fragte Ackerman.

»Dass diese Leute wissen, dass Detective Lapides an dem Fall arbeitet, ist deshalb nützlich, weil es eines von zwei Dingen bedeutet: Entweder waren die Diebe heute irgendwann hier und haben den Detective kennengelernt …« Ich machte eine Pause, um über das nachzudenken, was ich als Nächstes sagen würde.

»Oder was?«, fragte Captain Harris. Die Tatsache, dass Harris die Frage stellte, machte die Antwort um so vieles schwieriger. Es lag nicht in meiner Absicht, Lapides vor einer Person zu erniedrigen, die offenbar seine Vorgesetzte war.

»Oder die Diebe haben eine Informationsquelle bei der Polizei. Ich fürchte, wir müssen diese Möglichkeit wenigstens in Erwägung ziehen.«

Captain Harris zog überrascht eine Augenbraue hoch. Lapides sah aus, als wäre ihm flau in der Magengegend.

»Ich werde mit jemandem vom Dezernat für interne Ermittlungen darüber sprechen«, kündigte Captain Harris an. »Die Vorstellung, dass so etwas der Fall sein könnte, ist nicht schön, aber ich kann sie ebenfalls nicht einfach ignorieren.«

»Das sehe ich genauso«, stimmte ich ihr zu. »Obwohl ich das erste Szenario für wahrscheinlicher halte. Wir haben den ganzen Tag über Angestellte des Instituts verhört, und es ist überhaupt nicht unwahrscheinlich, dass einer oder mehrere von ihnen in den Diebstahl des Schädels verwickelt sein könnten.«

»Und in den Mord an Dr. Springer«, fügte Ms. Washburn hinzu.

»Es wäre schon ein riesiger Zufall, wenn diese beiden Verbrechen nichts miteinander zu tun hätten«, stimmte ich zu. »Ms. Selby, was stand sonst noch in der E-Mail?«

»Wir haben sie ausgedruckt«, bemerkte Commander Johnson und reichte mir ein Blatt Papier.

Darauf stand: *Wir haben Rita Masters-Powell in unsere Gewalt gebracht. Wenn Sie, was wir haben, zurückbekommen wollen, werden Sie uns 17 Millionen Dollar zahlen. Es ist in einem guten Zustand, und wir können es unbegrenzt so aufbewahren. Wir wissen, dass Sie bereits die Polizei verständigt haben, aber Sie dürfen ihr nichts von dieser Nachricht verraten. Besorgen Sie Bargeld, Banknoten mit einem Wert nicht höher als 100 Dollar, keine aufeinanderfolgenden Seriennummern, und warten Sie auf weitere Anweisungen. Wir werden Sie nicht über diese Mailadresse kontaktieren, also machen Sie sich gar nicht erst die Mühe, den Nachrichtenfluss auf diesem Account zu überwachen. Sie werden kontaktiert.*

»Das verrät uns nicht viel«, sagte ich, nachdem ich die

Nachricht gelesen hatte. »Ich kann aus der Lektüre nichts wirklich Substanzielles ableiten.«

»Wenn es nach mir ginge, würden Sie sie gar nicht lesen«, warf Commander Johnson ein. »Ich war dagegen, Sie wieder herzurufen.«

Ms. Washburn sah den Commander bei seinen Worten entsetzt an, doch mich überraschten sie nicht. Er hatte mich als Bedrohung betrachtet, seit wir uns zum ersten Mal begegnet waren. Und es gab keinen Grund zu der Annahme, dass sich an dieser Sichtweise inzwischen etwas geändert hatte.

»Aha«, sagte ich. »Was schließen Sie denn aus dieser Nachricht, Commander?«

Er sperrte die Augen für einen Moment weit auf, dann riss er mir das Blatt aus der Hand. »Sie wollen 17 Millionen Dollar, und sie können den Kopf tiefgefroren halten, so lange sie wollen. Sie melden sich wieder, aber sie sagen nicht, wann, und sie werden nicht dieselbe Mailadresse verwenden.«

»Etwas, das nicht *ausdrücklich* in der Nachricht steht, Commander«, präzisierte ich.

»Was können Sie denn außer dem herausfinden, was auf dem Papier steht?«, fragte mich Charlotte.

»Nicht sehr viel«, räumte ich ein. »Es gibt keine Möglichkeit herauszufinden, ob die Person, die die Mail geschrieben hat, die Wahrheit sagt. Wir müssen davon ausgehen, dass Ms. Masters-Powells Überreste tatsächlich richtig aufbewahrt werden, weil uns alles andere gar keine weiteren Optionen offenlässt. Das heißt, auch wenn wir keinen Beweis dafür haben, gehen wir trotzdem von diesem Umstand aus. Die Lösegeldforderung über 17 Millionen Dollar ist allerdings interessant. Ich frage mich, wie sie auf diese Summe gekommen sind. Wie viel Geld, glauben Sie, steht der Familie Masters in bar zur Verfügung, Dr. Ackerman?«

Ackerman sah mich überrumpelt an, als hätte er erwartet, dass ich jemand anderen im Raum nach den finanziellen Verhältnissen der Familie Masters fragen würde. »Woher soll ich das wissen?«, erwiderte er.

»Sie sollten das wissen, weil Sie doch bei jedem, der einen dauerhaften monatlichen Betrag an Sie überweist, einen finanziellen Background-Check machen. Sie prüfen das sicher nach, bevor die Verträge unterzeichnet werden, damit Sie sicher sein können, dass es keine Schwierigkeiten beim Geldfluss gibt. Ich nehme an, Sie lassen die Angehörigen einen Vertrag unterschreiben, der die dauerhafte Zahlung sicherstellt. Der einzige Weg, wie ein Finanzdienstleister solchen Konditionen zustimmen würde, besteht in einer gründlichen Analyse des Familienvermögens, das noch einmal geprüft wird, bevor Sie einwilligen, Ms. Masters-Powells sterbliche Überreste einzulagern. Ich frage Sie also noch einmal, Ackerman, wie viel Geld besitzt die Familie Masters, das sie im Notfall schnell in bar verfügbar machen kann?«

Nachdem ihm so die Leviten gelesen worden waren, musste Ackerman nicht einmal die Eintragungen in seinem Computer konsultieren. Er sah mich nur an und sagte: »Ziemlich genau 17 Millionen Dollar.«

Ich begann, im Raum auf und ab zu laufen. »Die Diebe wissen also genau, wie viel Geld sie fordern können, und sie haben nicht die Absicht, mehr zu verlangen, weil dies die ganze Angelegenheit nur verzögern würde. Und das ist genau das, was sie nicht wollen.«

»Warum nicht?«, fragte Ms. Washburn. »Wenn sie doch die … Überreste nach Bedarf aufbewahren können, wieso sollte Zeit für sie dann eine Rolle spielen?«

»Das ist nichts, was man mit seiner Gefriertruhe daheim bewerkstelligen kann«, antwortete Ackerman. »Sie brauchen dafür eine spezielle Ausrüstung, besondere Energiequellen, eine sterile Umgebung. Diese Dinge benötigen viel Platz und würden zum Beispiel in einer Wohngegend große Aufmerksamkeit erregen. Es sollte nicht allzu schwer sein, diese Leute zu finden.«

Ich nickte. »Das würde bedeuten, dass sie Ms. Masters-Powells sterbliche Überreste so schnell wie möglich wieder loswerden wollen. Das wiederum bedeutet, dass wir von den Dieben bald mit neuen Anweisungen versorgt werden. Haben Sie sich mit der Familie Masters in Verbindung gesetzt?«, fragte ich Ackerman.

Er sah sehr unangenehm berührt aus. »Ja. Sie sind nun dabei zu entscheiden, was sie als Nächstes tun wollen. Arthur sagte mir, dass seine Mutter und er sich nicht einig seien, ob sie so viel Geld in etwas investieren wollen, was Laverne als vergebliche Liebesmüh bezeichnet hat.« Er schien von dem Gedanken angewidert, dass der abgetrennte Kopf einer Toten irgendetwas anderes sein könnte als eine leuchtende Chance auf die Fortsetzung des Lebens.

»Wie lange wird es dauern, bis sie uns eine Antwort geben?«, fragte ich ihn.

Ackerman setzte sich hinter seinen Schreibtisch und sah unerträglich müde aus. »Bald«, antwortete er. »Sie wissen, dass Zeit hier eine wichtige Rolle spielt.«

»Sind Sie denn bereit, das Lösegeld zu bezahlen, wenn sich die Familie dagegen entscheidet?«

Er erbleichte und atmete tief ein. »Ich kann nicht. Das würde uns in den Bankrott treiben. Ich kann nicht zulassen, dass das ganze Geschäft wegen des Unglücks eines einzelnen Gastes den Bach runtergeht.«

Das war ein emotionales Argument, keines, was auf Fakten basierte. »Es könnte Sie genauso schwer treffen, wenn Sie nichts tun. Der Ruf des Instituts wird schwer beschädigt werden, wenn die Nachricht von diesem Zwischenfall einmal öffentlich geworden ist, und Sie können sicher sein, dass die Öffentlichkeit davon in dem Augenblick Wind bekommen wird, in dem Detective Lapides seinen Bericht geschrieben hat, wozu er verpflichtet ist. Der nächste Zeitungsreporter, der den Polizeiticker liest, wird ihn unweigerlich entdecken.«

Ackerman lehnte sich in seinem Stuhl zurück, als wäre er von einer Kugel getroffen worden. Er biss sich auf die Lippen.

»Und das rechnet noch nicht einmal den Prozess ein, den die Familie Masters zweifellos gegen das Institut anstrengen würde. Das könnte schnell einen größeren Schaden verursachen als der Betrag, den die Diebe verlangen«, fügte ich hinzu. »Vor dem Hintergrund, dass der Diebstahl unter den Augen Ihres Wachpersonals stattfand, könnten Sie zweifellos dafür verantwortlich gemacht werden. Ich halte es aus juristischer Sicht sogar für wahrscheinlich.«

Commander Johnson stellte sich vor Ackerman, seine Augen waren weit aufgerissen, und Schweiß tropfte deutlich sichtbar von seiner Stirn. »Sie wissen, dass ich nicht schuld war«, zischte er mich an. »Sie wissen das!«

»Ich weiß nichts dergleichen. Bis der Sachverständige für Sicherheitstechnik, den die Polizei bestellt hat, seine Arbeit beendet hat, kenne ich nur wenige Fakten über den Ablauf des Diebstahls und kann daher unmöglich die Schuldfrage beantworten. Doch da Sie für die Sicherheit verantwortlich sind und der Diebstahl unter Ihren Augen stattfand, ist es nicht weit hergeholt anzunehmen, dass Sie gewissermaßen Ihren Job nicht gemacht haben.«

»Ich wusste es!«, rief Johnson und wandte sich an Ackerman. »Er ist schon den ganzen Tag auf meinen Job scharf!«

Ich glaube, dass ich tatsächlich auflachte. »Ich habe kein Interesse an Ihrem Job, Commander. Ich weise nur darauf hin, dass Sie keine sehr gute Arbeit abgeliefert haben, wenn man die Tatsachen unvoreingenommen betrachtet.«

Der Commander konnte nicht mehr darauf antworten, denn das Telefon, das auf dem Tisch neben Ackermans Platz stand, begann zu läuten. Ackerman nahm ab und sagte: »Ja.« Er hörte ein paar Sekunden lang zu, sagte noch einmal »ja« und legte wieder auf. »Laverne und Arthur Masters sind hier«, informierte er uns.

Charlotte Selby schlug ihren Notizblock zu und steckte ihn wieder in die Handtasche, die ziemlich groß war und den Block sofort verschlang. Ich bezweifelte, dass sie ihn darin rasch wiederfinden würde. »Das ist ein intimer Moment für die Familie«, verkündete sie. »Ich gehe so lange hinaus.« Das schien für jede Art von Reporter ein außerordentlich ungewöhnliches Verhalten zu sein, doch sie verließ uns, wie sie es gesagt hatte, und zwar eilig.

Ackerman nickte und wirkte wie ein Mensch, der schnell zu denken versucht. »Wir sollten uns einen Plan zurechtlegen.«

»Ja, das sollten Sie«, stimmte ich zu.

Ackerman wandte schnell den Kopf und sagte: »Was meinen Sie mit …« Doch er verstummte, als er die Masters durch die Glaswand vor dem Konferenzraum hindurch näher kommen sah. Er erhob sich und ging zur Tür, um sie für Laverne Masters zu öffnen.

Sie trat vor ihrem Sohn ein und hinkte leicht zu dem Stuhl, welcher der Tür am nächsten war. Sie schien ein bisschen außer Atem zu sein, nachdem sie das vollbracht hatte, und ich dachte mir, dass sie wohl an Arthritis oder einer anderen Krankheit leiden musste, die ihre Beweglichkeit einschränkte.

Arthur sah seinerseits etwas mitgenommen aus. Offenbar waren beide angerufen worden, nachdem sie schon im Bett lagen, aber in Lavernes Fall konnte man es nicht sehen. Sie war noch genauso gekleidet wie vorhin und hatte Make-up aufgelegt. Arthur hatte ein Sweatshirt und eine Jogginghose an. Ein Bartschatten war bei ihm sichtbar.

»Ich werde nicht um den heißen Brei herumreden«, sagte Laverne, als sie wieder zu Atem gekommen war. »Wir finden, dass Sie diese ganze Angelegenheit von Anfang an falsch angepackt haben.«

Ackerman, so viel musste man ihm lassen, wirkte nicht verletzt und versuchte auch nicht, Laverne zu widersprechen. Commander Johnson richtete sich hingegen auf und sah aus, als würde seine Schädeldecke jeden Moment wie ein Korken nach oben schießen.

»Es tut mir leid, dass Sie das so sehen«, sagte Ackerman. »Das Institut hat stets alles in seiner Macht Stehende getan, um die Sicherheit seiner Gäste zu gewährleisten. Dieser bedauerliche Vorfall …«

»Ersparen Sie mir die Floskeln, die Sie all den unglücklichen Menschen auftischen, die Sie übertölpeln, damit sie Ihnen all ihr Geld für Ihr Science-Fiction-Hirngespinst in den Rachen werfen«, unterbrach ihn Laverne. »Ich bin an den warmen Worten voller Mitgefühl, die Sie so gründlich auswendig gelernt haben, nicht interessiert. Ich will jetzt nur wissen, was Sie tun, um das, was von meiner Tochter noch übrig ist, wiederzuerlangen und es wieder dorthin zu bringen, wo es hingehört. Und denken Sie bitte daran, dass ich sie, wenn das passiert, aus Ihrer Obhut entfernen und ihre sterblichen Überreste in einer anständigen Weise bestatten lassen werde. Ist das klar?«

Ackermans Miene wechselte von dem geschäftsmäßigen Ausdruck von Betroffenheit und Mitgefühl zu einem anderen, der kälter und berechnender erschien.

»Glasklar«, sagte er mit einer Spur Feindseligkeit in der Stimme. »Detective Lapides hat schon damit begonnen, die neuen Informationen dazu zu verwenden, um die Entführer ausfindig zu machen. Und wie Sie wünschten, haben wir Mr. Hoenig und seine Assistentin ebenfalls wieder beauftragt, bei den Ermittlungen behilflich zu sein.«

Das war also die Wahrheit über die plötzliche Änderung der Haltung des GSCI gegenüber *Fragen Beantworten.* Ackerman hatte sich (wahrscheinlich sehr widerstrebend) mit den Masters in Verbindung gesetzt, um ihnen die Lösegeldforderung zu unterbreiten, und sie – oder wohl eher Laverne – hatten verlangt, dass sich *Fragen Beantworten* wieder an der Jagd beteiligte. Das ergab auf jeden Fall mehr Sinn als die Vorstellung, dass Ackerman plötzlich seine Meinung geändert hatte.

Ich beschloss diesen neu gewonnenen Einfluss darauf zu verwenden, die Sache schneller voranzubringen. »Nun denn, Mrs. Masters«, sagte ich, indem ich Ackerman überging und mich direkt dem Zentrum der Aufmerksamkeit in diesem Raum zuwandte. »Haben Sie sich entschieden, ob Sie das Lösegeld zahlen wollen, das für die Überreste Ihrer Tochter gefordert wird?«

Ackerman erzitterte ein wenig, als müsste er sich zusammenreißen, um mir gegenüber keine Gewalt anzuwenden. Commander Johnson schaute mich lediglich auf eine Weise an, die mich an die Redensart »Wenn Blicke töten könnten« erinnerte.

»Wir haben beschlossen«, mischte sich Arthur Masters ein, »dass wir mit den Entführern direkt verhandeln, wenn sie sich das nächste Mal melden.«

Verhandeln? Ms. Washburn sah mich fragend an, und ich dachte dasselbe.

»Glauben Sie, dass das klug ist?«, fragte ich Arthur. »Diese Leute haben ein ausgeklügeltes Sicherheitssystem überlistet und etwas gestohlen, was Ihnen sehr viel bedeutet. Sie sind außerdem sehr wahrscheinlich an einem Mord beteiligt, der sich heute früh hier ereignet hat. Es handelt sich um ein sorgfältig geplantes Verbrechen, das von Dieben ausgeführt wird, die vermutlich nicht davor zurückschrecken, Gewalt als Mittel zum Zweck anzuwenden. Über den Preis zu feilschen taugt eher nicht dazu, diese Angelegenheit zu einem guten Ende zu bringen.«

Ackerman, stellte ich fest, nickte heftig, doch das hatte wahrscheinlich ebenso viel mit seinem Widerstreben zu tun, das Geld des Instituts aufs Spiel zu setzen, wie mit meiner kalkulierten Analyse der Situation.

»Wir glauben, dass wir in einer einzigartigen Verhandlungsposition sind«, entgegnete Arthur. »Sie haben etwas, was sie verkaufen wollen, aber es hat für niemanden außer uns einen Wert. Wenn sie es nicht an meine Mutter und mich verkaufen, werden sie für ihre Investition gar nichts zurückerhalten. Also können wir ihnen vielleicht zwei Millionen Dollar anbieten, und sie müssen damit zufrieden sein, oder sie bekommen gar nichts.« Er sah in Ms. Washburns Richtung, als erwarte er ihre Zustimmung. Sie sah ihn nicht an.

»Ich würde Ihnen diese Strategie nicht empfehlen«, sagte ich direkt zu Laverne Masters. »Es geht hier nicht um eine geschäftliche Transaktion, es geht um eine Geiselnahme. Wenn sie nicht das bekommen, was sie wollen, bezweifle ich, dass Sie die Überreste Ihrer Tochter wiederbekommen werden, und ich würde mir außerdem noch um Ihre Sicherheit Sorgen machen.«

»Arthur hat entschieden«, entgegnete Laverne. »Um ehrlich zu sein, war ich dafür, diesen Leuten einfach zu sagen, sie sollten dahin gehen, wo der Pfeffer wächst, doch er denkt, dass es wichtig ist, wenigstens eine Geste des guten Willens zu zeigen. Wenn es allein meine Entscheidung wäre, würden sie keinen Cent von mir erhalten.«

Bevor Ackerman oder ich gegen diese Haltung argumentieren konnten, erklang deutlich das Zirpen eines Handys im Raum. Kurz darauf griff Ackerman in seine Tasche und zog sein Telefon heraus. Er blickte auf das Display, vermutlich um zu sehen, ob er den Anrufer kannte, und seine Augenbrauen fielen ins Bodenlose. Er drückte auf einen Knopf an dem Handy und sagte: »Ja?«

Eine Sekunde später riss er die Augen auf und wurde kreidebleich. An Commander Johnson gewandt, machte er Lippenbewegungen, die hießen: »Sie sind es.«

Ich schnappte mir einen Block und einen Stift vom Tisch – an jedem Platz lag einer, wahrscheinlich damit die Teilnehmer an einer Besprechung sich damit Notizen machen konnten – und schrieb schnell in Großbuchstaben darauf: LAUTSPRECHER. Ich hielt den Block hoch, damit Ackerman es sehen konnte. Er brauchte einen Moment, denn meine Handschrift ist nicht besonders leserlich, dann nickte er und drückte auf einen weiteren Knopf an seinem Handy.

Lapides entfernte sich sogleich von dem Telefon, um in sein Kommunikationsgerät zu sprechen, ohne Zweifel wollte er den Anruf zurückverfolgen lassen. Er dachte gar nicht daran, dass das unmöglich war, da Ackermans Handy für so eine Maßnahme gar nicht ausgerüstet worden war.

Die Stimme, die aus dem kleinen Lautsprecher drang, klang verzerrt, wahrscheinlich durch ein technisches Gerät (das Taschentuch über der Sprechmuschel, das man oft in Filmen sieht, hilft in Wahrheit nicht viel dabei, die Stimme einer Person zu verändern). Wer auch immer gerade anrief, war mitten im Satz, als Ackerman den Lautsprecherknopf drückte, sodass wir zuerst Folgendes hörten: »… keine Abweichung von den Anweisungen, die ich Ihnen gerade gegeben habe.«

»Warten Sie«, unterbrach Ackerman. »Ich muss mir erst Papier und Stift besorgen, um Ihre Anweisungen aufzuschreiben.«

»Beleidigen Sie nicht meine Intelligenz«, erwiderte der Anrufer. »Sie versuchen mich so lange am Telefon zu halten, dass die Polizei meinen Standort triangulieren kann. Das wird nicht klappen. Ich werde dafür nicht lange genug mit Ihnen sprechen.«

Vielleicht glaubte der Dieb, dass der Anruf auf Ackermans Telefon vorausgeahnt worden war, sodass das Telefon mit einer Fangschaltung ausgerüstet worden war. Es war der erste Fehler, den die Täter bis jetzt gemacht hatten, und das war interessant, obwohl es unmittelbar erst einmal nichts nutzte.

»Ich möchte Sie nicht beleidigen«, sagte Ackerman und zog ein Taschentuch aus einer Box auf dem Tisch, um sich damit die Stirn abzuwischen. Das Tuch hielt der Aufgabe jedoch nicht stand. Es zerfaserte beinahe sofort in viele Stücke, während Ackerman weiterschwitzte. »Aber wir haben Probleme, die Geldsumme aufzubringen, die Sie verlangt haben, und …«

»Die Familie Masters hat nicht die geringsten Schwierigkeiten, siebzehn Millionen Dollar zu beschaffen«, bekräftigte die Stimme. »Und wenn sie ablehnen, bin ich sicher, dass Ihr Institut mehr als willens ist, die Summe zu bezahlen. Ihr Ruf darf nicht so schwer beschädigt werden, finden Sie nicht, Ackerman?«

Er setzte zu einer Antwort an, wurde aber von Arthur Masters niedergebrüllt, der sich sogleich identifizierte. »Wir haben nicht vor, so viel Geld für ein … Objekt zu bezahlen, das Sie nur an einen einzigen Käufer loswerden können. Wir werden Ihnen ein Gegenangebot machen, aber Sie müssen vernünftig sein.«

»Wir haben nicht vor, unseren Preis zu senken«, entgegnete die Stimme. »Sie werden die siebzehn Millionen in Scheinen mit nicht fortlaufenden Seriennummern auf fünf verschiedene Aktenkoffer verteilen und diese unter den Starkstrommasten im Neubaugebiet Rutgers Village zwischen East Brunswick und New Brunswick deponieren, das sich direkt an der Route 18 in Richtung Norden befindet. Sie haben zwei Stunden.«

Laverne Masters sah ihren Sohn an, doch ich konnte ihren Gesichtsausdruck nicht interpretieren. Arthur starrte einfach vor sich hin und schien nicht einmal zu erwägen, seine Mutter anzusehen.

»Wir werden keine siebzehn Millionen zahlen«, wiederholte Arthur.

Der Anrufer ging auf diese Äußerung nicht ein. »Wenn Sie noch weitere Anreize brauchen, Ackerman, denken Sie daran, dass wir wissen, wo Sie wohnen, und dass wir uns dort Zutritt verschaffen können, wann wir es wünschen. Ich würde nicht gern in der Haut Ihrer Frau stecken, wenn Sie dumm genug sind, uns nicht ernst zu nehmen. Todernst.«

Bevor irgendwer reagieren konnte, legte der Anrufer auf.

Ackerman saß reglos auf seinem Stuhl. »Meine Frau«, sagte er. »Haben sie gerade meine Frau bedroht?«

Ich fand es wahrscheinlicher, dass Ackerman selbst derjenige war, der bedroht worden war, und den Anrufer darauf hingewiesen hatte, seine Frau könnte deshalb sehr unglücklich sein, aber ich war unsicher über die sozialen Dimensionen dessen, was der Anrufer gesagt hatte. Also entschloss ich mich, meine Meinung für mich zu behalten.

»Machen Sie sich keine Sorgen«, sagte Ms. Washburn. »Ich bin sicher, dass Mr. Masters und seine Mutter nun, da die Verhandlungen gescheitert sind, das Lösegeld bezahlen werden.« Sie drehte sich zu den Masters um. »Oder etwa nicht?«

Keiner von beiden sagte etwas. Tatsächlich regte sich

in keinem der Gesichter auch nur ein Muskel. Doch zum ersten Mal sah Arthur seiner Mutter in die Augen. Sie machte gar nichts.

»Detective Lapides«, ergriff ich das Wort, »vielleicht wäre es sinnvoll, für den Rest der Nacht eine Polizeistreife in der Gegend von Ackermans Zuhause patrouillieren zu lassen.«

Ackerman blinzelte zweimal. Ich war mir nicht sicher, ob er alles, was in der Zwischenzeit gesagt worden war, vernommen hatte – vor allem das, was Laverne und Arthur Masters *nicht* gesagt hatten.

»Ich werde mich gleich darum kümmern«, erwiderte Lapides. Er nahm den Hörer des Telefons am hinteren Ende des Konferenzraums ab und begann, Zahlen einzutippen.

»Vieles von dem, was gerade passiert ist, erscheint mir merkwürdig«, sagte ich. »Vielleicht ist es eine gute Idee, sich den Telefonanruf noch einmal anzuhören.«

»Haben wir dafür jetzt Zeit?«, wandte Ms. Washburn ein. »Uns wurden nur zwei Stunden gewährt, und das Geld muss irgendwie beschafft werden.« Sie sah zu den beiden Mitgliedern der Familie Masters, von denen sich seit Ende des Anrufs immer noch niemand bewegt oder ein Wort geäußert hatte.

»Ich weiß nicht, wo ich so viel Geld herkriegen soll«, klagte Ackerman. Er sprach sehr schnell und atmete ziemlich heftig ein und wieder aus. »Ich muss alle Vorstandsmitglieder dazu bewegen, so eine Entscheidung mitzutragen, und ich glaube nicht, dass wir dafür genug Zeit haben …«

Lapides legte auf und kam zu der Gruppe zurück, die

um den Kopf des Tisches versammelt war. »Ihr Haus wird die ganze Nacht von einer Streife bewacht, Ackerman. Wie steht es um das Lösegeld?«

Etwas war falsch, doch ich konnte nicht den Finger darauf legen. »Sie haben den Anruf auf dem Handy erhalten«, sagte ich zu Ackerman. »Ich dachte, die funktionieren in diesem Gebäude wegen des Sicherheitssystems nicht, das Sie eingerichtet haben.«

Ackerman wirkte geistesabwesend, doch dann schoss sein Kopf rasch zu mir herum. »Was?«

Ich wiederholte meine Frage.

»Sie funktionieren in den Untergeschossen nicht«, erklärte er. »Die Handys funktionieren im Erdgeschoss, auch die Kommunikationsgeräte der Polizei.«

»Und warum sollten die Diebe Ihre Frau bedrohen?«, fragte ich. »Warum nicht Mr. oder Mrs. Masters, wenn sie der Ansicht sind, dass das Lösegeld zurückgehalten wird?«

Ms. Washburn kam zu mir und sah mir in die Augen. »Samuel. Das sind alles berechtigte Fragen, aber das ist jetzt nicht der Moment für sie. Jetzt müssen wir erst überlegen, wie wir in dieser Situation in den nächsten zwei Stunden fortfahren.«

Captain Harris stand kerzengerade hinter Ackerman und klatschte in die Hände. »Sie hat recht. Es ist höchste Zeit, uns zu ordnen.« Sie wandte sich an Arthur und Laverne Masters. »Ich nehme an, Sie bestehen noch immer darauf, kein Lösegeld bereitzustellen.«

Arthur Masters verschränkte die Arme vor der Brust und schüttelte den Kopf. »Das haben wir nicht gesagt. Wir haben gesagt, dass siebzehn Millionen unverhältnismäßig sind. Wir sind bereit, zwei zu bezahlen.«

»Zwei Millionen Dollar?«, fragte ich.

»Ja, so viel Geld haben wir schon aufgebracht. Wir haben es bei uns. Es wird im Untergeschoss bewacht.« Dann lächelte er grimmig und fügte hinzu: »Was auch immer das nützt.«

»In Ordnung«, sagte Captain Harris. »Ackerman, wie viel, glauben Sie, können Sie innerhalb der nächsten Stunde in bar beschaffen?«

Ackerman war der Inbegriff eines überforderten Menschen. Ich bin schon durch laute Geräusche oder soziale Situationen außer Gefecht gesetzt worden, die ich schwierig fand, aber ich war noch nie vollkommen unfähig zu denken. Doch wie er da so stocksteif auf seinem Stuhl saß, entsprach der Direktor des Instituts gerade genau dem Bild.

»Ackerman«, wiederholte Captain Harris.

»Ich bin nicht dazu berechtigt«, antwortete er schließlich. »Der Vorstand muss benachrichtigt werden. Ich kann nicht mehr als 200 000 Dollar ohne seine Zustimmung besorgen.«

»Besorgen Sie also die 200 000«, wies ihn Harris an. »Wir müssen das Bestmögliche tun.«

Ackerman brauchte noch einen Augenblick, doch schließlich nahm er den Telefonhörer ab.

22

Schlussendlich gelang es Ackerman, die Mehrzahl der Vorstandsmitglieder des Instituts zu erreichen und eine weitere Million Dollar zu organisieren, sodass sich die vollständige Lösegeldsumme auf drei Millionen Dollar belief. Ich habe keine Ahnung, wie sie so viel Bargeld zu dieser späten Stunde beschaffen konnten, aber sie schafften es schnell genug. Es wäre bei Weitem nicht ausreichend, um die Diebe zufriedenzustellen, doch Captain Harris glaubte, dass es vielleicht genügen würde, die Aktenkoffer nur oben mit richtigem Geld zu füllen und sie darunter mit Papier auszustopfen, um sie zu überlisten.

Ich war anderer Meinung, wurde jedoch niedergebrüllt. Und als das Brüllen begann, reagierte ich auf die schiere Anzahl der Wörter, nicht auf ihre Bedeutung, und gab meinen Widerstand schnell auf. Bei all dem Lärm im Raum konnte ich nicht strategisch denken.

Achtundzwanzig Minuten später meldeten sich die Diebe erneut. Sie schickten Detective Lapides eine SMS, vielleicht nur, um uns daran zu erinnern, dass sie dazu in der Lage waren. Die Anweisungen, wie und wo das Geld deponiert werden sollte, wurden in der Nachricht präzisiert, die dadurch verhältnismäßig lang ausfiel.

Innerhalb von ein paar Minuten machten wir uns zum Parkplatz auf, um in mehreren Autos zum Übergabeort zu fahren: Lapides, Captain Harris und Ackerman würden in einem SUV fahren, der ihnen von der Staatsanwaltschaft zur Verfügung gestellt wurde; Laverne Masters würde ihren eigenen Wagen nehmen, den ein Polizist fahren sollte; und Ms. Washburn würde ihr Auto nehmen, auf dessen Beifahrersitz ich selbst Platz nähme. Commander Johnson musste zu seinem großen Missfallen zurückbleiben und sicherstellen, dass es keine weiteren Sicherheitslücken im Institut gab, und um Nachrichten weiterzuleiten, die die Diebe eventuell an diese Adresse schicken würden. Arthur Masters lehnte es rundheraus ab mitzukommen. Er sagte, er glaube, dass der Austausch mit Sicherheit scheitern werde, weil die gesamte geforderte Summe nicht gezahlt würde. Er hatte den Eindruck, wertvoller sein zu können, wenn er im Institut gemeinsam mit Commander Johnson die Stellung hielt, und hatte vergeblich versucht, seine Mutter dazu zu bringen, ebenfalls im Institut zu bleiben, indem er auf ihren Gesundheitszustand verwies. Sie reagierte darauf allerdings nicht.

Bevor wir bei unseren jeweiligen Fahrzeugen angekommen waren (Laverne Masters wartete an der Eingangstür des Instituts darauf, dass der Polizist mit dem Wagen vorfuhr), hielt Ackerman plötzlich an. »Charlotte Selby«, sagte er, »hat irgendwer Charlotte Selby gesehen, bevor wir los sind?« Er sah ziemlich ängstlich aus.

»Sie war jedenfalls nirgends, wo wir sie hätten sehen können«, entgegnete ich, weil ich es bemerkt hätte, wenn Charlotte sich irgendwo unterwegs aufgehalten hätte.

Ackerman nahm sein Handy und drückte auf einen

Knopf. »Johnson«, sagte er einen Moment später, »ist Charlotte Selby noch im Gebäude?« Er wartete auf eine Antwort, und sein Mund klappte auf, um mehr Luft holen zu können. Er steckte das Handy ohne ein weiteres Wort wieder ein. Ich weiß, dass irgendeine Form von Verabschiedung wie »Auf Wiederhören« am Ende eines solchen Gesprächs erwartet wird, doch Ackerman schien sich keine weiteren Gedanken darüber zu machen, dass er eine so offensichtliche soziale Gepflogenheit einfach ignoriert hatte.

»Sie war nicht mehr da«, sagte er scheinbar zu niemandem im Speziellen. »Sie hat, nur ein paar Minuten nachdem sie den Konferenzraum verlassen hat, ausgestempelt.«

Ich trat zu Ackerman, Ms. Washburn im Schlepptau. »Ich verstehe nicht recht. Warum sind Sie so beunruhigt über Ms. Selbys Aufenthaltsort?«

Ackermans Augen blitzten auf, und sein Blick schnellte von einer Seite zur anderen. Er wirkte wie ein Mann, der über etwas anderes nachdachte als das, was man ihn gefragt hatte.

»Begreifen Sie denn nicht«, sagte er nach einer Pause, »Charlotte ist eine Bloggerin, die sich auf diesem Gebiet einen Namen machen will. Sie hat ausreichend Informationen, um der Firma einen nicht wiedergutzumachenden Schaden zuzufügen. Wenn sie sich dazu entscheidet, mit ihnen an die Öffentlichkeit zu gehen, bevor wir dieses Problem gelöst haben, könnte das Institut am Ende sein, und zwar dessen ungeachtet, was heute Nacht noch passiert.«

Ich dachte darüber nach und nickte. »Das ist schon möglich. Doch ich halte es für unwahrscheinlich. Ich glaube nicht, dass Ms. Selby ihr Wissen hinausposaunen würde, bevor die Geschichte zu Ende erzählt ist. Das würde zu viele Konkurrenten anlocken, die vielleicht mehr Quellen haben als sie selbst. Die einzige Möglichkeit, die sie hat, um sich mit dieser Geschichte abzuheben, ist, die *ganze* Geschichte zu erzählen.«

Ackerman schien wieder nur mit einem Ohr zuzuhören. »Ich hoffe, dass Sie recht haben«, sagte er und wandte sich dann an Lapides. »Haben Sie schon Neuigkeiten von dem Streifenwagen vor meinem Haus? Ich mache mir Sorgen um Eleanor.«

»Eleanor?«

»Meine Frau.« In Ackermans Stimme schwang etwas mit, was verdeutlichte, dass er Lapides nicht für einen intelligenten Polizeibeamten hielt.

»Ich habe vor ein paar Minuten nachgefragt«, erwiderte dieser, ohne zu zeigen, ob er sich Ackermans Tonfall bewusst war. »Sie sind da, und die Lichter in Ihrem Haus sind aus. Es steht nur ein Auto in der Einfahrt. Ihre Frau ist in Sicherheit.«

Ackerman tupfte sich die Stirn ab, obwohl es draußen kalt war. »Danke«, sagte er zu Lapides.

»Haben sich die Polizisten mit Mrs. Ackerman in Verbindung gesetzt?«, fragte ich. »Es ist immerhin möglich, dass jemand das Haus betreten hat, bevor der Streifenwagen ankam.« Ackerman sah erneut verblüfft aus.

»Das ist die übliche Vorgehensweise«, antwortete Lapides. »Sie haben trotz der späten Stunde geklingelt und sich bei Mrs. Ackerman erkundigt. Alles im Haus war in Ordnung.«

Ich nickte Lapides zu, und Ackerman tat es mir gleich. Wir hatten nur noch wenig Zeit, also stiegen wir alle in unsere Fahrzeuge und ließen den SUV der Polizei vorausfahren.

Ms. Washburn war während der Fahrt ungewöhnlich schweigsam. Sie stellte sicher, dass sie Laverne Masters' Wagen nicht aus den Augen verlor, zugleich jedoch auch einen vernünftigen Abstand zu ihm hielt. Morgens um 2.37 Uhr gab es nur wenig Verkehr, sogar auf dem sonst stark befahrenen Highway 1. Hier zu fahren konnte nicht allzu schwierig sein.

»Sie sind sehr still«, bemerkte ich nach acht Minuten und vierzehn Sekunden. »Machen Sie sich wegen irgendetwas Sorgen?«

Ms. Washburn schüttelte den Kopf. »Ich würde es nicht *Sorgen* nennen. Ich habe einfach über den Fall nachgedacht.«

»Die Frage«, korrigierte ich sie.

Sie nickte. »Die Frage. Ich glaube, Sie haben recht. Eine Menge Details passen nicht zueinander.«

Es interessierte mich zu erfahren, ob Ms. Washburn über dieselben Widersprüche und Ungereimtheiten gestolpert war wie ich. »Bitte, reden Sie. Was passt in Ihren Augen nicht zusammen?«

»Nun, zwei Dinge haben Sie schon erwähnt. Es ergibt keinen Sinn, Ackermans Frau zu bedrohen. Er ist ja nicht derjenige, der sich zu bezahlen weigert. Es erschiene mir sehr viel wirkungsvoller, Arthur Masters oder seine Mutter zu bedrohen.«

»Laverne schien bei dem Thema ziemlich unbeugsam zu sein«, bemerkte ich. »Vielleicht denken die Diebe, dass es für sie leichter ist, Ackerman zum Umschwenken zu bewegen, oder sie wissen von einer Geldquelle, die er bisher noch nicht angezapft und von der er uns auch nichts erzählt hat.«

»Kann sein, aber die Stimme machte auf mich einen viel persönlicheren Eindruck, als wollte die betreffende Person Ackerman verletzen und ihm so viel Angst einjagen wie nur möglich. Ich weiß schon, dass das keine gesicherte Tatsache ist; es ist nur ein Eindruck, den ich durch den Tonfall gewonnen habe, obwohl die Stimme verzerrt war.«

»Das ist genau das, worauf man mich hinweisen muss. Sie sind wirklich ein unschätzbares Mitglied der Mannschaft von *Fragen Beantworten.*«

»Sie und ich sind bisher doch die ganze Mannschaft«, erinnerte mich Ms. Washburn. »Und ich bin nicht einmal fest angestellt.«

»Aber das könnten Sie sein«, antwortete ich, doch es klang nicht nach dem, was ich ihr eigentlich mitteilen wollte. Ich beschloss, mit den Fragen fortzufahren, die wir zu beantworten versuchten. »Was hat Sie noch gestört? Etwas, was ich nicht erwähnt habe.«

Sie dachte sechsundsiebzig Sekunden darüber nach. »Ich werde aus dem Verhältnis zwischen Arthur und Laverne Masters nicht schlau«, sagte sie dann. »Manchmal wirkt er so, als stünde er vollständig unter der Fuchtel seiner Mutter, und dann …«

»Und dann flirtet er wieder mit Ihnen«, erklärte ich.

Ms. Washburn knirschte ein wenig mit den Zähnen, doch sie nickte. »Aber das meine ich nicht. Sie sind in den Raum gekommen und hatten schon eine Lösegeldsumme parat. Mein Eindruck war, dass sie sich zuvor darüber gestritten hatten und dass Arthur den Streit verloren hatte. Als der Entführer dann am Telefon sagte, dass alles Folgen haben könne und dass sie Ritas Überreste nie mehr zu Gesicht bekämen, warf Arthur Laverne einen Blick zu, als bäte er sie nachzugeben, doch sie zwinkerte nicht einmal. Dabei ist doch Arthur derjenige, der eigentlich die Geschäfte führt.«

»In einer familiären Dynamik ist es nicht ungewöhnlich, dass eine Person als Autorität auf einem bestimmten Gebiet angesehen wird, auch wenn das nicht ihre übliche Rolle ist«, wandte ich ein. »Meine Mutter verlässt sich oft auf mich, wenn es um die Marken der Produkte geht, die sie im Supermarkt kauft, vor allem weil sie weiß, dass ich mich über deren Vor- und Nachteile informiere.«

Ms. Washburn blickte kurz zu mir herüber, so als überlegte sie, ob sie einen Gedanken, der ihr durch den Kopf ging, laut äußern sollte.

»Sagen Sie es ruhig«, ermunterte ich sie. »Sie beleidigen mich schon nicht.«

»Warum wohnen Sie noch bei Ihrer Mutter?«, sagte sie schnell. »Verzeihen Sie mir die Ausdrucksweise, aber Sie sind doch lebenstüchtig genug, um Ihre eigene Wohnung zu haben. Warum nehmen Sie sich die nicht?«

Ich runzelte die Stirn. Zum einen ist der Ausdruck *lebenstüchtig* dann doch etwas beleidigend, obwohl ich sicher war, dass Ms. Washburn ihn nur deshalb verwendet hatte, weil ihr kein passenderer eingefallen war. Doch mein vordringlicheres Anliegen war, dass sie mich als jemand zu sehen schien, der ich nicht war, daher wollte ich ihr meine Lage genau erklären.

»Mein Asperger-Syndrom ist nicht der Grund, warum ich noch bei meiner Mutter zu Hause wohne«, sagte ich nach einer kurzen Pause. »Tatsächlich gibt es dafür eine ganze Reihe von Gründen. Zum einen ist *Fragen Beantworten* bisher noch nicht ausreichend profitabel, damit ich mir in dieser Gegend eine Wohnung leisten könnte, und ich habe keine große Lust, weit wegzuziehen, wo die Mieten günstiger sind. Ein Grund *dafür* ist in der Tat mein Asperger-Syndrom. Ich fühle mich in Umgebungen, die mir nicht vertraut sind, unwohl. Doch ich mache mir auch Sorgen um meine Mutter. Ihre Gesundheit war in den zwei Jahren, seit sie in Rente gegangen ist, etwas angegriffen. Sie hatte einen Herzanfall, der das Einsetzen einer Gefäßprothese in eine der Arterien notwendig gemacht hat. Und auch ihre Beine sind nicht sehr stark. Sie hat Probleme beim Gehen, wenn auch nicht so starke wie Mrs. Masters, es ist Ihnen deshalb vielleicht nicht aufgefallen, als Sie ihr gestern begegnet sind. Und ich gebe auch ohne Umschweife zu, Ms. Washburn, dass es nur wenige Menschen gibt, mit denen ich gerne und ohne mich dabei unwohl zu fühlen längere Zeit verbringen kann. Meine Mutter gehört zu diesen wenigen Menschen. Es gibt auch nicht viele Menschen, die meine Gegenwart angenehm finden, sie schon. Mich interessiert nicht oft, was andere Leute zu sagen haben, doch das, was sie sagt, tut es. Sie sehen also, ich lebe vor allem mit meiner Mutter zusammen, weil ich sie mag.«

Ms. Washburn bog vom Highway nach rechts auf die Ausfahrt ab, die nach Rutgers Village führte, ein Neubaugebiet mit Einfamilienhäusern, die fast alle im Cape-Cod-Stil gehalten waren und sich an der Grenze von New Brunswick und East Brunswick befanden. Die Siedlung war zum Zeitpunkt ihrer Errichtung vor allem als Wohngegend für die Polizei und die Feuerwehr von New Brunswick gedacht gewesen, weil zu der Zeit Personal in diesen Bereichen gesucht worden war, es aber innerhalb der Stadtgrenzen New Brunswicks für diejenigen, die kleine Kinder hatten, keine geeigneten Wohnungen gegeben hatte. Es ist eine kleine Gemarkung, die aus zwei großen Gemeinden herausgelöst wurde, um diejenigen zu unterstützen, die einer von ihnen dienten. Dort und damit fernab der städtischen Wirklichkeit von New Brunswick zu leben schien irgendwie unpassend zu sein.

Wir fuhren hinter Laverne Masters' Wagen her in die Siedlung hinein, als Ms. Washburn zu mir sagte: »Ich wollte Sie nicht beleidigen.«

»Sie haben mich nicht beleidigt. Ich wollte nur sichergehen, dass Sie es auch richtig verstehen.«

Ms. Washburn nickte, entgegnete aber nichts mehr.

Wir fuhren die Tunison Road entlang nach Rutgers Village und bogen hinter den Häusern ab, die nun alt genug waren, um einzeln renoviert worden zu sein, sodass sie nicht mehr wie ein Ei dem anderen glichen. Seit den 1950ern, als sie gebaut worden waren, waren Bewohner ein- und wieder ausgezogen und hatten jedem von ihnen ihren jeweils eigenen Stempel aufgedrückt: Manche hatten an einer Seite Anbauten, bei anderen waren ganze Stockwerke aufgesetzt und die Dachgauben vergrößert worden, um Platz für ein oder zwei weitere Zimmer zu schaffen. Bei einigen waren die Vorgärten ordentlich gestaltet, andere wiederum waren von Palisadenzäunen umgeben, die uns nicht erlaubten, den Garten vor dem Haus einzusehen.

Oben auf einem kleinen Hügel gab es eine freie Fläche, die Rutgers Village von Edgewood trennte, die etwas bürgerlichere Schwestersiedlung. Der örtliche Versorger hatte Hochspannungsmasten aufgestellt, die sich durch das offene Feld, entlang der Siedlung und an ihr vorbei zogen, so weit das Auge reichte. Die drei Wagen hielten dort, wo das Feld begann, und alle außer Laverne Masters stiegen aus und versammelten sich am Zugang zu dem offenen Gelände. Ein niedriger Zaun – im Grunde nicht mehr als ein Stück Metall, das als Hindernis vor dem Zugang nicht mehr als 60 Zentimeter über den Boden aufragte – sollte die Grenze markieren, doch er konnte nicht dazu gedacht gewesen sein, irgendwen aufzuhalten, der eintreten wollte. Es handelte sich nur um eine Vorsichtsmaßnahme aus versicherungstechnischen Gründen, denn an ihm hing ein Schild, auf dem stand: HOCHSPANNUNG – BETRETEN VERBOTEN. Es war schwierig, die Schrift bei diesen Lichtverhältnissen zu entziffern.

»Hier sollen wir die Aktenkoffer abstellen«, sagte Lapides. »Genau dort drüben.« Er zeigte zur Mitte des Feldes, wo die Masten, die die elektrischen Leitungen trugen, sich fünfzehn Meter in die Höhe reckten. »Neben dem Hochspannungsmast, am Fuß des nordöstlichen Pylonen.« Er ging plötzlich los und atmete tief durch. »Hat irgendwer einen Kompass dabei?«

Ich zeigte auf die Strommasten. »Der rechte, uns am nächsten stehende. Die Sterne zeigen die Richtung deutlich an.«

Captain Harris sah mich lange an und nickte dann. »Natürlich tun sie das. Na dann, los.«

Ackerman hob eine Hand, um sie zu stoppen. »In der SMS stand, ich soll allein hingehen. Und wenn ich fertig bin, sollen wir alle wegfahren. Wer auch immer diese

Leute sind, sie beobachten uns sicherlich. Und wenn ihnen nicht gefällt, was sie sehen, verlieren wir eine Menge Geld und gewinnen im Gegenzug nichts.« Ich fand es bemerkenswert, dass er weder seine Frau noch deren Sicherheit erwähnte.

»Wie erhalten wir die Überreste zurück?«, fragte ich.

»Wenn sie gesehen haben, dass wir weg sind, werde ich eine weitere Nachricht erhalten, die mir verrät, wo sich der Behälter befindet«, erwiderte Ackerman. »Doch wenn sie herausfinden, dass nicht die gesamte Geldsumme da ist, die sie verlangt haben …«

Niemand antwortete darauf, also atmete Ackerman einmal tief durch, stieg über den niedrigen Zaun und machte sich auf den Weg zum Strommast. Er war kein besonders sportlicher Mann und schon über fünfzig, doch es war eine gerade Strecke ohne Gefahren. Von der Straße zu den Masten herrschte ein leichtes Gefälle, und es war sicher auch nicht einfach für Ackerman, fünf Aktenkoffer auf einmal zu tragen. Das Gras war länger nicht gemäht worden und stand hoch, sodass die Strecke besonders schwierig zu begehen war – ich bin nicht sicher, ob es mir gelungen wäre, wenn ich alleine an die vielen Insekten dachte, die in dem Blattwerk leben mussten. Einmal hielt Ackerman an, sah nach unten an seine Schuhsohle, sagte etwas Verächtliches über Leute, die ihre Hunde in nicht asphaltiertem Gelände ausführten, und wischte sie am Boden ab. Dann ging er weiter.

Es hatte einige Diskussionen darüber gegeben, wie er fünf Aktenkoffer über eine grasbewachsene Fläche tragen solle. Das Geld und das Papier zum Ausstopfen hatten kein nennenswertes Gewicht, aber die Diebe waren sehr klar bezüglich der Anzahl der Koffer gewesen, also kam ihre Verringerung nicht infrage.

Er klemmte sich einen unter jeden Arm und trug die anderen drei an ihren Henkeln, einen in seiner Linken, die beiden anderen in der Rechten. Er setzte den Weg zu den Hochspannungsmasten fort, doch er wurde langsamer und verlagerte oft das Gewicht des Koffers unter seinem linken Arm. Er stellte die Koffer auch einmal ab und fummelte an etwas in seiner Tasche herum, das er von einer Seite auf die andere schob. Es war sein Handy, wie ich feststellte, als er es anschaltete, um nach der Uhrzeit zu schauen, und das Display dabei kurz aufleuchtete.

»Er wirkt da draußen so ausgeliefert«, sagte Ms. Washburn leise. »Es erscheint gefährlich, auch wenn er nur so zu Fuß geht.«

»Die Anweisung war, dass er von hier aus alleine weitergeht«, rief ich ihr in Erinnerung. »Die Anwesenheit jeder anderen Person hätte die Gefahr nur vergrößert, denn wir können davon ausgehen, dass uns die Diebe die ganze Zeit von irgendwo hier in der Gegend aus beobachten.«

Captain Harris betrachtete mich mit einem Gesichtsausdruck, den ich nicht zu deuten vermochte. »Seien Sie nicht naiv«, sagte sie. »Ich habe Scharfschützen auf jeder Seite des Feldes und einen auf einem Haus ganz in der Nähe des zweiten Mastes postiert. Wir lassen ihn nicht ganz auf sich gestellt da hinausgehen.«

Ich schaute in alle Richtungen, in die sie gezeigt hatte, und tatsächlich befanden sich an allen drei Stellen Polizisten. Mein Mund fühlte sich trocken an. »Glauben Sie nicht, dass die Diebe die Scharfschützen genauso gut sehen können wie wir?«

»Kaum«, entgegnete sie. »Sie möchten ja nicht, dass Ackerman irgendetwas zustößt. Sie wollen einfach nur ihr Geld. Es gibt keinen Grund für Gewalt, und ich bezweifle außerdem, dass sie, ohne dass wir es mitkriegen, irgendwohin gelangen könnten, von wo aus er sichtbar wäre. Ich denke, Sie überschätzen sie.«

In diesem Moment ertönte von Captain Harris' Gürtel her ein tiefes elektronisches Zirpen. Ihr Gesicht zeigte Überraschung, als sie nach ihrem Handy griff. Als sie die Nachricht darauf las, riss sie die Augen auf.

»Mein Gott«, sagte sie heiser. Sie griff nach ihrem Kommunikationsgerät und sagte deutlich hinein: »Alle Scharfschützen ziehen sich umgehend zurück. Ich wiederhole: Rückzug!«

Ich muss Captain Harris wohl angestarrt haben, denn sie sah zu mir und sagte: »In Ordnung. Sie wissen mehr darüber, wie Verbrecher denken, als ich.«

»Das bezweifle ich aufrichtig«, erwiderte ich wahrheitsgemäß.

Captain Harris antwortete nicht, doch sie hielt ihr Handy hoch, auf dem eine SMS zu lesen war: ZIEHEN SIE IHRE SCHARFSCHÜTZEN AB, ODER ACKERMAN STIRBT.

Der Zeitpunkt dieser Nachricht war besonders beunruhigend. »Denken Sie, dass sie uns auch hören können?«

Captain Harris schüttelte den Kopf. »Ich bin nicht einmal sicher, dass sie hier sind. Mit der richtigen Satellitenverbindung könnten sie uns bequem von zu Hause aus beobachten. Aber es hat keinen Sinn, in so einer Situation etwas zu riskieren. *Wir* können Ackerman sehen, und das ist alles, was im Moment zählt.«

Tatsächlich waren die Scharfschützen verschwunden,

als ich zurück zum Dach und zu den Bäumen blickte, von denen aus Ackermans Standort zu sehen war.

Während unser Gespräch stattgefunden hatte, hatte Ackerman den zweiten Mast erreicht. Und nach kurzem Zögern, bei dem er in unsere Richtung schaute, legte er die Koffer auf den Boden neben den nordöstlichen Pylonen. Er stand da und betrachtete die Aktenkoffer eine Weile, dann machte er sich auf den Rückweg.

Als er den ersten Mast gerade passiert hatte, schien Ackerman erneut zu zögern. Er schaute zurück zu den Koffern, als enthielten sie seine eigenen Kinder oder etwas, was ihm ähnlich teuer war. Da alle Koffer nur voller Geld waren und nichts davon Ackerman gehörte, erschien diese Geste etwas eigenartig.

»Ich hatte vor, ein paar Männer zurückzulassen, um nach denen zu schauen, die das Geld abholen kommen«, sagte Captain Harris. »Aber nun habe ich Sorge, dass sie entdeckt werden.«

»Ist es möglich, eine Kamera oder ein anderes Aufzeichnungsgerät hierzulassen?«, fragte ich. »Wenn es richtig ausgerichtet wird, würde es Ihnen ermöglichen, die Abholung zu beobachten und entsprechend dem zu entscheiden, was Sie sehen.«

Harris nickte und wies ihr Team an, zwei Videokameras aus dem SUV zu nehmen und sie unauffällig zu installieren. Wir gingen zurück zu dem Wagen, in dem Laverne Masters bei geöffneter Tür saß und nach vorn schaute. »Ein guter Vorschlag«, sagte Captain Harris. »Ich verstehe jetzt, warum die Polizei von North Brunswick Sie zurate gezogen hat.«

Das stimmte nicht. »Die Polizei von North Brunswick …«, begann ich.

Detective Lapides unterbrach mich mitten im Satz. »Nun müssen wir einfach zurück zum Institut fahren, warten und hoffen, dass die Diebe eine Million Dollar als Lösegeld akzeptieren.«

Eine Million Dollar? »Drei Millionen, Detective«, verbesserte ich ihn.

Lapides schielte zu Captain Harris, die ihrerseits zu Laverne Masters schaute. »Ich fürchte nicht«, sagte diese nach einer kurzen Pause. »Ich habe darauf bestanden, dass wir unseren Beitrag zurückziehen. Wir sind der Ansicht, dass diese Leute nicht ermutigt werden sollten, so ein bösartiges Spiel mit den Angehörigen einer Verstorbenen zu treiben. Wir sollten nicht mit Terroristen verhandeln.«

Ich brauchte ein wenig, um diesen Gedanken zu verarbeiten. Dabei zog ich in Erwägung, Laverne in Bezug auf ihre Definition von *Terroristen* zu korrigieren, verwarf diesen Gedanken dann aber wieder. »Es ist nur eine Million in fünf Aktenkoffern?«

»Tatsächlich ist das richtige Geld nur in einem der Koffer, den Ackerman oben auf dem Stapel hinterlassen hat«, erwiderte Lapides. »Ich hielt das nicht für eine gute Idee, doch keiner hat auf mich gehört.« Er breitete die Arme aus und vollführte eine Geste der Machtlosigkeit.

Ich wandte mich sofort an Ms. Washburn. »Lassen Sie uns fahren.« Ich brach gerade in dem Moment auf, in dem Ackerman wieder am Zaun ankam, der das Gelände der Versorgungsgesellschaft begrenzte.

Ms. Washburn folgte mir, während die anderen uns ratlos nachsahen. »Fahren? Wohin denn, Samuel?«

»Zu Ackermans Haus. Ich hoffe nur, dass wir nicht zu spät kommen.«

23

»Glauben Sie wirklich, dass irgendwer versuchen könnte, Ackermans Frau etwas anzutun?«, fragte Ms. Washburn während der Fahrt zu Ackermans Haus, die wir, wie ich bemerkte, in einer Geschwindigkeit absolvierten, die deutlich über den rechtlichen Begrenzungen lag. Die Adresse hatte Lapides uns verraten, und Ms. Washburn hatte sie in ihr Navi eingegeben, das sie in ihrem Handschuhfach aufbewahrte und nun auf ihrem Armaturenbrett fixiert hatte. Nach den Schätzungen des Geräts würden wir bei unserer derzeitigen Geschwindigkeit Ackermans Zuhause in Spotswood in zwölf Minuten erreichen.

»Sie haben bisher all das getan, was sie angedroht haben«, gab ich zu bedenken. »Während ich zugebe, dass sie nicht viel versprochen haben, hat sich alles, wovor sie warnten, als richtig erwiesen. Ich hielte es für einen sehr ernsten Fehler, ihre Entschlossenheit ausgerechnet jetzt zu unterschätzen.«

Ich spürte, wie der Wagen noch etwas schneller wurde. Ich sagte zu Ms. Washburn nichts über ihren Fahrstil, da ich die Dringlichkeit der Situation anerkannte, doch ich nahm mir vor, das später noch einmal aufs Tapet zu bringen. Ich beschloss, mich auf die Tatsache zu konzentrieren, dass es 3.24 Uhr morgens war und dass jede Straße, die wir nahmen, nicht sehr stark befahren sein würde.

»Ich verstehe immer noch nicht, warum sie es auf Mrs. Ackerman abgesehen haben sollten«, fuhr Ms. Washburn fort. »Sie scheint diejenige Person zu sein, die am wenigsten mit der ganzen Angelegenheit zu tun hat. Warum sollte man sie für etwas bestrafen, über das sie wahrscheinlich gar nicht Bescheid weiß?«

Diese Frage hatte mich ebenfalls gequält. »Vielleicht ist es die Absicht der Verbrecher, Ackerman zuzusetzen, damit er sich schuldig fühlt, weil er ihre Anweisungen nicht befolgt hat.«

»Ich verstehe nicht, was ihnen das bringen soll«, entgegnete Ms. Washburn und schüttelte leicht den Kopf. Der Tacho zeigte an, dass sie 40 km/h zu schnell fuhr. »Was haben sie davon, Ackerman ein schlechtes Gewissen einzureden, wenn es ihnen schon nicht gelungen ist, das Geld der Masters zu bekommen? Warum richten sie ihren Ärger nicht auf die Familie Masters? Sind sie nicht diejenigen, die dafür bezahlen sollten?«

»Ich stimme Ihnen zu. Es erscheint irrational, dass die Wahl auf Mrs. Ackerman fällt. Doch Kriminelle sind nicht immer die logischsten Denker.«

»Sie haben es selbst gesagt. Es wäre ein sehr ernster Fehler, sie zu unterschätzen.«

Ich dachte einen Großteil der Fahrt darüber nach. Und als ich die Einzelteile der Frage im Geiste noch einmal durchging, schien es mir noch wesentlich mehr Widersprüche in all dem zu geben, was wir getan hatten, seit Ackerman am vorangegangenen Vormittag bei *Fragen Beantworten* erschienen war. Viele der Punkte waren eher nebensächlich, sie verwiesen nicht zwangsläufig auf riesige Ungereimtheiten. Doch ihre schiere Anzahl war verstörend, vor allem weil ich noch kein Muster in dem Gedankengang erkennen konnte, der hinter ihnen steckte.

Ms. Washburn konzentrierte sich darauf, uns so schnell wie möglich zu Ackermans Haus zu bringen. Ich hatte Ackerman gefragt, ob er mitkommen wolle, doch Captain Harris hatte ihn davon abgebracht, indem sie ihm erklärte, dass die Polizei sein Haus bereits bewachte und ihn sofort informieren werde, wenn es irgendeine Auffälligkeit gab. Lapides und sie fanden, dass Ackerman besser im GSCI aufgehoben wäre, von wo aus die zurückgelassenen Polizeikameras am Übergabeort überwacht werden konnten und man zudem weitere Schritte unternehmen konnte, sobald die Aktenkoffer abgeholt würden.

Captain Harris glaubte wahrscheinlich, dass für Mrs. Ackerman nur eine geringe Gefahr bestand und dass ihr Mann, sollte sich tatsächlich eine Bedrohungssituation ergeben, woanders besser aufgehoben wäre. Wenigstens hatte Ms. Washburn Harris' Standpunkt so interpretiert.

Ackerman hatte zwar nervös gewirkt, doch er hatte den Ratschlag der Beamtin angenommen und war in den SUV gestiegen, um zurück zum Institut zu fahren. Auch Laverne Masters wurde in ihrem Wagen zur Einrichtung zurückgebracht.

Es erschien mir seltsam, dass Ms. Washburn und ich die Einzigen waren, die sich um Eleanor Ackerman Sorgen zu machen schienen.

Wir waren laut GPS nur noch knapp zwei Kilometer von unserem Ziel entfernt, als Ms. Washburns Handy klingelte. Statt zu fahren und gleichzeitig zu telefonieren, checkte sie den Anrufer und reichte mir das Telefon. »Es ist Lapides.«

Diesmal war ich, sobald das Handy klingelte, vorbereitet und zog ein Taschentuch hervor, um damit das Telefon in Empfang zu nehmen. Ms. Washburn sah es an, schaute dann wieder auf die Straße und legte das Handy in das Taschentuch. Ich drückte auf den entsprechenden Knopf und meldete mich: »Detective?«

»Sie haben sich das Geld geholt«, berichtete Lapides umgehend.

»Wie viele waren es?«, fragte ich.

»Nur einer, und es schien ein Mann zu sein. Doch die Kameras konnten nicht nahe genug heranzoomen, und auch die Beleuchtung war nicht so toll. Es waren keine Nachtsichtkameras.«

»Wie haben sie reagiert, als sie entdeckt haben, dass der Großteil des Geldes keines war?«

»Wir wissen es nicht. Sie haben es nicht überprüft, als sie vor Ort waren. Das war vor zehn Minuten. Ich werde Sie weiter auf dem Laufenden halten.«

»Danke, Detective«, sagte ich und legte auf. Dann steckte ich das Telefon in den Getränkehalter zwischen den beiden Vordersitzen und faltete das Taschentuch zusammen, um es wieder einzustecken.

»Wissen Sie, ich habe keine ansteckende Krankheit«, meldete sich Ms. Washburn.

»Ich entschuldige mich, wenn ich Sie beleidigt haben sollte. Es ist nicht persönlich gemeint. Ich hätte dasselbe bei jeder anderen Person ebenfalls getan.«

»Sogar bei Ihrer Mutter?«

Ich dachte kurz darüber nach. »Ja.«

Ms. Washburn nickte. »Okay.«

Wir kamen zu Ackermans Haus und konnten den Streifenwagen davor erkennen, als mich Ms. Washburn fragte: »Samuel, warum haben Sie selbst kein Handy?«

Ich senkte für einen Moment den Kopf. Die Antwort war mir peinlich, doch es war eine ehrliche Frage, die eine ehrliche Antwort verdiente. »Ich habe die Tendenz … Dinge zu verlieren«, sagte ich leise. »Ich achte nicht immer gut auf Gegenstände. Zu den Zeiten, als ich ein Mobiltelefon hatte, konnte ich es nicht bei mir behalten. Das ist, wie meine Mutter sich ausdrücken würde, eine Asperger-Geschichte.«

Ms. Washburn entgegnete nichts darauf, und ich war mir nicht sicher, was das bedeuten konnte. Sie parkte ihr Auto auf der anderen Straßenseite, dem Streifenwagen gegenüber, und wir stiegen aus, nachdem ich um die Taschenlampe gebeten hatte, die Ms. Washburn im Handschuhfach aufbewahrte, und sie sie mir gegeben hatte. Ich ging zum Streifenwagen, und der Polizist, der hinter dem Steuer saß, ließ die Scheibe herunter.

»Darf ich mich vorstellen, mein Name ist Samuel Hoenig von *Fragen Beantworten.* Detective Lapides oder Captain Harris haben Sie vielleicht darüber in Kenntnis gesetzt, dass wir hierher unterwegs sind.«

Der Polizist, auf dessen Namensschild Sikowski stand, nickte. »Wir wurden vorhin angerufen. Alles hier ist ruhig, im Haus gab es keinen Mucks.«

»Hat sich irgendwer dem Haus genähert?«

Sikowski schüttelte den Kopf. »Um diese Uhrzeit ist die Straße so ruhig, wie es nur geht. Wir sitzen hier jetzt seit über einer Stunde. Wir haben uns nach dem Wohlergehen der Dame im Inneren erkundigt, sowie wir angekommen sind – wir haben sie leider aufgeweckt und ihr einen Schrecken eingejagt –, und seitdem ist hier nicht mal eine einzige Person den Gehweg entlanggekommen.«

»Sind Sie die Gegend einmal abgegangen?«, fragte ich. »Haben Sie die Umgebung untersucht?«

»Hinter dem Haus ist nur Wald. Wir haben es uns angeschaut, als wir angekommen sind, doch seitdem gab es dort weder ein Licht noch ein Geräusch, also keinen Grund, noch einmal nachzusehen.«

Das bereitete mir Sorgen. »Macht es Ihnen etwas aus, wenn ich nachsehe?«

Er zuckte mit den Schultern. »Hauen Sie rein.«

Mit dieser Antwort konnte ich nichts anfangen. »Wieso sollte ich das tun?« Sikowski sah mich ratlos an.

»Das ist nur eine Redensart, Samuel«, erklärte Ms. Washburn und nahm mich am Arm. »Sie bedeutet, dass Sie loslegen und die Umgebung des Hauses absuchen können.«

»Oh. Gut. Dann tue ich das.« Ich nickte Sikowski zu. »Danke, Officer.«

Er ließ das Autofenster ohne ein weiteres Wort wieder hoch. Ich drehte mich um und wollte zum Haus hinübergehen, da fiel mir etwas ein, und ich klopfte noch einmal an Sikowskis Fenster. Er ließ es herunter und sah mich an.

»Gibt es irgendwelche Haustiere? Vielleicht einen Hund?«

Sikowski schüttelte den Kopf. »Nein, danach haben wir auch gefragt. Es stellte sich heraus, dass Dr. Ackerman allergisch ist.« Dann ließ er das Fenster wieder hoch, bevor ich mich bedanken oder ihm noch eine weitere Frage stellen konnte.

Als wir die Straße überquerten, sah ich zu Ms. Washburn. »Vielleicht sollten Sie besser hierbleiben«, sagte ich zu ihr. »Wenn es da hinten ein Problem gibt, möchte ich Sie der Gefahr nicht aussetzen. Ihr Mann macht sich bereits Sorgen …«

»Machen Sie sich um meinen Mann keine Gedanken. Ich bin hier, um Ihnen zu helfen. Das kann ich nicht tun, wenn ich im Auto herumsitze. Also los.« Sie ging weiter Richtung Haus, also folgte ich ihr.

Wir sahen uns kurz den Vordereingang an. Er war verriegelt und mit einem Tastenfeld und einem kleinen Aufkleber ausgestattet, auf dem stand, dass das Haus eine Alarmanlage besaß. Ich rüttelte nicht stark genug am Türknauf oder an dem Schloss, damit sie losgegangen wäre, aber ich versicherte mich, dass hieran nicht vor Kurzem herumgespielt worden war.

Es gab keinen Grund, eine Seite des Hauses der anderen vorzuziehen, also ging ich langsam zur linken Seite, wo die Auffahrt zu einer angebauten Garage führte. Auch das Garagentor war gesichert. Wir setzten daher unseren Weg um das Haus herum fort, wobei wir aufpassten, nicht in eines der ordentlich bepflanzten Blumenbeete zu treten oder über den Gartenschlauch zu stolpern, der hinter der Garage unaufgerollt herumlag. Ich unterdrückte mein Bedürfnis, ihn auf das Wägelchen aufzurollen, das keine drei Meter entfernt stand, und ging weiter Richtung Hausrückseite, denn auf dieser Seite des Gebäudes gab es keine Tür.

Es hatte zwar kürzlich nicht geregnet, doch der Gartenschlauch bewies, dass gewässert worden war, das Gras war außerdem ein wenig feucht, vielleicht auch vom frühmorgendlichen Tau. Ich sagte Ms. Washburn, sie solle aufpassen, wo sie hintrat, und versuchen, sich auf die gefliesten Stellen zu beschränken. Ich bat sie auch, mich vorausgehen zu lassen, obwohl das als unhöflich gilt. Sie hatte aber nichts einzuwenden und schien den Vorschlag sogar zu begrüßen.

Als ich um die Ecke bog, um einen Blick auf die Rückseite des Hauses zu werfen, stoppte ich abrupt und hielt die Hand hoch, um Ms. Washburn daran zu hindern, ebenfalls um die Ecke zu biegen. »Jemand war hier.«

»Sind Sie sicher?« Ms. Washburn sah beunruhigt aus, was vernünftig von ihr war.

»Es gibt niedergedrücktes Gras und schlammige Spuren, die vom Haus wegführen.« Ich ging ein paar Meter weiter, um mir das genauer anzusehen, und Ms. Washburn folgte mir. »Die Spuren sind nicht alt genug, um von jemand anderem als einem Eindringling zu stammen.«

»Gibt es nur Spuren, die vom Haus weg, und keine, die hinein führen?«, flüsterte Ms. Washburn.

Ich prüfte das nach. »Nein, und Sie haben recht, dass das bemerkenswert ist. Vielleicht hat Mrs. Ackerman etwas aufgeschreckt, und sie hat daraufhin das Haus verlassen. Ich werde nachsehen. Bitte rufen Sie die Polizei an und sagen Sie ihnen, sie sollen die Polizisten im Streifenwagen alarmieren.«

Ms. Washburns Antwort kam mit Verzögerung. Ihr Atem ging heftig. Sie musste wohl Angst haben. »Ich kann nicht. Ich glaube, ich habe das Telefon im Auto liegen lassen.«

»Dann gehen Sie zurück und alarmieren Sie sie selbst. Ich gebe Ihnen ein Zeichen mit der Taschenlampe, wenn es ein Problem gibt. Falls nicht, schalte ich einfach das Licht im vorderen Zimmer an, und Sie können hereinkommen.«

Noch einmal entstand eine Pause, bevor Ms. Washburn antwortete. Ihre Stimme zitterte ein wenig. »Ich möchte Sie hier nicht allein lassen«, sagte sie, obwohl ihr Ton, wenn ich das richtig einschätzte, dem Inhalt ihrer Worte widersprach. Es war verwirrend.

Ich wies sie auf das Offensichtliche hin: »Ich werde nicht allein sein. Entweder Mrs. Ackerman oder der Eindringling oder beide werden sich mit mir gemeinsam im Haus befinden.«

»Dabei fühle ich mich nicht wohler.« Ms. Washburn drehte um und lief zur Straße zurück.

Ich taxierte die Situation und entschied, dass es keinen Sinn ergab, auf die Polizisten zu warten, denn vielleicht benötigte Mrs. Ackerman schnelle Hilfe. Ich näherte mich der Hintertür und stellte fest, dass es an ihr keine Anzeichen eines Einbruchs gab und dass auch der Alarm nicht schrillte, obwohl die Rückseite ebenfalls mit einem Zahlencode gesichert war.

Als ich mit dem Ellenbogen gegen die Tür drückte (um so zu verhindern, Fingerabdrücke zu hinterlassen, die die Polizei später entdecken würde), öffnete sie sich, ohne dass ich den Türknauf drehen musste.

Das hielt ich für kein gutes Zeichen.

Direkt hinter der Tür befand sich ein Vorraum, in dem es auch keine Anzeichen eines Einbruchs gab. In einer Ecke standen eine Waschmaschine und ein Trockner, doch ich konnte keinen Schmutzwäschebehälter entdecken. Die Wäsche war offenbar erledigt worden. Es war kein Blut auf dem Boden oder sonst wo im Raum zu erkennen. Wenn der Eindringling tatsächlich hier entlang das Haus verlassen hatte, war das ganz offensichtlich ein gutes Zeichen. Anders als die Person, die diesen Raum zuletzt verlassen hatte, wischte ich mir den Schlamm an einer Fußmatte neben der Tür gründlich ab. Dann ging ich, so leise ich konnte, weiter ins Haus hinein.

Ich überlegte, ob ich nach Mrs. Ackerman rufen sollte, aber wenn tatsächlich noch ein Einbrecher im Haus war, wäre das eine sehr unglückliche Vorgehensweise. Es wäre wohl besser, einfach zu suchen.

Wenn man die Uhrzeit in Betracht zog, war der wahrscheinlichste Aufenthaltsort von Mrs. Ackerman ganz offenbar das Schlafzimmer, das meistens im oberen Geschoss liegt. Ich ging durch die Küche, die ganz friedlich dalag, und ins Wohnzimmer, in dem eine mit einem Läufer ausgelegte Treppe nach oben führte.

Ich dachte, dass mir das einen Vorteil verschaffen konnte, weil der Teppich meine Schritte dämpfen würde, doch das war nicht der Fall – die dritte Stufe von oben knarzte laut, und ich hörte als Reaktion darauf sofort ein Geräusch aus einem Zimmer zu meiner Linken, ohne Zweifel das Schlafzimmer. Ich hatte jemanden darüber in Kenntnis gesetzt, dass ich im Haus war.

Da ich keine Waffe hatte, ging mir durch den Kopf, dass es eine Möglichkeit wäre, auf die Polizisten zu warten, doch sie waren noch immer nicht im Haus (wenigstens soweit ich das wahrnahm), und es bestand nach wie vor die Möglichkeit einer Gefahr für Mrs. Ackerman. Und das war ja der ursprüngliche Grund dafür gewesen, warum ich überhaupt das Haus betreten hatte.

Ich hielt am oberen Treppenabsatz an, dachte noch einmal sorgfältig über meine Optionen nach und näherte mich dann so ruhig wie möglich der offenen Schlafzimmertür zu meiner Linken.

Ich brauchte nicht lange, bis ich die Tür erreichte. Wenn ich mich auch angestrengt hatte, mich in dem nicht beleuchteten Flur umzusehen – meine Pupillen hatten sich mittlerweile der Dunkelheit angepasst –, konnte ich nichts entdecken, was mir verlässlich zur Verteidigung hätte dienen können. Ich habe einen schwarzen Gürtel zweiten Grades in Taekwondo, den ich nach jahrelangem Training errungen habe. Meine Mutter war der Meinung, dass mir das Training dabei helfen würde, mit Gleichaltrigen in Kontakt zu treten. Ich beschloss, mich auf diese Fähigkeiten zu verlassen, falls es nötig werden sollte. Wenn mein Gegenüber jedoch mit einer Pistole bewaffnet wäre, dann wäre Taekwondo zur Verteidigung wohl nicht sehr effektiv.

Es war jedoch die einzige Möglichkeit, die mir zur Verfügung stand.

Ich betrat das Schlafzimmer und war einmal mehr dankbar für den geräuschdämpfenden Effekt des hier flächendeckend verlegten Teppichs. Ich stand vollkommen still in der neuen Umgebung und erlaubte es meinen Augen, sich noch einmal anzupassen. Dann blickte ich mich um.

Ich sah ein Schlafzimmer der gehobenen Mittelklasse mit einem großen Bett in der Mitte, einem angeschlossenen Badezimmer rechts neben dem Bett und zwei Kommoden, eine auf jeder Seite des Zimmers, die sicherlich sehr hübsch waren, die ich aber nicht deutlich genug erkennen konnte, um diesen Verdacht zu erhärten. Ein bodenlanger Spiegel links neben dem Bett erschreckte mich, bevor ich bemerkte, dass ich nur mein eigenes Spiegelbild darin sah. Es drang fast kein Licht durch irgendeines der drei Fenster ins Innere. Ein Luftbefeuchter war eingeschaltet, sodass ein leises Grundrauschen ertönte.

Das einzig Unerwartete war, dass niemand im Bett lag.

Ich umrundete es langsam und schaute im Badezimmer nach. Auch hier war keiner zu sehen. Ein schneller Blick in die Dusche bestätigte, dass sich dort niemand versteckte. Eine zweite Tür führte zu einer kleinen Sauna, doch auch hier war niemand.

Die Sauna war der dunkelste Raum von allen, hier gab es keine Fenster, also waren meine Augen besonders gut auf die Finsternis eingestellt, als ich ins Schlafzimmer zurückging. Und so entdeckte ich etwas, was mir zuvor entgangen war. Um genau zu sein, sah ich ein schwarzes Loch, das sich durch die Überdecke und die Laken darunter gebrannt hatte, und es roch auch angesengt.

Es handelte sich um ein Einschussloch.

War jemand hier eingedrungen und hatte auf das Bett geschossen, weil er fälschlicherweise annahm, dass darin jemand schlief? Das erschien mir unwahrscheinlich, da sich das Einschussloch am Fuß des Bettes befand. Jemand, der versuchte, eine schlafende Person zu töten, würde wohl kaum zuerst auf die Zehen zielen.

Ich dachte über das Geräusch nach, das ich auf der Treppe gehört hatte, fast ein hohes Wimmern, und kniete mich hin. Ich sah unter das Bett. Darunter lag eine Frau.

Eine lebendige Frau.

»Mrs. Ackerman?«, fragte ich, doch die Frau antwortete nicht. Sie fixierte mich einfach nur und wimmerte erneut.

»Sind Sie Eleanor Ackerman?« Diese Frage löste nur ein noch mitleiderregenderes Stöhnen aus. Es war mir vorher nicht in den Sinn gekommen, doch plötzlich begriff ich, dass Mrs. Ackerman mich ja nicht kannte und nicht wusste, ob ich hier war, um ihr ein Leid zuzufügen, wie es jemand anderes ganz offensichtlich kurz zuvor versucht hatte.

Aus dem Erdgeschoss hörte ich, wie sich die Vorder- und die Hintertür gleichzeitig öffneten. »Polizei!«, drang es von unten herauf.

»Mrs. Ackerman, mein Name ist Samuel Hoenig«, sagte ich zu der Frau unter dem Bett. »Ihr Mann hat mich hergeschickt, um nachzusehen, ob es Ihnen gut geht. Ich will Ihnen nichts antun, und ich habe auch keine Waffe bei mir. Sind Sie verletzt?«

Sie schüttelte den Kopf. Nein, sie war nicht verletzt.

Ich hörte Schritte im unteren Stockwerk. Es wäre wohl am besten, die Polizisten wissen zu lassen, dass wir nicht die Einbrecher waren.

»Wir sind hier oben!«, rief ich. »Niemand ist verletzt! Niemand ist bei uns im Zimmer. Was die anderen Zimmer betrifft, bin ich mir nicht sicher, außer beim Waschraum und der Küche!«

»Wir kommen nach oben«, hörte ich Officer Sikowski sagen. »Identifizieren Sie sich, bitte.«

»Samuel Hoenig«, rief ich. Ich gab Mrs. Ackerman ein Zeichen, dass sie es mir gleichtun solle. Das schien sie ausreichend abzulenken, um sich zusammenzureißen.

»Eleanor Ackerman«, versuchte sie zu rufen, doch sie lag auf dem Bauch unter dem Bett und konnte keine große Lautstärke erzeugen.

»Was?«, rief Sikowski.

»Mrs. Ackerman kommt unter dem Bett hervor«, antwortete ich. »Es geht ihr gut.«

Sikowski erschien in der Tür. Er hatte die Pistole gezogen, den Lauf jedoch auf den Boden gerichtet, während ich Mrs. Ackerman unter dem Bett hervorhalf. Sie hustete zweimal, während Sikowski, der sich versicherte, dass wir nicht von einem unentdeckten Verbrecher unter Druck gesetzt worden waren, das Zimmer durchsuchte. Als er fertig war, schaltete er das Deckenlicht ein.

Eleanor Ackerman war eine Frau Mitte vierzig, vielleicht sechsundvierzig, und knapp eins siebzig groß. Ich schätzte ihr Gewicht nicht, doch sie hatte weder Untergewicht noch deutliches Übergewicht. Ihr zerzaustes Haar war hellbraun und hatte ein paar gut gemachte Strähnchen, wenn es nicht sogar ganz gefärbt war. Sie rang nach Luft und war offensichtlich außer sich vor Angst.

»Ich habe … eine Pistole gesehen«, stieß sie schließlich zwischen zwei schweren Atemzügen hervor.

»Das ist nur Officer Sikowski«, beruhigte ich sie. »Sie sind nicht in Gefahr.«

Sikowskis Partner erschien in der Tür, und Sikowski wandte sich ihm zu: »Es ist sonst niemand im Haus«, sagte der andere Polizist, und Sikowski nickte.

»Warte auf die Verstärkung und bewache die Eingänge, vor allem den Hintereingang«, sagte er zu dem zweiten Polizisten, auf dessen Namensschild, wie ich jetzt lesen konnte, PATEL stand.

Officer Patel ging hinaus, und wir hörten seine Schritte auf der Treppe. Sie wurden durch den Läufer gedämpft und immer leiser, je weiter er sich entfernte. Sikowski wandte sich uns erneut zu.

»Ich habe eine Pistole gesehen«, wiederholte Eleanor.

Sikowski kniff die Augen zusammen. »Meinen Sie meine Waffe?«

Eleanor schüttelte den Kopf. »Nein. Als ich unter dem Bett lag. Ich habe eine Hand mit einer Pistole darin gesehen. Dann hörte ich, wie der Schuss auf das Bett abgefeuert wurde. Er verfehlte meinen Kopf nur knapp.« Natürlich, Eleanor hatte sich unter dem Bett versteckt, mit dem Kopf zur Tür, damit sie die Person sehen konnte, die in ihr Zuhause eingedrungen war, wenn diese das Schlafzimmer betrat.

»Haben Sie gehört, wie sich der Einbrecher Zutritt zu Ihrem Haus verschafft hat?«, fragte ich. Sikowski runzelte die Stirn. Er fühlte sich nicht wohl dabei, wenn jemand anderer als ein Polizist Fragen stellte, doch seine Vorgesetzten hatten ihn wahrscheinlich über meine Rolle in diesem Fall unterrichtet, sodass er mir gegenüber Milde walten ließ, wie er es keinem anderen Zivilisten gegenüber getan hätte.

»Nein«, antwortete Eleanor. »Nachdem mich die beiden Polizisten aufgeweckt hatten, war ich so aufgeregt, dass ich eine Tablette nehmen musste, um wieder einzuschlafen. Ich hörte daher nichts, bevor Schritte auf der Treppe erklangen. Ich hatte noch nicht einmal Zeit, mir das Telefon zu schnappen. Ich habe mich einfach nur unter dem Bett verkrochen.«

»Das hat Ihnen wahrscheinlich das Leben gerettet«, bemerkte Sikowski. Ich war derselben Meinung, doch ich hatte nichts gesagt, weil ich fürchtete, diese Äußerung würde Eleanor nur noch mehr verängstigen und sie als Zeugin weniger brauchbar machen.

Sie schien jedoch nicht sonderlich verängstigt zu sein. »Ich habe Füße in schwarzen Sneakers gesehen, wissen Sie, keine Sportschuhe, sondern die mit der Gummisohle, die es einem ermöglichen, beim Gehen keinen Lärm zu machen. Und ich sah, dass die Person eine Pistole in der rechten Hand hielt.

»War der Einbrecher ein Mann oder eine Frau?«, fragte Sikowski.

»Das weiß ich nicht. Das Licht war aus, und ich konnte nur Umrisse erkennen, und das auch nur von der Hüfte abwärts. Wenn die Person die Pistole in die Luft gehalten hätte, hätte ich auch die nicht gesehen.«

Vielleicht gab es eine andere Möglichkeit, das Geschlecht des Eindringlings zu bestimmen. »Waren die Schuhe groß oder klein?«, fragte ich.

Eleanor kniff die Augen zusammen und überlegte. »Das kann ich Ihnen wirklich nicht sagen. Sie waren dunkel, und sie bewegten sich. Vielleicht eher klein. Vielleicht auch nicht. Ich weiß es nicht.«

»Doch sie waren nicht übermäßig groß?«, bohrte ich nach.

Sie dachte noch einmal nach. »Nein. Wenn sie sehr groß oder sehr klein gewesen wären, wäre es mir aufgefallen.«

»Wir haben Ihren Mann verständigt«, versicherte ihr nun Sikowski. »Er ist auf dem Weg hierher.«

Eleanor zeigte keine äußerliche Regung, antwortete aber: »Gut.«

Sikowski verbrachte die nächsten elf Minuten damit, Eleanor über das zu befragen, was sie gesehen und gehört hatte. Er fand nicht mehr heraus als das, was sie uns schon gesagt hatte, doch ich verstand die Taktik: Je mehr man eine Person dazu bringt, über einen Moment nachzudenken, desto wahrscheinlicher ist es, dass sie sich an ihn erinnert. Danach verbrachte er drei Minuten damit, das Einschussloch in der Matratze und die Flugbahn des Geschosses zu untersuchen.

Inzwischen war Marshall Ackerman eingetroffen, und seine Frau war ins Badezimmer gegangen und hatte sich Sportkleidung übergezogen. Ackerman stürmte mit einer dramatischen Geste durch die Tür und rief laut ihren Namen.

Sie ging zu ihm hin, und Ackerman umarmte sie, doch Eleanors Arme hoben sich nicht, um ihren Ehemann an sich zu drücken. Sie schien immer noch in einem erschütterten Gefühlszustand zu sein, der durch den Schock ausgelöst worden war, den sie erlitten hatte. Oder sie hatte vielleicht das Asperger-Syndrom, obwohl das unwahrscheinlich zu sein schien. Bei Männern wird mit viel höherer Wahrscheinlichkeit jede Art von autistischer »Störung« diagnostiziert. Während man annimmt, dass einer von achtundachtzig Menschen die »Störung« hat, wird sie bei Männern viermal häufiger festgestellt als bei Frauen. Also war Mrs. Ackerman wohl einfach nur durcheinander.

Nachdem man ihm einen detaillierten Bericht über die Ereignisse dieser Nacht geliefert und nachdem er seine große Verzweiflung darüber zum Ausdruck gebracht hatte – vor allem, als er das Einschussloch in der Matratze sah –, schlug Ackerman vor, dass wir nach unten, »weg von all dem Schrecklichen« gehen und das Gespräch im Wohnzimmer fortsetzen sollten.

Die Spurensicherung kam zur selben Zeit an, also zogen wir uns in einen anderen Raum neben dem Wohnzimmer zurück, den Eleanor als »Bibliothek« bezeichnete. Das verwirrte mich, denn es gab auf den Regalen des Zimmers kein einziges Buch. Doch ich verlieh meiner Verwirrung nicht Ausdruck, da ich davon ausging, dass sie mit meiner Wahrnehmung als Individuum mit Asperger-Syndrom zu tun hatte. Officer Sikowski kommentierte den Umstand auch nicht, und ich nahm mir vor, Ms. Washburn danach zu fragen, wenn ich sie wiedersah. Das brachte mich dazu, Sikowski zu fragen, wo sie wohl sein könne. Er entgegnete, dass sie draußen geblieben war, um jede Gefahr im Haus zu meiden.

Da er nun Ackerman dieselben Fragen stellte, die ich ihm schon den ganzen Tag über gestellt hatte – wer könnte einen Groll gegen ihn oder das Institut hegen, und warum sollte Eleanor das Ziel sein –, entschuldigte ich mich und ging nach draußen, um nach Ms. Washburn zu sehen. Sie saß bei laufendem Motor in ihrem Auto und hatte die Heizung aufgedreht. Am Himmel wurden im Osten gerade die ersten Sonnenstrahlen sichtbar.

Sie gab mir kein Zeichen, also war ich mir nicht sicher, ob ich mich wieder auf den Beifahrersitz setzen sollte, doch das war schließlich den ganzen Tag über mein Platz gewesen. Ich entschied also, dass es kein Bruch sozialer Gepflogenheiten wäre, die unverschlossene Beifahrertür zu öffnen und mich neben sie ins Auto zu setzen.

»Es tut mir leid«, sagte Ms. Washburn, bevor ich ein Gespräch beginnen konnte.

Das war nicht, was ich zu hören erwartet hatte. Ms. Washburns Miene konnte ich nicht lesen; sie war ausdruckslos, und auch ihre Stimme gab keinen Hinweis auf eine emotionale Regung. Ich hatte also zu diesem Thema keine Hinweise, auf die ich mich hätte stützen können. »Was tut Ihnen leid?«

»Dass ich nicht hineingekommen bin und Ihnen geholfen habe. Die Polizisten haben mir gesagt, ich soll hier draußen bleiben, und das habe ich getan. Ich habe Sie dort drin allein gelassen.«

»Das habe ich von Ihnen auch erwartet. Es bestand Gefahr im Haus. Die Polizei war hier, um sich darum zu kümmern. Es gab keinen Grund für Sie, sich dieser Gefahr auszusetzen.«

Sie schüttelte den Kopf. »Ich hatte eben doch einen Grund. Sie sind selbst dort hineingegangen. Und Sie sind kein Polizist. Sie haben es getan, weil Sie Mrs. Ackerman helfen wollten.«

»Aber die Polizisten haben Sie angewiesen, draußen zu warten«, rief ich ihr ins Gedächtnis.

»Und ich habe nichts anderes auch nur angedeutet«, antwortete Ms. Washburn. Eine Träne lief ihr aus dem rechten Auge, aus demjenigen also, das ich sehen konnte, da sie geradeaus durch die Windschutzscheibe starrte. »Ich habe Sie dort hineingehen und sich dem Risiko ganz ohne Beistand stellen lassen, weil ich Angst hatte.«

Sie war nicht vernünftig. Sie hatte das Richtige getan, indem sie sich aus der Schusslinie gehalten hatte. Es hatte meine Aufmerksamkeit entlastet, dass sie nicht mit mir im Haus gewesen war, während ich nach Eleanor suchte. Doch wie oft ich diese Punkte auch betonte, Ms. Washburn wollte sie einfach nicht anerkennen.

»Sie sind allein dort hineingegangen, und ich habe das zugelassen. Ich hatte Angst und habe Sie im Stich gelassen.«

Ich fürchtete, sie könnte zu weinen beginnen, und das machte mich nervös. Ich weiß nicht, wie ich auf derartige Gefühlsausbrüche reagieren soll, also versuche ich sie zu entschärfen, bevor sie sich ereignen, und verhindere so, dass sie zu etwas werden, was mir Unbehagen bereitet. Das ist keine Strategie, die ich im Unterricht für Sozialverhalten gelernt habe. Dort wurde ich dazu ermuntert, Gefühle, die ich kommen sah, zuzulassen. Ich hatte diese Strategie vielmehr ganz alleine entwickelt, vor allem zu den Gelegenheiten, bei denen sich meine Mutter über die Abwesenheit meines Vaters aufregte oder darüber, dass ich ein Kind war, das schwieriger aufzuziehen war als die meisten anderen.

»Sie haben nichts falsch gemacht«, versicherte ich Ms. Washburn. »Sie haben genau das getan, was ich Ihnen geraten hätte, wenn ich da gewesen wäre. Bitte weinen Sie nicht.«

Sie wandte mir schnell den Kopf zu, was wohl darauf schließen ließ, dass sie überrascht war. »Ich weine nicht.«

»Ich dachte, Sie würden vielleicht damit anfangen.«

Ms. Washburn lächelte matt. »Es ist spät, und ich bin müde. Ich wäre schon nicht in Tränen ausgebrochen. Keine Sorge, Samuel.«

Ich war natürlich erleichtert, das zu hören. »Würden Sie uns in diesem Fall zum Institut zurückfahren?«

Sie wirkte erneut überrascht. »Wir fahren wieder zurück? Wir sind für diese Nacht immer noch nicht fertig?«

Für diese Nacht fertig? »Die Frage ist nach wie vor nicht beantwortet«, erinnerte ich sie. »Die sterblichen Überreste von Ms. Masters-Powell sind noch immer in Gefahr, und es hat keinen Fortschritt in Bezug auf den

Mord an Dr. Springer gegeben. Bis in diesen Angelegenheiten die Dringlichkeit nicht nachlässt, müssen wir weiterarbeiten.«

Ms. Washburn nickte langsam und startete den Wagen.

Während der neunzehn Minuten, die wir von Ackermans Haus zum Garden State Cryonics Institute benötigten, sprachen wir kein weiteres Wort. Ms. Washburn schien in Gedanken zu sein, und zwar so tief, dass ich sie auf die richtige Auffahrt zum Highway 1 hinweisen musste. Sie nickte und bog ab, erschien jedoch weiterhin wie eine Person, die über etwas anderes nachdenkt, ein Umstand, der mich beunruhigt, wenn ich mit jemandem im Auto sitze.

Dennoch kamen wir sicher und ohne Zwischenfall am GSCI an. Dort stieg ich aus, doch Ms. Washburn machte den Motor nicht aus. Ich wartete siebenundvierzig Sekunden lang neben dem Auto, aber sie machte keine Anstalten, selbst ebenfalls auszusteigen. Ich ging also zur Fahrerseite hinüber. Als sie mich sah, ließ Ms. Washburn die Scheibe herunter.

Bevor ich etwas sagen konnte, ergriff sie das Wort. »Ich gehe nicht mit hinein, Samuel. Ich fahre heim.«

»Ich verstehe nicht.«

Sie nickte. »Ich weiß, dass Sie das nicht tun. Doch dieser ganze Tag – und die Nacht – hat mich erschöpft und verängstigt. Ich befürchte, dass ich Ihnen mehr schade als nütze. Und ich glaube, dass es für uns beide das Beste ist, wenn ich mich jetzt verabschiede.«

Wir hatten dieses Gespräch schon einmal geführt, also drängte sich mir auf, dass bei ihrer Entscheidung unausgesprochene Probleme und Gründe am Werk waren.

»Ich verstehe, dass Ihrem Mann die Art von Arbeit, die wir verrichten, nicht gefällt, aber …«

»Halten wir meine Ehe da raus, okay, Samuel? Mir ist es mit dem, was ich sage, sehr ernst. Wenn ich Sie in den entscheidendsten Momenten im Stich lasse, ist es doch das Beste, dass Sie sich jemand anderen suchen oder alleine weitermachen. Bis heute Morgen haben Sie das alles doch als Einmannunternehmen prima hingekriegt. Machen Sie einfach weiter, als wäre ich niemals hier gewesen.«

Das konnte ich mir nur schwer vorstellen. »Aber Sie waren doch hier«, sagte ich. Ich wollte gerade hinzufügen: *Und Sie waren ein unschätzbarer Gewinn.* Ich wollte hinzufügen, dass sie eigentlich *gestern* Morgen meinte, doch Ms. Washburn unterbrach mich, bevor ich weiterreden konnte.

»Ich weiß, aber ich möchte, dass Sie so tun, als wäre ich es nicht gewesen. Machen Sie einfach weiter mit dem, was Sie so gut können. Beantworten Sie Fragen. Ich komme morgen bei Ihnen im Büro vorbei, und Sie können mir erzählen, wie es gelaufen ist. Aber ich bitte Sie, Samuel, zwingen Sie mich nicht, noch einmal in dieses Gebäude zu gehen und mit diesen Leuten zu sprechen. Ich glaube, dass einer von ihnen Dr. Springer ermordet und einen Mordversuch an Mrs. Ackerman verübt hat. Und ich möchte nicht, dass einer von uns beiden das nächste Opfer ist.«

Ich hatte den Eindruck, dass es besser war, nicht zu erwähnen, dass ich mit ihrer Einschätzung übereinstimmte und damit begonnen hatte, eine Theorie darüber zu bilden, welche der Personen, denen wir heute begegnet waren, in den Mord verwickelt waren. Ms. Washburn war schon sehr aufgeregt. Ihr zu bestätigen, dass wir wahrscheinlich weniger als fünfzig Meter von einem Mörder entfernt waren, würde ihre Nerven nicht beruhigen.

Die Erkenntnis trug jedenfalls sehr wenig dazu bei, meine eigenen Nerven zu beruhigen.

»Ich werde Sie nicht bitten, etwas zu tun, was Sie so im Innersten aufwühlt. Akzeptieren Sie bitte meinen Dank für Ihre heutige Hilfe und denken Sie darüber nach, ab morgen weiter für *Fragen Beantworten* zu arbeiten. Glauben Sie mir, wir haben es fast nie mit Gewalttätern zu tun. Tatsächlich ist das auch für mich das erste Mal.«

Ms. Washburn lächelte. »Ich denke darüber nach, Samuel. Das verspreche ich.« Sie griff zwischen die Vordersitze ihres Autos und nahm das Handy. »Tun Sie mir einen Gefallen und stecken Sie das hier ein, okay?« Sie streckte die Hand mit dem Telefon zu mir aus.

»Ich verstehe nicht. Das ist doch Ihr Mobiltelefon.«

»Ich sage nicht, dass Sie es für immer behalten können. Nur für den Fall, dass Sie in dieser Frage noch einmal irgendwo hingehen müssen, würde ich mich besser fühlen, wenn Sie zu jeder Zeit eine Möglichkeit hätten zu kommunizieren. Okay? Tun Sie mir den Gefallen?«

Sie hielt mir das Telefon noch immer durch das Fenster entgegen. Sie wollte offensichtlich, dass ich es annahm, aber ich hatte noch Bedenken. »Ich habe Ihnen mein Verhältnis zu solchen Gegenständen doch geschildert«, erinnerte ich sie. »Ich bin wirklich nicht die zuverlässigste Person, der man so ein wertvolles Gerät anvertrauen kann, ein Gerät, das Sie brauchen.«

»Ich gehe jetzt schlafen. Und ich habe vor, sehr lange zu schlafen, hoffentlich sehr viel länger als die Zeitspanne, die Sie noch benötigen, um diese beiden Fragen zu beantworten. Ich komme am Nachmittag vorbei und hole es mir ab. Ich werde es die ganze Zeit, in der Sie es haben, nicht brauchen. Einverstanden?«

Mit einer neuerlichen Geste streckte sie mir das Telefon ein weiteres Mal entgegen. »Aber ich könnte es verlieren«, protestierte ich.

Ms. Washburn achtete darauf, mir in die Augen zu blicken, als sie entgegnete: »Ich vertraue Ihnen.«

Die Diskussion war beendet. Ich nahm das Handy, und Ms. Washburn fuhr davon.

24

Das Erste, was Lapides mich fragte, als ich den Empfangsraum des GSCI betrat, war: »Wo ist denn Ihre Assistentin?«

Ich war kurz versucht, seine Begrifflichkeit zu korrigieren und anzumerken, dass Ms. Washburn meine Geschäftspartnerin und nicht meine Assistentin war, doch stattdessen sagte ich nur: »Ms. Washburn ist für heute nach Hause gefahren«, und beließ es dabei. Es bereitete mir Mühe, die Veränderung zu begreifen, die sich gerade zugetragen hatte, und ich war noch nicht bereit, sie en détail zu besprechen. Für jemanden wie mich stellt eine Überraschung keine angenehme Erfahrung dar. Wir ziehen es vor, im Vorfeld so viel wie nur möglich über jedes beliebige Vorkommnis zu wissen.

»Kommen Sie rein«, sagte Lapides und winkte mich durch die Sicherheitsschleuse am Eingang. »Wir haben eine Menge zu bereden.«

Wir gingen wieder in denselben Konferenzraum, in dem Ackerman die Nachrichten von den Dieben erhalten hatte. Darin befanden sich Laverne und Arthur Masters, Commander Johnson und Captain Harris. Weder Mrs. Johnson noch Charlotte Selby noch selbstredend Marshall Ackerman waren anwesend.

»Wo ist Ihre Assistentin?«, fragte Arthur Masters und sah dabei besonders enttäuscht aus. Mir schwante, dass ich Arthur möglicherweise nicht mochte, aber ich sagte ihm dasselbe, was ich auch Lapides gesagt hatte. Als Arthur eine weitere Frage stellen wollte, schnitt ihm Captain Harris das Wort ab.

»Seit Sie fortgegangen sind, ist die Lage eskaliert, Mr. Hoenig. Ich bedanke mich für Ihre Hilfe am Übergabeort. Wir hätten vielleicht nicht einmal die begrenzten Videoaufnahmen, wenn Sie nicht gewesen wären, und Ihr Instinkt bezüglich Mrs. Ackerman hat ihr sehr wahrscheinlich das Leben gerettet.«

»Das war kein Instinkt. Es war eine Folgerung, die ich aus den Fakten gezogen habe.«

Captain Harris winkte ab, als wollte sie den Unterschied als unbedeutend abtun. Ich wusste, dass das nicht der Fall war, wollte mich aber nicht mit ihr streiten. »Wie zu befürchten war, haben sich die Entführer mit dem Lösegeld, das wir ihnen bezahlt haben, nicht zufrieden gegeben, und drohen nun damit, die Überreste zu zerstören, die sie in ihrer Gewalt haben. Doch Mr. und Mrs. Masters wollen nun unter den richtigen Umständen einwilligen, die gesamte geforderte Lösegeldsumme zu zahlen.«

Diese Äußerung traf mich völlig unvorbereitet. Vor allem Laverne hatte so sehr darauf bestanden, nicht für den Kopf ihrer Tochter zu bezahlen, dass die Zustimmung bezüglich des Lösegelds nun vollkommen untypisch für sie wirkte. Verhaltensänderungen dieses Ausmaßes sind manchmal ein Anzeichen für ein heimliches Motiv, und das passte nicht zu der Theorie, die ich mir in der Frage des gestohlenen Kopfes zurechtgelegt hatte.

Ich sah in Arthurs Richtung, und er blickte zu einem Bild, das an der Wand über Captain Harris' Kopf hing. »Genau«, bekräftigte er. »Unter den richtigen Umständen.«

»Und worin bestehen die richtigen Umstände?«, fragte ich. Anders als in vielen solcher Situationen, wenn man auf eine Frage eine bestimmte Antwort erwartet, hatte ich keinen Schimmer, wie Arthur Masters' Antwort in diesem Fall lauten konnte.

»Wir müssen persönlich Ritas Überreste sehen, bevor das Geld auf ein Nummernkonto überwiesen wird. Kein Bargeld wird ausgetauscht.«

»Abgesehen von der Million, die das Institut offenbar schon verloren hat«, bemerkte ich.

Laverne schüttelte den Kopf. »Das ist nicht unsere Sache. Wir haben davon abgeraten, Leuten etwas zu zahlen, die noch nicht einmal bewiesen haben, dass sie tatsächlich im Besitz dessen sind, was sie in der Gewalt zu haben behaupten.«

Ein kleiner dünner Mann von etwa vierzig Jahren und mit sich lichtendem Haar öffnete die Tür gerade weit genug, um den Konferenzraum zu betreten. Er schien das Gewicht der Tür kaum stemmen zu können und wurde beinahe von ihr eingeklemmt, bevor es ihm gelang hereinzuschlüpfen. Er sagte nichts, und niemand schien von seiner Anwesenheit Notiz zu nehmen, doch er stellte sich neben Captain Harris.

»Haben Sie Ihre Bedingungen den Dieben mitgeteilt?«, fragte ich die Masters. Ich nahm Ms. Washburns Telefon aus der Tasche, um mich zu versichern, dass ich es immer noch hatte. Das Telefon war zwar da, aber es hatte keinen Empfang.

»Wir haben eine SMS an die Nummer gesendet, von der Ackerman seine letzten Instruktionen erhalten hat«, mischte sich Commander Johnson ein. »Wir warten noch immer auf eine Antwort.«

An diesem Punkt herrschte allgemeines Schweigen, und der dünne Mann räusperte sich, was sogar für jemanden wie mich, der auf Geräusche empfindlicher reagiert als die meisten anderen, beinahe unhörbar war. Doch er stand nahe genug bei Captain Harris, dass sie sich zu ihm umwandte.

»Ach, was ist denn, Epstein?«, fragte sie. Der Mann murmelte eine Antwort, und Harris, die sich zu ihm hinlehnen musste, um ihn zu verstehen, wirkte verärgert. »Sprechen Sie doch lauter«, herrschte sie ihn an.

»Sie hatten um einen Bericht über das Sicherheitssystem gebeten«, sagte Epstein. Seine Stimme war kaum lauter als das Summen der Klimaanlage.

»Ja, schon vor Stunden.«

»Ich habe im Lagerraum gewartet, um meinen Bericht abzuliefern, aber niemand ist heruntergekommen, um ihn sich anzuhören«, erklärte Epstein. »Soll ich den Bericht jetzt vortragen?«

Es herrschte ein peinliches Schweigen, und jeder im Raum einschließlich mir selbst schaute woandershin, da wir alle den Bericht vergessen hatten, der vielleicht erklären konnte, wie die Verbrechen im GSCI verübt worden waren.

»Ja, natürlich, Mann«, antwortete Captain Harris endlich. Sie wandte sich an den Rest von uns. »Das hier ist Jerome Epstein, der technische Berater, den wir bestellt haben, um das Videoüberwachungssystem im Garden State Cryonics Institute zu begutachten.«

Commander Johnson knurrte und sagte dann leise etwas, was ich nicht verstehen konnte.

Epstein räusperte sich erneut, wahrscheinlich aus darstellerischen Gründen, um anzuzeigen, dass jeder im Raum nun achtgeben sollte. »Begleiten Sie mich bitte in die Sicherheitszentrale? Ich glaube, ich kann Ihnen genau erklären, was passiert ist.«

»Na ja, vielleicht habe ich übertrieben«, räumte Epstein ein.

Wir hatten unsere Besprechung erwartungsvoll in die Sicherheitszentrale verlegt, um uns Epsteins Bericht anzuhören. Die Sicherheitszentrale im ersten Untergeschoss war ein eher kleiner Raum, und wir passten zu sechst kaum dort hinein. Laverne Masters, die entschieden hatte, dass ihr der Weg zu weit war, war im Konferenzraum im Erdgeschoss geblieben.

»Ich kann Ihnen nicht zeigen, was passiert ist«, fuhr Epstein fort. »Aber ich kann Ihnen ganz sicher zeigen, was *nicht* passiert ist.«

Captain Harris schaute ihn verblüfft an. »Sie haben uns hierhergebracht, um uns etwas zu zeigen, was *nicht* passiert ist?«

»In gewisser Weise ja.« Epstein wandte sich dem elektronischen Kontrollpult vor ihm zu, das eine Miniaturversion von etwas war, was man vielleicht in einem Fernsehstudio finden konnte. Er drehte an einem Knopf und nickte in Richtung eines hoch aufgehängten Flachbildschirms. »Beobachten Sie den Bildschirm. Das ist das Filmmaterial, das ungefähr zu der Zeit aufgenommen wurde, in der Dr. Springer ermordet wurde, soweit wir das ausgehend von dem vorläufigen medizinischen Bericht schätzen können.«

Jeder im Raum wandte seine Aufmerksamkeit sofort dem Bildschirm zu. Nach vier Sekunden erwachte er flimmernd zum Leben, und wir sahen ein sehr deutliches farbiges Bild des Lagerraums, das innerhalb der inneren Tür aufgenommen worden war. Es zeigte die linke Seite des Raums mit fünf Behältern für ganze Leichen und acht zur Aufbewahrung von Gehirnen oder ganzen Köpfen.

Das Bild war gleichförmig. Ich bemerkte die Zeit- und Datumsanzeige, die sich an den unteren Bildrand quetschte. Sie ging nach meinem Dafürhalten genau. Auch Geräusche waren aufgezeichnet worden, denn ich konnte das Summen der Kühlaggregate hören. Sonst passierte auf dem Bildschirm, während wir zusahen, allerdings nichts.

Das setzte sich für siebenundneunzig Sekunden fort, bis Captain Harris fragte: »Wie lange dauert es, bis wir etwas zu sehen bekommen?«

»Sie sehen es in diesem Moment«, entgegnete Epstein. »Das hier hat das Videosystem aufgezeichnet.«

»Ich verstehe nicht«, sagte Harris.

»Wollen Sie damit sagen, dass niemand in den Raum gekommen ist und die Überreste meiner Schwester gestohlen hat?«, schaltete sich Arthur Masters ein. »Dass niemand eine Frau tötete, die doch ganz offensichtlich tot ist? Versuchen Sie etwa, das Institut zu decken?«

Epstein schüttelte den Kopf. »Nichts dergleichen. Ich habe ja nicht gesagt, dass es das ist, was wirklich passiert ist. Ich habe nur gesagt, dass es das ist, was das Überwachungssystem aufgezeichnet hat.«

Detective Lapides warf ihm einen sehr strengen Blick

zu. »Versuchen Sie nicht, uns zum Narren zu halten«, sagte er zu Epstein. Dann sah Lapides mich an. Vielleicht erinnerte er sich, dass ich derjenige war, der ihm empfohlen hatte, einen Experten hinzuzuziehen, was zu Epsteins Anwesenheit hier geführt hatte.

»Sie sehen dieselbe Aufnahme, die Sie sich schon früher angesehen haben. Tatsache ist, dass dem Sicherheitssystem gesagt wurde, dass es dieses Bild zur Zeit des Diebstahls und zum Todeszeitpunkt Dr. Springers aufzeichnen soll. Doch es ist eben nicht das Bild, das das Sicherheitssystem wirklich hätte aufzeichnen sollen.«

Ich begann zu begreifen, was Epstein uns zu sagen versuchte. Wie viele Wissenschaftler und technische Sachverständige war er nicht besonders begabt darin, seine Gedanken anders auszudrücken als in dem technischen Jargon seines Berufsstandes. Wenn er es trotzdem versuchte, konnte es zu Missverständnissen führen, oder er erschien stumpfsinnig. Es war eine Schwierigkeit, die ich ziemlich gut nachvollziehen konnte.

»Also wurde das Sicherheitssystem manipuliert, damit es das falsche Bild aufzeichnete«, warf ich ein und versuchte die Angelegenheit für Epstein klarer zu machen.

Er nickte begeistert und zeigte auf mich. »Genau. Jemand hat sich am Sicherheitssystem zu schaffen gemacht. Das hier ist tatsächlich eine Aufzeichnung von Lagerraum B, wo es doch eigentlich eine Aufzeichnung von Lagerraum D sein sollte.«

Das erklärte einiges: wie die Diebe etwas aus dem Lagerraum entwenden konnten, ohne bemerkt zu werden, warum der Sicherheitsalarm nicht losging, warum die Daten, die wir zuvor untersucht hatten, nichts ergeben hatten.

»Was ist mit den anderen Kameras, die in Lagerraum D aufgehängt sind?«, fragte Lapides. »Es müssen doch wenigstens vier Kameras in jedem Raum sein.«

»Es sind sechs«, präzisierte ich. Lapides sah mich daraufhin weniger dankbar an, als ich erwartet hatte.

»Alle Aufzeichnungsgeräte in Raum D – Kameras, Mikrofone und Bewegungsmelder – sind extern ausgeschaltet und zu bestimmten Zeiten in Raum B umgeleitet worden«, erklärte Epstein. »Also zeigen alle Daten, die wir aus dem Sicherheitssystem haben, einen leeren Raum, unterbrochen nur von einer Technikerin, die in der Nacht hereingekommen ist, um einen Routinecheck durchzuführen. Wir haben die Technikerin befragt und ihr Protokoll überprüft; sie war tatsächlich zu den Zeiten in Raum B, zu denen diese Aufzeichnungen sie in Raum D zeigen. Drei andere Sicherheitsleute haben ihren Bericht bestätigt.«

»Sind die Daten automatisch oder manuell umgeleitet worden?«, fragte ich.

»Das ist in der Tat sehr interessant. Das erste Mal, als Rita Masters-Powells Überreste gestohlen wurden, geschah es automatisch und ist von langer Hand vorbereitet worden. Doch als Dr. Springer später am selben Tag ermordet wurde, ist man in das System manuell und von innerhalb der Einrichtung aus eingedrungen, nur ein oder zwei Minuten vor dem Anschlag auf Dr. Springer.«

»Gibt es irgendeine Möglichkeit, die korrekten Sicherheitsaufzeichnungen wiederherzustellen?«, fragte Captain Harris.

Ich kannte die Antwort, aber ich hatte den Eindruck, dass es besser wäre, das Epstein erklären zu lassen. Er schüttelte den Kopf. »Es gibt nichts, was wiederherzustellen wäre. Die Aufzeichnungen sind ja nie gemacht worden. Es ist, als wollte man eine Fotografie wiederherstellen, obwohl die Verschlusskappe die ganze Zeit über der Linse lag.«

Lapides hob die Arme in einer Geste, die ich als Frustration deutete. »Dann können wir also nichts tun. Wir werden nie herausfinden, wer den Kopf gestohlen und Dr. Springer ermordet hat.«

»Wir können eine Menge tun, nun da wir wissen, wie es den Eindringlingen gelungen ist, ihre Taten unbemerkt durchzuführen«, widersprach ich. »Commander Johnson, wie viele Ihrer Mitarbeiter hätten das Fachwissen und die Zugangsberechtigungen zum System, um die Sicherheitsgerätschaften in der von Mr. Epstein beschriebenen Weise umzuleiten?«

Der Commander legte die Hand ans Kinn und zog die Augenbrauen nach unten. Dann wandte er plötzlich den Kopf und sah mich an.

»Warten Sie mal«, sagte er. Wie immer, wenn jemand so etwas zu mir sagt, fiel mir auf, dass es eine unpräzise und unzutreffende Ausdrucksweise ist. Wenn wir tatsächlich gewartet hätten, hätte er nicht sofort weiterreden dürfen, um seinen Punkt zu machen. Doch ich war mir sicher, dass Ms. Washburn mir geraten hätte, dazu nichts zu sagen, also hörte ich weiter zu. »Wollen Sie etwa andeuten, dass ich etwas mit den Verbrechen zu tun habe?«, fragte Commander Johnson mit lauter Stimme.

»Ich deute gar nichts an«, erwiderte ich ebenso ruhig, wie er aufgebracht gesprochen hatte. »Ich stelle Ihnen eine Frage, die uns dabei helfen soll, die Wahrheit herauszufinden.«

»Beantworten Sie bitte die Frage, Commander«, unterstützte mich Captain Harris ruhig. Ihr Gesicht war ausdruckslos, und sie blinzelte nicht, während sie auf seine Antwort wartete.

Er stand stramm. Es war mir aufgefallen, dass er das immer tat, wenn er eine Aufgabe erfüllte, die er ganz offensichtlich nicht als angenehm empfand. »Ich selbst«, antwortete er, dann ließ er den Blick durch den Raum schweifen, als wartete er auf Reaktionen, die nicht sehr auffällig waren oder die mir wenigstens nicht auffielen. »Dr. Ackerman. Mein Stellvertreter José Feliz, doch nur dann, wenn ich nicht anwesend bin.«

»Warum hat Mr. Feliz nur dann Zugang, wenn Sie nicht hier sind?«, fragte Captain Harris.

»Weil er eine Codekarte dazu braucht«, sagte ich. Commander Johnson sah mich feindselig an. »Ich nehme an, dass der Commander die Codekarte, die das Sicherheitssystem in den Lagerräumen aktiviert und deaktiviert, nur dann hier lässt, wenn er selbst nicht da ist, und dass es keine Kopie für Mr. Feliz gibt.«

Commander Johnson bewegte kaum die Lippen, als er bestätigte: »Das ist richtig. Es gibt zwar eine zweite Karte, doch ich behalte beide bei mir und gebe Feliz seine nur dann, wenn es nötig wird.«

»Aber Sie waren ja nicht hier, als die Überreste gestohlen wurden«, rief ich dem Commander in Erinnerung. »Sie haben ausgesagt, dass man Sie zu Hause angerufen hat. Haben Sie José Feliz verhört, Detective Lapides?«

»Ja!«, blaffte Lapides. Für meinen Geschmack war der winzige Raum inzwischen ziemlich überfüllt, und ich begann mich zu fragen, ob Epsteins Vortrag beendet war, sodass wir uns wieder an einen geräumigeren Aufenthaltsort begeben konnten. »Die ganze Schicht über war jemand bei ihm, und seine Bewegungen zu den fraglichen Zeiten sind auf den Videoaufzeichnungen zu sehen.«

»Sind wir hier fertig?«, fragte ich. Arthur Masters' Atem in meinem Nacken war warm und unangenehm.

»Nur noch eine Sache«, erwiderte Lapides, während ich überlegte, wie lange genau ich diese beengte Situation noch ertragen konnte. Lapides wandte sich an Epstein: »Wie würde jemand es so einrichten, dass *automatisch* ein Wechsel von einem Lagerraum zum anderen stattfindet? Könnte man das nicht auf den Videoaufzeichnungen sehen?« Und zu Commander Johnson gewandt, fügte er hinzu: »Werden die Aufzeichnungen hier nicht von jemandem die ganze Zeit überwacht?«

»Natürlich gibt es jemanden«, antwortete der Commander, bevor Epstein es tun konnte, der die Tendenz hatte zu überlegen und einzuatmen, bevor er sprach. »Doch der Übergang von einem leeren Raum zu einem anderen leeren Raum wäre beinahe vollkommen unmerklich. Die Mitarbeiter, die das überwachen, müssten fast danach suchen, damit ihnen das auffiele.«

»Ich werde diese Einrichtung verklagen, egal ob wir die Überreste meiner Schwester finden oder nicht«, sagte Arthur hinter mir. Bei den s-Lauten in *Überreste* und *Schwester* landete ein wenig Speichel auf meinem Nacken. Ich zog mein Taschentuch hervor und wischte ihn mir ab.

Instinktiv sah ich dabei auch nach Ms. Washburns Handy. Es steckte sicher in meiner Tasche, doch ich hatte noch immer kein anständiges Signal.

»Was es zeigt«, sagte nun Epstein, der auf die Frage

antwortete, die Lapides ihm gestellt hatte, »ist, dass die Person oder die Personen, die das Videosystem so konfiguriert haben, dass es den Bildwechsel vollzog, sich sehr gut mit den Sicherheitsvorschriften hier auskennen müssen. Falls sie technisch versiert genug sind, könnte die ganze Sache sogar von außerhalb der Einrichtung aus erledigt worden sein, doch das würde eine ausgefeilte Technik erfordern, die, um ehrlich zu sein, so viel kosten würde, dass die Lösegeldsumme im Vergleich dazu kein so großer Fang mehr wäre.«

»Wie hilft uns das weiter?«, fragte Lapides. Ich hatte nicht daran gedacht, zu ihm hinzusehen, doch ich bemerkte, dass plötzlich jeder im Raum zu mir schaute, woraus ich schloss, dass Lapides' Frage an mich gerichtet war.

»Es schränkt die Liste der Verdächtigen ein wenig ein, weil es bedeutet, dass der Dieb jemand sein muss, der einen Mitarbeiter des Instituts wenigstens sehr gut kennt. Und da irgendwann im Laufe des Prozesses eine Codekarte für das Sicherheitssystem benutzt werden musste, ist offenbar eine von zwei Möglichkeiten wahr: Commander Johnson oder Dr. Ackerman sind in den Diebstahl und vielleicht auch in den Mord verwickelt, oder irgendwer hat die Kopie der Codekarte gestohlen, die Mr. Feliz nutzt.«

»Es gibt noch eine Codekarte«, sagte nun Commander Johnson. »Ackerman hat noch eine weitere, da bin ich mir sicher. Er hat gesagt, dass es dabei hilft, die Sicherheit zu erhöhen, weil ihm dann wirklich niemals die richtige Codekarte fehlen könne.«

Es fiel mir immer schwerer, in diesem kleinen, überfüllten Raum zu denken. »Mr. Epstein«, fragte ich deshalb, »gibt es irgendeinen Grund, warum wir noch hierbleiben müssen?«

Epstein schüttelte den Kopf. Jeder andere im Raum schien daraufhin gleichzeitig auszuatmen, und Arthur öffnete die Tür, sodass ein bisschen willkommene kühle Luft hereinströmen konnte, während wir einer nach dem anderen den Raum verließen.

Marshall Ackerman kam uns bereits entgegen, als wir uns wieder in Richtung Konferenzraum bewegten. Die kühlere Luft im Flur – und die Abwesenheit von Speichel in meinem Nacken – erleichterte mir das Denken. Doch ich war nicht richtig auf das vorbereitet, was Ackerman sagte, als wir bei ihm ankamen.

Ich erkundigte mich nach seiner Frau, und Ackerman erwiderte, dass es ihr gut gehe und dass sie den kurzen Rest der Nacht in einem Hotel verbringe; es war bereits kurz vor fünf Uhr morgens. Sie stehe jedoch weiterhin unter Polizeischutz, nun sogar unter verschärftem Schutz, da von einem »verwirrten Geist« – wie Ackerman sich ausdrückte – ein Anschlag auf ihr Leben verübt worden war. Die Kugel, die man in Ackermans Matratzenfeder gefunden hatte, wurde unterdessen einer ballistischen Prüfung unterzogen.

Etwas daran klang falsch, doch Sprachmuster klingen für meine Ohren oft ungewöhnlich. Ich vermisste die diesbezüglichen Ratschläge meiner Mutter oder Ms. Washburns. Es blieb jedoch keine Zeit, mich damit aufzuhalten, denn Ackermans Handy zirpte, und er angelte in seiner Jackentasche danach. Ich dachte über die Uhrzeit nach: In drei Stunden würde ich, sollte die Frage bis dahin noch immer unbeantwortet sein, wieder darum bitten müssen, das Fitnessstudio benutzen zu dürfen, um mich alle zwanzig Minuten zu bewegen.

Seine Augen weiteten sich, als er die Nummer des Anrufers sah. »Es sind die Entführer«, sagte er und las die eingetroffene SMS. »Sie akzeptieren die Bedingungen, die Sie formuliert haben, Arthur. Sie werden Ihnen die Überreste Ihrer Schwester in drei Stunden zeigen, falls Sie ihnen beweisen können, dass Sie in der Lage sind, die Geldsumme auf ein Nummernkonto zu überweisen, das sie Ihnen nennen werden.«

Arthur Masters sah nicht glücklich aus, doch er nickte. »Ich muss mit meiner Mutter darüber sprechen«, sagte er und ging zurück zum Konferenzraum. Die anderen folgten ihm in einigem Abstand.

Als Epstein an mir vorbeikam, war ich versucht, die Hand auszustrecken und ihn am Arm festzuhalten, damit er anhielt, doch ich tendiere nicht dazu, Fremde zu berühren, also sagte ich so leise ich konnte: »Mr. Epstein.«

Glücklicherweise hörte er mich und hielt an.

»Sind Sie mit dem Mechanismus des Sicherheitssystems vertraut, der es erschwert, in diesem Gebäude ein Handysignal zu bekommen?«

Epstein neigte den Kopf und bewegte ihn von einer Seite zur anderen, was anzeigen sollte, dass er damit ein wenig vertraut, aber kein Experte auf dem Gebiet war. »Etwas. Was wollen Sie wissen?«

»Ist es möglich, dass ein einzelnes Telefon Empfang hat und alle anderen nicht?«

Epstein presste die Kiefer aufeinander, während er darüber nachdachte. »Ich nehme an, das ist möglich. Doch ich halte es für extrem unwahrscheinlich. Warum fragen Sie?«

Er hatte bestätigt, was ich bereits vermutet hatte. »Weil ich glaube, dass einer der Diebe, wahrscheinlich einer, der auch in den Mord an Dr. Springer verwickelt ist, sich in diesem Augenblick in der Einrichtung aufhält.«

25

Es war keine leichte Aufgabe, Detective Glendon Lapides von den Übrigen zu trennen. Er stand im Konferenzraum über einen Tisch gebeugt, von dem ich annahm, dass er als Podium benutzt wurde, wenn hier Vorträge gehalten wurden oder Versammlungen stattfanden. Lapides war von Captain Harris, Commander Johnson, Ackerman und Arthur Masters umgeben, der seine Mutter am Tisch hatte sitzen lassen. Er sah nicht in den Flur, wo Epstein und ich standen.

Da ich die Übrigen nicht auf unsere Unterhaltung aufmerksam machen wollte und mir nicht sicher war, ob es möglich war, Lapides auf seinem Handy anzurufen oder ihm eine SMS zu schicken, bat ich Epstein, der ein Talent dafür hatte, nicht bemerkt zu werden, in den Raum hineinzugehen und den Detective – sehr unauffällig – darüber zu informieren, dass ich mit ihm etwas Wichtiges im Flur besprechen müsse.

Der Schachzug klappte nicht so geschmeidig, wie ich gehofft hatte. Epstein war zwar in der Lage, den Konferenzraum unbemerkt zu betreten, und er flüsterte Lapides auch etwas zu, aber offenbar hatte der Detective auf seinem rechten Ohr Hörprobleme, oder der Techniker flüsterte zu leise, jedenfalls fragte Lapides mindestens dreimal: »Was?«, das letzte Mal so laut, dass ich ihn sogar außerhalb des Raumes hören konnte. Es gelang mir, mich hinter einer Topfpflanze zu verstecken, um zu verhindern, dass die versammelte Gruppe zu mir hersah, doch ich erkannte, wie Epstein Lapides beiseitezog und die anderen derweil ihre Aufmerksamkeit wieder einem Notizblock zuwandten, auf den Ackerman irgendetwas schrieb.

Endlich kam Lapides nach draußen zu mir, was der Rest der Gruppe im Konferenzraum nicht zu bemerken schien.

»Was meinen Sie damit, der Mörder ist in diesem Gebäude?«, fragte Lapides, nachdem ich ihm den Grund für die heimliche Unterredung genannt hatte. Es verblüffte mich einen Moment lang, dass er die Bedeutung eines einfachen Aussagesatzes nicht zu begreifen schien, bis mir klar wurde, dass es einfach eine Art war, danach zu fragen, warum ich dachte, dass die Tatsachen meine Schlussfolgerung stützten.

»Die Handys beweisen es«, erklärte ich. »Ich hatte mit Ms. Washburns Telefon keinen Empfang. Können Sie denn mit Ihrem jemanden anrufen?«

Lapides griff in die Tasche und zog sein Telefon hervor. Er schüttelte den Kopf. »Aber Ackerman hat doch behauptet, dass sie in diesem Stockwerk funktionieren«, sagte er sichtlich überrascht.

»Das hat er gesagt, doch die Fakten stützen es nicht. Mr. Epstein sagt, es sei unwahrscheinlich, dass ein so selektives System eingerichtet werden kann. Wenn das Institut aus Sicherheitsgründen nicht möchte, dass Handykommunikation in den unteren Stockwerken möglich ist, ist der Preis dafür, dass man nirgends im Gebäude Empfang hat.«

»Aber Ackerman hat doch Nachrichten von den Dieben erhalten und ich ebenfalls«, wandte der Detective ein. »Ich weiß, dass ich nicht nur so getan habe, als würde ich eine SMS bekommen. Ackerman etwa?«

Ich erwiderte, dass ich das nicht glaubte.

»Ich vermute, SMS könnten über das institutsinterne WLAN-Netz geschickt werden, das wahrscheinlich aber keine Gespräche erlauben würde«, erklärte Epstein. »Ich habe so was schon einmal gesehen. Es ähnelt einer internen Kommunikationsanlage, einem geschlossenen System, das nur im jeweiligen Gebäude funktioniert, aber flexibler ist. Gebäude, die spezielle Sicherheitsvorkehrungen benötigen, wie etwa ein Unternehmen, dass Lotterielose druckt, benutzen solche Systeme. Dieses hier ist ausgefeilter und kann so eingestellt werden, dass Handys in ihm funktionieren, selbst wenn sie kein Signal von einem Sendemast oder einem Satelliten erhalten.«

Ich hatte mich nie mit dieser Art von Technologie beschäftigt, doch was Epstein Lapides und mir erklärte, schien Sinn zu ergeben. Für ein Sicherheitssystem, das so ausgeklügelt war wie das des GSCI, mussten zweifellos firmeneigene Technologien entwickelt werden, Ackerman hatte das zuvor auch schon anklingen lassen. Es war offenbar einer der Gründe, warum Ackerman und Commander Johnson so sehr darauf beharrt hatten, dass Epstein sich von ihrem System fernhielt – und es war durchaus möglich, dass man sich bei der Einrichtung an manche Vorschriften nicht ganz gehalten hatte.

»Heißt das, Ackerman hat etwas mit dem Diebstahl zu tun?«, fragte Lapides. »Was ergibt es für einen Sinn, dass er sein eigenes Institut bestiehlt?«

»Wir dürfen keine voreiligen Schlüsse ziehen, bevor wir nicht alle Fakten kennen«, entgegnete ich. »Es kann sein, dass Ackerman ganz ehrlich nichts über diese Technologie weiß. Es ist möglich, dass er nie versucht hat, sein Handy im Inneren des Gebäudes zu verwenden, vor allem wenn man ihm gesagt hatte, dass es hier ohnehin nicht funktioniert. Im Laufe des gestrigen Tages hat er stets einen Festnetzanschluss verwendet, wenn er jemanden anrief oder angerufen wurde.«

»Was gibt es sonst für eine Erklärung?«, fragte Detective Lapides.

»Es gibt viele. Falls Commander Johnson Ackerman über die Beschränkungen des Sicherheits- und Kommunikationssystems belogen hat, ist möglicherweise der Commander einer der Diebe, oder er oder seine Frau waren die Person, die die Aktenkoffer in Rutgers Village abgeholt oder Mrs. Ackerman zu Hause angegriffen hat.«

»Sie glauben, Commander Johnson ist in die Sache verwickelt?« Lapides wirkte erschüttert.

»Das habe ich nicht gesagt. Ich habe gesagt, dass es *möglich* ist. Es ist genauso möglich, dass der Commander versucht hat, seinen Job gut zu machen, und dabei gescheitert ist. Wir wissen noch nicht genug, um das zu entscheiden.«

In meinem Gehirn überschlugen sich die Möglichkeiten. Die nächste Frage wäre gewiss, wie wir jetzt weiter vorgehen sollten, und es gab viel zu viele Optionen, die ich bedenken musste, bevor ich diesbezüglich einen Entschluss fasste. Ich glaubte Detective Lapides, dass er ehrlich war, doch seine Problemlösungskompetenz schien mir nicht sehr stark ausgeprägt zu sein. Ich kannte Captain

Harris nicht gut genug, um ihre Fähigkeiten einzuschätzen, und vermisste schmerzlich eine Person, die ich als Resonanzkörper benutzen konnte. Ich wünschte mir einmal mehr, dass Ms. Washburn nicht gegangen wäre.

»Wenn sich mindestens einer der Diebe im Gebäude aufhält, was sollen wir dann tun?«, fragte Lapides.

Ich würde in diesem Fall wohl meinem eigenen Urteil trauen müssen, etwas, was ich von Natur aus nur ungern tue. »Wie viele Polizeibeamte halten sich im Gebäude auf?«

»Nur noch zwei«, antwortete der Detective. »Die anderen haben wir schon vor Stunden nach Hause geschickt.«

»Und wie viele Stockwerke hat das Gebäude?« Ich kannte die Antwort auf diese Frage, doch sie verschaffte mir Bedenkzeit.

»Insgesamt sechs«, entgegnete Lapides.

»Gut. Entschuldigen Sie sich aus dem Konferenzraum und alarmieren Sie Ihre beiden Beamten. Jeder von Ihnen wird für zwei Stockwerke verantwortlich sein. Sammeln Sie jedes Handy von jeder Person, die Sie finden können, ein und überprüfen Sie die gesendeten Nachrichten. Das wäre ein Anfang. Könnte man solche Nachrichten zurückverfolgen, Mr. Epstein?«

Epstein dachte nach und sagte: »Ich hatte vorher nie mit einem System zu tun, das genauso ist wie dieses hier, aber ich nehme es schon an. Das Problem ist, wenn die Diebe schlau sind, und bis jetzt waren sie das ja …«

»Dann haben sie ohne Zweifel die gesendeten Nachrichten gelöscht, ich weiß. Aber wenn Detective Lapides in seiner Funktion als Chefermittler alle Handys konfisziert, deren er habhaft werden kann, könnten die Diebe ihre weiteren Bedingungen und Forderungen nicht mehr übermitteln. Alles, was eine überhastete Reaktion ihrerseits befördern kann, sollte unterstützt werden. Je weniger Zeit sie zum Planen haben, desto größer ist unser Vorteil. Im Moment haben wir das Element der Überraschung auf unserer Seite – sie denken ja, dass wir immer noch nichts von ihrer Anwesenheit hier wissen. Mr. Epstein, konnten Sie bei der Überprüfung des Sicherheitssystems herausfinden, über welche Wege die interne Kommunikation erfolgt sein könnte?«

Epstein nickte. »Es ist denkbar, dass von allen Kommunikationen, die über diesen Kanal ablaufen, ein elektronisches Protokoll angelegt wird, und dies wäre der offensichtlichste Ort, an dem man nach solchen Nachrichten suchen kann. Ich gehe wieder runter und überprüfe das. Aber halten Sie mir diesen Commander vom Leib. Ich mag nicht, wie er mich anschaut.«

»Er schaut alle so an«, brummte Lapides.

»Wenn Sie jetzt gehen, ist er in die Besprechung vertieft und wird nicht einmal bemerken, dass Sie weg sind. Los.«

Die beiden machten sich an ihre jeweiligen Aufgaben, und ich sammelte mich, überprüfte, dass ich immer noch Ms. Washburns Telefon bei mir hatte, und begab mich in den Konferenzraum.

Ackerman sah von seiner Arbeit auf, die so gut wie getan zu sein schien. Commander Johnson hatte sich von der Gruppe entfernt, ging auf der anderen Seite des Raumes unruhig auf und ab und schaute dabei unzufrieden. Captain Harris hielt den gelben Block in den Händen, las und nickte.

Arthur Masters stand am Konferenztisch, lehnte sich

und sprach mit seiner Mutter, die für ihre Verhältnisse ziemlich aufgeregt zu sein schien. Mit der linken Hand gestikulierte sie in Richtung ihres Sohnes.

»Ich bleibe hier keine weitere Minute«, bekräftigte sie, als ich eintrat. »Ich habe genug von Reden über sterbliche Überreste, Schädel und Lösegeld. Es war meine Tochter, und ganz egal, ob wir das, was von ihr übrig ist, wiederbekommen, sie ist tot. Ganz egal, was Dr. Ackerman glaubt, wird sie auch für immer tot bleiben. Du führst die Geschäfte, Arthur. Wenn du Millionen für etwas ausgeben und nichts dafür zurückbekommen willst, dann tu es meinetwegen. Ich bin alt, und das sind alles nur Zahlen auf einem Konto für mich. Mir ist es ganz ehrlich egal. Aber ich werde nicht hierbleiben und dabei zusehen, wie es getan wird. Dieser Ort hier deprimiert mich.« Mit diesen Worten stand sie unter Schwierigkeiten auf, griff sich ihren Gehstock von dem Teil des Tisches, auf dem er gelegen hatte, und hinkte los in Richtung der Tür des Konferenzraums.

»Mutter, wir haben das Angebot doch gemacht«, bettelte Arthur. »Wir können es jetzt nicht mehr zurückziehen.«

»Ich habe ja nicht gesagt, dass du das tun sollst. Mach schon, gib ihnen all dein Geld. Es macht mir wirklich nichts aus. Aber ich bin müde und angeekelt, und ich will jetzt heim. Ich bin absolut in der Lage, meinen eigenen Wagen zu fahren. Wir sehen uns dann später.«

Arthur blickte zu Ackerman und Commander Johnson mit einer verlegenen Geste und etwas, was ich als Frustration deutete. Als Laverne den Konferenzraum verlassen hatte, sagte er: »Ich kann sie nicht alleine im Dunkeln nach Hause fahren lassen. Ich werde ihr mit meinem Auto folgen. Dann gehe ich zu mir und kümmere mich von dort aus um die Überweisung des Geldes. Halten Sie mich bitte auf dem Laufenden.« Bevor einer der anderen Männer protestieren konnte, war Arthur schon fort. Ich sah durch die Glaswand, wie er seine Mutter einholte und ihren Arm nahm, um sie zu stützen.

»Was hat diesen Meinungsumschwung verursacht?«, fragte ich.

Ackerman schüttelte den Kopf. »Ich weiß es nicht. Vielleicht ist sie müde. Vielleicht ist sie verärgert. Ganz egal, sie wollen das Institut verklagen, und ich habe heute Nacht sowieso schon eine Million Dollar verloren. Was kann ich für Sie noch tun, Mr. Hoenig?«

»Wie geht es Ihrer Frau?«, erkundigte ich mich.

Er senkte den Kopf ein wenig. »Ich habe Ihnen dafür noch nicht richtig gedankt, nicht wahr? Ich muss mich entschuldigen. Es kann sehr gut sein, dass Sie ihr das Leben gerettet haben. Ich stehe tief in Ihrer Schuld.«

»Das beantwortet meine Frage nicht.«

Wie so oft zögerte Ackerman einen Augenblick, bevor er mir eine Antwort gab. »Es geht ihr gut. Sie ist etwas durcheinander, aber das wird schon wieder.«

»Wir verlieren kostbare Zeit«, unterbrach ihn Commander Johnson. »Die Diebe werden sich jeden Augenblick bei uns mit ihren letztendlichen Anweisungen melden. Was sollen wir ihnen jetzt sagen, wo Arthur und Laverne nicht mehr hier sind?«

Ich fragte mich, wann sich der Commander so eng mit den Masters angefreundet hatte, dass er sie bei ihren Vornamen nennen konnte, doch es war jetzt nicht der Moment, um diesbezüglich nachzuhaken. »Was ist der Status quo?«, fragte ich ihn.

»Wir warten auf die letzten Anweisungen der Diebe«, wiederholte er. »Sie sollten über Handy nun jeden Augenblick eintreffen.«

Das war fraglich, wenn Lapides und seine Beamten wirklich alle Mobiltelefone im Gebäude einzogen. Es war allerdings möglich, dass noch irgendwo ein verstecktes Gerät zur Verfügung stand oder dass sie nicht rechtzeitig beim richtigen Telefon angelangt waren. Doch ich behielt meine Überlegungen für mich und fragte stattdessen: »Wie kann denn nun der Forderung entsprochen werden, dass sie die Überreste sehen, bevor das Lösegeld bezahlt wird?«

Captain Harris brachte mir den Block, auf den Ackerman etwas notiert hatte, als ich vorhin in den Konferenzraum geblickt hatte. »Wir haben unsere Forderungen an die Prepaid-Handynummer geschickt, die wir vorher zurückverfolgt hatten. Das hier sind sie.« Sie legte den Block auf den Tisch, sodass ich lesen konnte, was Ackerman geschrieben hatte.

Da stand: *Optische Identifizierung der Überreste durch GSCI-Personal; beiderseits akzeptabler Ort – B&N-Parkplatz; Treffen, bevor die Banken öffnen; A. Masters dabei, um zu überprüfen.*

»Was heißt ›B & N-Parkplatz‹?«, wollte ich wissen.

»Wir haben den Parkplatz der Barnes-and-Noble-Filiale an der Route 1 als Treffpunkt vorgeschlagen«, erklärte Harris. »Das ist ein für uns überschaubares Gelände, und wenn das Treffen früh genug stattfindet – worauf wir bestehen, damit sie nicht das Geld verlangen können, bevor wir die Überreste gesehen haben –, wird sich dort sonst noch niemand aufhalten.«

Es gab bei diesem Treffpunkt mehrere taktische Probleme, doch der Rest des Planes erschien solide. Vor dem Hintergrund, dass die Nachricht schon verschickt worden war, hätte es meiner Ansicht nach keinen Sinn, die Polizei auf die Macken ihres Plans hinzuweisen – die große Anzahl von Autos, die dort zu jeder Tageszeit vorbeifuhr, konnte Schwierigkeiten bereiten; die anderen Geschäfte in dem Einkaufszentrum konnten schon viel früher öffnen, nur als Beispiel –, und so ging ich zum nächsten Punkt über.

»Ich wünschte, Sie hätten Laverne und Arthur Masters nicht erlaubt zu gehen«, sagte ich zu Captain Harris. »Halten Sie sie denn nicht für Verdächtige in den Fällen, in denen Sie ermitteln?«

»Ich weiß nicht, wie sie die sterblichen Überreste gestohlen haben sollten. Sie waren definitiv nicht im Gebäude, als das geschah oder als Dr. Springer ermordet wurde. Die Sicherheitsaufzeichnungen zeigen, dass sie dieses Gebäude niemals besucht haben, bevor sie Detective Lapides heute hier herzitiert hat.«

»Ich halte es für unwahrscheinlich, dass sie etwas damit zu tun haben«, entgegnete ich, »aber es wäre dennoch das Beste, alle Verdächtigen an einem Ort zu versammeln.«

Bevor Captain Harris noch antworten konnte, schwang die Tür des Konferenzraums auf, und Charlotte Selby stürmte herein. Sie sah wütend aus. »Was geht hier vor sich?«, fragte sie. »Wie kommt es, dass Sie diesen Lapides geschickt haben, um mir mein Handy abzunehmen?« Sie ging zu Captain Harris, die verständlicherweise verwirrt schaute.

Ich war mehr daran interessiert, wie die beiden anderen anwesenden Männer reagierten. Commander Johnson sah

Charlotte an und kniff die Augen zusammen. »Wo kommen Sie denn her?«, knurrte er leise.

Marshall Ackerman schien seinerseits weder verärgert noch verwirrt von Charlottes plötzlichem Wiederauftauchen zu sein. Ich bin nicht sehr bewandert darin, das Mienenspiel von Personen zu lesen, die ich nicht gut kenne, doch selbst ich hatte genug Erfahrung, um keinen Zweifel an Ackermans Gefühlen zu haben.

Er sah Charlotte und erschrak.

»Wovon sprechen Sie da?«, fragte Captain Harris. »Ich habe Lapides nirgends hingeschickt und ihm auch keine Anweisung erteilt.«

»Der Detective setzte einen Vorschlag um, den ich gemacht habe«, meldete ich mich zu Wort. Jedes Augenpaar im Raum richtete sich nun auf mich. »Ich hielt es für das Beste zu wissen, wo sich jedes einzelne Handy in diesem Gebäude befindet, wenn wir die nächste Nachricht von den Dieben erhalten.«

»Was?«, rief Harris. »Warum?« Dann dachte sie einen Moment nach. »Sie glauben, dass die Verbrecher im Gebäude sind?«

»Es gibt keinen Grund, etwas anderes anzunehmen«, erklärte ich ihr. Dann wandte ich mich an Charlotte. »Wo sind Sie in den letzten Stunden gewesen, Ms. Selby?«

»Wollen Sie etwa sagen, ich bin verdächtig?«, fuhr mich Charlotte zornig an.

»Bis ich bestimmt weiß, wer schuldig ist, betrachte ich jeden, der in den Fall verwickelt ist, als verdächtig. Ich vermute, dass mir Captain Harris und Commander Johnson dabei zustimmen würden.«

Genau in diesem Moment bog Lapides um die Ecke vor

dem Konferenzraum. Er hatte eine kleine Tüte bei sich, in der er, so nahm ich an, die gesammelten Handys verstaut hatte. Er sah zufrieden aus, als er den Konferenzraum betrat. »Achtzehn Menschen im Haus, achtzehn Telefone«, erklärte er. Dann bemerkte er Charlotte. »Sie wären erstaunt, wie böse Menschen werden können, wenn man ihnen ihr Handy wegnimmt«, sagte er und sah sie dabei direkt an.

Ich prüfte nach, ob Ms. Washburns Telefon in meiner Tasche steckte. Das tat es.

Charlotte zeigte noch immer starke Anzeichen von Irritation. »Nun, ich habe nichts gestohlen und auch niemanden umgebracht. Kann ich jetzt mein Telefon wiederhaben?«

Ich sah zu Captain Harris, und die sagte: »Nein, können Sie nicht.«

»Und warum nicht?«, Charlotte öffnete die verschränkten Arme und steckte dann die linke Hand in die Tasche ihrer Jeans.

»Weil wir noch nichts von den Dieben gehört haben«, erklärte Harris. »Bis das geschieht, werden den Eigentümern ihre Telefone nicht zurückgegeben.«

In Kinofilmen ereignen sich Dinge oft so, dass sie einem Drehbuchautor ins Konzept passen, und weniger so, dass sie realistisch sind. Ich stellte daher erstaunt fest, dass genau in diesem Augenblick Ackermans Handy zirpte. Er blickte auf das Telefon und sagte: »Wer?« Doch dann nickte er. Es war eine weitere SMS.

Die Diebe hatten sich gemeldet.

26

Die Nachricht war kurz. Sie lautete einfach: BEDINGUNGEN AKZEPTIERT.

Es blieben also ungefähr drei Stunden, bis das Treffen auf dem Parkplatz der Buchhandlung stattfinden würde. Captain Harris und Lapides verabschiedeten sich, um die Polizeipräsenz am Treffpunkt zu organisieren. Ich nahm an, sie planten die Umgebung zu untersuchen, in der die Überreste begutachtet werden sollten, um dann entweder dem Abgesandten der Diebe zu folgen oder eine Art GPS-Gerät an der Person oder ihrem Fahrzeug anzubringen und so den Aufenthaltsort der Diebe besser ausfindig machen zu können. Ich hoffte, sie hatten nicht vor, am Treffpunkt eine Verhaftung durchzuführen, denn dann wäre jede Chance verloren, sowohl Dr. Springers Mörder als auch die Diebe der sterblichen Überreste von Ms. Masters-Powell zu finden. Doch die Polizisten waren fort, ehe ich noch weitere Fragen stellen konnte.

Ich fragte Ackerman, ob es wohl möglich sei, noch einmal den Tatort von Dr. Springers Ermordung zu untersuchen.

»Ich denke, Sie haben genug getan«, sagte er in einem Ton, der wohl nett klingen sollte. »Lassen Sie die Polizei den Rest erledigen. Gönnen Sie sich ein bisschen Ruhe.«

»Ich brauche keine Ruhe«, entgegnete ich. »Und ich bin beauftragt worden, die Frage zu beantworten, wer Dr. Springer ermordet hat. Ist es also möglich?«

Ackerman sah plötzlich wütend aus. »Ich möchte niemanden mehr da unten haben«, blaffte er. »Ich muss jetzt auch an die übrigen Gäste denken, die wir in diesem Raum lagern. Jedes weitere Herumfuhrwerken könnte das Ende dieses Instituts bedeuten, ganz egal ob wir Ritas Schädel zurückbekommen oder nicht.«

»Ich habe nichts in Unordnung gebracht, und das werde ich auch künftig nicht tun«, beharrte ich. »Sie haben doch gemerkt, dass meine Methoden sorgfältig sind und ich dieselben Ziele wie Sie verfolge. Es gibt keinen Grund, mir dort ein paar Minuten Zutritt zu verweigern, Mr. Ackerman.« Mir fiel sofort ein, dass Ms. Washburn mich zweifellos darauf hingewiesen hätte, es wäre wahrscheinlich respektvoller gewesen, ihn mit Dr. Ackerman anzusprechen, und dass ich auf diese Weise auch wahrscheinlicher eine positive Reaktion bekommen hätte.

Nichtsdestoweniger presste er zwischen gefletschten Zähnen hervor: »Zehn Minuten. Sie haben zehn Minuten. Wenn Sie in zehn Minuten und einer Sekunde immer noch da sind, werde ich Sie gewaltsam entfernen lassen. Ist das klar?«

Ich beantwortete seine Frage nicht, da ich bereits auf dem Weg zur Tür war. Ich wollte keine Zeit vergeuden. Dann fiel mir ein, dass ich noch eine Frage an Dr. Ackerman hatte. Ich hielt abrupt an und drehte mich zu ihm um.

»Beginnen die zehn Minuten jetzt oder wenn ich die Kammer betrete?«

»Gehen Sie einfach«, krächzte er, und ich entschied, gleich mit dem Zählen anzufangen.

Die Fahrt mit dem Fahrstuhl zu dem Stockwerk mit dem Lagerraum erschien mir langsamer als zuvor, obwohl ich wusste, dass sie dieselbe Zeitspanne beanspruchte wie jede vorherige Fahrt. Die Zeitbegrenzung meines Aufenthalts beschäftigte mich, und ich wusste, dass ich mich auf das konzentrieren musste, was ich in der Kammer sah.

Ich raste den Korridor hinab zu dem Lagerraum und hätte dabei beinahe Epstein umgerannt, der auf dem Weg zurück zum Fahrstuhl war, um mich zu suchen. »Ich habe die Sprechanlagen untersucht«, berichtete er. »Es gibt einen Weg, die elektronischen Signaturen jeder internen oder drahtlosen Kommunikation zu verfolgen, die hier getätigt wurde, doch das wird ein wenig Zeit in Anspruch nehmen, mindestens acht Stunden.«

Mir blieben nur noch acht Minuten und siebzehn Sekunden, bevor mich Ackerman aus dem Gebäude werfen lassen würde. »Ist Dr. Springers Bürocomputer konfisziert und sind alle Laptops oder Heimcomputer von der Polizei beschlagnahmt worden?«

Epstein musste darüber nicht nachdenken, was mich erleichterte. »Ja, und wir sollten bald einen Bericht über das erhalten, was man auf den Festplatten gefunden hat. Voraussichtlich kurz nach neun.«

»Zu spät«, entgegnete ich und eilte weiter zur Tür der Kammer. »Sie treffen sich um acht.«

Ich hörte Epsteins Antwort darauf nicht mehr, da ich den äußeren Bereich von Lagerraum D betrat, nachdem ich auf Ackermans Geheiß von der Wache darin durchgewunken worden war.

Der Mitarbeiter nickte mir nur zu, beobachtete dann wieder den Monitor auf seinem Schaltpult und beachtete mich nicht weiter. Ich war dankbar dafür, denn ich hatte nur noch sieben Minuten und dreiunddreißig Sekunden, um meine Untersuchung durchzuführen.

Während der letzten neunzehn Stunden war ich schon einige Male in der Kammer gewesen, also war eine grundlegende Betrachtung nicht mehr notwendig. Ich war hier, um drei Fragen zu meiner eigenen Zufriedenheit zu beantworten, und ich hatte nicht viel Zeit. Ich durfte also nicht über die Menschen nachdenken, die vor mir den Schutzanzug getragen hatten, als ich ihn erneut überzog und die Kältekammer betrat.

Die Sicherheitskameras, die ohne Zweifel von Bewegungsmeldern aktiviert worden waren, folgten mir, als ich durch die Tür trat und den Raum betrachtete. Die Polizei hatte Drahtstücke zurückgelassen, welche die Flugbahn der Kugel anzeigten, die in dem Raum abgefeuert worden war, und das war hilfreich. Es bewies, dass die Person, die die Waffe gehalten hatte, gleich bei der Tür gestanden haben musste. Er oder sie wusste demnach, dass die Sicherheitskameras die Bilder aus einem anderen Raum empfingen, sodass es unnötig war, sich einen weniger gut einsehbaren Punkt zu suchen, von dem aus man schießen konnte.

Eine Kugel war unzweifelhaft in dem Behälter gelandet, in dem sich einmal die sterblichen Überreste Rita Masters-Powells befunden hatten, doch Dr. Springer war getötet worden, nachdem sie gestohlen worden waren. Warum suchte sich der Schütze genau diesen Behälter aus, um ihn zu zerstören und den flüssigen Stickstoff daraus entweichen zu lassen, der den Sauerstoff aus dem Raum entfernen und Dr. Springer ersticken würde?

Die Flugbahn wies keine weiteren Punkte auf, von denen die Kugel abgeprallt sein konnte, also war sie direkt auf Ms. Masters-Powells Behälter abgefeuert worden.

Fünf Minuten und vier Sekunden blieben mir noch.

Es war möglich, dass ich die Antwort auf diese erste Frage nicht in der Kammer finden konnte, also wandte ich mich der zweiten zu. Warum hatte Dr. Springer die Kältekammer ohne die Schutzkleidung betreten, die ich trug, und warum sollte sie überhaupt in Betracht ziehen, den gefrorenen Behälter ohne Handschuhe zu berühren, was außerordentlich schmerzhaft und gefährlich gewesen sein musste?

Natürlich war es denkbar, dass Dr. Springer das nur getan hatte, weil jemand sie mit einer Waffe bedrohte und sie zwang, gegen ihren Willen zu handeln. Doch es wäre nötig, auch alle anderen Möglichkeiten in Erwägung zu ziehen. Der Bodenbelag der Kältekammer bestand aus glattem, ausgerolltem Linoleum. Das hatte es für Dr. Springer vielleicht begünstigt, das Gleichgewicht zu verlieren und zu stürzen, wenn der Boden nass war. Doch das Ausströmen des flüssigen Stickstoffs, das die Konzentration des Sauerstoffs in dem abgeschlossenen und versiegelten Raum reduziert hatte, hätte auch jeder Flüssigkeit den Sauerstoff entzogen. Ich prüfte nach, ob es auf dem Boden Anzeichen eines verdächtigen Puders gab, das ein Resultat solch eines Ereignisses gewesen wäre, fand jedoch nichts.

Dr. Springer fiel also wahrscheinlich zu Boden, während sie erstickte, und verlor dabei beinahe augenblicklich das Bewusstsein. Doch wenn das der Fall gewesen war, warum war dann der Schütze nicht gleichfalls erstickt? Und wie gelangte er aus der Kammer hinaus, bevor der Sauerstoffgehalt tief genug fiel, um Bewusstlosigkeit und Tod zu verursachen? Und warum hatte ich bei meiner ersten Untersuchung immer noch die Auswirkungen gespürt, nachdem der flüssige Stickstoff sich doch längst verflüchtigt haben musste?

Es gab zwei mögliche Antworten auf diese Fragen, von denen keine besonders plausibel war: Entweder war die Person, die Dr. Springer getötet hatte, durch den Austritt des flüssigen Stickstoffs aus der Tür hinausgedrückt worden, als die Kugel den Lagerbehälter durchschlug, was allerdings mehr Sauerstoff in das Zimmer geleitet und Dr. Springer so am Ersticken gehindert hätte; oder der Schuss war irgendwie von außerhalb der Kammer abgegeben worden.

Drei Minuten und zweiundzwanzig Sekunden waren übrig.

Die Tatsache, dass der Behälter hinter Dr. Springers Leiche gelegen hatte, machte es wahrscheinlich, dass er ihr aus den Händen gerissen worden war, als die Kugel ihn getroffen hatte. Doch die Hände von Dr. Springer hatten keine Spuren der »Verbrennungen« oder der Erfrierungen getragen, die sie erlitten hätte, wenn sie den Zylinder wirklich ohne Schutzhandschuhe berührt hätte.

Eine Theorie begann in meinem Kopf Gestalt anzunehmen, doch ich hielt sie für alles andere als sicher und sehr schwer zu verifizieren – wenigstens bis der vollständige Bericht des Gerichtsmediziners veröffentlicht war.

Als wir Dr. Springers Leiche ursprünglich entdeckt hatten, hatte ich ganz leicht die Auswirkungen des verminderten Sauerstoffgehalts in der Kammer gespürt. Wenn man das Ausmaß des Raumes und die Größe des beschädigten Behälters bedachte, erschien es ungewöhnlich, dass der Effekt so lange anhalten sollte. Die Kammer war zwar dichter versiegelt als ein herkömmlicher Raum, aber sie hatte nichtsdestoweniger einen Eingangspunkt – die Tür –, der nicht vollständig versiegelt werden konnte. Der flüssige Stickstoff hätte sich eigentlich viel schneller verflüchtigen müssen.

Die logischste Erklärung für dieses Phänomen war eine, die ich schnell überprüfen konnte, und da ich nur noch zwei Minuten und sieben Sekunden übrig hatte, würde ich genau das tun müssen. Ich ging rasch zu den größeren Behältern, in denen ganze Körper eingefroren und aufbewahrt werden konnten. Es gab fünfzehn von ihnen, aber nur sechs davon waren in Gebrauch. Über jedem dieser Lagerbehälter gab es einen Monitor, auf dem dieselben Daten sichtbar waren, die der Wachmann oder sonstige Mitarbeiter im Vorzimmer auf ihren Computerbildschirmen sehen konnten. Unter den aufgeführten statistischen Angaben waren auch der Gehalt an flüssigem Stickstoff in jedem der Behälter sowie seine Temperatur.

Ich prüfte den Stickstoffgehalt in jedem einzelnen Behälter und stellte fest, dass derjenige, der am weitesten von der Tür entfernt war, einen viel geringeren Gehalt als die übrigen hatte. In diesem Behälter lagen keine Überreste, was zu der Frage führte, warum ein unbenutzter Behälter überhaupt eingefroren sein sollte. Es war denkbar, dass man alle Behälter auf eine bestimmte Temperatur herunterkühlen musste, damit die, die bereits in Gebrauch waren, den richtigen Gehalt behielten.

Doch der Stickstoffgehalt im letzten Behälter lag um 63 Prozent niedriger als bei demjenigen, der seinem Fassungsvermögen am nächsten kam. Und das war auffällig.

Ich hatte nur noch eine Minute und achtzehn Sekunden übrig, als ich die Kältekammer schnell verließ und den Schutzanzug hoffentlich zum letzten Mal ablegte. Dann ging ich zu dem Wachmann und schaute auf seinen Computerbildschirm, der die nun leere Kältekammer zeigte.

»Können Sie die Daten der einzelnen Zylinder von hier aus überprüfen?«, fragte ich ihn.

»Sicher. Welchen wollen Sie sehen?«

Ich zeigte auf die linke Seite des Raums und sagte: »Die sechs, die am weitesten von der Tür weg sind.«

Der Wachmann tippte auf seiner Tastatur, und die Statistiken wurden sichtbar. »Die hier?«, fragte er, und ich nickte.

Ich betrachtete den Monitor, und die Werte der sechs Zylinder waren nahezu identisch. Beim letzten, dessen Gehalt an flüssigem Stickstoff weniger als die Hälfte von dem anderen betragen hatte, wurde ein fast voller Tank angezeigt.

Die Antwort begann Gestalt anzunehmen. Der Mörder hatte einen der Tanks ein bisschen offen gelassen – er hatte ihn nicht beschädigt oder durchlöchert, sondern ihn einfach nicht ganz versiegelt –, sodass der flüssige Stickstoff langsam weiter austrat, nachdem Dr. Springer bereits tot war. Das bedeutete, dass der Mörder das Verbrechen als etwas erscheinen lassen wollte, was es nicht gewesen war. Wenn ich noch Zeit hatte, in die Kammer zurückzugehen, konnte ich meinen Verdacht erhärten und den Diebstahl und den Mord aufklären.

Doch in diesem Moment flog die Tür zum Vorraum auf, und zwei kräftig aussehende Wachleute eilten herein. »Das war's«, rief einer von ihnen, anscheinend an mich gewandt. »Dr. Ackerman sagt, dass Sie jetzt gehen müssen.«

»Nein«, protestierte ich. »Dr. Ackerman will sicher, dass ich …«

Jeder der Wachmänner, die gerade hereingestürmt waren, packte mich an einem Arm, und bevor ich mich noch weiter wehren konnte, wurden meine Füße vom Boden hochgehoben. Die Wachmänner manövrierten mich in Richtung Tür. »Sie werden jetzt das Gebäude verlassen und nicht mehr zurückkommen«, sagte der zweite Wachmann. »So lauten Dr. Ackermans Anweisungen.«

»Sie verstehen das nicht«, bettelte ich. »Ich bin so kurz davor.«

Wir waren schon bei der Tür, und ganz egal wie sehr ich mich wand und wehrte, hatte ich gegen diese beiden keine Chance. Ich hatte meine Kampfsportqualitäten nicht rechtzeitig eingesetzt, und dafür büßte ich nun.

»Das können Sie nicht tun!«, schrie ich. »Ich habe immer noch zweiundzwanzig Sekunden!«

27

Mir wurde nicht gestattet, mein Anliegen Ackerman oder Commander Johnson vorzutragen, und sowohl Captain Harris als auch Detective Lapides waren bereits gegangen. Es blieb mir nichts weiter übrig, als darum zu bitten, mich nach Hause zu fahren, was einer der Wachmänner namens Davis – ich erfuhr nie, ob es sein Vor- oder sein Nachname war – in einem Auto des GSCI erledigte.

Während der sechzehnminütigen Fahrt gab ich mein Bestes, um ihm zu erklären, warum es wichtig war, mich zum Institut zurückzubringen, dass ich der Familie Masters Millionen von Dollar sparen und Dr. Springers Mörder hinter Gitter bringen konnte, doch Davis sprach während der ganzen Fahrt kein einziges Wort. Es frustrierte mich, aber ich bewunderte seine Fähigkeit, sich ganz auf den Verkehr zu konzentrieren.

Er hielt das Auto nur kurz an, als er mich hinausließ, und fuhr fast schon wieder, noch bevor sich die Tür sicher hinter mir geschlossen hatte. Ich sah ihm nach, wie er davonfuhr, und betrat dann das Haus durch die Hintertür.

Die Sonne war inzwischen aufgegangen, und ohne Zweifel war Mutter mittlerweile wach und fragte sich, wie der Rest meiner Nacht verlaufen war. Obwohl ich sehr müde war, bin ich grundsätzlich unfähig, bei Tageslicht zu schlafen, also wollte ich zu ihr in die Küche gehen, traf sie jedoch im Wohnzimmer an, wo sie den morgendlichen Nachrichten im Radio lauschte.

Als ich eintrat, sah Mutter mit sorgenvollem Blick auf und schaltete das Radio ab. »Ich bin froh, dich zu sehen«, sagte sie und kam herüber, um mich zu umarmen, was ich erlaubte. »Du warst nicht im Haus, als ich aufgewacht bin. Ich habe mir Sorgen gemacht.«

»Dafür gab es keinen Grund«, sagte ich, als sie mich nach einer Zeitspanne, die mir sehr lang vorkam, tatsächlich aber nur acht Sekunden gedauert hatte, wieder losließ. »Ich war zu keiner Zeit in irgendeiner Gefahr.« Das war von der Sache her zwar richtig, doch als ich Ackermans Haus nach dem Eindringling betrat, konnte ich nicht wissen, dass es darin ungefährlich war.

Mutter setzte sich in ihren Sessel. Es war ihr Lieblingsplatz, um sich Geschichten anzuhören und nachzudenken. »Erzähl mir, was passiert ist.«

Ich entschied mich dagegen, mich ebenfalls hinzusetzen. Ich befürchtete, dass sich meine Müdigkeit nur verschlimmern würde, wenn ich einmal saß. Ich berichtete Mutter von den Ereignissen, die sich zugetragen hatten, seit ich das letzte Mal zu Hause gewesen war, was zwar erst vor ungefähr acht Stunden gewesen war, sich aber merkwürdigerweise so anfühlte, als wäre es bereits Tage her. Beim Sprechen hatte ich die Gelegenheit, einige der Informationen noch einmal zu überdenken, die ich gesammelt hatte, und obwohl manche davon widersprüchlich erschienen, begann sich meiner Meinung nach ein Muster herauszuschälen.

Dieses Muster zu verstehen wäre die eigentliche Herausforderung.

»Du hast gelogen, als du behauptet hast, es habe keine Gefahr bestanden«, bemerkte Mutter, als ich fertig war.

»Ich habe nicht gelogen. Tatsächlich war ich niemals in irgendeiner Gefahr.«

Sie schüttelte leicht den Kopf und lächelte. »Du hast eine interessante Art, die Dinge zu interpretieren, Samuel.«

»Das macht mich zu dem Menschen, der ich bin«, entgegnete ich. Es ist ein Insiderwitz zwischen uns beiden.

»Es ist eine sehr schwer ergründliche Frage«, fuhr Mutter fort. Sie erhob sich und ging vor mir her in die Küche. »Wie glaubst du, wirst du sie beantworten?«

»Das Einzige, was ich tun muss, ist, die Tatsachen zu interpretieren.« Als wir in der Küche anlangten, wies Mutter auf einen Stuhl.

»Setz dich. Du hast lange nichts gegessen.«

»Ich habe keinen Hunger.«

»Setz dich hin.«

Ich setzte mich. Mutter ging zum Kühlschrank und holte Truthahnschinken, Milch und Margarine heraus. Sie wollte also Pancakes mit Schinken zubereiten, eine ihrer Spezialitäten, die es üblicherweise nur zu besonderen Anlässen oder sonntags gab.

»Gibt es einen Grund, warum wir diesen Tag feiern?«, fragte ich.

»Du hast hart gearbeitet, und es liegt sogar noch härtere Arbeit vor dir«, entgegnete Mutter. »Das ist vielleicht nichts Außergewöhnliches, aber es ist es trotzdem wert, es besonders zu würdigen.« Sie machte sich ans Kochen, und ich lehnte mich zurück, um über die Fragen nachzudenken. »Was stört dich denn an dieser Frage?«, wollte sie wissen.

»Es gibt zu viele offensichtliche Widersprüche«, sagte ich nach einer kurzen Pause. »Die Diebe, die mindestens etwas über den Mord an Dr. Springer zu wissen scheinen, haben sich sehr genau vorbereitet. Doch ihre Logik ist fragwürdig. Als sie versuchten, Geld von der Familie Masters zu erpressen, bedrohten sie das Leben Eleanor Ackermans, die überhaupt keine Verbindung zu den Masters hat. Sie bestanden darauf, nicht von ihren ursprünglichen Anweisungen abzuweichen, und scheinen tatsächlich jemanden geschickt zu haben, der Mrs. Ackerman Schaden zufügen sollte, während sie zur selben Zeit viele der Punkte aufgaben, bei denen sie sich noch wenige Stunden vorher geweigert hatten, sie überhaupt nur als verhandelbar zu betrachten. Das ergibt überhaupt keinen Sinn.«

Mutter wandte sich am Herd einen Moment zu mir um, zögerte und sagte dann: »Leute verhalten sich oft nicht logisch, wenn sie sich eher von ihren Gefühlen als von ihrem Verstand leiten lassen, Samuel. Vielleicht haben die Diebe Angst, oder sie sind unruhig.«

»Weil Detective Lapides ihnen langsam auf die Schliche kommt? Das kann ich mir kaum vorstellen. Aber sie scheinen tatsächlich in einer Art panischer Stimmung zu handeln.«

»Vielleicht gibt die Ausrüstung, die sie verwenden, um den Kopf zu erhalten, langsam den Geist auf, und sie fürchten, dass sie sie nicht viel länger am Laufen halten können«, vermutete Mutter.

»Das glaube ich gar nicht«, erwiderte ich, obwohl ich

es nicht begründen konnte, weil ich meine Tatsachen noch nicht geordnet bekam.

Mutter nahm einen Pfannenwender, um Pancakes und Schinken auf einen Teller zu befördern, und brachte beides zu mir an den Tisch. »Versuch, beim Essen nicht über die Fragen nachzudenken. Eine Pause ist gut, um das Gehirn durchzupusten. Denk für eine Weile an die Beatles oder die Yankees.«

»Es wäre unhöflich von mir, dich nicht zu beachten, während ich esse.«

»Dann erzähl mir davon, wie die *Rubber Soul* aufgenommen wurde«, schlug sie vor. »Du weißt, wie gerne ich diese Platte mag.« Mutter hat einen ausgezeichneten Musikgeschmack.

Ich versorgte sie mit meinem Wissen über diese Zeitspanne in der Bandgeschichte, darüber, wie George Harrison zum ersten Mal mit einer Sitar experimentierte, nachdem er bei den Dreharbeiten zum Film *Help!* (der stark unterschätzt wird) mit einer in Berührung gekommen war. Ich erwähnte, dass Paul McCartney versuchte, sich von elektrischen Gitarrenklängen zu lösen, weshalb es darauf Songs wie »I'm Looking Through You« und »I've Just Seen a Face« gibt, und wie sich vor allem John Lennon erwachseneren Themen in seinen Texten zuwandte, wofür »In My Life« das beste Beispiel ist.

Zweiundzwanzig Minuten waren vergangen, seit ich zu essen begonnen hatte, und plötzlich wurde mir bewusst, dass ich tatsächlich aufgehört hatte, über die Fragen, den Diebstahl und den Mord an Dr. Springer betreffend, nachzudenken. Und als diese beiden Themen mir dann wieder zu Bewusstsein traten, war ich mir meiner Theorie viel sicherer als zuvor. Doch ich brauchte greifbare Beweise, um sie zu erhärten. Und der Großteil meiner Rechercheausrüstung befand sich woanders.

»Kann ich die Autoschlüssel haben?«, fragte ich Mutter. »Ich muss ins Büro fahren.«

»In dein Büro? Zu *Fragen Beantworten*?«

»Ja. Kann ich bitte die Schlüssel haben?«

Mutter nahm die Schlüssel vom Tisch neben der Küchentür und steckte sie sich in die Tasche. »Nein, kannst du nicht. Du bist seit vierundzwanzig Stunden wach und monatelang nicht mehr Auto gefahren. Ich bringe dich ins Büro.«

»Ich weiß nicht, wie lange ich dort brauche, und ich möchte nicht ohne Transportmittel sein, wenn ich dann noch zum Treffpunkt bei der Buchhandlung muss.«

Sie schüttelte den Kopf. »Du bist zu müde, um zu fahren, und wie es der Zufall will, habe ich für heute nichts geplant. Ich kann so lange bleiben, wie du willst. Na, dann los.« Und schon nahm sie eine Jacke von einem der Küchenstühle und zog sie an.

Es hatte keinen Sinn, mit Mutter zu diskutieren, wenn sie so entschlossen war. Ich entschied, dass ich sie mich zum Büro bringen lassen und später ein Taxi nehmen würde, wenn ich noch woandershin musste. Wir stiegen ins Auto, und ich schlief nach wenigen Sekunden ein. Das hatte ich nicht vorausgesehen.

Die Fahrt zu *Fragen Beantworten* dauerte wahrscheinlich ungefähr elf Minuten. Ich bin mir dessen nicht ganz sicher, da ich ja schlief und nicht auf Ms.Washburns Telefon schaute, als ich auf dem Parkplatz wach wurde, obwohl ich mich versicherte, dass es noch immer in meiner Tasche steckte.

»Ich wollte dich schlafen lassen«, erklärte Mutter. »Du hast es nötig.«

»Hab ich nicht«, entgegnete ich. »Ich brauche Tatsachen, sodass ich Antworten bekomme. Danach werde ich noch genug schlafen können.«

Wir gingen zum Schaufenster, und ich öffnete die Vordertür von *Fragen Beantworten.* »Danke, dass du mich gebracht hast. Ich rufe mir dann ein Taxi, wenn ich noch woandershin muss.«

Sie trat vor mir ins Büro ein. »Sei nicht albern. Ich gehe nirgendwohin, wenn ich helfen kann.« Manchmal hat es wirklich gar keinen Wert, mit Mutter zu diskutieren.

Es fühlte sich an, als wäre ich seit Wochen nicht in meinem Büro gewesen, obwohl es weniger als einen Tag her war. Ich machte das Licht an und ging aus Gewohnheit geradewegs zum Computer, um ihn anzuschalten, dann zum Getränkeautomaten, um mir eine Flasche Quellwasser zu ziehen. Es waren nicht mehr viele Flaschen übrig. Les würde wahrscheinlich in ein oder zwei Tagen vorbeikommen, um den Automaten wieder aufzufüllen. Ich habe mich an sein unregelmäßiges Auftauchen gewöhnt, obwohl ich so nicht arbeiten könnte.

Bevor ich an meinen Schreibtisch zurückkehren konnte, um wegen der drei Fragen zu recherchieren, die ich hatte, klingelte das Bürotelefon. Ich nahm den Hörer ab.

Es war Mr. Epstein.

»Haben Sie irgendetwas Interessantes auf Dr. Springers Festplatte gefunden?«, fragte ich ihn.

»Tatsächlich habe ich das«, antwortete Epstein. »Ich dachte, Sie würden es sicher gern erfahren. Zunächst bin ich von Ackerman selbst aus dem Institut geworfen worden. Irgendwas von wegen Bruch der Sicherheitsvorschriften, und ohne den Captain oder Lapides fällt es mir schwer, hier meine Autorität durchzusetzen. Ich bin jetzt auf dem Parkplatz und versuche zu entscheiden, ob ich zur Polizeistation zurückfahren oder versuchen soll, wieder hineinzugelangen.«

Diese Information war zwar interessant, hatte aber nichts mit meiner Frage zu tun. »Die Festplatte«, drängte ich Epstein also.

»Richtig. In den drei Tagen vor ihrem Tod hat Rebecca Springer ziemlich häufig E-Mails mit zwei Personen ausgetauscht, die wir kennen: Arthur Masters und Charlotte Selby.«

Das war nun wirklich interessant – ich hatte nur einen dieser Namen erwartet. Aus dem Augenwinkel sah ich, dass Mutter mein Bücherregal aufräumte und eine Rolle Küchenpapier aus einem der Schränke nahm. »Charlotte Selby?«, fragte ich. »Haben Sie die Mails gelesen?«

»Ich habe sie gesehen, und sie sind ziemlich unverfänglich, irgendwas darüber, sich mal zu treffen, bis dann der Name ›Rita‹ fällt. Dr. Springer macht eine Bemerkung darüber, dass die Dinge nicht so weitergehen können wie bisher, und plötzlich antwortet Charlotte, dass sie das nicht in einem nachzuverfolgenden Medium diskutieren wolle, und beendet den Mailwechsel.«

Ich versuchte, aus dieser Information schlau zu werden. Warum sollte Dr. Springer mit Charlotte Selby über Rita Masters-Powell mailen? Warum sollte Dr. Springer überhaupt mit Charlotte Selby mailen? »Was ist mit den Mails an Arthur Masters?«

»Die waren viel weniger weitschweifig«, antwortete Epstein. »Arthur schien Dr. Springer zu helfen, etwas Geld anzulegen. Sie besprachen sichere Investmentfonds und Rentenversicherungen.«

Ich setzte mich an den Schreibtisch und schaute auf den Computermonitor. Darauf war das zu sehen, woran ich gearbeitet hatte, als Marshall Ackerman am gestrigen Tag vorbeigekommen war, nämlich das Projekt zum neuen Yankee-Stadion und die Videos, die Ms. Washburn von mir vor dem bodenlangen Fenster von *Fragen Beantworten* aufgenommen hatte. Ihre Kamera war auf den Parkplatz gerichtet, und ich hielt einen Baseballschläger in der Hand, um einen Aufwärtsschlag auszuführen.

Da fiel mir etwas im Hintergrund des Videos auf, was mich die Luft anhalten ließ. All die Widersprüche, die beim Beantworten der Fragen aufgetaucht waren, schienen sich aufzulösen.

In dem Video schwang ich den Schläger einmal, zweimal, dreimal, und nichts bewegte sich hinter mir. Doch beim vierten Schwung regte sich etwas draußen vor dem Fenster, was mir zuvor nicht aufgefallen war, da ich mich auf die Qualität meiner Schläge konzentriert hatte, die ich in der Präsentation für meinen Kunden, Mr. Teradino, verwenden wollte.

»Haben Sie mir zugehört?«, fragte Epstein. »Samuel?«

»Ja. Warten Sie bitte einen Moment.« Ich drosselte die Abspielgeschwindigkeit des Videos während der letzten beiden Schläge, die ich mit dem Baseballschläger ausführte, und diesmal achtete ich auf den Hintergrund statt auf das Bild von mir selbst. Mutter hatte eine Sprühflasche mit Putzmittel auf Ammoniakbasis gefunden, mit dem sie sich an den Fenstern zu schaffen machte.

Hinter mir (im Video) fuhr ein Auto auf den Parkplatz und hielt neben Ms. Washburns Wagen – ich erkannte Marshall Ackermans Auto inzwischen wieder. Da er nur Augenblicke später in mein Büro gekommen war, war seine Ankunft auch nicht erstaunlich.

Doch Ms. Washburn und ich hatten ein wenig gebraucht, um die Videos auf meinen Mac Pro hochzuladen, und verglichen sie gerade, als Ackerman durch die Tür kam. Die Betrachtung des Videos ergab, dass er ganz offenbar einige Zeit in seinem Auto gesessen hatte, bevor er das Büro betreten hatte. Was hatte er dort getan?

»Samuel«, ermahnte mich Mutter, »warum sprichst du nicht mit der Person am Telefon, wer auch immer dran ist?«

»Ich beantworte die Fragen«, sagte ich zu ihr. »Ich glaube, dass ich in ein paar Minuten eine Antwort habe.«

»Wirklich?«, fragte Epstein durchs Telefon. »Was machen Sie da gerade?«

»Einen Moment, bitte?«, sagte ich zu beiden gleichzeitig.

Man konnte die Lücke in dem Ackerman betreffenden Zeitablauf erklären, wenn man genau hinsah und ein Auge auf den Hintergrund warf. Nachdem er auf den Parkplatz gefahren war, lehnte Ackerman sich zurück, sammelte sich und richtete seine Krawatte. Dann sah er hinüber auf den Beifahrersitz und sagte etwas.

Eine Frau saß neben ihm – und zwar nicht seine Frau. Ich musste das Video der letzten beiden Schwünge noch viermal ansehen, bevor ich sie sicher identifizieren konnte.

Die Frau neben ihm war blond und redete ununterbrochen. Es war Charlotte Selby. Wenn ich nun noch einen letzten Verdacht würde erhärten können, den ich hatte, glaubte ich das ganze Geheimnis aufklären und beide Fragen beantworten zu können, für die man mir die Verantwortung übertragen hatte.

Und dann, kurz bevor er ausstieg, lehnte sich Ackerman hinüber und küsste Charlotte.

Meine Aufregung war jetzt spürbar; ich hatte zuvor noch nie eine Frage beantwortet, die so folgenreich war. Ich atmete einmal tief durch und bewegte die Sprechmuschel näher zu meinem Mund.

»Mr. Epstein, wie weitgehend sind Ihre Befugnisse bei den Polizeiermittlungen bezüglich des Mordes an Dr. Springer?«

»Ziemlich weitreichend. Warum?«

»Haben Sie eigentlich jemals ein Foto von Rita Masters-Powell gesehen?«, fragte ich, da mir nur Augenblicke zuvor bewusst geworden war, dass ich keine Vorstellung davon hatte, wie Ms. Masters-Powell aussah.

Epstein dachte einen Moment lang nach. »Jetzt, wo Sie es sagen … Ich glaube nicht.«

»Können Sie eins besorgen?« In der Zwischenzeit hatte ich auf Google die Bildersuche angeworfen, aber nichts auch nur annähernd Brauchbares unter den Stichwörtern »Rita Masters-Powell«, »Rita Masters« (abgesehen von ein paar Bildern einer Frau, die wenigstens zwanzig Jahre älter als diejenige war, um die es hier ging) oder »Rita Powell« gefunden.

»Ich rufe Sie zurück«, sagte Epstein.

»Machen Sie schnell, bitte«, antwortete ich und legte den Hörer zurück auf die Station.

Mutter hatte mit dem Putzen aufgehört, als sie meine

Aufregung bemerkt hatte, und war zu mir an den Schreibtisch getreten. »Was ist los, Samuel?«

»Die Angelegenheit kommt langsam in Bewegung. Wie spät ist es?« Ich zog Ms. Washburns Handy aus der Tasche, um nach der Uhrzeit zu sehen.

In diesem Moment begann es zu klingeln.

Da niemand erwartet hätte, dass ich Ms. Washburns Handy bei mir trug, war es vernünftig anzunehmen, dass der Anrufer mit ihr sprechen wollte. Doch auf dem Display wurde angezeigt, dass der Anruf von »zu Hause« kam. Es lag im Bereich des Möglichen, dass Ms. Washburn mich von ihrem Haus aus anrief, um sich die neuesten Entwicklungen in Bezug auf die Fragen und unseren Fortschritt berichten zu lassen.

Ich wollte den Anruf gerade entgegennehmen. »Solltest du das wirklich tun?«, fragte mich da Mutter. Ich zuckte mit den Achseln.

»Hallo?«, meldete ich mich.

Eine überraschte männliche Stimme entgegnete: »Hallo? Wer spricht da?«

»Samuel Hoenig«, erwiderte ich, da ich es jetzt nicht mehr gut abstreiten konnte. »Und wer sind Sie? Warum sind Sie nicht Ms. Washburn?«

»Wo ist Janet?«, antwortete der Mann mit einer Gegenfrage.

»Ich werde das nicht beantworten, bis Sie mir nicht sagen, wer Sie sind. Ich bin Ms. Washburns Arbeitgeber. Wer sind Sie?«

»Ihr Ehemann«, sagte der Anrufer mit einem deutlichen Anflug von Misstrauen in der Stimme. »Wo ist Janet?«

»Sie ist vor ein paar Stunden heimgefahren, um sich auszuruhen. Sie hatte bis spät in die Nacht gearbeitet.«

»Nein, ich bin gerade aufgewacht, und sie ist nicht hier.«

In diesem Augenblick machte das Mailprogramm auf meinem Mac Pro das Geräusch, das anzeigte, dass eine E-Mail eingetroffen war. Ich klickte darauf und sah, dass sie von Jerome Epstein kam, der meine Mailadresse von einer der Visitenkarten haben musste, die ich der Polizei gegeben hatte.

»Vielleicht ist sie aus irgendeinem Grund ausgegangen«, sagte ich zu Ms. Washburns Ehemann. »Ich bin sicher, dass Sie sich keine Sorgen machen müssen, Mr. Washburn.«

»Ich heiße Taylor«, verbesserte er mich, und mir fiel ein, dass Ms. Washburn mir das gesagt hatte, als wir uns kennenlernten. »Und sie ist überhaupt nicht hier gewesen. Sie ist losgegangen, um Sie irgendwo hinzufahren, und seitdem nicht mehr wiedergekommen.«

Ich öffnete Epsteins Mail. Er hatte hineingeschrieben: *Das Bild, das Sie haben wollten.* Unter seinen Worten war ein Bild von Rita Masters-Powell zu sehen.

»Also, wo ist sie?«, fragte Ms. Washburns Mann.

Doch ich war wie hypnotisiert von dem Bild. Die Frau auf dem Foto lächelte mutig, aber freudlos, wenn ich ihren Gesichtsausdruck richtig deutete. Sie war blond und hatte braune Augen. Ihr Gesicht war karoförmig, ihre Lippen waren dünn, und man konnte die Zähne sehen. Sie war attraktiv, aber nicht schön, denn sie sah aus, als könnte sie unter keinen Umständen mit irgendetwas zufrieden sein.

»Wie bitte?«, fragte ich Mr. Taylor.

»Wo. Ist. Meine. Frau?«, wiederholte er.

In diesem Augenblick fügte sich alles zusammen. Doch zeitgleich mit dem Bewusstsein, dass ich das Rätsel gelöst und die Fragen beantwortet hatte, stieg ein sehr kaltes, hohles Gefühl in meiner Magengegend auf. »Ich rufe Sie zurück, wenn ich mir sicher bin«, sagte ich und hörte noch, wie Ms. Washburns Mann mir eine Beleidigung ins Ohr brüllte, bevor ich auflegte.

Gleich darauf suchte ich die Nummer, von der aus Epstein mich angerufen hatte, und rief ihn zurück. »Fahren Sie sofort wieder ins Institut. Lassen Sie sich nicht abweisen, und nehmen Sie ein paar Polizisten mit, die Ihnen helfen. Wir haben sehr wenig Zeit zu verlieren.«

Mutter beugte sich über den Schreibtisch und sah sehr besorgt aus. »Samuel …«, setzte sie an.

»Ich brauche das Auto, Mutter«, unterbrach ich sie. »Ich muss los und Ms. Washburns Leben retten.«

28

Am Ende weigerte Mutter sich natürlich, zurückgelassen zu werden. Dieselben Argumente wie zuvor – mein Schlafmangel, ihr Beharren darauf zu helfen – verbanden sich mit der fehlenden Zeit und ihrer tiefen Sorge um Ms. Washburn, die ich teilte.

Zum Glück hatte in den Stunden vor Mitternacht auch Detective Lapides einmal auf Ms. Washburns Telefon angerufen. Ich nutzte diesen Anruf, um den Detective auf seinem Handy zurückzurufen. Ohne Umschweife erklärte ich ihm die Situation.

»Ich schicke gleich ein paar Beamte zum Institut«, versicherte Lapides mir. »Doch ich soll in weniger als einer Stunde aufbrechen und mich am Treffpunkt einfinden.«

»Wenn wir Ms. Washburn retten können, wird es keine Übergabe geben. Sie wollen versuchen, ihren Kopf für das Geld einzutauschen.«

Diese Bemerkung erregte Mutters Aufmerksamkeit, die bisher fest auf die Straße vor uns gerichtet gewesen war, und sie wandte mir schnell den Kopf zu. Ich deutete auf die Windschutzscheibe, und Mutter drehte sich zurück, doch sie sah nun ausgesprochen mitgenommen aus.

»Was zur Hölle meinen Sie mit *ihren Kopf?*«, fragte

Lapides. Ich habe den Ausdruck »was zur Hölle« noch nie begriffen, der sich auf einen mythologischen Ort bezieht, dem ein Pronomen und eine Präposition plus Artikel vorangestellt sind und der unabhängig davon keine Bedeutung zu haben scheint, doch ich hatte jetzt keine Zeit, das zu hinterfragen. »Warum sollten sie nicht einfach Rita Masters-Powells Kopf bringen?«

»Weil sie ihn nie hatten. Verstehen Sie denn nicht? Dr. Springer musste sterben, weil sie die Behörden darüber informieren wollte, dass Ackerman und Charlotte Selby Laverne Masters betrogen.«

»Betrogen? Wie, *betrogen*?« Lapides klang vollkommen verwirrt.

»Dafür haben wir jetzt keine Zeit. Fahren Sie so schnell wie möglich zum Institut und bringen Sie so viele Polizisten mit wie möglich. Jetzt!« Ich legte auf und steckte das Telefon vorsichtig wieder in die Tasche. Ich hatte unverbrüchlich die Absicht, es seiner rechtmäßigen Besitzerin so schnell wie möglich wiederzugeben.

»Was ist los?«, fragte Mutter und starrte geradeaus. »Wir brauchen nur noch ein paar Minuten. Sag mir, was du weißt.«

»Ich kann noch nicht alles erklären. Daher nur so viel: Marshall Ackerman und Charlotte Selby stecken hinter den Lösegeldforderungen, und ich glaube, wenigstens einer von beiden hatte seine Hände beim Mord an Dr. Springer im Spiel.«

»Das ergibt doch keinen Sinn.« Mutter schüttelte leicht den Kopf, während sie sich bemühte, die Situation zu begreifen. »Dr. Ackerman war es doch, der dich engagiert hat, um die Frage zu beantworten, was mit den verschwundenen Überresten geschehen ist. Warum sollte er das tun, wenn er selbst hinter dem Diebstahl steckte?«

»Er hat mich unterschätzt. Er erzählte mir, Ellen Crenshaw habe mich ihm empfohlen. Du erinnerst dich doch an Ms. Crenshaw, Mutter. Sie war die mit der verschwundenen Boa Constrictor.«

Mutter nickte heftig. »Ach ja, ich entsinne mich.«

»Du weißt sicher auch noch, dass Ms. Crenshaw ziemlich enttäuscht war, weil ich die Schlange tatsächlich wiederfand und ihrer Versicherung nicht meldete, dass sie unwiederbringlich verloren war. Sie wollte die Versicherungssumme kassieren, nicht das Tier wiederbekommen. Doch sie war zufrieden genug, um mich weiterzuempfehlen. Sie hat Ackerman wahrscheinlich die ganze Geschichte erzählt, vielleicht zu einer Gelegenheit, als Alkohol im Spiel war. Ms. Crenshaw redet gern.«

Mutter nickte. »Auch dessen entsinne ich mich. Warum glaubst du also, dass Ackerman das Gleiche versucht, nur in einem größeren Ausmaß? Warum sollte er versuchen, Geld von der Familie einer Klientin zu erpressen?«

»Ich glaube, weil Ackerman eine Affäre hat. Ich habe beobachtet, wie seine Frau ihn nach der traumatischen Nacht, die sie durchleben musste, begrüßt hat. Sie begegneten sich gerade so mit Höflichkeit. Außerdem habe ich ein Video, auf dem Ackerman eine Frau küsst, die ganz offenbar nicht seine Ehefrau ist.«

»Charlotte Selby«, riet Mutter. Mutter hat einen sehr wachen und logischen Geist.

»Ja«, bestätigte ich. »Und das hat mich eine Zeit lang verwirrt. Doch als ich die Puzzleteile zusammensetzte, fiel mir auf, dass Ackerman und das Institut Ms. Masters-

Powells sterbliche Überreste sehr wahrscheinlich niemals beherbergt haben. Charlotte und er versuchten, siebzehn Millionen Dollar von Laverne Masters zu erpressen und ihr dafür nichts zurückzugeben.«

Wir fuhren einundzwanzig Sekunden lang schweigend weiter, bis das mittlerweile vertraute Garden State Cryonics Institute zu unserer Rechten auftauchte. Während Mutter den Wagen erst in die Einfahrt und dann auf den Parkplatz lenkte, fragte sie: »Was hat das damit zu tun, dass Janets Leben in Gefahr ist?«

»Die Diebe beharrten darauf, das Geld zu bekommen, bevor sie die Überreste übergaben, die sie angeblich sachgemäß irgendwo in der Nähe des Instituts aufbewahrten, sodass sie problemlos transportiert werden konnten«, erklärte ich. Mutter stoppte den Motor und sah mich an. »Als dann der ursprüngliche Plan nicht zu der Zahlung führte, die sie sich von ihm versprochen hatten, willigten sie plötzlich ein, den infrage stehenden Schädel der Polizei und Arthur Masters zu zeigen.«

»Aber wenn du recht hast, hatten sie ihn doch nie.«

»Genau«, erwiderte ich und stieg aus. Wir mussten schnell hineingelangen, und Mutter geht nicht so schnell wie ich. Ich machte mich auf Richtung Eingang. »Darum brauchen sie ja einen Ersatzkopf, den sie in weniger als einer Stunde vorzeigen können«, rief ich über meine Schulter, während ich zu laufen begann.

Als ich zurückblickte, sah ich, wie Mutter die Hand vor den Mund schlug.

Als ich zum Vordereingang eilte, bemerkte ich, dass auf dem Parkplatz fünf Fahrzeuge der Polizei von North Brunswick standen. Auch Lapides' Wagen war im hinteren Teil geparkt. Der übliche Zirkel aus Wachleuten stand diesmal nicht im Empfangsbereich, nur eine verwirrt wirkende Rezeptionistin saß am Empfangstresen. Als ich an ihr vorbeirannte, rief sie mir hinterher: »Willkommen im Garden State Cryonics Institute«, und ich glaube, dass sie, als ich am Fahrstuhl angekommen war, fortfuhr: »Wie kann ich Ihnen behilflich sein?« Vielleicht würde Mutter es ihr erklären, wenn sie eintraf.

Ein rascher Blick auf den Lageplan des Gebäudes, der neben dem Fahrstuhl angebracht war, erinnerte mich daran, dass sich im vierten Untergeschoss das befand, was die Broschüren, die vom GSCI herausgegeben wurden, schönfärberisch als den »Vorbereitungsbereich für die Gäste« bezeichneten. Dort wurden die Leichen derer, die sich entschlossen hatten, sich einlagern zu lassen, ihres Blutes entleert und für den Gefrierprozess präpariert. Familienangehörigen und anderen lieben Menschen blieb der Zutritt zum Vorbereitungsbereich für die Gäste verwehrt.

Hier war auch der Ort, an dem denjenigen, die sich für eine Einlagerung ihrer Schädel entschieden hatten, die Köpfe von den Körpern abgetrennt wurden.

Als Ackerman sich darum gekümmert hatte, mich aus der Einrichtung zu entfernen, war es ihm irgendwie gelungen, gleichzeitig die Polizisten loszuwerden, die zurückgelassen worden waren, und er hatte darauf bestanden, dass auch Epstein aus dem Gebäude geworfen wurde. Offenbar sollte hier etwas passieren, was, wenn es nach Ackerman ging, niemand sonst mitbekommen sollte.

Ich hoffte verzweifelt, dass es noch nicht geschehen war.

Zwei uniformierte Polizisten standen im Aufzug, als sich die Türen öffneten, doch ich rannte schon in Richtung Treppenhaus, was deutlich schneller zu gehen versprach. Ich hörte, wie einer der Beamten hinter mir herrief und nach meinem Namen fragte, also schrie ich über die Schulter nach hinten: »Darf ich mich vorstellen, mein Name ist Samuel Hoenig.« Die Beamten folgten mir nicht, also nahm ich an, dass das ausreichte.

Ich raste die Treppe hinab – unterwegs begegnete mir kein weiterer Polizist mehr – und gelangte an die Tür zum vierten Untergeschoss. Doch der Knauf ließ sich nicht drehen. Die Tür war verriegelt. Ich hatte übersehen, dass bei der Art Untersuchung, die hier im Gange war, nicht jedes Stockwerk des Gebäudes frei zugänglich sein würde.

Nun saß ich in der Falle. Sehr wahrscheinlich waren auch alle anderen Zugangspunkte zu diesem Treppenhaus verschlossen. Ms. Washburns Handy, das noch immer in meiner Tasche steckte, war in der Einrichtung nutzlos. Doch dann entsann ich mich, dass Ackerman eine SMS von innerhalb des Gebäudes empfangen hatte. Ich war mir nicht sicher, ob ich damit Erfolg hätte, aber ich schickte Nachrichten an Epstein und Lapides, in denen stand: EINGESCHLOSSEN IM TREPPENHAUS IM VIERTEN UNTERGESCHOSS. ÖFFNEN SIE DIE TÜR.

Dann wartete ich, nicht ohne zu überlegen, ob ich mit dem Schweizer Taschenmesser, das in meiner anderen Hosentasche steckte, die Angeln von der verriegelten Tür schrauben könnte. Und ich verfluchte mich dafür, den Plan nicht sorgfältig genug durchdacht zu haben, bevor ich ihn in die Tat umgesetzt hatte. Ich hielt die Hände seitlich an meinen Kopf. Ich fühlte, wie ich mit den Zähnen knirschte, und begann, leicht an der Hüfte einzuknicken und mich dann wieder aufzurichten. Diejenigen, die sich mit autistischen Störungen beschäftigen, nennen diese Art von Verhalten *Selbststimulation* oder *Jaktation*. Keines dieser Wörter ist schön oder zutreffend. In diesem Fall reagierte ich auf meine Frustration über die verschlossene Tür und über mich selbst, der ich eher physisch und emotional als rational Ausdruck verlieh. Ich war sehr unzufrieden mit meiner Vorgehensweise und froh, dass mich niemand dabei sehen konnte, wie ich mich jetzt verhielt.

Doch dann sah mich doch jemand. Epstein erschien am schmalen Fenster der Tür und wirkte einen Moment lang, bevor ich mich zusammenreißen konnte, als wolle er die Tür lieber nicht öffnen. Aber er tat es trotzdem. »Es ist in Ordnung, Samuel«, sagte er. »Die Polizisten haben den Vorbereitungsbereich gefunden, und da ist niemand.«

Ich schnappte noch immer nach Luft. »Zeigen Sie ihn mir«, sagte ich, und Epstein wartete, bis ich durch die Tür gegangen war und im Korridor stand, bevor er den Flur hinuntereilte. »Welches ist Ihr Lieblingslied von den Beatles?«, fragte ich ihn in vollem Lauf.

Lapides hatte ihn wohl vorbereitet, denn er hatte eine Antwort parat: »Rain.«

Nachdenklich. Introvertiert. Kritisch.

»Sie sind ein guter Mann«, sagte ich zu Epstein. Er lächelte.

Wir kamen zu der Tür, auf der VORBEREITUNG GÄSTE stand, und Epstein drückte sie auf. Drinnen standen ein uniformierter Polizist, ein Mitarbeiter des GSCI im Overall und Detective Lapides. »Sie sind schnell hier eingetroffen«, sagte ich zum Detective.

»Es klang dringend. Aber wir haben hier niemanden gefunden.«

Ich versuchte mir den Lageplan der Einrichtung noch einmal ins Gedächtnis zu rufen. »Es gibt noch einen weiteren Vorbereitungsraum«, sagte ich laut. »Aber das hier ist derjenige, in den jemand – wahrscheinlich Ackerman – Ms. Washburn gebracht hat.«

»Sind Sie sicher?«, fragte Lapides. Ich nickte.

Epstein sah entsetzt aus. »Dann kommen wir zu spät?«

Ich legte Epstein eine Hand auf die Schulter, eine Geste, die mir nicht leichtfällt, von der ich jedoch weiß, dass sie ein tröstliches Signal aussendet. »Nein, Mr. Epstein. Wir kommen nicht zu spät. Wenigstens glaube ich das nicht. Hier hat kein chirurgischer Eingriff stattgefunden. Doch wir müssen die Suche nach Ms. Washburn auf die ganze Einrichtung ausdehnen. Sie ist ihrem Mörder zwar entkommen, wird aber wahrscheinlich immer noch verfolgt, vielleicht nur weil sie weiß, wer sie enthaupten wollte. Kann mir irgendwer sagen, wo sich Charlotte Selby oder Commander Johnson aufhalten?«

»Commander Johnson steht im zweiten Geschoss unter Aufsicht«, sagte der uniformierte Polizist, auf dessen Namensschild LONBORG stand, zu mir.

»Um Himmels willen, warum? Der Commander war in die Verschwörung nicht verwickelt.«

»Wir wissen noch nicht, wer in sie verwickelt war und wer nicht«, beharrte Lapides. »Was geht hier vor sich? Woher wollen Sie wissen, dass Washburn überhaupt hier war, geschweige denn, dass sie jemandem entkommen ist, der versucht hat, ihr den Kopf abzuschneiden?«

»Wir vergeuden Zeit«, sagte ich. »Ich erkläre es Ihnen unterwegs. Lassen Sie uns sicherstellen, dass der andere Vorbereitungsraum nicht benutzt wird.«

Ich ging vor Epstein und Lapides durch die Tür und ließ den Polizisten und den Institutsangestellten zurück, der die ganze Zeit über, in der wir im Raum gewesen waren, auf seinem Schaltpult geschlafen hatte. »Nach der ganzen Verwirrung ist es relativ einfach«, erklärte ich. »Charlotte Selby und Marshall Ackerman haben versucht, Laverne Masters mit dem Kopf ihrer Tochter um mehrere Millionen Dollar zu erpressen, doch sie hatten nie etwas, was sie für das Geld hätten eintauschen können. Sie glaubten, dass sie mit einfachen Drohungen durchkämen und verschwinden könnten, bevor ihnen irgendwer auf die Schliche käme. Doch Laverne erzwang eine Entscheidung, indem sie einen Beweis dafür verlangte, dass Ritas Schädel sich tatsächlich im Besitz der Diebe befand, und die Zeit war knapp. Sie beschlossen, die Überreste durch solche zu ersetzen, die ähnlich aussahen, und Ms. Washburn zeigt im Großen und Ganzen ein äußeres Erscheinungsbild, das dem von Rita Masters-Powell ähnelt. Das habe ich aus dem Foto geschlossen, das Sie mir geschickt haben, Mr. Epstein. Also war es von äußerster Wichtigkeit, ihren Kopf zu entfernen und ihn rechtzeitig einzufrieren, um ihn zum Übergabeort zu bringen.«

»Wie kommen Sie denn auf all das?«, fragte Lapides, während wir uns in den kleinen Fahrstuhl quetschten. Epstein drückte auf die 2, und die Türen schlossen sich sehr langsam.

»Ich habe Ackerman und Charlotte zusammen in Ackermans Auto gesehen, kurz bevor er das Büro von *Fragen Beantworten* betrat, um mich zu engagieren. Sie haben sich geküsst. Ackerman und Charlotte haben ein Verhältnis und wollen Geld, um von Eleanor Ackerman und wahrscheinlich auch vom Institut fortzukommen.«

»Das schließen Sie alles daraus, dass sie sich im Wagen geküsst haben?«, fragte Lapides.

»Daraus und aus der Tatsache, dass Ackerman seine ›Anweisungen‹ wie Sie selbst, Detective, von jemandem erhielt, der sich innerhalb der Einrichtung befunden haben muss. Während Commander Johnson, Mrs. Johnson, Laverne und Arthur Masters und wir alle zu irgendeiner Zeit einmal anwesend waren, als eine Nachricht von den angeblichen Dieben ankam, war Charlotte bei diesen Gelegenheiten niemals im Raum.«

»Doch, das war sie«, widersprach Lapides. »Nachdem ich die Handys beschlagnahmt hatte, kam Charlotte in den Konferenzraum, um sich darüber zu beschweren. Sie war da, als die Diebe die Nachricht schickten, dass sie mit der Übergabe einverstanden waren.«

»Ich glaube, dass das etwas ist, was sich aufklären wird, sobald Mr. Epsteins Daten über das WLAN-Netz im Gebäude in ein paar Stunden ausgewertet sind. Aber ich weiß, wie sie es gemacht hat. Charlotte hatte das unregistrierte Telefon, das mit der Prepaidkarte, zusätzlich zu ihrem eigenen Handy bei sich. Unmittelbar bevor sie den Konferenzraum betrat, wo sie sich beschwerte, dass Sie ihr das Handy abgenommen hatten, schrieb sie darauf eine Nachricht an Ackerman. Ich habe gesehen, wie sie die Hand in die Tasche ihrer Jeans gesteckt hat, und gleich danach zirpte Ackermans Telefon.«

Endlich öffneten sich die Fahrstuhltüren wieder. Epstein wies nach links und sagte: »Da ist der andere Vorbereitungsraum. Es sind schon zwei Polizisten darin.«

Ich lief in die angezeigte Richtung los, und die anderen beiden Männer folgten mir. »Ich sehe nach, aber ich könnte wetten, dass der Raum unberührt ist. Sie wollten den benutzen, den wir schon gesehen haben.«

Epstein sah ratlos aus. »Vielleicht weil dort ein Tablett mit Instrumenten neben dem Operationstisch lag?«

»Sehr gut, jawohl«, antwortete ich. »Offenbar wurde Ackerman oder einer seiner angestellten Ärzte – aber ich vermute, dass es Ackerman selbst war, damit er niemandem sonst etwas von seinen Plänen erzählen musste – von Ms. Washburns Entkommen unterbrochen, bevor er in die Tat umsetzen konnte, was er vorhatte.«

Wir kamen an die Tür und gingen hinein, Lapides zuerst, dann ich, dann Epstein. Darin befanden sich zwei Polizisten, die offenbar nichts zu tun hatten. Einer saß hinter einem Schaltpult, der andere stand mit verschränkten Armen da und lehnte sich an die hintere Wand.

Auf ihren Namensschildern stand JENKINS und PANG.

Der Raum selbst sah genauso aus wie der andere, das Einzige, was fehlte, waren die Anzeichen für Ms. Washburns mutige Flucht. Es gab hier zwei Operationsbereiche: zwei Tische, die parallel zueinander unter sehr hellen Lampen aufgestellt waren. Diese konnten so angepasst werden, dass sie den Chirurgen erlaubten, einzelne Körperteile zu betrachten. Es gab hier außerdem zwei Wagen mit Rollen, auf denen viele der Instrumente lagen, die man bei so einer Gelegenheit benutzte, sowie verschiedene Computergerätschaften, die zur Überwachung dienten.

»Ich verstehe nicht, warum Sie sich so sicher sind, dass Ms. Washburn entkommen ist oder dass sie überhaupt hier war«, meldete sich Lapides.

»Hier war sie ja gar nicht«, korrigierte ich ihn. »Sie wurde in den anderen Raum gebracht und auf einen der Seziertische gelegt. Die Oberfläche aus rostfreiem Stahl war makellos bis auf drei Haare an einem Ende, die dieselbe Farbe und Länge wie die von Ms. Washburn haben und zufällig auch denen von Ms. Masters-Powell ähneln.«

»Sie war also da. Aber wie ist sie entkommen?«

»Ich vermute, dass Ms. Washburn bewusstlos war, als man sie hineinbrachte, wahrscheinlich nachdem sie vorher auf dem Rücksitz oder im Kofferraum von Ackermans Wagen transportiert worden war«, erklärte ich. »Doch während Ackerman oder die Person, die er gezwungen hatte, ihm zu helfen – falls es die gab –, sich auf die grausige Aufgabe vorbereitete, die vor ihm lag, muss Ms. Washburn das Bewusstsein wiedererlangt haben.«

Ich zeigte auf den Seziertisch. »Da jeder andere Patient, der jemals in diesen Raum gebracht wurde, sich nicht mehr bewegen konnte und da die Chirurgie, die hier durchgeführt wurde, niemals schmerzhaft war oder eine Reaktion hervorrufen konnte, gab es bisher auch keinen Grund für Fixierungen an den Tischen. Es sind keine angebracht, sehen Sie? Doch an dem Tisch im anderen Raum waren in Höhe der Arme und Knöchel improvisierte Fixierungen zu sehen, die aus Stoff von Krankenhauslaken oder etwas Ähnlichem angefertigt worden waren. Sie haben nicht damit gerechnet, dass Ms. Washburn aufwachen würde, aber es war auch unnötig, ein Risiko einzugehen.«

»Die Haare beweisen, dass sie da war«, warf Epstein ein, »die Fixierungen beweisen, dass man ihr … Gewalt antun wollte. Was aber beweist ihre Flucht?«

»Haben Sie nicht die Fixierungen an der rechten Tischseite gesehen, da wo der linke Arm der Patientin gelegen haben muss?«, fragte ich. Epstein schüttelte den Kopf; Lapides sah einfach nur ratlos aus. »Die Leinenfesseln sollten Ms. Washburn falls nötig am Platz halten, aber sie waren nicht so fest oder schränkten die Bewegung nicht so sehr ein, wie solche aus Klettband oder Stahl es getan hätten. Wenn sie also in der Lage war, ihr wiedererlangtes Bewusstsein vor ihren Peinigern zu verbergen, wäre es für Ms. Washburn nicht sehr schwer gewesen, auf den Rollwagen neben sich zu greifen und sich von dort eines der scharfen Skalpelle zu nehmen. Eines von dem Tablett fehlte offensichtlich, und die entsprechende Fessel war durchtrennt. Die anderen muss sie dann aufgebunden haben.«

Lapides und Epstein wirkten beeindruckt. Die beiden Polizisten beachteten uns nicht weiter. Ihre Aufgabe bestand darin, den Raum zu sichern, und sie sahen uns nicht als Bedrohung an.

»Hier gibt es nichts zu sehen«, entschied ich, und wir gingen wieder zum Fahrstuhl. »Wir müssen sofort Ms. Washburn finden. Meine Herren, teilen wir uns auf. Detective, funktionieren die Kommunikationsapparate Ihrer Beamten?«

Er schüttelte den Kopf. »Nein. Wir haben uns in regelmäßigen Abständen in der Kommandozentrale gemeldet, die wir oben im Konferenzraum eingerichtet haben. Captain Harris sollte inzwischen dort sein. Arthur Masters und seine Mutter sind auch dort und fragen, warum wir uns nicht auf den Weg zum Treffpunkt machen. Wenn wir nicht bald etwas finden, müssen wir in ungefähr fünfzehn Minuten aufbrechen.«

»Dann gilt es, keine Zeit zu verlieren. Ich gehe rechts

herum. Epstein, Sie gehen nach links. Wir treffen uns wieder hier. Detective, vielleicht wäre ein Stockwerk höher ein guter Einsatzort für Sie. Doch zuerst sollten Sie in die Kommandozentrale gehen und versuchen, Captain Harris dazu zu bringen, die Deaktivierung des institutseigenen Sicherheitssystems anzuordnen, damit wir im Gebäude besser miteinander kommunizieren können. Leben stehen auf dem Spiel.«

Lapides nickte. Epstein und ich traten aus der Lichtschranke des Fahrstuhls, und die Türen schlossen sich wieder. Ich nickte ihm zu, und er erwiderte die Geste. In einem Film wären wir beide bewaffnet gewesen, doch tatsächlich hielt keiner von uns irgendetwas in den Händen. Ich habe immerhin einen schwarzen Gürtel zweiten Grades in Taekwondo. Über Epsteins Verteidigungskünste wusste ich nichts. Ich hoffte inständig, dass keiner von uns beiden sich auf diesem Gebiet würde beweisen müssen.

Mein improvisierter Plan umfasste das Überprüfen der Türen entlang des Korridors, von denen jede ein Fenster hatte, das wenigstens einen partiellen Blick auf den Innenraum erlaubte, falls die Tür verschlossen war. Es war kein sehr komplexer Plan, doch er würde seinen Zweck erfüllen.

Die Zeit war zweifellos ein wichtiger Punkt, doch ich durfte diese Aufgabe nicht überhasten. Jede Tür musste langsam geöffnet werden, da man davon ausgehen musste, dass sich darin eine feindselige Person aufhielt, die entweder dem Blick entzogen war oder hinter der Tür stand und jedenfalls bereit war zuzuschlagen. Ich brauchte daher für die Überprüfung der ersten drei Räume, deren Türen alle unverschlossen waren, sieben Minuten und acht Sekunden.

Auf der nächsten Tür stand LAGER, was bedeutete, dass sie sich zu einer Abstellkammer hin öffnete. Die Tür war abgeschlossen, was nur ein bisschen seltsam war. Viele Einrichtungen verschließen ihre Lagerräume, um Diebstahl zu verhindern, und medizinische Einrichtungen tun das fast immer, vor allem wenn sich in den Lagerräumen Medikamente oder medizinische Geräte befinden, die oft wertvoll sind. Ich war also schon drauf und dran, die Kammer links liegen zu lassen und weiterzugehen.

Doch dann sah ich einen Lichtstreifen auf dem Teppich im Korridor, auf dem ich stand. Er drang aus dem Raum mit der Aufschrift LAGER.

Es gab mehrere denkbare Erklärungen für diesen Umstand. Die wahrscheinlichste von ihnen war, dass der letzte GSCI-Mitarbeiter, der den Lagerraum betreten hatte, einfach vergessen hatte, das Licht auszuschalten, als er oder sie die Tür beim Verlassen der Kammer schloss. Eine weitere, unheilvollere Erklärung bestand darin, dass sich einer der Diebe oder der Mörder hinter der Tür verbarg und sich dort vor der Polizeidurchsuchung des Instituts versteckt hielt. Doch so eine Person müsste schon sehr töricht sein, um das Licht anzulassen und sich auf diese Weise zu verraten.

Die dritte Möglichkeit war diejenige, auf die ich hoffte, und vielleicht fußte sie eher auf einer Gefühls- als auf einer guten Datenlage. Leise, aber nicht so leise, dass man es in der Kammer nicht hätte hören können, fragte ich: »Ms. Washburn?«

Eine ganze Weile lang kam keine Antwort. Es erschien mir jedenfalls wie eine ganze Weile. Ich habe die Sekunden nicht gezählt.

Dann drehte sich der Türknauf, die Tür flog auf, und Ms. Washburn taumelte mit ausgebreiteten Armen heraus. Sie umarmte mich, was mich in besonderem Ausmaß meiner Arme bewusst werden und die Frage aufkeimen ließ, was ich mit ihnen tun sollte. Sie hingen seitlich an meinem Körper herunter, während Ms. Washburn mich umklammerte.

»Samuel«, sagte sie. »Ich bin so froh, dass Sie es sind.«

29

Wir hatten nur sehr wenig Zeit, doch Ms. Washburn brauchte einen Moment, bis ihr bewusst wurde, dass sie nun in Sicherheit war. Ich legte die Hände auf ihre Oberarme und drückte ein bisschen zu, um sie wissen zu lassen, dass ich da war, und um sie zu beruhigen. So standen wir für elf Sekunden da.

»Sind Sie in Ordnung?«, fragte ich sie.

»Körperlich schon. Ansonsten bin ich mir nicht so sicher.«

»Sie sind sehr tapfer gewesen«, sagte ich zu ihr. »Viel tapferer, als ich es unter diesen Umständen gewesen wäre. Wie haben Sie es geschafft, alle vier Fesseln zu lösen, bevor Ackerman bemerkte, dass Sie sich befreit hatten?«

Ich fühlte, wie sich Ms. Washburns Arme bei dieser Erinnerung ein wenig versteiften, dann beendete sie die Umarmung und trat einen Schritt zurück. Sie wischte sich eine Träne aus ihrem linken Auge. »Ich habe die an der linken Hand zuerst durchgeschnitten. Das war am riskantesten. Er wusste zu diesem Zeitpunkt noch nicht, dass ich das Skalpell hatte. Also konnte ich die Klinge zu meiner rechten Hand bewegen, während er sein Computerprogramm vorbereitete. Warum er eine Aufzeichnung von« –

sie erschauderte – »dem haben wollte, was er tat, übersteigt mein Fassungsvermögen.«

»Er ist ein Gewohnheitstier, und so sind die Vorschriften«, erklärte ich ihr. »Es ist eine Art zu denken, die ich gut verstehe.«

»Ich habe die rechte Fessel aufgebunden, weil es schneller ging, als sie durchzuschneiden, doch mein Glück verließ mich, als ich einmal frei war«, fuhr sie fort. »Ackerman wandte seine Aufmerksamkeit mir zu. Ich konnte nur noch daliegen und so tun, als wäre ich noch immer bewusstlos und gefesselt. Als er nach meinem Arm griff, um eine Infusion zu legen, die mich wahrscheinlich vollständig betäubt hätte, setzte ich mich auf und presste ihm das Skalpell an die Kehle. Ich zwang ihn dazu, die beiden anderen Fesseln an meinen Knöcheln zu lösen.«

Es war eine schwindelerregende Vorstellung. Ms. Washburn musste schreckliche Angst gehabt und Ackerman musste es über alle Maßen frustriert haben. »Wie sind Sie vor ihm geflohen? Er war doch sicher direkt hinter Ihnen, als Sie den Raum verließen.«

Ms. Washburn nickte. Es schien ihr schwerzufallen, die richtigen Worte zu finden. »Ich stürzte zur Tür und rannte los. Ich hörte seine Schritte hinter mir und wusste, dass er wahrscheinlich schneller war als ich. Doch aus irgendeinem Grund muss er sich nach rechts gewandt haben, als er die Tür des Operationssaals aufriss. Wahrscheinlich dachte er, dass ich in Richtung Aufzug gelaufen wäre. Ich bog aber nach links ab, einfach weil es der direkteste Weg aus dem Raum hinaus war, und ich wollte da wegkommen, so schnell wie … so schnell wie …«

Ich sah nicht nach, ob sie weinte. »Kommen Sie«, sagte ich und gestikulierte Richtung Fahrstuhl. »Wir holen Mr. Epstein und bringen Sie hier raus.« Ich ging in die Richtung los, aus der ich gekommen war, und erlebte einen sehr beunruhigenden Moment, als ich bemerkte, dass Ms. Washburn nicht neben mir war. Ich drehte mich um, um nach ihr zu sehen.

Sie schien an ihrem Platz Wurzeln geschlagen zu haben. Sie sah mich zwar an, bewegte sich aber nicht. Mir fiel dazu nichts ein, außer dass der Schrecken, den sie vorher verspürt hatte, nun zurückkehrte, da sie sich zum Überleben nicht mehr auf ihren Mut verlassen musste.

Ich sah sie einen Moment lang an. Zurückzugehen würde nur ihren Entschluss verfestigen zu bleiben, wo sie war. Ich begriff, dass ich sie dazu bringen musste, sich auf mich zuzubewegen. Also griff ich in die Tasche und zog ihr Handy hervor.

»Ich habe es nicht verloren. Ich habe es mitgebracht, um es Ihnen wiederzugeben.«

Da lächelte Ms. Washburn und lief auf mich zu. Sie nahm mir das Telefon aus der Hand, atmete einmal kräftig aus und nickte mir zu.

»Danke«, sagte sie. »Ich wusste doch, dass Sie es nicht verlieren würden.« Wir gingen, ohne zwischendurch anzuhalten, zum Fahrstuhl.

Epstein bog gerade um die Ecke, als wir am Aufzug ankamen. »Sie war nicht …«, setzte er an, dann sah er Ms. Washburn neben mir. »Ms. Washburn, nehme ich an.«

»Fangen Sie gar nicht erst damit an«, schimpfte sie. »Ich dulde das bei Samuel, aber Sie nennen mich Janet.« Dies schien eine Art freundschaftlicher Geste zu sein, denn Epstein lächelte, als sie es sagte, und streckte die Hand aus, die Ms. Washburn ergriff.

»Freut mich, Sie kennenzulernen, Janet.«

Ich bestand darauf, dass wir uns direkt zur Kommandozentrale im obersten Stockwerk aufmachten, und als wir dort ankamen, fanden wir Captain Harris, die Masters und Commander Johnson vor. Arthur Masters schien besonders überrascht zu sein, als er Ms. Washburn bei uns erblickte, und grinste richtig, als wir den Raum betraten. Er stand auf, doch wir gingen an ihm vorbei, und Ms. Washburn sah Arthur nicht einmal an.

Captain Harris bat Epstein, gleich in die Sicherheitszentrale zu gehen und die Verkabelung zu lösen, die die Kommunikationssignale innerhalb der Einrichtung störte. Epstein zog entschlossen die Augenbrauen zusammen und verließ den Raum.

»Ist es sicher, dass Ackerman und Charlotte Selby sich noch immer auf dem Gelände aufhalten?«, fragte ich.

»Bei Ackerman sind wir uns sicher, denn er wurde im Institut gesehen, als unser Team ankam«, entgegnete Harris. »Seit wir das Gebäude umstellt haben, kann er es nicht verlassen haben, ohne gesehen worden zu sein. Selby ist hingegen, seit wir hier sind, nicht mehr gesehen worden, und wir haben keine Ahnung von ihrem Aufenthaltsort.«

Ich schlug vor, Ms. Washburn nach Hause zu eskortieren, doch das lehnte sie ab und sagte, sie sei sicherer, wenn sie bei Captain Harris und den Polizeibeamten bliebe, als wenn sie sich außerhalb des Gebäudes aufhielte. »Schließlich bin ich heute Morgen vor meinem eigenen Haus entführt worden, und dann bin ich auf einem Seziertisch wieder aufgewacht, wo man mir gerade den Kopf abschneiden wollte. Ich möchte das lieber nicht noch einmal erleben. Ich warte, bis alle festgenommen sind, danke schön.« Ich hielt es für unangemessen, ihr zu erklären, dass sie wahrscheinlich nicht länger in Gefahr war, da ihr Kopf für Ackerman inzwischen keinen Wert mehr hatte, also behielt ich diese Bemerkung für mich.

»Hat Dr. Ackerman allein gehandelt?«, fragte Commander Johnson. Er wirkte vollkommen ausgelaugt. Zum ersten Mal, seit ich ihn getroffen hatte, saß er, und wenn er nicht sprach, starrten seine Augen ins Leere. Er wirkte verwirrt oder bestürzt, ich konnte das unmöglich voneinander unterscheiden.

»Er war jedenfalls der Einzige, den ich gesehen habe«, antwortete Ms. Washburn, und der Commander ließ erneut den Kopf hängen. »Ich bin von meinem Auto zu meinem Haus gegangen, da tauchte Ackerman auf dem Gehweg auf. Er rief meinen Namen, und ich dachte, es gäbe irgendeinen Notfall und dass er meine Adresse von einer meiner Visitenkarten hätte. Also ging ich auf ihn zu. Dann fühlte ich einen Stich an der Hüfte, und das Nächste, woran ich mich erinnern kann, ist …« Sie beendete den Satz nicht.

»Ackerman war zwar der Einzige, den Ms. Washburn gesehen hat, aber er arbeitete nicht allein«, wandte ich mich an die versammelte Gruppe. »Er hat Nachrichten und Anrufe von den mutmaßlichen Dieben erhalten, und wir haben die Nachrichten auch gesehen. Außerdem ist Ackerman mit uns zum ersten Übergabeort in Rutgers Village gekommen. Von da aus fuhr er direkt zu sich nach Hause, als wir ihn von dem Angriff auf seine Frau benachrichtigten. Doch zu diesem Zeitpunkt haben die Videokameras, die Sie, Captain Harris, installiert hatten, jemanden dabei aufgenommen, wie er die von Ackerman zurückgelassenen Koffer holte. Ackerman konnte das nicht sein, da er von einem Ihrer Beamten zu sich nach Hause gefahren wurde. Es ist also nur logisch anzunehmen, dass wenigstens eine weitere Person mit ihm zusammenarbeitete.«

Captain Harris nickte und berührte dann das Kommunikationsgerät, das an ihrer linken Schulter angebracht war. Sie lauschte einen Augenblick und wandte sich schließlich mir zu. »Mr. Epstein hat es geschafft, dass die Polizisten untereinander und alle innerhalb des Gebäudes kommunizieren können. Er sagt, Telefonanrufe aus dem Institut hinaus und von außen herein werden in ein paar Minuten möglich sein.«

»Das ist hilfreich«, sagte ich. »Aber wir müssen darauf vorbereitet sein, dass auch die Diebe untereinander kommunizieren, wenn sie nicht gerade alle zusammen sind.«

»Es würde uns helfen, wenn wir wüssten, wer außer Ackerman in die Sache verwickelt ist«, stellte Captain Harris fest. »Sie behaupten, dass Charlotte Selby eine der Verschwörerinnen ist, aber Ihre Beweise dafür stehen auf ziemlich tönernen Füßen. Glauben Sie, dass es noch weitere Täter gibt?«

»Auf jeden Fall«, entgegnete ich und bemühte mich dabei sehr, niemanden sonst im Raum anzusehen. »Charlotte hätte ja unmöglich zur gleichen Zeit die Aktenkoffer holen und Mrs. Ackerman angreifen können. Es muss noch mindestens eine weitere Person geben.«

»Haben Sie eine Ahnung, wer das ist?«

»Ich ziehe es vor, meine Meinung für mich zu behalten, bis ich sie mit nachprüfbaren Daten unterlegen kann.«

»Es war Arthur Masters«, sagte da Ms. Washburn.

Es entstand eine verblüffte Stille, in der alle ihre Aufmerksamkeit Ms. Washburn zuwandten. Sie trat hinter mir hervor, wo sie bis jetzt gestanden hatte, ging auf Arthur zu und hielt dabei ihren Blick fest auf ihn gerichtet.

»Was?«, rief Laverne Masters. »Das ist doch absurd. Was reden Sie denn da?«

»Wir haben Sie zurückgelassen, als wir nach Rutgers Village gefahren sind«, sagte Ms. Washburn zu Arthur. Sie schien alle anderen Personen im Raum aus ihrem Blickfeld verbannt zu haben und konzentrierte sich ganz allein auf ihn. »Sie sind der Einzige, der sich heimlich davonmachen und das Geld holen konnte. Commander Johnsons Abwesenheit wäre zu sehr aufgefallen, und Ackerman war bei uns. Die Person, die die Koffer abgeholt hat, war allem Anschein nach ein Mann, also waren es weder Charlotte Selby noch Mrs. Johnson. Sie sind der Einzige, der übrig bleibt.«

Commander Johnson schien zu überlegen, ob er gegen die Behauptung protestieren sollte, seine Frau könne irgendetwas mit der Sache zu tun haben, blieb dann aber still.

Arthur erhob sich langsam und hatte ein sehr merkwürdiges Lächeln auf dem Gesicht. »Das ist doch lächerlich. Ich habe keinen Grund, in diese Angelegenheit verwickelt zu sein. Ich möchte einfach nur diese verrückte Besessenheit von Ritas sterblichen Überresten beenden. Warum sollte ich von mir selbst Geld erpressen?«

»Das Geld in den Koffern war ja gar nicht Ihres«, erinnerte ich ihn. »Und als die Übereinkunft getroffen wurde, auch den Rest des Lösegeldes zu bezahlen, sollte es aus dem Vermögen des Unternehmens kommen, das von Ihrer Mutter kontrolliert wird. International Data Associates ist noch immer ein Familienunternehmen, also gibt es keinen Aufsichtsrat, der zurate gezogen werden müsste, oder Aktionäre, deren Geld zu diesem Zweck nicht verwendet werden kann – es war legal. Das wäre ein Weg gewesen, um Zugriff auf Millionen zu bekommen, die Sie ansonsten nicht hätten anrühren können.« Ich wandte mich an Ms. Washburn. »Ausgezeichnete Schlussfolgerung.«

Captain Harris kniff die Augen zusammen. »Es passt jedenfalls zu den Tatsachen.«

Ich drehte mich zu Commander Johnson um. »Commander, Sie waren doch hier, als die Übergabe in Rutgers Village stattfand. Wo war da Mr. Masters?«

Der Commander schien abgelenkt zu sein, doch wie immer stand er stramm, um die Frage zu beantworten. »Er sagte, er sei erschöpft und gehe in einen der Pausenräume, wo für das medizinische Personal im Bereitschaftsdienst Feldbetten bereitstehen, um sich ein wenig hinzulegen.«

»Er war also nirgends, wo Sie ihn sehen konnten, während die Koffer geholt wurden.«

»Nein, Sir.«

Alle Blicke hefteten sich nun auf Arthur.

Laverne hatte lange gebraucht, um sich zu erheben, doch nun war sie auf den Füßen und humpelte zu ihrem Sohn. »Ich werde mir kein weiteres Wort mehr darüber anhören. Arthur, sag ihnen, dass das, was diese Frau behauptet, verrückt ist.«

»Doch bevor Sie das tun, bedenken Sie Folgendes«, unterbrach ich. »Sie und Ihre Mutter sind getrennt voneinander hierhergefahren, als Sie nach dem Eingang der Lösegeldforderung benachrichtigt worden waren. Als Ms. Washburn und ich kurz darauf weggefahren sind, fiel mir auf, dass Ihr Auto makellos sauber war. Doch die Gegend, in der die Koffer zurückgelassen wurden, war voller Gras und Erde und ziemlich nass. Sollen wir nach draußen gehen und uns anschauen, wie viel Matsch auf den Reifen und an der Unterseite Ihres Wagens klebt, Arthur?«

Arthur sah seiner Mutter in die Augen und hielt ihrem Blick stand. Doch er sagte nichts. Er zeigte nur weiter sein unheimliches Grinsen.

Ms. Washburn trat wieder neben mich. Als sie das tat, zirpte Captain Harris' Handy. Sie griff in ihre Tasche, um es hervorzuziehen, las, was auf dem Display stand, und zeigte es mir dann. SELBY FESTGENOMMEN. AUF DEM WEG NACH OBEN. Die Nachricht stammte von Lapides.

»Ich schließe daraus, dass es Mr. Epstein gelungen ist, die gesamte Kommunikationsfähigkeit im Gebäude wiederherzustellen«, sagte ich zu Captain Harris.

Sie nickte den beiden uniformierten Polizisten zu, die im hinteren Teil des Raumes standen. »Mr. Masters«, sagte sie dann, »Sie müssen sich einer Befragung bezüglich der Erpressung von siebzehn Millionen Dollar von Laverne Masters und des Mordes an Dr. Rebecca Springer stellen. Sie stehen nicht unter Arrest, aber wir müssen darauf bestehen, dass Sie mit zum Polizeihauptquartier kommen, um uns einige Fragen zu beantworten.«

Lavernes Kinnlade klappte herunter. »Arthur!«, flehte sie ihn an. »Sag diesen Leuten, wie sehr sie unrecht haben!« Sie wandte sich an Captain Harris, während sich die beiden Polizeibeamten neben Arthur stellten. Sie griffen nicht nach ihren Handschellen, doch ich sah, wie derjenige, auf dessen Namensschild CRAWFORD stand, die Hand auf seinen Schlagstock legte.

»Ich werde kooperieren, Captain«, sagte Arthur. »Aber ich bestehe auf der Anwesenheit meines Anwalts, bevor ich diese Dinge mit Ihnen bespreche. Ich sage Ihnen aber gleich, dass ich überhaupt nichts mit dem Mord zu tun hatte. Ich habe Dr. Springer seit zwanzig Jahren nicht mehr gesehen, seit sie noch Becky war und die ganze Zeit mit meiner Schwester herumhing.«

Laverne ließ sich schwer auf den nächsten Stuhl fallen. »Ich bin schockiert. Einfach nur schockiert.«

»Du wirst gleich noch viel schockierter sein, Mutter«, sagte ihr Sohn mit einem leisen Kichern.

30

Charlotte Selby wurde in den Konferenzraum geführt. Auch wenn sie den beiden Polizisten keinen sichtbaren Widerstand leistete, die sie an den Armen festhielten, gab sie sich doch erkennbar keine Mühe, ihnen ihre Arbeit zu erleichtern. Sie mussten sich sehr anstrengen.

Lapides ging hinter ihnen her und wirkte zufrieden mit sich selbst. Er trug einen Beutel mit Beweismitteln, dessen Inhalt er mit einer Hand verbarg. »Wir haben sie ausgerechnet im Heizungskeller gefunden«, verkündete er. Charlotte, deren Gesicht fast vollständig von dem Kapuzenpulli verdeckt wurde, den sie trug, schien ihn anzuknurren, und Lapides schrak ein klein wenig zurück, bevor er hinzufügte: »Sie hat noch kein Wort gesagt, aber ich habe ihr ihre Rechte vorgelesen. Und sie hatte ein Prepaidhandy bei sich.«

»Gute Arbeit, Detective«, lobte Captain Harris.

Ich bemerkte, dass Arthur Masters bei Charlottes Auftritt besonders erheitert dreinschaute, obwohl er selbst ja von zwei uniformierten Beamten der Polizei von North Brunswick flankiert wurde. Er setzte sich wieder auf seinen Stuhl, schlug die Beine übereinander und verschränkte die Hände hinter seinem Kopf. Laverne starrte ihn weiter an und versuchte sich zweifellos davon zu überzeugen, dass das, was sie hier sah und hörte, einfach nur ein gigantisches Missverständnis war, das am allerwahrscheinlichsten von der Polizei verursacht wurde.

»Charlotte«, sagte Arthur. »Wie schön, dich zu sehen. Wenn wir dich denn sehen könnten.«

»Ms. Selby«, meldete sich Captain Harris, »Sie wurden über Ihre Rechte aufgeklärt. Haben Sie sie auch verstanden?« Charlotte antwortete nicht, sie ließ den Kopf nur etwas tiefer sinken, sodass man ihr Gesicht noch schwerer sehen konnte.

Ich verstand die innere Dynamik der Familie Masters nicht, aber ich hatte ihre kokettierende Schläue langsam immer satter. »Also gut, Ms. Masters-Powell«, wandte ich mich an Charlotte. »Es ist schön, endlich Ihre Bekanntschaft zu machen.«

Captain Harris und Lapides starrten mich an. Ms. Washburn keuchte an meiner Seite auf. Laverne Masters wandte ihre Aufmerksamkeit von ihrem Sohn ab und sah mich an, dann die Frau mit der Kapuze über dem Gesicht.

Falls ich seinen Gesichtsausdruck richtig interpretierte, sah Arthur Masters nun enttäuscht aus.

Die Frau mit der Kapuze seufzte einmal tief, reckte dann den Hals und schüttelte sich die Kapuze vom Kopf. Die Polizisten, die sie an den Armen hielten, und die Handschellen erlaubten es ihr nicht, sie anders abzusetzen. Sie starrte nicht mich, sondern ihre Mutter an.

Laverne Masters sah so perplex aus, wie ich es noch nie zuvor an einem Menschen beobachtet habe, und das verwunderte ja auch nicht. Es gelang ihr kaum zu hauchen: »Rita.«

Captain Harris klappte den Mund zweimal auf und wieder zu, dann sah sie mich an und sagte: »Ich verstehe nicht recht.«

»Es ist …« Ich hielt inne. Ich hatte sagen wollen: *Es ist ganz einfach*, doch die Situation war alles andere als das. »Es ist Rita Masters-Powell, die hier vor uns steht«, sagte ich deshalb. »Charlotte Selby existierte nicht, bevor Rita ›starb‹. Sie hat einfach nur diese neue Identität angenommen, um etwas von dem großen Reichtum ihrer Familie abzubekommen.«

»Das waren sie mir schuldig«, zischte Rita. »All die Jahre, die ich mit Bill verheiratet war und im Elend leben musste, haben sie nicht einen Cent geschickt.«

Laverne wedelte mit den Händen und sah dabei ein bisschen so aus wie ich, wenn ich besonders frustriert bin; es wirkte wie Selbststimulation. »All das, weil wir dir kein Geld geschickt haben? Du warst die Tochter eines sehr reichen Mannes, und du hast dein Leben für einen Hilfskellner weggeworfen. Wir dachten, du würdest schon irgendwann wieder zur Vernunft kommen. Und dann hast du Arthur erzählt, dass du dich scheiden lässt.«

»Das war dann auch ungefähr die Zeit, in der es interessant wurde«, warf ich ein. »Rita hat Marshall Ackerman kennengelernt – geschah das durch Ihre Highschoolfreundin Rebecca Springer?«

Rita nickte. »Ich habe sie ausgerechnet im Einkaufszentrum getroffen. Und sie erzählte mir von dieser grandiosen Firma, für die sie arbeitete, auch wenn sie sie nicht ganz so großartig fand, wie man ihr es am Anfang weisgemacht hatte. Dann stellte sie mir Marshall vor.«

»Das war der Wendepunkt«, erklärte ich Captain Harris.

»Als Rita Ackerman begegnete, war sie immer noch Teil einer Ehe, die sie schon lange aufgegeben hatte. Ihre Mutter hatte recht – Bill Powell war ein Langweiler und womöglich auch ein Alkoholiker, doch Rita war zu stolz, das zuzugeben. Sie hielt Ackerman für das genaue Gegenteil ihres Ehemanns. Warum eigentlich, Rita?«

Rita Masters-Powell lachte. »Meinen Sie das ernst? Marshall ist all das, was Bill nie sein konnte. Er arbeitet daran, Menschen unsterblich zu machen. Können Sie sich das vorstellen? Tatsächlich den Tod zu besiegen? Bill arbeitet nur, damit er sich die nächste Flasche Bourbon kaufen kann.«

»Also haben sie sich ineinander verliebt«, sagte Ms. Washburn in einem Tonfall, der verriet, dass sie eher mit sich selbst sprach.

»Genau«, stimmte ich zu. »Und das gab Rita den Anstoß, sich von ihrem Ehemann scheiden zu lassen. Sie wandte sich wegen finanzieller Hilfe an ihren Bruder, nicht wahr, Arthur? Und aus irgendeinem Grund, den ich nicht kenne, haben Sie ihr die verweigert.«

»Es sprang für ihn nichts dabei heraus«, höhnte Rita.

»Oh, so einfach ist es nicht«, sagte Arthur Masters zu mir. »Rita wollte Geld, aber nicht nur für sich, sondern für dieses Institut, das Ackerman zu leiten versuchte. Geld für all die Menschen am Stiel da unten in ihren Gefriertruhen. Sie versuchte mich dazu zu überreden, das Geld der Firma hier zu investieren, doch ich wusste, dass sich das nicht lohnen würde. Wer glaubt denn schon, dass man einen Kopf abschneiden und dann darauf warten kann, dass ein Roboterkörper oder so was dafür entwickelt wird, damit man ewig leben kann? Das ist doch lächerlich.«

»Es ist *nicht* lächerlich!«, schrie Rita, aber niemand erwiderte etwas darauf.

»Doch Sie haben Rita einen zweiten Vorschlag gemacht, einen, bei dem Geld für Sie beide und für Ackerman herausspringen würde«, sagte ich, um die Erzählung voranzutreiben.

Ich sah, wie Captain Harris und Lapides ihre Köpfe von Sprecherin zu Sprecher drehten, während sich das Schauspiel vor ihnen entfaltete, so als würden sie bei einem Tennismatch zusehen. Commander Johnson war hingegen ganz in seinen Blackberry vertieft.

Das war merkwürdig.

Ich hatte mehrere Optionen, aber ich war mir nicht sicher, ob es besser wäre, den Commander öffentlich zu konfrontieren oder heimlich herauszufinden, mit wem er da worüber kommunizierte, während der Rest von uns der Familie Masters und ihrer eigenartigen Geschichte lauschte. Ich bemerkte, dass Ms.Washburn mich ansah, also stellte ich Blickkontakt her. Sie reagierte sofort, und ich machte sie mit Blicken auf das Treiben des Commanders aufmerksam.

Ms.Washburn nickte, sie begriff, was mich umtrieb, und sie begann, sich sehr langsam zu dem Platz ganz hinten am Tisch hinüberzuschieben, an dem er saß.

»Ich glaube, dass ich darauf nicht antworten muss«, sagte Arthur.

»Nein, Sie haben recht, genau das hat er gesagt«, meldete sich Rita quer durch den Raum zu Wort. »Er sagte, dass es keinen Sinn habe, mir das Geld einfach zu schenken, wenn er doch gleichzeitig selbst welches verdienen könne. Er behauptete, das sei keine *solide Geschäftspraxis.*«

»Was schlug er denn vor?«, fragte ich Rita. Ich kannte bereits die Antwort, aber es war wichtig, dass Rita sie in Anwesenheit der Polizisten laut aussprach.

»Schauen Sie, ich ließ mich ja von Bill scheiden. Das tat ich, damit er kein Anrecht auf irgendwelches Geld hatte, das mir einmal zufallen würde. Auf diese Weise konnte ich Marshall heiraten, sobald ich einmal meinen Namen geändert hätte.« Es gab keine offiziellen Aufzeichnungen darüber, dass Rita jemals ihren Namen geändert hatte. Ich hatte diese Möglichkeit heute Morgen im Büro von *Fragen Beantworten* überprüft. »Dann erzählte ich meiner Mutter, dass ich im Sterben lag, und meine alte ›Freundin‹ Rebecca Springer stellte mir für dreißigtausend Dollar einen Totenschein aus, das heißt für etwa die Summe, die meine Mutter zahlte, um mich ›aufbewahren‹ zu lassen, bevor die monatlichen Unterhaltskosten zu fließen begannen. In den ersten Monaten war es einfach – Arthur willigte ein, dem Institut die monatliche Rate für meinen Kopf zu bezahlen, und wir teilten das halbe-halbe auf.«

Ms. Washburn bewegte sich langsam, um nicht Commander Johnsons Aufmerksamkeit zu erregen, und stand nun beinahe so, dass sie auf seinen Blackberry schauen konnte. In wenigen Sekunden wäre sie in der Lage, das Display zu lesen.

»Warum hat sich der Plan geändert?«, fragte ich.

Arthur sah zur Seite, plötzlich schien er die Wand links neben sich sehr interessant zu finden.

»Mein Bruder hat sich geändert«, sagte Rita in ziemlich wütendem Tonfall. »Er wurde gierig. Entschied, dass der monatliche Betrag nicht mehr genug war.«

»Das ist nicht die ganze Wahrheit«, widersprach Arthur, ohne seine Schwester dabei anzusehen.

Nun war es Rita, die den Blickkontakt zu allen anderen Anwesenden abbrach. »Es gab noch eine Sache«, sagte sie ruhiger als zuvor. »Marshall brauchte etwas Geld, weil seine Frau wegen der Scheidung keine Vernunft annehmen wollte.«

»In anderen Worten: Sie wollte ihren fairen Anteil an seinem Vermögen«, übernahm Arthur. Er grinste wieder, als er das sagte. »Und das wäre eine ziemlich hohe Summe gewesen, also forderte er eine ordentliche Finanzspritze.«

Ms. Washburn sah nun über Commander Johnsons Schulter, wobei sie sich nicht zu weit vorlehnte, damit der Commander nichts davon mitbekam.

»So kam es also zum Lösegeldplan. Wessen Idee ist das gewesen?«, fragte ich.

Es gab keine Zeit, darauf zu antworten, denn Ms. Washburn keuchte laut auf, als sie auf Commander Johnsons Blackberry blickte, und ich drehte mich zu ihnen um. Der Commander, der nun auf den Spion hinter seinem Rücken aufmerksam geworden war, fuhr sichtbar zusammen und legte das Gerät beiseite. Es schien jedoch zu spät für ihn zu sein, das zu verbergen, was er getan hatte.

»Was ist los?«, fragte ich Ms. Washburn.

»Er steht in Kontakt mit Marshall Ackerman«, antwortete sie und zeigte auf den Commander. »Ackerman ist irgendwo hier im Gebäude, und der Commander versucht ihn davon zu überzeugen, sich zu ergeben.«

»Was?« Captain Harris stürzte bereits auf Commander Johnson zu. »Geben Sie das her«, sagte sie und zeigte auf seinen Blackberry.

Der Commander stand auf, nahm erneut Haltung an und reichte ihr das Gerät. »Ich entschuldige mich nicht. Ich bin ein loyaler Mitarbeiter des Garden State Cryonics Institute.«

»Wo ist Ackerman?«, fragte ihn Lapides.

»Ich bin mir nicht sicher«, behauptete Commander Johnson. Ich hatte den Eindruck, dass niemand im Raum ihm glaubte.

»Bringen wir Ackerman doch dazu, uns zu sagen, wo er ist«, sagte ich. »Würden Sie Ms. Washburn den Blackberry geben, Captain?«

Sie tat es, und Ms. Washburn schaltete das Gerät ein. Sofort erschien eine SMS von Ackerman: Ist etwas nicht in Ordnung? Warum antworten Sie nicht?

Ich entschied mich, für die Antwort Commander Johnsons Rolle einzunehmen, und bat Ms. Washburn zu schreiben: Musste den Blackberry weglegen, damit sie es nicht bemerken. Ich kann Ihnen aus dem Gebäude hinaushelfen. Wo sind Sie?

Ms. Washburn sandte die Nachricht unter dem Protest des Commanders ab. »Das ist eine sichere Nachricht! Es ist eine vertrauliche Information!«

»Rühren, Commander«, sagte Lapides und legte ihm eine Hand auf die Schulter. Der Commander setzte sich und sah dabei sehr wütend aus.

Es dauerte nur einen Augenblick, bis Ackerman antwortete: Zu gefährlich. Sie könnten Ihnen folgen. Deaktivieren Sie einfach nur das Sicherheitssystem, wie besprochen.

»Sie wollten das Sicherheitssystem deaktivieren, damit er entkommen kann?«, fragte ich.

»Nein«, mischte sich Ms. Washburn ein, bevor der Commander etwas erwidern konnte. »Ich habe die Nachrichten gelesen. Er hat versucht, Ackerman dazu zu bewegen, sich ihm zu ergeben, damit er die Lorbeeren dafür einheimsen kann. Doch Ackerman versucht weiterhin, ihn zu überreden, ihm bei einem Fluchtversuch zu helfen.«

Sie zeigte Captain Harris die Nachricht und tippte dann, wie von mir vorgeschlagen, die folgende Antwort ein: SIE BEOBACHTEN MICH NICHT. MR. EPSTEIN VERHINDERT, DASS ICH MICH AM SYSTEM ZU SCHAFFEN MACHEN KANN. SAGEN SIE MIR, WO SIE SIND. Als die SMS gesendet war, hörte ich, wie Ms. Washburns Telefon zirpte, und sah, wie sie danach in ihrer Tasche angelte.

Fast zeitgleich kam eine Antwort von Ackerman, die nicht sehr schmeichelhaft für meine betrügerischen Fähigkeiten war. WER SIND SIE?, fragte er.

»Er weiß, dass es nicht der Commander ist«, sagte ich zu Captain Harris. »Es tut mir leid, aber ich habe anscheinend unsere Chance vertan, ihn zu finden.«

»Nicht unbedingt«, schaltete sich Ms. Washburn ein. »Ich habe auf meinem eigenen Handy gerade eine Nachricht von Jerry erhalten.«

»Jerry?«, fragte Captain Harris. »Wer ist Jerry?«

»Mr. Epstein«, informierte ich sie. Sie sah noch immer ratlos aus. »Der technische Sachverständige, den Detective Lapides hinzugezogen hat.«

Captain Harris nickte, als sie sich erinnerte.

»Er sagt, dass er Ackerman von seinem Standort aus sehen kann«, fuhr Ms. Washburn fort. »Er ist im untersten Stockwerk des Gebäudes, gleich neben der Kammer, in der Dr. Springer starb.« Ihr Telefon zirpte erneut, und sie las die Nachricht, während Captain Harris etwas in ihr Kommunikationsgerät sprach. Ohne Zweifel sandte sie mehrere Polizisten zu Ackermans Standort. Ms. Washburn erbleichte.

»Es gibt ein Problem«, verkündete sie. »Ackerman hat eine Geisel genommen.«

Ich bemerkte, dass Rita Masters-Powell bei dem Gedanken lächelte, dass ihr Liebhaber so gerissen war.

»Eine Geisel!«, rief ich, ohne es zu wollen. Ich hatte diesen Schritt von Ackerman nicht erwartet. »Einen der Polizisten?« Wenn Ackerman einen bewaffneten Mann als Geisel nahm, stellte das tatsächlich ein ernsthaftes Problem dar.

Ms. Washburn sah mich aus weit aufgerissenen Augen an. »Nein, Samuel. Dr. Ackerman hat Ihre Mutter in seiner Gewalt!«

Eine Sekunde später rannte ich aus dem Konferenzraum.

31

Ms.Washburn folgte nicht weit hinter mir, und Epstein gab uns übers Handy sehr genaue Informationen über den Bereich, in dem Ackerman meine Mutter gefangen hielt. Ich kann mich nicht mehr erinnern, ob ich noch atmete, als wir zur Treppe stürmten.

»Sagen Sie Epstein, dass er sich bereithalten soll, um die Tür zum Treppenhaus zu öffnen«, sagte ich zu Ms.Washburn, während ich rannte. »Der Fahrstuhl ist einfach zu langsam.«

»Er ist schon dahin unterwegs«, antwortete sie einen Augenblick später. Ms.Washburn atmete schwer. Ich bemerkte, dass ich sehr schnell lief, doch ich konnte auf niemanden warten. Ich war mir nicht einmal sicher, ob Captain Harris oder Lapides uns gefolgt waren. Ich nahm an, dass sie das getan hatten und dass sie alle Polizisten im Gebäude angewiesen hatten, sich an der fraglichen Stelle direkt vor der äußeren Tür zur Kältekammer zu versammeln.

Epstein ließ uns nur achtzehn Sekunden später durch die Tür des Treppenhauses, während Ms.Washburn in meinem Rücken schnaufte. Ich hörte noch ein anderes Geräusch, das ich zuerst nicht zuordnen konnte. Es stellte sich heraus, dass es mein eigener Atem war. Mir war nicht aufgefallen, dass ich so rasch so viel Luft eingesogen hatte.

»Er ist da unten«, sagte Epstein und zeigte auf die Biegung des Gangs. »Es sind schon ein paar Polizisten da, die ihn mit Waffen bedrohen, aber er verlangt nach Ihnen, Samuel.«

Wie aufs Stichwort hörte ich Ackerman rufen: »Sind Sie das, Hoenig? Ich habe Ihre Mutter. Kommen Sie her und sehen Sie selbst.«

Ich wollte gerade in die Richtung losstürmen, aus der die Stimme kam, doch Epstein packte mich am linken Arm und hielt mich an. »Bevor Sie dorthin gehen, Samuel, sollten Sie wissen: Er hält ihr ein Skalpell an die Kehle.«

Ms. Washburn hielt die Luft an.

Es hatte nun keine Vorteile mehr zu laufen. Ich musste den Gedanken aus meinem Kopf verbannen, dass Mutter sterben konnte und dass ich wenigstens eine kleine Rolle bei den Ereignissen spielte, die zu ihrem Tod führten. Ich musste mich jetzt noch stärker und genauer konzentrieren, als ich es jemals getan hatte. Ich würde gleich um die Ecke biegen und das Bild sehen, auf dessen Anblick Epstein mich vorbereitet hatte.

Das war der Plan.

Doch ich fühlte, wie meine Hände gegen meine Seiten zu schlagen begannen und wie mein Kopf anfing zu zittern. Ich gab unwillkürlich Laute von mir, die mehr tierisch als menschlich geklungen haben müssen. Meine Augen rollten nach oben, und ich sah nur noch peripher, was vor mir lag. Ich fiel auf die Knie. Meine Kiefer spannten sich an. Meine Hände legten sich seitlich an meinen Kopf und drückten zu. Ich fing an, mit nach vorn gekipptem

Kopf rhythmisch mit dem Oberkörper vor und zurück zu schaukeln. Ich war völlig außer Gefecht gesetzt.

Dann sah ich, wie Ms. Washburn sich über mich beugte, meinen Kopf in ihre Hände nahm, genau wie Lehrer und Ärzte es getan hatten, als ich etwas über Sozialverhalten und das angemessene Betragen im Klassenzimmer gelernt hatte. Sie zwang mich sanft dazu, ihr in die Augen zu schauen, und sagte: »Ihre Mutter braucht Sie jetzt. Sonst niemanden. Nur Sie. Und Sie schaffen das. Beweisen Sie Ackerman, dass Sie der bessere Mensch sind.«

Etwas in ihrer Stimme, nur ihr Klang, hatte den vernünftigen Teil meines Gehirns erreicht. Ich hörte auf zu schaukeln und hörte ihr zu.

»Atmen Sie«, sagte Ms. Washburn.

Ich atmete ein. Ich atmete aus.

»Gut so«, sagte Ms. Washburn. »Machen Sie damit weiter.«

»Sie müssen da hinkommen, wo ich Sie sehen kann«, rief Ackerman mir von seinem Platz um die Ecke aus zu. »Sie können mich daran hindern, Ihre Mutter zu töten, aber ich muss Sie sehen können.«

Der Zorn gewann langsam die Überhand über die Angst in mir. Doch Zorn würde auch nichts nutzen. Zorn führt ebenfalls zu Zittern und Untauglichkeit, zu dem, was meine Lehrer einen *Ausraster* nannten.

»Denken Sie nach«, forderte mich Ms. Washburn auf. »Ihr Verstand ist Ihre beste Waffe.«

Ich stand auf und dachte daran weiterzuatmen. Ich umfasste Ms. Washburns Hände, und sie wirkte verblüfft. »Es tut mir leid«, sagte ich. Ihre Hände waren bemerkenswert weich.

»Ist schon okay«, beruhigte sie mich. »Jeder normale Mensch wäre unter diesen Umständen mit den Nerven am Ende. Los jetzt.«

Ich hielt ihre Hände noch eine Sekunde in meinen. »Danke.«

»Noch nicht.«

Ich richtete mich auf und ging ein wenig steif zur Ecke. Ich versuchte mir das Schlimmstmögliche vorzustellen, damit das, was ich tatsächlich gleich sehen würde, weniger schlimm wäre. Doch ich konnte mir nichts Schlimmeres als das hier vorstellen.

Ackerman stand wortwörtlich mit dem Rücken an die Tür des Lagerraums gepresst. Bei ihm waren zwei Polizisten in Uniform, die mit ihren Waffen auf Ackerman zielten. Doch sie konnten ihn nicht richtig anvisieren, da er jemanden als Schutzschild benutzte. Mutter.

Ihre ersten Worte, als sie mich sah, waren: »Es tut mir leid, Samuel.«

»Dir muss nichts leidtun«, entgegnete ich und versuchte, jedes Zittern aus meiner Stimme zu verbannen. »Du hast nichts falsch gemacht.«

»Ich wollte doch nur helfen. Ich konnte nicht einfach im Auto sitzen bleiben. Ich habe nach Ausgängen gesucht, die sie hätten benutzen können. Und als ich eintrat, hat er mich gesehen. Es ist meine Schuld.«

Ackerman, der selbst sehr ängstlich wirkte, unterbrach unser Zwiegespräch. »Sie können ihr helfen. Sie können Ihre Mutter heil wiederbekommen.«

»Was muss ich dafür tun?«, fragte ich. »Ihr Plan ist enthüllt. Ihre Komplizen sind festgenommen. Wir wissen, dass Sie Dr. Springer getötet haben.«

»Oh nein«, widersprach Ackerman. »Das war ich nicht. Ich hatte keinen Groll auf Rebecca. Rita wollte sie aus dem Weg räumen. ›Keine Zeugen‹, hat sie gesagt. Sie injizierte Rebecca Succinylcholin. Wir haben es vorrätig, falls ein Patient noch am Leben ist und an ein Beatmungsgerät angeschlossen werden muss. Es lähmt eine Zeit lang die Muskeln und macht es unmöglich zu atmen, damit die Maschine es für einen tun kann. Doch ohne die Maschine sah es so aus, als wäre Rebecca erstickt. Dann feuerte Rita einen Schuss auf den Behälter ab, der eigentlich ihren Kopf hätte enthalten sollen.«

»Das bewies jedem, der nachsah, dass der Behälter leer war«, sagte ich. »Hat Rita auch versucht, Ihre Frau zu töten, Dr. Ackerman?«

Erneut kannte ich die Antwort auf meine Frage bereits: Als Rita Masters-Powell feststellen musste, dass sie und Ackerman das Geld nicht bekommen würden, hatte sie sich entschlossen, das Hindernis für Ackerman aus dem Weg zu räumen und die Tat den rätselhaften Dieben ihrer eigenen fiktiven sterblichen Überreste in die Schuhe zu schieben. Ackerman bestätigte diesen Plan und fügte hinzu: »In diesem Moment wusste ich, dass sie wirklich verrückt ist.«

»Da haben Sie es erst gewusst?«, fragte Mutter.

Ich schob mich langsam an Ackerman heran und versuchte ihm auf diese Weise nahe genug zu kommen, um ihn körperlich zu überwältigen oder ihm wenigstens Mutter zu entwinden. Doch er sah, was ich vorhatte, und straffte seinen Griff. Mutter keuchte ein bisschen und riss die Augen auf.

»Ich mache keine Witze, Hoenig«, warnte Ackerman. »Sie haben eine Chance, ihr Leben zu retten: Sie müssen mich aus dem Gebäude hinaus und zu meinem Wagen begleiten. Und dann müssen Sie die Polizei dazu bringen, dass sie mir freies Geleit gibt. Ich brauche eine Stunde, mehr nicht. Das ist doch ein vernünftiger Vorschlag, oder?«

»Er blufft, Samuel«, sagte Mutter. »Ich hatte es in den Sechzigern mit härteren Nüssen zu tun.«

»Versuch nicht zu helfen, Mutter«, mahnte ich.

»Entscheiden Sie sich«, sagte Ackerman. »Ich werde nicht ewig so dastehen.«

»Die Polizei wird dem nicht zustimmen«, erwiderte ich. »Ich habe keinen besonderen Einfluss auf sie. Sie werden jemanden holen, der auf Verhandlungen bei Geiselnahmen spezialisiert ist. Der wird ihnen viel Entgegenkommen versprechen, bis Sie meine Mutter gehen lassen, und dann werden sie Sie erschießen. Wenn Sie meine Mutter töten, werden sie Sie ebenfalls erschießen. Ihre einzige Option besteht darin, sich zu ergeben und zu hoffen, dass der Staat New Jersey während Ihres Gefängnisaufenthalts, der lebenslänglich und nicht zur Bewährung ausgesetzt sein wird, nicht die Todesstrafe wieder einführt.«

Ackerman nahm seine freie Hand, um die Codekarte durch das Lesegerät neben der Tür zu ziehen. Ich verstand nicht, warum es ihn weiterbringen sollte, sich in den Nebenraum zu begeben und sich damit noch mehr selbst in die Enge zu treiben.

»Das scheint nicht zu funktionieren, Samuel«, zischte mir Ms. Washburn von hinten zu.

»Sie haben unrecht«, erwiderte Ackerman. »Die Polizei hält Sie für eine Art Genie. Sie hätten sie den ganzen Tag hören sollen: ›Samuel Hoenig hat es herausgefunden; Samuel Hoenig hätte einen Spitzendetektiv abgegeben. Warum haben Sie Samuel Hoenig gefeuert? Holen Sie Samuel Hoenig wieder her.‹ Bla, bla, bla.«

So hörte sich also eine Wutrede an. Es war das erste Mal, dass ich es selbst erlebte. Natürlich hatte er mich gefeuert; er war nicht im Mindesten daran interessiert gewesen, dass ich die Wahrheit herausfand, und ich hatte seine Erwartungen übertroffen. Ich hatte gehen müssen. Der einzige Grund, warum er *Fragen Beantworten* wieder angerufen hatte, nachdem die Lösegeldforderung eingetroffen war, war, dass Lapides und Laverne Masters darauf bestanden hatten.

»Stimmerkennungsmuster, bitte«, forderte das Sicherheitssystem.

»Marshall Ackerman.«

»Ich kann Ihnen nicht helfen. Lassen Sie meine Mutter gehen, und man wird Sie nicht erschießen. Das kann ich Ihnen versprechen. Ansonsten haben Sie ziemlich schlechte Aussichten.«

»Sagen Sie Lebewohl zu Ihrer Mutter, Hoenig.« Ich sah, wie Ackermans Hand sich bewegte.

Ich brauchte nicht lange, um diese Äußerung zu interpretieren, und warf mich auf Ackerman. Doch die Hand, die sich bewegt hatte, war nicht die rechte Hand mit dem Skalpell an Mutters Hals, sondern die linke, die sich hinter seinem Rücken bewegte.

Sie landete auf dem Türknauf. Er drückte die Tür mit der Rückseite seines Beins auf und stolperte mit Mutter zusammen in den Lagerraum. Ich war nur zwei Sekunden hinter ihnen.

Als ich drinnen war, bemerkte ich den ersten glücklichen Zufall, der Mutter seit dem Beginn dieses Martyriums getroffen hatte – Ackerman war rückwärts in den Raum gefallen und auf dem glatten Boden hineingerutscht. Er hatte instinktiv die Arme ausgebreitet, um seinen Fall abzufedern, und dabei Mutter losgelassen. Ackerman landete auf dem Boden neben dem nächsten Computerschaltpult. Niemand außer uns dreien war im Raum.

Ich unternahm etwas, damit das so blieb. Obwohl ich den Beistand der Polizei willkommen geheißen hätte, machte ich mir Sorgen, dass jede aggressive Handlung gegen Ackerman seinen verwundbaren geistigen Zustand zu diesem Zeitpunkt auf eine noch viel gefährlichere Ebene gehoben hätte. Als ich sah, dass Captain Harris und Detective Lapides zur Tür eilten, verriegelte ich sie von innen und drehte mich dann um, um Ackerman anzugreifen.

Doch es war zu spät, um ihn körperlich zu überwältigen. Ackerman hatte sein Gleichgewicht wiedererlangt und stand vor mir. Mutter war geistesgegenwärtig in dem Augenblick von ihm weggerollt, als er sie losgelassen hatte, und saß nun auf dem Boden neben der Tür zur Kältekammer hinter einem Schaltpult, das sie vor Ackermans Blicken verbarg. Sie atmete schwer, und ich machte mir Sorgen um ihr Herz.

Aus dem Flur hörte ich, wie die Polizei und Ms. Washburn mich aufforderten, die Tür zu entriegeln.

Ackerman schwang das Skalpell zur Verteidigung, ließ es durch die Luft zischen und schien das Geräusch zu genießen, das es dabei von sich gab.

»Sie sitzen nun wirklich in der Falle, Ackerman. Sie haben sich selbst in die Enge getrieben. Sie haben jetzt keine andere Chance mehr, als sich zu ergeben. Sie können mich töten, aber Sie werden dadurch immer noch nicht entkommen können.« Ich erwähnte Mutter absichtlich nicht, da ich besonders daran interessiert war, dass Ackerman ihre Anwesenheit im Raum vergaß.

Er schien mich nicht zu hören, oder wenigstens schien das, was ich gesagt hatte, nicht zu ihm vorzudringen. »Das alles ist nicht meine Schuld, Hoenig. Ich wollte niemandem wehtun. Ich wollte nur das Geld.«

Eine Sache, die man aus Filmen lernen kann, ist, dass Polizeiunterhändler stets versuchen, eine Beziehung zu ihrem Gegenüber aufzubauen. Die Charaktere im Film haben dabei das Glück, dass sie fiktional sind und dass Drehbuchautoren ihnen die Worte in den Mund legen. Außerdem haben nur wenige von ihnen das Asperger-Syndrom (das ist jetzt vielleicht der richtige Moment, um anzumerken, dass Adrian Monk aus der Fernsehserie *Monk* eine Zwangsstörung hatte und nicht autistisch veranlagt war), das eine gewisse Schwierigkeit erzeugt, eine unmittelbare Verbindung zu einer Person herzustellen, die man nicht gut kennt.

Ich versuchte mich an das zu erinnern, was ich in meinem Training in Sozialverhalten darüber gelernt hatte, was man tun musste, damit Menschen einen mochten. Ihnen bei einem Thema zuzustimmen ist eine Möglichkeit, doch man hat mir immer beigebracht, dass es unehrlich ist, das zu tun, wenn man tatsächlich anderer Meinung ist, und dass sich das daher auf lange Sicht nicht bezahlt macht.

Im Augenblick musste ich mir allerdings um die lange Sicht nicht so viele Gedanken machen.

»Natürlich wollten Sie niemandem wehtun«, sagte ich also und widerstand dem Drang, ihn Marshall zu nennen, was ich für ein zu offensichtliches Anzeichen dafür gehalten hätte, dass ich nicht aufrichtig war. »Ihr Plan war, das Geld von Laverne Masters und ihrem Unternehmen zu bekommen. Dann hätten Sie Ihre Frau verlassen und mit Rita zusammengelebt.« Wenn ich mich ihm langsam näherte, konnte ich ihm vielleicht die Beine wegtreten und ihn überwältigen, sobald er das Skalpell nicht mehr in der Hand hielt.

Doch etwas von dem, was ich gesagt hatte, war klarerweise nicht das, was Ackerman hatte hören wollen. »Nein, nein!«, schrie er. »Das wollte ich überhaupt nicht! Rita dachte, dass ich mit ihr durchbrennen würde, aber sie ist *verrückt.* Wissen Sie, dass sie versucht hat, Eleanor umzubringen?«

Zu diesem Zeitpunkt war er schon sehr durcheinander, und das Einzige, was ich tun konnte, war zu versuchen, ihn unter Kontrolle zu halten. Die Vernunft würde ihn nicht dazu bringen, sich der Polizei zu ergeben, die aus dem Korridor noch immer zu uns hereinrief. Ich sah, dass Mutter neben der inneren Tür saß und eine Nachricht auf ihrem Handy zu tippen schien. Das hätte ich merkwürdig gefunden, wenn ich mich auf irgendetwas anderes als auf Ackerman konzentriert hätte.

»Sie ist in *mein Schlafzimmer* eingedrungen und hat versucht, *meine Frau* zu erschießen«, fuhr Ackerman fort. »Wir hatten nie eine Nachricht verabredet, die Eleanor bedrohte; sie sollte eine Nachricht schicken, in der sie Laverne Masters bedrohte. Doch Rita sah, dass sie das Geld in diesem Augenblick nicht bekam, und entschied einfach, *meine Frau* zu töten! Können Sie sich das vorstellen?«

Ich stand nun sehr nah bei Ackerman, aber nicht so

nah, dass er mich mit dem Skalpell hätte verletzen können. »Wollen wir uns nicht hinsetzen und darüber reden?«, schlug ich vor. »Ich weiß nicht, wie es Ihnen geht, aber meine Beine sind sehr müde.« Vielleicht würde er meinem Beispiel folgen und sich einfach hinsetzen, ohne darüber nachzudenken, wenn ich selbst mit gutem Beispiel voranging.

Also setzte ich mich neben das nächste Schaltpult, doch Ackerman imitierte meine Bewegung nicht. Allerdings legte er das Skalpell auf das Pult, und blitzschnell griff ich danach und nahm es in die Hand. Ich atmete aus. Die Gefahr war vorüber.

Leider täuschte ich mich da. Ackerman hatte sich der scharfen Klinge entledigt, um sie gegen die wesentlich wirksamere Waffe auszutauschen, die er nun aus der Tasche seines weißen Labormantels zog, bei dem links auf der Brust über dem Emblem des GSCI der Name *Dr. Marshall Ackerman* eingestickt war.

Eine Pistole.

»Sie hat das hier für mich zurückgelassen«, sagte er. »Rita hat auf den Behälter geschossen, der eigentlich ihren eigenen Kopf hätte enthalten sollen, dann hat sie mit derselben Waffe auf meine Frau geschossen, und danach hat sie die Pistole in meinen Schreibtisch gelegt. Sie wollte, dass die Polizei *mich* für Rebeccas Mörder hielt. Und dabei hat sie die ganze Zeit behauptet, dass sie mich liebt!«

Möglicherweise hätte niemand sonst zu diesem Zeitpunkt diese Frage gestellt, doch ich fühlte mich dazu verpflichtet, es zu tun: »Warum haben Sie das Skalpell benutzt, wenn Sie eine Pistole bei sich hatten?«

»Ich wollte die Pistole zurück in Ritas Tasche stecken,

wenn sie sich wieder als Charlotte Selby ausgab. Ich wollte sie nicht berühren und so meine Fingerabdrücke darauf hinterlassen. Doch sie ließ mir keine Wahl. Lassen Sie sie mich nur laden, dann kann ich sie benutzen.«

Mutter sah erschrocken von ihrem Handy auf. Ich gebe zu, dass auch ich in diesem Moment nicht sehr zuversichtlich war. Manche sagen, dass ihre Gedanken in derartigen Situationen »rasen«. Ich bin mir nicht sicher, was das bedeuten könnte, aber ich weiß, dass es für mich in diesem Augenblick schwer war, einen brauchbaren Gedanken zu fassen. Ackerman begann, die Pistole mit Patronen aus seiner Kitteltasche zu laden. Ich sprang auf und griff nach ihnen, doch er ließ das Magazin des Revolvers zuschnappen und zielte auf mich.

»Wie schon gesagt, mich zu töten wird Ihre Chancen zu entkommen nicht erhöhen«, erinnerte ich Ackerman.

Er hielt die Waffe weiter auf mich gerichtet, vermied es aber, in Blickkontakt mit mir zu treten. In der Rückschau bin ich mir nicht mehr sicher, ob er überhaupt wusste, wer mit ihm zusammen im Raum war.

»Die ersten drei Kugeln sollten den Prozess in Gang setzen«, sagte er.

Den Prozess? Offenbar hatte Ackerman nicht vor, mich zu erschießen. Ich begann daran zu zweifeln, dass meine Entscheidung, die Tür zu verriegeln, so gut gewesen war. Ich ging also zur Tür, durch deren Fenster ich zwar Lapides und Captain Harris, aber nicht Ms. Washburn erkennen konnte.

Ackerman schrie mich an: »Machen Sie die nicht auf! Die Tür zu öffnen wird den Effekt verderben!«

Da er nichts dagegen zu haben schien, seine Pläne zu

erläutern, entschloss ich mich, direkt danach zu fragen. »Welchen Effekt? Was haben Sie denn vor?«

Ackerman schaute mich an, als wäre ich ein kompletter Idiot. Seine Absichten waren zugegebenermaßen offenkundig: »Ich werde auf die großen Tanks schießen.« Er gestikulierte mit der Pistole in Richtung der Kältekammer.

Das war ein entsetzlicher Gedanke. Wenn er ausreichend viele der größeren Behälter voller flüssigem Stickstoff beschädigte, würde der Sauerstoff sowohl in der Kältekammer als auch im Vorraum bis zu dem Punkt verdrängt werden, dass jeder, der sich darin aufhielt, erstickte – vielleicht sogar einige von denen, die auf dem Korridor standen, obwohl das eher unwahrscheinlich war.

»Aber dann sterben Sie auch«, wandte ich ein.

Ackerman ignorierte mich und ging zur Tür der Kältekammer. Ich sah auf den Boden, doch Mutter war nicht mehr dort.

Dann nahm ich eine kleine Bewegung an der Zimmerdecke wahr. Eine der Kacheln in der abgehängten Decke, die zweifelsohne aus optischen Gründen eingesetzt worden waren, als der Raum für seinen besonderen Zweck isoliert wurde, schob sich zur Seite.

»Ich glaube, dass ich mit drei Kugeln wenigstens fünf Behälter durchlöchern kann«, sagte Ackerman nun eher zu sich selbst als zu mir. »Wenn ich nachladen kann, kann ich mir noch weitere fünf vornehmen. Das sollte mehr als genug sein.«

Ein Arm, der in einer blauen Polizeiuniform zu stecken schien, tauchte durch die Öffnung hindurch auf, die durch die beiseitegeschobene Kachel entstanden war. In der Hand hielt er einen Schlagstock. Den ließ er los, und der Schlagstock fiel zu Boden, doch ich hörte ihn nicht auf dem Linoleum aufschlagen, was keinen Sinn zu ergeben schien. Ich verstand den Vorgang allerdings – Mutter hatte mit jemandem im Korridor Nachrichten ausgetauscht. Diese Person hatte einen Polizisten durch den Luftschacht in die Decke über uns gesandt. Der Schlagstock war heruntergeworfen worden, weil eine weitere Pistole das Risiko nur erhöhen würde, dass einer der Behälter Schaden nahm.

Wenn ich doch nur den Schlagstock erreichen könnte, bevor Ackerman ihn bemerkte oder zu schießen begann.

»Wenn Sie Selbstmord begehen wollen, können Sie doch einfach nur sich erschießen«, schlug ich Ackerman vor. »Warum wollen Sie auch unschuldige Menschen töten und gleichzeitig Ihre ganze Arbeit zerstören?«

Ackerman lachte auf. »Unschuldige Menschen? Wer hier drin ist denn unschuldig?«

Ich wollte Mutter nicht erwähnen, zumal ich sie nicht mehr sehen konnte. Ich hoffte, dass sie durch den Raum krabbelte, um die Tür zu öffnen.

»Ich finde, dass ich unschuldig bin«, sagte ich also.

»Sie sind irrelevant«, erwiderte Ackerman. »Treten Sie einfach einen Schritt zurück und genießen Sie die Show.« Und dann griff er nach dem Türknauf, um die Tür zur Kältekammer aufzumachen.

Das war meine Gelegenheit. Ich warf mich nach vorn und griff in Ackermans rechte Kitteltasche. Er drehte sich bei der Bewegung um, richtete die Waffe aber nicht auf mich. Er schien vollkommen überrascht zu sein, als hätte er vergessen, dass ich hinter ihm stand. Ich bekam, was ich von ihm wollte – seinen Schlüsselbund – und wich zurück, als er mit der Pistole auf mich zielte.

»Meine Schlüssel?«, lachte er. »Haben Sie die Pistole in meiner Hand nicht gesehen?«

»Ich habe mein Ziel verfehlt«, log ich ihn an. Ihm die Waffe zu entwinden wäre viel zu riskant gewesen. Ich entfernte mich noch ein paar Schritte von ihm, scheute vor der Waffe in seiner Hand zurück. »Ich habe versucht, nach der Pistole zu greifen, bin aber ausgerutscht.«

»Ich habe es Ihnen doch gesagt«, sagte Ackerman, der mein Zurückweichen missdeutete, »ich werde nicht auf Sie schießen.« Und dann drehte er sich wieder zur Tür der Kältekammer um.

Ich hechtete in die andere Richtung und gelangte schnell zum nächsten Schaltpult. Ich wusste genau, was ich tat, und auch, was es zur Folge hätte. Ich nahm den Sicherheitsschlüssel von Ackermans Schlüsselbund und steckte ihn in den Alarmschlitz.

Ich drehte ihn um, noch bevor er die Tür öffnen konnte.

Der höllische Alarm mit seiner unerträglich lauten Sirene, den blinkenden roten Lichtern und dem überwältigenden Gefühl von Gefahr setzte umgehend ein. Ich hatte mein Bestes gegeben, um mir die Ohren zuzuhalten, sobald ich den Schlüssel umgedreht hatte, doch der Lärm war zu gewaltig, um ihn nur mit den Händen abwehren zu können. Ich fiel auf die Knie, was wahrscheinlich eine glückliche Fügung war, wenn man bedenkt, dass sich ein Schuss aus der Pistole löste, als Ackerman sich umdrehte, um nachzusehen, was vor sich ging. Ich hörte, wie die Kugel über meinem Kopf vorbeizischte, während ich zu Boden ging.

Die Tür zur Kältekammer verriegelte sich automatisch, wie alle Türen in diesem Bereich.

Ich konnte Ackerman nicht mehr hören, doch ich sah, wie seine Lippen ein ordinäres Schimpfwort formten. Er wollte nach seiner Brieftasche greifen, die zweifellos seine Codekarte enthielt, doch die steckte in der Innentasche seines Laborkittels, den er dafür aufknöpfen musste. Ackerman schien mich direkt anzusprechen, doch es war mir unmöglich, seine Worte zu verstehen. Ich gab mein Bestes, an das zu denken, was sich vor mir abspielte, und nicht an das albtraumhafte Geschehen, dass ich selbst entfesselt hatte, doch ich merkte, wie ich einmal mehr vor Angst in der Hüfte abknickte und meine Hände sich irgendwann von meinen Ohren lösten, um neben meinem Körper unkontrollierbar herumzufuchteln.

Mitten in diesem Tohuwabohu nahm ich irgendwie wahr, dass die Scheibe hinter mir zerbrach, und sah, wie Detective Lapides und Ms. Washburn ins Zimmer stürmten. Mutter konnte ich jedoch nirgends sehen, und ich war besonders besorgt, als ich sah, wie Ackerman mit den Achseln zuckte, sich der Kältekammer wieder zuwandte und mit dem Schaft seiner Waffe seinerseits das Glasfenster in der Tür zerschlug. Dann zielte er mit dem Revolver in die Kammer hinein, anscheinend um seinen Plan in die Tat umzusetzen.

Ich hätte vielleicht rechtzeitig zu ihm gelangen können, doch ich konnte mich nicht bewegen. Lapides und einer der Polizisten zielten mit ihren Pistolen auf Ackerman.

Ich hatte die Hände wieder auf den Ohren und war nur Sekunden davon entfernt loszubrüllen und mich auf dem Boden in Embryonalstellung einzurollen. Dennoch gelang es mir zu rufen: »Schießen Sie nicht auf ihn! Wenn Sie die Tanks treffen, könnten wir alle sterben!«

Ackerman lachte und zielte, wobei er etwas sagte, was ich nicht verstand. Doch hinter ihm richtete sich plötzlich Mutter an einer Stelle vom Boden auf, die ich von meiner vorigen Position aus nicht hatte einsehen können. Sie hielt den Schlagstock in Händen, der von der Decke gefallen war. Ohne zu zögern, zog sie Ackerman kraftvoll eins über den Schädel, womit sie ihn benommen machte, dann schlug sie ihm die Waffe aus der Hand. Der uniformierte Polizist hechtete nach dem Revolver und schnappte ihn sich, bevor Ackerman noch reagieren konnte. Lapides packte Ackerman am Arm und legte ihm schnell Handschellen an.

Commander Johnsons Schuhe, die ich wiedererkannte, erschienen neben dem Schaltpult. Er musste das System gestoppt und den Schlüssel gedreht haben, denn die Sirene verstummte.

Ich hörte mich selbst atmen. Ich hörte mich nicht wimmern, was eine Verbesserung war. Und plötzlich beugte sich Ms. Washburn über mich, streckte ihre Hände aus und half mir auf die Füße. Nachdem ich mich gesammelt hatte, richtete ich mich langsam auf.

Ackerman wurde schluchzend davongeführt. Sein Kopf blutete nicht, doch seine Hand war bläulich verfärbt und angeschwollen.

Mutter hatte eine Miene aufgesetzt, die ich noch nie zuvor bei ihr gesehen hatte. Sie fixierte Ackerman, während er langsam abgeführt wurde.

»Das haben Sie davon, wenn Sie meinen Sohn bedrohen.«

32

»Es gibt eine Menge zu klären«, sagte Detective Glendon Lapides.

Wir standen auf dem Parkplatz des Garden State Cryonics Institute und sahen dabei zu, wie Marshall Ackerman, Rita Masters-Powell und Arthur Masters in Handschellen auf die Rückbänke dreier separater Fahrzeuge der Polizei von North Brunswick gesetzt wurden. Im Polizeihauptquartier würde es später eine umfangreiche Nachbesprechung geben, aber für den Moment hatte Captain Harris entschieden, dass es Ms. Washburn, Mutter und mir erlaubt werden sollte, nach Hause zu fahren und uns auszuruhen. Ich bezweifelte, dass das in meinem Fall möglich sein würde, doch es würde sich mit Sicherheit lohnen, es zu versuchen.

»Was verstehen Sie denn nicht, Detective«, fragte ich. »Sie wissen, dass Ms. Masters-Powell Dr. Springer mit einer Injektion getötet hat, bevor sie es so aussehen ließ, als hätte ein Entweichen flüssigen Stickstoffs in einem abgeschlossenen Raum sie ersticken lassen. Sie hat außerdem versucht, Eleanor Ackerman zu erschießen, und hätte es wahrscheinlich auch weiterhin versucht, wenn sie nicht die Polizei oder Ms. Washburn und mich draußen gehört hätte. Arthur Masters steckte hinter der finanziellen Seite der Lösegeldforderungen, und ein gefrorener Schädel, der als Geisel genommen worden ist, existierte nie, also hatte Marshall Ackerman vor, den von Ms. Washburn als Ersatz zu verwenden. Arthur hätte dann bestätigt, dass es sich um Ritas Kopf handelte. Im Nachhinein betrachtet, ist das alles eher simpel.«

Mutter stand zu meiner Rechten, schüttelte den Kopf, lachte und sagte: »Simpel.«

Ms. Washburn war nicht weit von uns entfernt und hielt sich eine Hand gegen das Ohr, weil sie mit dem Handy telefonierte. »Es geht mir sehr gut«, sagte sie mit etwas Trotz in der Stimme. »Ich habe dir das vor über einer Stunde schon getextet. Mach dir keine Gedanken. Ich bin bald zu Hause.« Ihr Ehemann drängte sie ohne Zweifel dazu, möglichst schnell von hier zu verschwinden, und würde sie sehr wahrscheinlich auch dazu anhalten, jedes weitere Jobangebot von *Fragen Beantworten* abzulehnen. Ich würde einen Weg finden müssen, dieser Strategie entgegenzuwirken, denn ich hatte Ms. Washburn bei der Beantwortung der schwierigsten Fragen, die mir jemals gestellt worden waren, als unverzichtbar erlebt.

»Ich begreife nicht, wie Sie das herausgefunden haben«, sagte Lapides. »Woher wussten Sie das alles? Ich hatte die ganze Zeit keine Ahnung. Es gab ja auch keinen einzigen Hinweis.«

»Oh doch, die Hinweise waren allgegenwärtig. Mrs. Johnson hat uns zum Beispiel unabsichtlich einen geliefert, als sie den Alarm während ihrer ›Demonstration‹ auslöste. Sie achtete darauf, dass der Alarm losging, während wir beide im Raum waren, sodass mir nicht auffiel, dass der Behälter, der angeblich Ms. Masters-Powells Schädel enthalten hatte, tatsächlich nicht tiefgefroren war.«

»Woran hättest du das denn sehen können?«, fragte Mutter. Sie ist immer sehr daran interessiert, etwas über meine Arbeitsweise zu erfahren.

»Wir haben herausgefunden, dass nur drei der fünfzehn Behälter in diesem Raum tatsächlich eingefroren waren«, bemerkte Lapides. »Die in dem Bereich, in dem auch Ritas Behälter hätte sein sollen, funktionierten. Die anderen waren hingegen nur Show. Sie sollten möglichen Kunden vorgaukeln, dass das Institut ein gut laufender Laden war.«

»Außerdem gibt es Aufzeichnungen der Überwachungskamera, in denen Dr. Springer den angeblichen Behälter mit Rita Masters-Powells sterblichen Überresten überprüfte, nachdem ihr Schädel schon als gestohlen gemeldet war«, erklärte ich. »Sie tat einfach, was sie immer tat, denn sie hatte ja schon die ganze Zeit über gewusst, dass sich in dem Behälter gar kein Schädel befand. Man hatte ihr das mit dem angeblichen Diebstahl zu dem Zeitpunkt noch nicht mitgeteilt.«

Lapides schüttelte den Kopf. »Viele der gefrorenen Behälter waren leer. Was für eine Verschwendung.«

»Es ist sehr wahrscheinlich, dass das GSCI am Rande der Zahlungsunfähigkeit steht«, fügte ich hinzu. »Aber es gab in der Kammer noch einige weitere Beweisstücke, von denen ›Charlotte‹ nicht wollte, dass ich sie untersuchte. Zunächst trug Dr. Springer, als wir ihre Leiche entdeckten, keinen Schutzanzug, wie sie es unter normalen Umständen getan hätte. Es ist also logisch anzunehmen, dass sie gegen ihren Willen gezwungen wurde, die Kammer zu betreten, und dass man ihr nicht die Zeit gegeben hatte, die Schutzkleidung anzulegen.«

Ms. Washburn beendete ihr Gespräch und kam zu uns, während die drei Polizeiautos – mit Captain Harris im ersten – aus dem Parkplatz heraus und auf den Highway 1 Richtung Süden fuhren.

»Außerdem lag der Behälter, der angeblich unter extremen Minusgraden in flüssigem Stickstoff gelagert worden war, hinter ihr auf dem Boden, und Dr. Springer trug weder Schutzhandschuhe noch sonst etwas, was ihre Hände hätte bedecken können«, fuhr ich fort. »Doch sie wiesen keine Brandwunden oder Narben auf. Sie hatte den Behälter also entweder nicht berührt, was unwahrscheinlich war, da man ihre Fingerabdrücke darauf gefunden hat, oder – und das war die logischere Folgerung – der Behälter war schon lange vorher aufgetaut worden. Der Grund hierfür war, dass die Komplizen wussten, dass sie den Diebstahl später fingieren wollten. Der Behälter musste Raumtemperatur haben, damit sie ihn nach den ›Schüssen‹ richtig positionieren konnten. Und das konnte wiederum nur deshalb geschehen, weil in dem Behälter niemals irgendwelche sterblichen Überreste aufbewahrt worden waren und deshalb auch kein Grund dafür bestanden hatte, ihn bei sehr tiefen Temperaturen aufzubewahren.«

»Mag ja alles sein, aber wie sind Sie darauf gekommen, dass Charlotte Rita ist?«, fragte Lapides weiter. »Das war doch das Detail, was am wenigsten Sinn ergab.«

»Das war nur ein Glückstreffer. Ms. Washburn hatte gestern in meinem Büro ein kurzes Video von mir aufgenommen. Es war Teil einer Frage, die mit diesem Fall nichts zu tun hat. Als ich es mir heute früh noch einmal angesehen habe, bemerkte ich, dass Ackerman direkt hinter mir geparkt hatte und deshalb auf dem Video zu sehen war. Er wollte gerade hereinkommen und *Fragen Beantworten* den Auftrag erteilen – vorgeblich sollte ich den vermissten ›Gast‹ finden, doch eigentlich war er nur gekommen, um den Grund dafür zu verschleiern, warum er nicht die Polizei rief.«

»Er war auf dem Video zu sehen?«, fragte Ms. Washburn. »Ich habe ihn gar nicht bemerkt.«

»Sie waren auf Ihr Motiv konzentriert und wussten, dass der Hintergrund für unser Projekt digital entfernt werden würde«, rief ich ihr in Erinnerung. Da die Verdächtigen nun alle abtransportiert waren, machten wir uns auf den Weg zu Mutters Wagen, damit sie erst Ms. Washburn heim- und dann weiter zu uns nach Hause fahren konnte. »Als ich sein Auto im Hintergrund bemerkte, erkannte ich deutlich eine Frau auf dem Beifahrersitz neben ihm. Es war die Frau, die sich uns als Charlotte Selby vorgestellt hatte. Als mir Epstein dann das Foto von Rita Masters-Powell schickte, verglich ich die beiden, und das Gesicht auf dem Video war dasselbe wie das auf dem Foto. Nur ihre Haare waren nicht mehr blond, sondern braun, wahrscheinlich war das ein sehr stümperhafter Versuch der Tarnung.«

»Vielleicht ist ihr auch die Haarfarbe ausgegangen«, spottete Ms. Washburn trocken.

»Sie wussten auch, dass Arthur Masters hinter der Erpressung steckte«, wandte Lapides sich an Ms. Washburn. »Wie haben Sie das denn herausgefunden?«

Ms. Washburn sah zu Boden und entgegnete still: »Ich mochte nicht, wie er mich ansah.«

»Wie?«, fragte Lapides.

»Sie hat gesagt, dass Arthur auf der Zahlung des Lösegelds bestand, während seine Mutter um jeden Preis ablehnen wollte«, sprang ich ein. »Die Tatsache, dass ›Charlotte‹ stets das Zimmer verließ, bevor sie auf Laverne Masters treffen konnte, aber nicht, wenn nur Arthur da war, war verräterisch. Als ›Bürgerjournalistin‹ hätte sich Charlotte eigentlich wehren müssen, ausgeschlossen zu werden, doch als Laverne ankam, ging sie sogar freiwillig. Rita wollte nicht, dass ihre Mutter sah, dass sie noch lebte. Arthur kannte jedoch die Wahrheit.«

Lapides blinzelte dreimal und hielt kurz mit dem Kaugummikauen inne. »Das alles hat sie gesagt?«, fragte er und zeigte auf Ms. Washburn.

»Ja.«

Der Detective wirkte beeindruckt. Mutter lächelte mich wissend an, doch ich hätte nicht sagen können, was dieser Gesichtsausdruck mir mitteilen sollte.

So standen wir dreiundzwanzig Sekunden lang da, in denen ich die Details der Frage in meinem Kopf hin und her wandte, um zu prüfen, ob mir irgendetwas entgangen war. Die anderen schienen etwas Ähnliches zu tun, jeder und jede Einzelne war in Gedanken versunken und sagte kein Wort.

»Woher wussten Sie, dass es Ackerman war?«, fragte Lapides schließlich noch. »Ich hatte mir schon gedacht, dass mit ihm etwas nicht stimmt, doch er schien immer so zu leiden, wenn irgendetwas das Institut bedrohte. Woher wussten Sie, dass er hinter dem Plan steckte?«

Ich sah ihm nicht in die Augen. Ich weiß, dass es angemessen gewesen wäre, aber es war mir zu peinlich. »Das mit Ackerman habe ich erst sehr spät herausgefunden«, gab ich zu. »Bis er mich hinausgeworfen hat, gerade als ich begonnen hatte, mir die Antworten zusammenzureimen, hatte ich tatsächlich keinen Verdacht. Selbst dann dachte ich, dass ich einfach emotional auf meine Entlassung reagierte. Dass ich wütend war, weil er nicht anerkennen wollte, dass ich meinen Job gut erledigte. Ich vermutete erst später, dass etwas mit ihm nicht stimmte, und zwar wegen eines einzigen Vorkommnisses: Als wir das Lösegeld in Rutgers Village ablegen sollten, hielt Ackerman unterwegs plötzlich an und zog sein Handy heraus. Zuerst dachte ich, dass er sich einfach im Dunkeln wegen der Uhrzeit vergewissern wollte, doch später ging mir auf, dass er seiner Komplizin Rita eine Nachricht schickte und sie wegen der Scharfschützen alarmierte, die Captain Harris in der Nähe postiert hatte. Unmittelbar im Anschluss empfing Harris eine SMS, in der man sie wegen der Scharfschützen warnte, woraufhin sie abgezogen wurden.«

»Ich dachte, sie beobachten uns«, sagte Lapides, »dabei war Ackerman einer von ihnen.« Er schüttelte erneut den Kopf.

»Erst das Videomaterial, auf dem zu sehen war, wie Ackerman Rita Masters-Powell küsst, machte mir deutlich, wie tief er in die Sache verstrickt war«, sagte ich ein wenig verlegen. »Ich hätte das früher erkennen müssen. So hätte ich vielleicht einige der … Unannehmlichkeiten verhindern können.« Ich sah zu Ms. Washburn, die langsam den Kopf schüttelte.

»Das war nicht Ihre Schuld, Samuel«, beruhigte sie mich. »Ackerman war unberechenbar, weil er dem ganzen Druck nachgab. Sie hätten niemals ahnen können, was er tun würde und dass ich darunter würde leiden müssen.«

Erneut läutete ihr Handy, und sie ging ran, als sie das Wort »zu Hause« auf dem Display sah. Sie regte sich sichtlich auf, entfernte sich ein Stückchen von uns und redete in einer gedämpften Lautstärke, sodass wir sie von da aus, wo wir standen, nicht hören konnten.

»Als klar war, dass Laverne das Geld nicht ohne beträchtliches gutes Zureden bezahlen würde«, fuhr ich fort, »kam die Nachricht an – von Rita, wie sich herausstellen sollte –, dass Mrs. Ackermans Leben in Gefahr sei. Ackerman kam aus dem Gebäude, als wir uns zum Übergabeort in Rutgers Village aufmachten, und versuchte sehr laut und ziemlich aufgebracht herauszufinden, wo sich Charlotte Selby in diesem Moment aufhielt. Er wusste, wie labil Rita war, und machte sich ehrliche Sorgen um das Schicksal seiner Frau.«

»Aber er unternahm deswegen nichts«, stellte Mutter fest. »Er ging nicht zu seiner Frau, und er sagte auch der Polizei nicht, dass sie sich vor seinem Haus vor Charlotte in Acht nehmen sollten. Wenn er wirklich so besorgt gewesen wäre …«

»Ackerman war hin- und hergerissen«, erwiderte ich. »Er wollte glauben, dass er seine Frau liebte, aber er hatte ein Verhältnis mit Rita. Und als Sie, Detective, einen Streifenwagen zu seinem Haus schickten, war er bestimmt davon überzeugt, dass die Sicherheit seiner Frau gewährleistet war.«

Lapides schüttelte den Kopf. »Das ist mir alles zu hoch. Ich bin froh, dass Sie hier waren, Mr. Hoenig. Danke für all Ihre Hilfe.«

»Es war mir ein Vergnügen, Detective«, entgegnete ich. Vielleicht würde die Polizei von North Brunswick in Betracht ziehen, *Fragen Beantworten* in der Zukunft wieder einmal zurate zu ziehen, auch wenn ich bevorzugte, dass es sich dann um eine wesentlich weniger brutale Frage handeln würde.

Ms. Washburn schaute finster drein, als sie das Telefonat beendete und zurück zu Mutters Wagen kam. »Kannst du mich bitte heimbringen, Vivian? Mein Mann ist ... sagen wir einfach, ich muss heimgehen und ein paar Dinge mit ihm besprechen.«

»Natürlich, Liebes«, antwortete Mutter und schloss den Wagen mithilfe ihres elektronischen Entrieglers auf. Ich nickte Detective Lapides zum Abschied zu und öffnete die Beifahrertür. Doch Mutter schüttelte den Kopf, um mir mitzuteilen, dass ich für dieses eine Mal Ms. Washburn meinen angestammten Platz überlassen solle. Ich verstand die Geste nicht, doch ich hatte den Eindruck, dass ich besser später danach fragen und jetzt einfach das tun sollte, was Mutter vorschlug.

Als ich mich umdrehte, um die hintere Tür aufzumachen, sah ich, wie sich die Eingangstür des GSCI öffnete und Commander Johnson zwischen zwei uniformierten Polizisten herauskam. Lapides hatte angekündigt, dass er wegen seiner Rolle bei Ackermans Fluchtversuch, befragt würde. Es war nicht sicher, dass er angeklagt würde, doch die Polizei wollte auf jeden Fall herausfinden, wie viel der Commander über die Verschwörung wusste, und wenn es ausreichte, konnte man sich vielleicht außergerichtlich einigen.

Ich hielt in der Bewegung inne, als ich den Commander

erblickte, und er bemerkte mich, als er neben dem Streifenwagen stand, der ihn zu seinem Verhör bringen sollte. Unsere Blicke kreuzten sich für einen Moment. Ich war mir nicht sicher, ob ich etwas tun oder sagen sollte. Aus dieser Entfernung war eine Unterhaltung jedenfalls unmöglich.

Doch der Commander kommunizierte auf eine andere Weise. Er richtete sich auf, wie ich es bei ihm so viele Male in den letzten vierundzwanzig Stunden gesehen hatte, und dann schickte er mir einen sehr ordentlich ausgeführten militärischen Gruß.

Aus vielen Filmen wusste ich, was ich nun zu tun hatte. Ich erwiderte den Gruß, und der Commander ließ den Arm sinken. Dann setzten wir uns auf den Rücksitz verschiedener Autos und fuhren davon.

33

Ich sah Ms. Washburn erst nach drei Tagen wieder, und dann auch nur, weil sie mir dabei half, die Antwort zur das Stadion der Yankees betreffenden Frage zu komplettieren. Sie machte sehr deutlich, dass damit unsere Geschäftsbeziehung beendet sei.

Mutter, die es sich angewöhnt hatte, einen Teil des Tages bei mir im Büro zu verbringen, angeblich um »ein bisschen vor die Tür zu kommen«, doch wahrscheinlich um sicherzustellen, dass ich keine weiteren Aufträge mit lebensgefährlichen Fragen mehr annahm, strickte still im hinteren Teil des Ladens neben der ehemaligen Pizzeriaküche vor sich hin. Sie hatte Ms. Washburn bei ihrer Ankunft mit einer überschwänglichen Umarmung begrüßt und lächelte nun beim Stricken mehr, als ich sie seit Langem hatte lächeln sehen.

»Hier, diesen Schlag können wir noch um ein, zwei Bilder verlängern, dann wird der Armzug noch kräftiger aussehen als vorher«, bemerkte Ms. Washburn. »Das wird die Idee klarer werden lassen, dass es sich um einen Home Run durch einen Schlag auf die Tribüne handelt. Ich könnte auch Mark Teixieras Gesicht über Ihres legen, wenn Sie das wollen.«

»Ich weiß nicht, ob das so natürlich aussehen würde«, zweifelte ich. »Ich habe ja nicht den Körperbau eines Spitzensportlers.«

Es machte mir Spaß, wieder mit ihr zusammenzuarbeiten. Nach dem nicht enden wollenden Martyrium im Garden State Cryonics Institute hatte ich es vermisst, dass Ms. Washburn mir erklärte, wenn ich einen Gesichtsausdruck missverstanden oder einen Ausdruck falsch interpretiert hatte, den ich ungewöhnlich oder unlogisch fand. Ich hatte mich sehr schnell auf sie verlassen, was seltsam war, und empfand ihre Abwesenheit als seltsam störend.

Wir beendeten unsere Arbeit in kürzerer Zeit, als mir lieb war, und nachdem ich Ms. Washburn für ihre Mühen bezahlt hatte, besprachen wir die GSCI-Fragen und ihre Nachwirkungen. Ich erzählte Ms. Washburn, dass Lapides mich angerufen hatte, nachdem wir beide ausgiebig von der Polizei befragt worden waren, um mir mitzuteilen, dass die Staatsanwaltschaft nur gegen Rita Masters-Powell Anklage wegen Mord erheben würde. Rita, Marshall Ackerman und Arthur Masters hingegen wurde gemeinsam die Erpressung zur Last gelegt. Rita und Ackerman würden sich außerdem wegen versuchten Mordes verantworten müssen, aufgrund ihrer Aktionen gegen Mrs. Ackerman, Ms. Washburn, Mutter und mich.

Die Staatsanwaltschaft hatte, wie erwartet, keine Anklage gegen Commander Alvin Johnson erhoben, obwohl darüber »lange nachgedacht worden war«, wie Lapides es ausdrückte. Dabei klang er enttäuscht. Stattdessen hatten sich der Commander und seine Frau bereit erklärt, gegen Ackerman, Masters und Masters-Powell auszusagen.

Er erwähnte ebenfalls, dass der Gerichtsmediziner, dem

man nun gesagt hatte, er solle Dr. Springers Blut auf Succinylcholin hin untersuchen, das Mittel tatsächlich nachwies, das zur Erstickung geführt hatte. Auch die Injektionsstelle auf ihrer rechten Hüfte hatte man gefunden.

Miles Monroe hatte Lapides schließlich aus seinem Urlaub in Australien angerufen. Er bestätigte, dass er vom GSCI ohne eine hinreichende Erklärung entlassen worden war und dass es niemals Andeutungen darüber gegeben habe, irgendein »Gast« des Instituts sei vom Personal misshandelt worden. »›Ich fragte mich damals, was das alles zu bedeuten hatte‹«, gab Lapides Monroes Bemerkung wieder. »›Jetzt weiß ich, warum ich den goldenen Handschlag bekommen habe.‹«

»Das alles scheint mir schon so lange her zu sein«, sagte Ms. Washburn, als ich ihr eine Flasche grünen Tee aus dem Automaten reichte. Ich selbst trank eine Flasche Quellwasser. »Es kommt mir fast so vor, als wäre es jemand anderem passiert und als hätte ich darüber nur einen Bericht im Fernsehen gesehen.«

»Es ist passiert«, versicherte ich ihr, »und Sie haben an der Auflösung keinen geringen Anteil gehabt. Ich bezweifle, dass die Fragen ohne Sie vollständig beantwortet worden wären.«

Ms. Washburn zog mit einer sanften Warnung eine Augenbraue hoch: »Versuchen Sie es nicht mit Bauchpinselei, Samuel.« Das erzeugte ein verstörendes Bild in meiner Vorstellung, aber ich sagte nichts dazu. »Ich habe meinem Mann versprochen, nicht weiter hier zu arbeiten, weil es zu gefährlich ist. Und auch wenn unsere Ehe gerade nicht im besten Zustand ist, werde ich mein Versprechen halten.«

»Ich wollte in Ihrer Ehe oder auch sonst keine unnötigen Spannungen verursachen«, sagte ich aufrichtig. »Ich versuche nur, Ihnen für die gute Arbeit zu danken, die Sie schon getan haben.«

Sie runzelte die Stirn, was ich nicht begriff. »Das ist alles? Sie versuchen nicht weiter, mich zu überreden?«

Mutter sah auf, ohne mit dem Stricken innezuhalten.

»Ich verstehe nicht ganz«, sagte ich. »Ich hatte den Eindruck, Sie wollen nicht, dass ich weiterhin versuche, Sie zum Bleiben zu überreden.«

»Samuel«, sagte sie und schüttelte den Kopf, »Sie müssen noch eine ganze Menge über Frauen lernen.«

»Das können Sie laut sagen«, mischte Mutter sich ein. Sie hatte mich vor Ms. Washburns Ankunft noch einmal gewarnt, dass sie verheiratet war, und ich hatte geantwortet, dass die Erinnerung unnötig sei.

»Das ergibt alles keinen Sinn«, sagte ich, während mein Geist mehr Informationen empfing, als ich auf einmal verarbeiten konnte. »Sie wollen also doch, dass ich Sie überrede, weiter hier zu arbeiten? Denn ich würde es sehr begrüßen, wenn Sie zurückkämen.«

Ms. Washburn lachte gedehnt und langsam und lehnte sich auf ihrem Stuhl zurück. »Ach, ich weiß nicht. Das muss ich mir wirklich gut überlegen. Ich möchte schon hier arbeiten, Samuel, aber ich will meine Ehe nicht noch komplizierter machen. Geben Sie mir ein paar Tage Zeit, um mich zu entscheiden.«

»Sie können so lange überlegen, wie Sie wollen. Das Angebot bleibt aufrecht.«

Sie nickte und nippte an ihrem grünen Tee. »Falls ich zurückkomme – und ich sage: falls –, müssen Sie sich darum kümmern, dass es in diesem Automaten auch kalorienarme Limonaden gibt. Doch Samuel, eins wollte ich Sie noch fragen.«

Das brachte ganz tief in meiner Erinnerung ein Glöckchen zum Läuten, aber ich blieb bei der Sache, während ich Ms. Washburns ursprüngliches Fragebedürfnis im Hinterkopf behielt. Ich nickte.

»Was ist eigentlich *Ihr* Lieblingssong von den Beatles?«

Ich zögerte nicht. *»Strawberry Fields Forever«*, antwortete ich. »Obwohl es einer unter vielen ist.«

»Warum der?«

»Weil niemand sonst auf meinem Baum sitzt.« Als sie mich verständnislos ansah, zitierte ich die genaue Textzeile: »›No one I think is in my tree‹.«

Ms. Washburn lächelte. »Ich glaube, es sitzen mehr Leute auf Ihrem Baum, als Ihnen bewusst ist«, sagte sie leise.

So saßen wir eine Weile da und nippten an unseren Getränken. Die Stille war ziemlich angenehm. Doch dann kam ich auf den Punkt zurück, der mir gerade wieder eingefallen war. Ms. Washburn hatte seit dreizehn Sekunden nichts mehr gesagt, also nahm ich an, dass es akzeptabel war, ein neues Thema anzuschneiden.

»Es gibt noch etwas, das ich vernachlässigt habe, Ms. Washburn. Als Sie am ersten Morgen hier hereinkamen, hatten Sie eine Frage an mich, die Sie beantwortet haben wollten, und Sie haben sie nie gestellt. Was hat Sie denn an jenem Tag hierhergeführt?«

Ms. Washburn errötete und machte eine wegwerfende Handbewegung. »Ach, das ist unwichtig. Es war nur so eine Dummheit an diesem Morgen.«

»Bitte«, drängte ich. »Ich hätte sonst das Gefühl, Sie um etwas betrogen zu haben.«

Sie drehte den Kopf von einer Seite zur anderen und sah sich um, als suche sie einen Punkt, den sie fixieren konnte, damit sie weder Mutter noch mich ansehen musste. »Es war nur … Ich habe das Kreuzworträtsel der *Times* gelöst und bin bei einem der Hinweise nicht weitergekommen.«

Ich lächelte. »Und Sie wollten, dass ich ihn für Sie beantworte. Aber Sie können so was doch im Internet nachschauen oder bei der Nummer anrufen, die die *Times* jeden Tag neben dem Kreuzworträtsel abdruckt. Warum haben Sie das nicht getan?«

Ms. Washburn sah mich noch immer nicht an. »Das wäre Betrug gewesen.«

Ich entschied, sie nicht darauf hinzuweisen, dass es genauso unehrlich war, mich danach zu fragen. »Na gut. Wie lautete der Hinweis?«

Ich musste sie drei Minuten lang überreden. Schließlich konnte ich Ms. Washburn davon überzeugen, dass wir so die Abmachung zwischen uns zur allseitigen Zufriedenheit erledigen konnten. »In Ordnung«, sagte sie in entschlossenem Ton. »Es war ein Begriff mit zehn Buchstaben, und der Hinweis lautete: ›Das, was bewahrt werden muss‹.«

»Hattest du schon irgendeinen der Buchstaben?«, fragte Mutter.

»Ja, nämlich …«

»Unnötig«, unterbrach ich und stand auf. Ich muss wohl sehr breit gegrinst haben, denn Mutter und Ms. Washburn grinsten mit identischem, erwartungsfrohem Gesichtsausdruck zu mir zurück.

»Was?«, fragten sie praktisch im Chor.

»Die Antwort. Auf ›das, was bewahrt werden muss‹. Sie ist sehr passend.« Ich glaube, ich kicherte ein bisschen.

»Wie lautet sie denn?«, fragte Ms. Washburn.

»Ein KÜHLER KOPF.«

Danksagung

Das Buch, das Sie in Händen halten, wäre nie erschienen, wenn es nicht die zähe Beharrlichkeit Josh Getzlers von der Hannigan Salky Getzler Agency gegeben hätte. Ich hätte wahrscheinlich während des Schreibens ungefähr sechsmal einen Punkt erreicht, an dem ich hingeworfen hätte, aber Josh ließ das nicht zu und fand für die Serie außerdem eine kongeniale verlegerische Heimat. Ich danke auch Maddie Raffel und Danielle Burby, die sich zu verschiedenen Zeitpunkten während des Schreibens mit meiner Paranoia auseinandersetzen mussten und stets den Eindruck erweckten, als machte es ihnen nichts aus. Natürlich bin ich auch Terri Bischoff von Midnight Ink zu ewigem Dank verpflichtet, die Samuels Geschichte gelesen hat und Ihnen allen dieselbe Möglichkeit geben wollte. Für Autoren ist so etwas eine wirklich schöne Erfahrung, und ich bin begeistert, dass Terri sich so sehr für die Geschichte über einen Typen erwärmen konnte, der nicht so ist wie die meisten Menschen.

Besonderer Dank gebührt Luci Hannson Zahray, die in der Krimi-Community liebevoll und respektvoll als »The Poison Lady« bekannt ist. Luci ist für jeden Autor, der jemanden umbringen möchte, eine absolut unverzichtbare Quelle, und wenn sie sich mal auf einem Treffen von Krimiautoren blicken lässt, muss sie keinen einzigen ihrer Drinks selbst bezahlen. Auch ich werde mich künftig an der Begleichung ihrer Rechnungen beteiligen.

Danke auch an den unverzichtbaren D. P. Lyle, den Krimidoktor, der tatsächlich den Siedepunkt flüssigen Stickstoffs und solche Dinge kennt. Ich habe lediglich einen Abschluss in Anglistik und brauche daher unbedingt Hilfe, wenn es wirklich mal um harte Wissenschaft geht.

Ich finde, ich sollte außerdem jedem danken, der jemals einem Menschen wie Samuel begegnet ist – und von denen kenne ich persönlich einige – und dabei die Person und nicht den Unterschied wahrgenommen hat. Samuels Begabung ist es, seine »Eigenheiten« zu seinem und dem Vorteil anderer zu nutzen. Wenn wir alle ein bisschen mehr auf die achten würden, die ganz offensichtlich nicht so sind wie wir, könnten wir erkennen, dass jede und jeder irgendetwas Wertvolles beizutragen hat.

Schließlich möchte ich auch Ihnen allen danken, denn Schriftsteller ohne Leser sind wie Menschen, die gegen einen Orkan anschreien. Ich weiß es sehr zu schätzen, dass Sie mal Ihr Smartphone Smartphone sein ließen und eine Geschichte auf die altmodische Art konsumiert haben, selbst wenn Sie das in elektronischer Form tun. Ich schreibe, weil nun mal nicht alle Menschen um ein einziges Lagerfeuer herum Platz finden. Außerdem gibt es im Wald Bären. Also, machen Sie einfach weiter mit dem, was Sie tun, und ich werde mich bemühen, mein Versprechen ebenfalls zu halten. Ist das ein Deal?

Jeff Cohen